还原犯罪现场 3
MASTER DETECTIVE

血雾森林

风雨如书 | 著

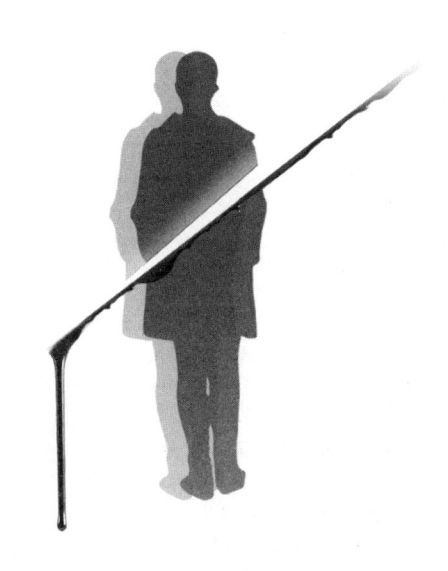

花城出版社
中国·广州

图书在版编目（CIP）数据

还原犯罪现场. 3，血雾森林 / 风雨如书著. -- 广州：花城出版社，2023.3
ISBN 978-7-5360-9649-3

Ⅰ. ①还… Ⅱ. ①风… Ⅲ. ①长篇小说－中国－当代 Ⅳ. ①I247.5

中国版本图书馆CIP数据核字(2022)第207451号

出 版 人：张 懿
责任编辑：李 卉　夏显夫
特约编辑：曾 恬
责任校对：梁秋华
技术编辑：凌春梅
封面设计：奇荆棘设计

书　　名	还原犯罪现场3　血雾森林
	HUANYUAN FANZUI XIANCHANG 3 XUEWU SENLIN
出版发行	花城出版社
	(广州市环市东路水荫路11号)
经　　销	全国新华书店
印　　刷	深圳市福圣印刷有限公司
	(深圳市龙华区龙华街道龙苑大道联华工业区)
开　　本	787毫米×1092毫米　16开
印　　张	20　　1插页
字　　数	464,000字
版　　次	2023年3月第1版　2023年3月第1次印刷
定　　价	59.80元

如发现印装质量问题，请直接与印刷厂联系调换。
购书热线：020-37604658　37602954
花城出版社网站：http://www.fcph.com.cn

目　录

诡族索命

楔子一	众生（一）	2
楔子二	众生（二）	5
楔子三	众生（三）	8
第一章	悬疑聚会	11
第二章	连环命案	14
第三章	真假难分	17
第四章	理发师A	20
第五章	理发师B	26
第六章	方向分配	31
第七章	百镇之旅	33
第八章	生日宴会	36
第九章	全城戒备	39
第十章	调查之后	42
第十一章	交叉线索	45
第十二章	死亡聚会	46
第十三章	并案调查	49
第十四章	意外之祸	52
第十五章	推理游戏	55
第十六章	欲盖弥彰	58
第十七章	荒唐婚姻	61
第十八章	主动自首	65
第十九章	心理争辩	68
第二十章	石牌秘密	70
第二十一章	暗夜之光	73

第二十二章	冰山一角	76
第二十三章	莫家阴宅	79
第二十四章	杀人意外	82
第二十五章	棺中有人	85
第二十六章	鬼经众生	88
第二十七章	无巧不书	90
第二十八章	反向谋杀	93
第二十九章	机关陷阱	96
第三十章	互相残杀	99
第三十一章	猫鼠游戏	102
第三十二章	悲伤结果	105
第三十三章	隐藏记忆	108
第三十四章	无限流派	111
第三十五章	凶手真面	113
第三十六章	推理之光	116
第三十七章	营救计划	119
第三十八章	凝视之渊	122

无名英雄

楔子一	午夜祭祀	126
楔子二	逃生之路	129
第一章	诡尸	131
第二章	尸源	133
第三章	调查	136
第四章	邪尸	139
第五章	猫冢	142
第六章	隐河	145
第七章	夜嫁	148
第八章	老耿	151
第九章	缘由	154
第十章	报告	157
第十一章	询问	160
第十二章	回忆	163
第十三章	色心	165
第十四章	邪镇	168
第十五章	吊诡	171

第十六章	会合	174
第十七章	见亲	177
第十八章	圈套	180
第十九章	失踪	183
第二十章	杀局	186
第二十一章	重叠	189
第二十二章	救援	192
第二十三章	夜探	195
第二十四章	意外	198
第二十五章	诅咒	201
第二十六章	受困	204
第二十七章	诅咒	207
第二十八章	记忆	210
第二十九章	神药	213
第三十章	逃亡	216
第三十一章	集合	219
第三十二章	禁忌	222
第三十三章	逃跑	225
第三十四章	夜探	228
第三十五章	重逢	230
第三十六章	伤情	233
第三十七章	重叠	236
第三十八章	希望	239
第三十九章	擒凶	242
第四十章	抓捕	245
第四十一章	破壁	248

恶魔之子

楔子一	夜	252
楔子二	求	255
第一章	劝	258
第二章	杀	261
第三章	会	264
第四章	影	267
第五章	跟	270
第六章	谜	273

第七章　暗　　　　　　　　276
第八章　追　　　　　　　　279
第九章　诡　　　　　　　　282
第十章　空　　　　　　　　285
第十一章　黑　　　　　　　288
第十二章　斗　　　　　　　291
第十三章　亡　　　　　　　294
第十四章　悔　　　　　　　297
第十五章　会　　　　　　　300
第十六章　审　　　　　　　303
第十七章　伪　　　　　　　306
第十八章　推　　　　　　　308
第十九章　暗　　　　　　　310
第二十章　现　　　　　　　313

诡族索命

楔子一　众生（一）

"我要开个房间，306有人吗？没人的话，我住306。"李德胜走进永城光华大酒店的前台，将十张百元大钞放到了桌子上。他的右手紧紧按着腰部，那里别着一把杀猪刀，磨得透亮，他的手甚至能感觉到杀猪刀的锋利与寒厉。

"可以住，身份证出示一下。"前台看到李德胜的样子和桌子上的钱，不禁说了一句。

"哦，身份证，身份证，我，我找下。"李德胜慌忙从口袋里取出钱包，找到身份证，递给了前台。

手续办好了，前台把身份证和押金条交给了李德胜："明天中午退房，房间里的东西有的要收费，仔细看清楚。"

"好，知道了。"李德胜接过东西，转身拎起了自己带来的一个大行李包，那个包看起来很重，他倾斜着身体，用力才扛了起来，然后向前面走去。

这是李德胜第一次住这么好的酒店，当年他和媳妇郑秀兰结婚，两人在回家的途中误了车，晚上住酒店的时候，他们都没舍得住，就在火车站旁边找了一个小旅馆住了一晚上。这个酒店，一晚上要八百多元，相当于他半个月的工资。李德胜站在门口，看着眼前这个四十多平方米的房间，一张两米宽的大床，洁白的被罩，两个枕头，两个靠枕，床上还有一朵玫瑰花，房间里不知道是喷了香水还是其他东西，空气中弥漫着淡淡的清香。这样的大床，让进来的人一眼就觉得兴奋。可以想象，无论是谁，只要是一男一女，一进来肯定愿意在这床上激情缠绵，这环境，天生就让男女兴奋。

嘀嘀嘀，嘀嘀嘀，房间门突然响了起来，打断了李德胜的思绪。他回头看了一下才发现原来是门没有关的警示音，他立刻把门关了，那个声音也戛然而止。

李德胜将行李包放到了床边，把杀猪刀从腰里取了出来，放到床上。

杀猪刀，顾名思义，是用来杀猪的，但是也可以用来杀人。

李德胜很多年没杀猪了，因为郑秀兰觉得他杀猪太丢人。于是他便改行去做了一名保安，每天点头哈腰，对着工作地方来来回回的每一个人。有时候，还会被一些盛气凌人的业主骂得狗血淋头，不过李德胜都不生气，因为他的性格一向比较随和。

李德胜和郑秀兰结婚五年，但是两人却一直没有孩子。两人去医院查过，都有问题。不过郑秀兰觉得更多的问题在李德胜身上，因为李德胜每次和她过夫妻生活时间都太短。因为这一点，李德胜在婚姻里处于下风，所以在生活上比较迁就郑秀兰。李德胜工作很辛苦，挣的钱不多，但是却不让郑秀兰受一点委屈，从来不缺她任何东西。甚至为了给郑秀兰买衣服，李德胜一天做两份工。

过度的爱会让对方过度贪婪。李德胜对郑秀兰越好，郑秀兰的脾气就越差，就越看不起李德胜。尤其是在李德胜去做保安后，郑秀兰更是肆无忌惮，背着李德胜在外面找男人。这些风言风语传到李德胜的耳朵里，他还不相信。直到有一天，他亲眼看到郑秀兰和一个男人从酒店出来。

李德胜彻底崩溃了，不知道为什么，他的面前闪现的一直是之前他杀猪时那些猪临死前嚎叫的画面。

任何一个情感里的弱者，一旦被惹恼都会变成一名侦探。李德胜很快调查清楚了，那个和郑秀兰偷情的男人叫邓明，是一家麻将馆的老板。至于郑秀兰和邓明如何认识的，那过程很简单，郑秀兰去邓明的麻将馆打麻将，一来二去，两人便勾搭上了。

一个男人，最大的耻辱恐怕就是这了。自己尽心尽力，几乎把全部都给了一个女人，结果却被对方无情地践踏在地上，还给他戴了绿帽子。

李德胜找郑秀兰谈了一次话，如果她想跟着邓明，那么两人离婚。但是郑秀兰拒绝了，并且说得很清楚，她和邓明之间是清白的，邓明是她哥。最后，郑秀兰说，别说我和邓明没什么，就算我们真有什么，那邓明也是在帮你，你在床上根本就不行，总不能让我守活寡吧？

话都到这份上了，李德胜终于看清楚了郑秀兰的内心。

呜呜呜……这时候，床边的行李袋里突然传来了一声叫声，打断了李德胜的回忆。他蹲下身，将行李袋的拉链拉开，里面是一个女人，女人的嘴里塞着一条毛巾，手脚被绑着，眼神里充满了恐惧。

"他们就在隔壁，我带你来就是让你和我一起听听。你不用害怕，我不会伤害你，说到底，你和我一样，都是受害者。"李德胜对女人说完，从口袋里拿出一个喇叭还有一个东西，贴到了墙壁上，喇叭里很快传来了刺刺啦啦的声音，随着李德胜的调整，声音渐渐清晰起来。

听到喇叭里的声音，女人眼神里的恐惧慢慢消散，变成了悲伤，因为隔壁房间传来了一个嬉笑调情的声音。

"我漂亮还是你老婆漂亮？"郑秀兰的声音从里面传出来，带着咔咔的笑声。

"当然你漂亮了，我老婆生过孩子，皮肤都松了，胸都是下垂的，哪有你这身体漂亮。你这身体好得很啊。"邓明笑着说。

"那你喜欢我还是喜欢你老婆？"郑秀兰又问。

"当然喜欢你了，这还用说。我今天晚上要吃了你，要爱死你。"邓明说着开始动了起来。

喇叭里传来了郑秀兰的嗯哈声，还有邓明的呼吸喘气声。

李德胜看了一眼旁边的女人，她的眼泪已经流了出来，滑到了嘴边。他伸手解开女人身上的绳子，取掉了她嘴里的毛巾。

女人没有动，只是默默地流泪。

房间里一片沉默，只有前面喇叭里郑秀兰和邓明两人的喘气呻吟声，最后随着郑秀兰的一声娇喘，声音停了下来。

"爽不爽？"邓明又说话了。

"你说呢？"郑秀兰娇羞地说道。

"和你老公比起来呢？"邓明又问。

"提他干什么，真扫兴。"郑秀兰切了一声。

"怎么？那是你老公啊，好歹人家拼死拼活地给你钱花，养着你，你怎么连提都不让提啊？"邓明故作惊讶地问道。

"拼死拼活怎么了？一个月赚的钱还没你一星期赚的多。要不是觉得他还有套房子，早离婚了。对了，我要是离婚了，你离婚不，你会跟我结婚吗？"郑秀兰说道。

"当然会，那个黄脸婆，我也是受够了。老实说，我都半年没碰过她了。要不是你，恐怕我还得找其他人。"

听到这里，坐在李德胜旁边的女人一下子站了起来，身体瑟瑟发抖。她看到床上放着的那把杀猪刀，一下子拿了起来。

"你干什么？"李德胜拦住了她。

"我，我要杀了他。"女人颤抖着说道。

"你杀了他，你孩子怎么办？"李德胜问。

女人瘫坐在地上，放下了手里的刀，痛哭起来。

李德胜没有说话，咬着嘴唇，几乎要咬出血来。

这时候，喇叭里又传来了邓明和郑秀兰的声音，两人又开始交缠起来。

坐在地上的女人突然站了起来，抱住了李德胜。

"你做什么？"李德胜一愣。

"他们在那边乱搞，我们也搞，他们搞三次，我们搞五次，你难道就这么听着邓明在旁边搞你老婆吗？你不想搞他老婆吗？"女人说道。

"我，我不，我不行的。"李德胜摇着头。

女人没有再说话，伸头凑过去一边亲着李德胜的嘴，一边解着他的衣服，然后将他推到了床上。两人在床上翻滚起来，李德胜的外套被扔到了地上，一个手掌大小的石牌从口袋里掉了出来，上面刻着两个篆体小字：百镇。

楔子二　众生（二）

"19号，上钟了。"门外传来了主管的喊声。

小桃慌忙站了起来，拎起工具箱，手忙脚乱地向外面跑去。

"19号，你最近怎么回事？迷迷瞪瞪的，小心客人投诉你。"主管拉住了她，从她头发上取下来一个发卡。

"对，对不起，我，我。"小桃又开始结巴了。

"行了，行了，你快去吧，别让客人等急了。"主管拍了拍她，没有再多说什么。

小桃来自农村，十五岁进城，做了几年服务员，后来给人做保姆，结果遭到男主人调戏，被女主人误会。后来在一个姐妹的介绍下来到了这家足疗会所做足疗，虽然累，但是赚钱还可以。

走到VIP2号房的时候，小桃忍不住停了一下，身体禁不住地哆嗦了一下。就是在这个房间，一个月前，她认识了杜杰。杜杰对她一见钟情，然后疯狂地追求她。可是，让小桃没想到的是，杜杰竟然是个骗子，不但骗走了她所有的积蓄，还在离开的那天晚上给她吃了迷药，然后找了两个男人趁着她昏迷强暴了她。更可恨的是，杜杰还拍下了视频和照片，然后威胁小桃，如果她说出去，就把那些照片和视频发到网上，寄给她的家人和朋友。小桃现在对杜杰充满了仇恨与恐惧，她想过去报警，可是一想到如果报警了，杜杰把那些照片和视频发到网上，她的父母朋友亲戚看到，她以后就完了。

除非杀了他。

这个念头在小桃的脑子里徘徊了一阵子，不过别说杀人，杀只鸡她都不敢。

小桃来到VIP10号房，收拾了一下情绪，敲开了门。

房间里是一个二十多岁的男人，躺在足疗床上，正在看电视。看到小桃进来，他的眼睛一亮，笑眯眯地说道："美女，你好啊。"

"先生，你好，19号为你服务。"小桃按照惯例，报了一下自己的工号，然后走了过去。

服务开始了，男人一直和小桃说着话，时不时用手摸她大腿一下。对于客人的这种骚扰，小桃已经习以为常。男人讲起了自己的事情，说他很小的时候就在这个城市混，当初为了救自己大哥，还坐了一年牢。

"你不信啊，你看。"男人说着撸起了自己的衣服袖子，上面有几道愈合的伤疤，看上去触目惊心。

"你真是混社会的啊？"小桃不禁多看了男人一眼。

"那是，在安城这个地方，谁敢欺负你，我帮你搞定他。"男人得意扬扬地看着小桃，伸手在她的臀部用力摸了几下。

"哥，我还真有事求你，就是不知道你敢不敢做。"小桃笑了起来，贴到了男人的身上。

"你问我敢不敢做？这安城还没有我野狼不敢做的事。你说吧，什么事？"男人看见小桃贴到了自己身上，一把将她抱进了自己的怀里，两只手不客气地在她身上游移摸索起来。

"有个男的骗了我，我想你替我收拾他。"小桃说道。

"行啊，什么人这么大胆，敢欺负我家妹妹。只要你让哥哥我高兴了，你想怎么对付他就怎么对付他。"男人说着忍不住将小桃压到了床上。

"不行，不要这样。店里不能这样的。"小桃用力推着男人，但是男人像一座山一样压着她，挣扎了一阵子下来，她感觉浑身酸疼，一点力气都没有了。最后，只好让男人解开她的衣服，对其上下其手。

男人兴奋了起来，就像他的名字一样，狼一样在她身体上面疯狂地侵略着。小桃看着天花顶上的灯光，随着灯光晃来晃去，男人停了下来，像一只野兽一样趴在她身上喘着气。

"妹子，哥不骗你，你跟我说，谁欺负你了，我帮你出气。"男人抚摸着小桃的脸说道。

"好，你一会儿走的时候，我到外面等你，我告诉你是谁。"小桃点点头说。

晚上十一点半，小桃和男人离开了足疗店。男人骑着一辆摩托车，在寂静的夜里疾驰而过。

男人外号叫野狼，对于杜杰，他说根本不是事。别说只是教训他一顿，就是杀了他也没什么。

"那你就杀了他，杀了他，我这辈子跟着你，给你做牛做马。"小桃盯着野狼，一本正经地说道。

不知道是因为小桃的话还是小桃的眼神，野狼竟然有点害怕了，说："先去找一下他，听听他怎么说，我们再说其他事情。"

小桃带着野狼找到了杜杰。

让小桃没想到的是，野狼竟然不敢和杜杰叫板，并且还出卖了小桃。原因很简单，杜杰是野狼的大哥，野狼吹牛的那点资本都是杜杰给他的。

"还想找人收拾我？"杜杰捏着小桃的脸，眼里全是蔑笑。

"我要找人杀了你。"小桃一字一句地说道。

"真厉害，不过你等不到那一天了，因为我今天就要弄死你。"杜杰说着将小桃拉住，往后面走去。

杜杰将小桃绑在一张高凳子上，拿着一把尖刀在小桃的身上来回移动着。小桃吓得闭着眼不敢看。

"你知不知道在这安城，每年有很多人失踪，即使尸体找到了，也找不到家人。原因很简单，就是像你们这样不知天高地厚的人，还找人来杀我。你真是活腻了。"杜杰说着停了下来。

"你骗了我的钱，还找人毁了我的身体。我做鬼都不会放过你的。"小桃咬牙切齿地说道。

"下辈子吧。"杜杰将手里的匕首刺入了小桃的皮肤。

小桃扭动着身体，但是却无济于事。

这时候，一个东西从前面扔了过来，落到两人面前，那是一个巴掌大的石牌，上面写着两个篆体小字：百镇。

楔子三　众生（三）

张奎是一个鳏夫。

古人说四大悲为鳏寡孤独，张奎占了三个。他早年当兵，在打仗的时候受了伤，回来后也没娶妻。年轻力壮的时候，他做工养活自己，现在年纪大了，身体也差了，生活过得有点凄苦。

张奎是一个要强的人，即使他生活凄苦，也没向别人张过嘴，借过钱。不过最近，他遇到了一件麻烦事。

半年前，张奎早上起来去遛弯，回来的时候，正好目睹了一起车祸。因为是大早上，几乎没有目击者。那辆肇事车辆撞倒了一个四十多岁的女人，可以看得出来肇事司机应该负全责。让人意外的是，肇事司机并没有下来看一下被撞倒的女人，反而将车倒退了一下，准备再次撞向那个女人。

怒火中烧的张奎直接冲了上去，然后将车拦住，把司机从车里拉出来就是一顿暴打。虽然张奎年纪大了，但毕竟是军人出身，身体比较好，那个年轻的司机又喝了酒，根本不是他的对手。

围观的人开始多了起来，大家你一言我一语地说着眼前发生的情况。与那个司机同行的人也报了警，很快，警察赶到现场，将张奎拉开了。

本来事情很简单，肇事司机撞到人不但不救人，反而想要再撞，将对方撞死。这一件足够引起公愤的事情，警察并没有过多地说，反而张奎打人的事情被放大，被警察带到了派出所。

这是张奎第一次进派出所，原本他只需要把事情过程讲一遍，签个笔录，就能回去。

可是一直到第二天，张奎都没被放出来。他仔细问了一下，警察才告诉他他打的那个年轻司机是市里一位领导的儿子，现在派出所领导正在和对方协商，希望这个事情能尽快落实下来。

"老实说，张奎，你在这里还安全点，要是出去了，保不齐对方会找人报复你的。"有好心的警察跟他说。

"青天白日的，我怕他报复？想当年我们抗美援朝的时候，什么事情没见过？小伙子，我跟你说，你跟领导讲下，我打的那个人，是因为他太坏，他想杀人啊。如果连这个都有问题，那国家法律的尊严何在？难道穷人就没有被保护的资格了吗？"张奎义愤填膺地说道。

"张大爷，你说的这些我们都懂，但是有些事吧，我们也做不了主。你看这样行不，我跟领导申请下，你要想回去呢，就让你回去。"

"行，我不怕那些恶人。"张奎说道。

张奎回到了家。

不过，从那以后，他之前平静的生活彻底被打乱了。家里开始莫名其妙地出问题，有时候半夜窗户被人砸了，有时候他出去家门被撬了，甚至还牵连到了他的邻居、朋友。这样的事情，张奎去报案，警察也没办法。这事明白得很，就是那个被张奎打的人干的，他叫卢浩飞，家里势力庞大，父亲卢天是安城市委一个领导，母亲也是身居要职，平常都没人敢惹。由于张奎年纪大，他们也没做过多的过激行为。

张奎决定找卢家人谈一次。张奎去了市委，直接找了卢浩飞的父亲卢天。卢天非常热情，对于张奎之前在街上打卢浩飞的事情非常支持，他认为卢浩飞当时就该打。不过，对于张奎遭到的这些骚扰，他深表同情。当然，他也说了，回去会问一下卢浩飞，如果是他干的，会让他登门道歉。

卢天的话密不透风，张奎等于白来一趟。

正当张奎发愁的时候，卢天竟然带着卢浩飞来家里找他了。卢浩飞承认了他派人做的那些坏事，然后希望张奎能原谅他。

面对这样的转变，张奎觉得很意外。不过接下来，卢天说的话让他明白了原因。原来被卢浩飞撞到的那个女人在医院出事了，现在对方咬着卢浩飞不放。当时的目击者只有张奎一个人，所以卢天希望他能帮助卢浩飞。

"关于那家，我们会尽量满足对方的赔偿，毕竟他们人已经死了。老张，你这边我也不会亏待你。当然，如果他们非要针对卢浩飞，我们卢家三代单传，就这么一个男孩，那肯定不会善罢甘休。"卢天打开天窗说亮话，连哄带逼地说道。

张奎顿时勃然大怒，卢天的霸道让他非常生气，于是他断然拒绝了卢天的请求。

"你好自为之吧。"卢天和卢浩飞走的时候，甩下了一句硬邦邦的话。

卢家人走后，张奎家又来了几个人，他们正是那个女人的家属，陈家。陈家准备正式起诉卢浩飞，不过因为目击者只有张奎一个人，所以他出面做证就显得非常重要了。

"我们家没什么钱，也没什么能感谢的。不过当时您能上去制止卢浩飞对我母亲再次伤害，我们相信您一定是一个善良的人。所以，希望您能帮我们做证，我们不能让这种恶人逍遥法外。"

"好，你们放心，我一定会帮你们做证。这种人就该受到法律的制裁。"张奎义愤填膺地说道。

可让张奎没想到的是，他和陈家准备了半年的官司竟然输了。并且更让他们意外的是，卢家还将张奎告了，说卢浩飞被他打出了毛病，还有伤残鉴定书。

法院进行了第一次民事调解，因为当时张奎打人的时候被监控拍了下来，再加上还有派出所出警的证据，这些成了铁证。这让本来好心的张奎一下子变成了众矢之的。

张奎一辈子见过很多事情，唯独这样的事情没遇到过，他感觉特别气愤。卢家的做法让他决定一定要和对方死磕到底，至少陈家人能给他做证，当时他是因为卢浩飞第二次准备撞人才上去打人的。可是，这个时候，他收到消息，陈家人撤销了对卢浩飞的起诉，并且帮助卢浩飞做证，说当时卢浩飞并没有准备二次行凶。

这个戏剧性的反转，让张奎简直目瞪口呆。其中的问题他自然也是知道的，陈家人肯定是被卢家收买了。现在卢家气不过，所以把所有的气都撒在了张奎身上。

张奎做人清白，性格刚正不阿。正因为这样的性格，他才会上去殴打行凶的卢浩飞。结果，事情到了这个地步，他反而变成了一个罪犯。张奎怎么也想不明白，他不知道该埋怨卢家人的霸道还是陈家人的背叛。

坐在饭店的门口，张奎一个人在喝闷酒。饭店老板和张奎认识多年，当然知道他的为人。当时饭店老板就劝过他，不要和卢家人作对，可惜张奎不听。现在到了这个地步，老板也只能叹气难过。

不知道什么时候，一个人坐到张奎的对面，并且还倒了一杯酒。

"碰个。"张奎也懒得去管对方是谁，拿起酒杯说道。

对方举起酒杯跟他碰了一下，喝了杯子里的酒。然后，对方说话了："既然喝了你一杯酒，那么就帮你一个忙。"

"帮啥忙？你能帮我啥？"张奎醉醺醺地问道。

"这个给你，到时候你就知道了。"对方拿出一个东西，放到桌子上，站起来离开了。

张奎拿起那个东西看了看，那是一个巴掌大小的石牌，上面刻着两个小字：百镇。

"什么东西这是？百镇是哪里？要我去那里吗？他妈的，卢家人这么霸道，好像这法院跟他家开的一样。还有这陈家人，说撤诉就撤诉，你撤诉就撤诉，怎么还去帮卢家人做证人来告我。这是什么事啊！要是放打仗的时候，老子早带人崩了他们。"张奎拿着那个石牌，含含糊糊地说着，然后睡着了。

第一章　悬疑聚会

　　杭城的案子结束后,省厅给调查组成员放了几天假。沈家明和孟雪分别回了老家,郑卫国跟着唐建设去参加了几个会,而陈远去了安城。

　　安城距离省厅不太远,陈远是去参加一个聚会的。这个聚会是之前他在网上认识的几个朋友搞的,大家都是悬疑刑侦爱好者。这次聚会也是大家给陈远庆祝从殡仪馆工人升级成了一名警察。

　　"陈远,先说好,你过来必须喝酒,所以就不要开车了。"组织这次聚会的是一家推理游戏俱乐部的老板,名字叫安河。

　　"不开车可以,但是喝酒,我怕真不行啊。"陈远为难地说道。

　　"你放心,喝酒这块,你肯定不会最差,因为有个作家给你垫底。"安河笑着挂掉了电话。

　　安河说的作家也是他们这次参加聚会的朋友,是一名悬疑作家,平常在书店、杂志都能见到他的作品。

　　陈远坐上了从省厅到安城的大巴,他有一段时间没坐过这样的大巴,一时间还有点不适应。旁边坐着一个女孩,二十三四岁,戴着一顶帽子,塞着一个耳机,一边听着音乐一边玩着手机。

　　车子晃晃悠悠的,本来只有半个小时的车程,硬是开了一个多小时才到安城。下车的时候,陈远忽然发现,旁边那个女孩的一个提包没有拿。他拎着包下来找那个女孩,却发现女孩已经走了。陈远打开提包看了一下,里面只有一本杂志,也不值什么钱,于是便拿着那个提包走了。

　　安河的推理游戏俱乐部在安城的市北区,本来陈远还以为不好找,结果下车就看到了招牌,于是他快步走了进去。

　　推开门,门口站着一个戴着眼镜的男人,三十多岁,身材微胖,尤其是脸,肥嘟嘟的,看到陈远,他立刻伸手拦住了陈远,然后说道:"等一下,让我猜一下这是谁。"

　　这时候,后面过来两个人,一男一女,笑着看着他们。

　　"背包不错,但是有些灰,说明没怎么用过。衣服还是新的,应该是专门为了这次聚会才买的。眼神有点闪躲,看起来话不太多。手里拿的什么?是一本书,肯定是作家了。"戴眼镜的男人指着陈远说道。

　　"什么狗屁推理。"后面的男人笑了起来,"这是陈远,还作家,你没见过作家的照片啊!"

　　"安河?"陈远看到后面的男人,顿时明白了过来。

　　"是,我是安河,这是小美。这个男人你肯定知道是谁了吧?"安河介绍了一下说道。

"鬼子六，怎么你是这个样子啊？"聚会一共就四个人，除了作家，那这个肯定就是悬疑推理主播鬼子六了。在陈远的印象中，鬼子六的声音非常帅气，应该是一个帅小伙，结果没想到反差这么大。

"我该什么样子？人们总是喜欢被表面的东西欺骗，不愿意走进真实的世界。"鬼子六用字正腔圆的声音说了一下，证实了自己的身份。

正当大家说笑的时候，门外走进来一个男人，戴着眼镜，和鬼子六的身材差不多，毫无疑问，他正是最后一个还没到的作家。

"大家齐了，小美给你们准备了丰盛的晚餐，你们从外地赶来，就当给你们接风了。"安河带着大家走进了后面的餐厅。

平常大家在网上关系特别熟，见面了也没什么陌生感。尤其是坐到一起后，寒暄几句，话题全打开了。

"作家，你不是很早就到了，怎么现在才来？"安河说话了。

"别提了，遇到一点事情。"作家扶了扶眼镜说道。

"什么事？不会是被美女读者骚扰吧？"鬼子六嘿嘿一笑。

"你别说，还真是。"作家说着从包里拿出一本杂志，放到了桌子上，"这杂志是几年前的了，上面有我写的一个故事。今天我从安城下了车，遇到一个女孩，她说是我一读者。老实说，我也就一普通写书的，又不是什么大红大紫的作家，很少遇到这样的事情。女孩说我写的这个小说她特别喜欢，她希望我能告诉她小说里的地方在什么位置。"

"然后呢？"其他人问。

"这小说里的地方，是我虚构的地方，我怎么能告诉她在哪儿呢？我肯定劝她，小说是虚构的，不要当真什么的。可这女孩就是不听，后来实在没办法了，我只能把她送到公安局了。这不在公安局那边又是做笔录，又是帮忙劝那女孩，一直折腾到现在才出来。"作家郁闷得不得了。

"你写的什么啊，让人家这么喜欢，我们看过吗？"小美不禁问了一句。

"你们肯定看过，是之前在《男生女生》金版上发表的一篇名叫《博客凶灵》的稿子，好几年了，我都忘了这事了。里面的故事说的是一个叫百族镇的后人联合他们的族人，用追命令进行杀人。"

"隋朝末年，隋炀帝大肆搜刮钱财。为了给皇宫建造一座永生之塔，他特意四处征找能工巧匠。在西关外的一个山谷里，有一个族落，他们的族人世代以匠工为生，那就是百族镇。他们隐没在西关外，对于远在千里之外的朝廷之事毫不知晓。直到有一天，一个外人无意中闯进族落，他们的秘密也被带了出去。没过多久，朝廷便派人前来寻找匠工。百族镇大部分的男人都被带走了，只剩下一些老弱妇孺。

"永生之塔并没有修建成功，同样那些修建的匠工也没有回来。百族镇剩余的族民为了纪念那些死去的族民，于是便刻了一块追命令。他们要为那些死去的族民报仇。追命令刻好的那天，所有百族镇的族民便消失了，没有人知道他们去了哪里。"陈远说道。

"对对，这就是其中一段，陈远，你怎么这么熟悉啊？"作家连连点头。

"这个。"陈远扬了扬手里的一本杂志，"这是我来的时候捡到的一本杂志，也是一个女孩丢掉的，不会是同一个人吧？"

"这不知道啊。"作家愣住了。

"好了，既然事情过去了，就别说了。我们今天一醉方休，好好玩起来。"鬼子六拍了拍手，打断了他们的话。

在忙碌的工作中，几个爱好相同的朋友，难得聚到一起。也许是每个人都需要一个陌生又熟悉的环境来放松自己，鬼子六和安河都喝醉了，甚至陈远也喝得有点多。他们坐在一起，看着夜幕上的星星，感觉格外舒畅。

"作家，你写的那个故事是自己虚构的吗，还是这世上真有百镇这个地方啊？"陈远问了一句。

"故事自然是虚构的。不过说起来，这个故事是从我另一本小说里衍生出来的。"作家说道。

"你这是套路啊？"陈远不禁竖起了大拇指。

"写作靠的就是天马行空的灵感，套路能用好，那更厉害。我之前写过一个故事，就是百镇的故事，名字叫《理发师》。后来有个读者说想看后面的故事，有一天晚上我忽然想起了这件事，于是就写下了《博客凶灵》。写完后吧，反映也一般。只是没想到，过了这么多年，竟然有读者来找我，说实话，还是挺高兴的。"作家说着说着就睡着了。

陈远走到阳台上，他的心里忽然有点莫名的伤感，想要找个人说话，却不知道找谁，他忽然想起了孟雪，于是拿出手机给孟雪拨了一个电话，电话快要打通的时候却又慌忙挂掉了……

第二章　连环命案

周子峰进来的时候，人已经到齐了。

刚刚休完假，调查组的人还沉浸在假期中。孟雪和沈家明说着家里的事情，郑卫国在看文件，而陈远低着头在思索刚刚结束的悬疑聚会。

"新案子来了。"周子峰扬了扬手里的档案袋，走到会议桌前面，"把投影打开。"

所有人都安静下来，目光聚到了周子峰的身上。旁边的沈家明站起来，帮忙打开了投影。

"案子发生在安城。"周子峰说道，"2017年7月16日早上八点，有人报案在安城市人民区百子路23号杰出洗车行发生一起命案。死者杜杰，1987年2月4日出生，杰出洗车行的老板，小混混一个。

根据法医报告，死者身上多处伤口，但致命的伤口是喉咙被人用利器割破，导致失血过多而死。法医根据死者身上的伤口和致命伤口推理出凶器是一把定制的铁头尖刀，死者生前遭受对方的铁头殴打，然后割喉而死。现场一共发现三十二个物证，大多数都是死者的东西，其中有一个比较奇怪的东西，巴掌大小的白色石牌，正面刻着两个字——百镇，后面刻着一个看不明白的图案。"周子峰说着，将照片投影到了屏幕上。

看到那个石牌，陈远顿时吓了一大跳。

这个石牌和上面的字，竟然和他去安城参加悬疑聚会的时候提到的作家那篇小说里的百镇的追命令一模一样。

"安城警方调查了一下现场的那个石牌，并没有发现任何有关的线索。经过走访，警察得知这个杜杰并不是什么好人，他是安城有名的小混混，经常做一些违法犯罪的事情。这次杜杰的死，让很多受过他欺负的人都非常开心，以至于警察在调查的时候受到了很多阻力。"周子峰说道。

"会有这样的情况出现，有些做坏事的人死了，警察调查凶手，一些知情人反而不愿意告诉警察。不过我们是警察，面对的是法律，法律面前人人平等，哪怕他是个十恶不赦之徒，他的罪行也要由法院来审判。"郑卫国说道。

"郑队长说得没错，所以这次我们面对的案件可能会有一些难度。"周子峰点点头。

"周队，就这案子安城公安局也找我们啊？"沈家明觉得有点简单，不禁问道。

"当然了，要是这么简单的案子他们肯定自己解决了。你们不要着急，往下看。"周子峰说着点了一下投影仪的遥控器，投影仪上出现了另一个画面，两个人血肉模糊地躺在床上，周边到处是血，看上去非常血腥。

"这是另一起案子，也是发生在永城，时间是2017年8月1日，永城光华大酒店305房间，死者一男一女，男的叫邓明，37岁，永城市华明县一家麻将馆的老板；女的叫郑秀兰，29岁，永城市华明县人。两人都有各自的家庭，邓明的老婆叫黄翠儿，郑秀兰的老公叫李德胜。案发前，根据光华大酒店前台记录，邓明和郑秀兰先来到酒店开房，随后郑秀兰的老公李德胜也来开了个房间，就开在305的隔壁306。

永城公安局刑侦队对光华大酒店监控进行调查发现一个奇怪的事情，李德胜是一个人开的房间，但走的时候却是和黄翠儿一起离开的。现在永城警方怀疑杀死邓明和郑秀兰的凶手就是李德胜和黄翠儿，目前两人在逃。

法医对现场的报告是，邓明和郑秀兰两人是在睡梦中被人杀死的，凶器是钝器加锐器，凶手先用锐器割断了两人的喉咙，然后用钝器将他们击打致死。从两人的伤口痕迹来看，凶器的大小和安城发生的命案，也就是杜杰被杀的伤口一致。并且在现场，也发现了一模一样的石牌。"周子峰说着，将那个石牌的照片调了出来。

"这是连环凶杀案了，一样的凶器，一样的标志。"郑卫国说道。

"不错，本来这案子两个地方的公安局相互并不知情，甚至安城公安局还差点将杜杰的死归为报复性杀害。正好安城公安局刑侦处有一个警察的岳父家是永城的，他又有个同学在永城公安局工作。两人在一起吃饭喝酒，然后才发现这两个案子竟然惊人地相似，于是慌忙各自给上级汇报，两地警方沟通了一下，感觉这两个案子可能真的是另有乾坤，便汇报给了我们。"周子峰说道。

"那我们是先去永城还是去安城？"孟雪问道。

"两地警方沟通了一下，成立了一个专案组配合我们工作，地点在安城，因为安城离省厅这边比较近，方便我们。所以这次我们去安城。"周子峰说道。

"安城，陈远，你不是刚从安城回来，早知道你就别回来了，直接在那儿等我们了。"沈家明看着陈远笑了笑。

"你去安城了？"周子峰看了看陈远。

"是，是去安城见了几个朋友。"陈远点点头，然后犹豫了一下说道，"这次的案子，可能，可能我有点线索。"

"什么意思？"其他人都愣住了，看着陈远。

"这个，这个石牌的出处，可能在我一个朋友写的小说里。我也不能确定，但是很像。"陈远指着投影仪上的图片说道。

"你朋友写的小说？什么意思？"陈远的话让所有人都惊呆了。

"你们等一下。"陈远忽然想起来，那本杂志还在他包里，于是从包里翻出来，找到作家写的那篇小说中关于石牌的内容。

看完那段内容，大家更加惊讶了。

"陈远，你这位作家朋友还在安城吗？他写的这个东西是自己虚构的还是有所根据？"郑卫国问道。

"我问过他，他说小说都是虚构的。可能，可能是有人利用他小说里面的东西杀人的吧。我想起来了，在我们见面的时候，他说有个读者找他，想要去小说里的地方，就是那个叫百镇的地方。"陈远说道。

　　"看来这个案子还真有点奇怪。这样，陈远，你联系一下你这位作家朋友，如果他还在安城，那最好了。我们现在马上准备出发去安城，如果说真的是有人利用小说里的东西来杀人，那么凶手必然已经沉溺在自己的世界，有了自己的规则，这种罪犯也正是连环杀人犯的特性。"周子峰说道。

　　"周队长，你说得很对，本来，我想这么说的。"沈家明尴尬地笑了笑。

　　"这次有周队长带头，你更要努力了。周队长可是犯罪心理学的高才生。"孟雪白了沈家明一眼。

　　"对了，陈远，你那位作家朋友叫什么名字？我平常也喜欢看刑侦小说，不知道看过他的小说没。"周子峰问道。

　　"他的笔名叫风雨如书。"陈远说道。

第三章　真假难分

陈远没有想到这么快就又见到了作家，两人其实算起来从聚会结束才两天不到。本来作家准备回去的，但是因为之前那个女读者他又去了安城公安局。所以，陈远一联系，正好，他们约在了安城公安局见面。

对于调查组的到来，安城公安局的领导非常重视，尤其这次的案子是和永城警方结合，所以调查组的人进来后，安城公安局以及专案组的人员全部出来迎接。不过，让他们没想到的是，陈远他们的第一句话是："那个因为读者被你们留在公安局的作家在哪里？"

陈远带着组员见到了作家，相互介绍了一下。

"陈远，我可以走了吧？这读者可能有点问题，我也问清楚了。她说之前和她男朋友去过百镇，现在男朋友失踪了，她怀疑男朋友去了百镇，但她之前去的时候都是男朋友带她的，她不知道路线，所以才来找我。"作家说到这里，低声拉住陈远，"这十有八九是男朋友和她分手了，她现在情绪不稳定。我不能老在这儿陪着她啊，我还有稿子没写呢。"

"估计你还真是一时半会儿走不了了。"陈远不好意思地看了看作家，然后说，"来，我们借一步说话。"

作家疑惑地跟着陈远走了过去。

"我没听错吧？陈远，你不是开玩笑吧？"听完陈远的话，作家呆住了。

"你看看这阵势，能跟你开玩笑吗？"陈远无奈地摊了摊手，指了指前面的调查组和专案组。

"OK，你是说有人利用我写的小说里的追命令杀人，并且已经杀了三个人？"作家沉思了一下说道。

"没错，那个石牌上写的字就是百镇，和你小说里的情节一模一样，然后永城警方和安城警方都调查了那个石牌，什么线索都没有，唯一的线索就是在你的小说里出现过。坦白说，这个线索还是我提供的，因为我们前两天聚会时你说了这事情。"陈远点点头说道。

"我去，你别告诉我，要不是我这小说发表得早，你们还把我当嫌疑人了？"作家脱口说道。

"还真是这样。因为这是唯一的线索，所以现在其实你已经是嫌疑人了。不过，哥哥，我相信你肯定不是凶手。我们调查组也一致认为是有人利用你的小说里的情节来杀人的。"陈远说道。

"那接下来我怎么办？不会让我在这儿待着吧？"作家问道。

"不会，与其说你是嫌疑人，不如说你是破案的关键。毕竟凶手是利用你小说里的东西来杀人，可能你会比我们更了解这些东西。我跟我们领导讲了，让你帮忙，然后一起抓住凶手。你之前不是跟我说过，特别想参与调查案子吗？这也算一个机会啊。"陈远兴奋地说道。

"狗屁机会，能一样吗？"作家瞪了陈远一眼。

"那怎么办？我总不能让他们怀疑你是凶手，我最讨厌的就是我的朋友被怀疑了。"陈远说道。

"我当然不是凶手，我能怎么办，只能帮你们呗。"作家叹了口气，无奈地说道。

安城公安局会议中心。

对于目前安城和永城出现的案子，因为现场的石牌，案子聚焦到了作家风雨如书撰写的小说《博客凶灵》里面提到的一个百族镇的神秘族落，在小说里，这个族落的后人利用追命令杀人。但是，这个族落和这个追命令都是作家虚构出来的，并不存在，所以从这一点来看，可能凶手就是利用小说里的东西来杀人。

"这种情况其实也有很多。美国之前有过一个案子，凶手根据一本小说里的情节杀人，然后模仿其中的杀人手法。这些犯罪原因，犯罪心理学家分析过，可能是凶手正好在看这个小说，或者在看影视剧的时候有了共鸣，所以引发了心里早就萌生的犯罪冲动。目前我们的侦查方向应该放在两个方面：第一是这个凶手的身份，第二是凶手的犯罪心理，也就是发生这两起案子的背后原因，因为凶手不可能无缘无故地去杀害一个人，肯定是有原因的。"周子峰提了一下案子的侦查方向。

"对，我们还是要透过表面看到案子的核心，如果能找到凶手犯罪的动机，就会阻止凶手下一次杀人。之前我们分析了案情，安城被杀的杜杰是一个小混混，做了很多坏事，比如打架伤人，还诱骗一些女孩感情金钱；永城的案子则是两个出轨的男女。之前我们倒没觉得有什么，不过这次听到现场的石牌和小说里的追命令有关系，似乎凶手的动机就明白了，凶手会不会是拿着追命令，把自己当成了判官，然后对这些有错的人进行私自审判呢？"安城公安局刑侦大队队长乔子安说了一下他的想法。

"对，我也这么想。可能对方觉得这个追命令非常适合作为他审判这些人的标志。"沈家明说道。

"关于那个石牌，你们调查了吗？它的质地、做工方面有没有线索？"郑卫国问道。

"那个石牌的线索查不到，只能查出来石牌的原料是豫南省林石县特产的石头，至于雕刻的那块就不懂了。"乔子安说道。

"林石县？你说那个石牌是林石县的？"这时候，旁边一直沉默的作家突然说话了。

"对，有什么问题吗？"乔子安问道。

"老实说，我写这个小说，之前还写过一个小说，和这个小说有一点关系，也就是这个百镇的源头，当时我就是在林石县写的。"作家说道。

"对了，其实可能你们写书的人有个情况不太了解，在你们写东西的时候，不知不觉会把身边的人或者事物带到小说里。你们可能并不觉得，但是其他人看却会发现其中的相似之处。你说的那个小说叫什么名字？"沈家明问道。

　　"哦，我这儿有存稿，我发给大家看，名字叫《理发师》。"作家一听，立刻从背包里拿出了自己的电脑。

　　"我知道了，就是那天晚上你跟我说的那篇小说《理发师》吗？"陈远顿时想了起来。

　　这时候，作家把那篇小说找了出来，大家一起看了起来。

第四章　理发师 A

[一]

　　走到半路的时候，天空下起了蒙蒙小雨，淅淅沥沥的。两边都是半人高的绿色植物，挺立在雨中，放肆地吮吸着天上落下来的甘露。

　　叶子从包里拿出一把伞，刚想打开，我却摆了摆手。

　　雨并不大，淋在身上，有一种迷离莫测的感觉。这是在繁华城市里体会不到的。我深深吸了口气，尽情地呼吸着清新的空气。

　　"我们快点走吧！要不然，天都黑了。"叶子擦了擦刘海上的雨水，望着前面。

　　"我们就要到了，前面就是我们的目的地。"我望着前面有些迷蒙的景色，缓缓地说道，"百镇。"

　　百镇，是我们从网上找到的。看到网页上面的介绍和画面，我和叶子便决定，这个暑假就去百镇旅行。

　　百镇，是清朝乾隆年间一位名叫许天成的举人的故乡。后来许天成被大奸臣和珅陷害，着了文字狱，客死异乡。许天成的故乡为了悼念他，便在百镇的镇口立了一块石碑。据说，因为许天成是冤死的，所以每到雷雨天，那块石碑便会流出血水。

　　当然，现在这个年代，为了吸引游人，很多东西都是炒作出来的。所以，对于许天成的那些历史是否属实，我们并没有多大兴趣。

　　天色越来越暗，雨似乎也跟着天气变得大起来。

　　"秦刚，你看。"突然，叶子顿住了身体，用手指着前面，颤声喊道。

　　我抬头望去，就在这个时候，天空闪过一道闪电。瞬间的光亮，我看见一道石碑立在前面不远处。雨水疯了一样冲刷着石碑，上面有几道暗红色的液体正缓缓地向下流着。

　　"那个，那个会不会就是那个石碑啊？"叶子往后缩了缩，瑟缩着问道。

　　"走吧！兴许是一块雨水冲到上面变色的石头而已。"我往上提了提背包，向前走去。

　　走到石碑前，我才发现，那块石碑上的确流着血一样的东西。如此看来，网上对百镇的介绍并不都是假的。

　　我低头，用力凝视着石碑上的小篆文，可是，只能看清"清乾隆五十二年"几个字,后面的却是模糊不清。

"是秦先生吗?"远处传来一个声音,跟着闪过一道刺眼的光亮。

我皱了皱眉头,抬起了身。

一个男人从远处走了过来,他穿着一件黑色的雨衣,拿着一个手电筒。

"你是,万家旅店的老板?"我忽然想起,自己在网上预订了一家名为万家旅店的房间。

"是,我是老板。我叫万福。我怕你们摸不着路,便在镇子口等你们。"万福憨厚地笑了笑,说道。

"谢谢你啊!我们第一次来这里,又摊上雨天,还真有些惶恐。"叶子接口说道。

"那,我们走吧!"说完,我向前走去。

夜里的百镇,不知道是不是因为雨天的关系,街上一个人都没有。更为奇怪的是,家家户户都没亮灯,仿佛是一座死镇一样。

脚下的路是平坦的石板路,雨水撞击在上面,砰砰作响。我们跟在万福的后面,穿过两条狭小阴暗的巷子,终于在一个宅院面前停了下来。

万福打开门,笑着说:"到了。乡下小店,比不上城里的大酒店,两位将就下哈!"

我没有说话,抬脚走了进去。

院子里种满了竹子,还有一个很雅致的小亭子。这倒让我很是意外。在万福的带领下,我们来到了二楼。万福说,自己的宅子是祖传的,一直都是做旅店生意的。只是现在,很多人都往大城市跑,二楼的房子便一直空着。一直到有一天,一个画家来到百镇,把这里的风景介绍出去,才让他这个百年小店重新开业了。

万福说完,推了眼前的房门。

一股浓重的气息瞬间扑面而至,似乎是书墨的味道,又似乎是陈旧的灰尘味。我用力吸了两口,心里觉得有些莫名的舒畅。

[二]

半夜的时候,我被一阵奇怪的声音惊醒了。似乎是有人在敲窗户,轻轻的,又像是很急的样子。

我坐起来,往窗户边望了一眼。万家的二楼还保留着以前的建筑风格,窗户是绵纸做成的,风一吹,呼啦作响。

猛地,我打了个激灵。既然窗户是绵纸做成的,那么,刚才敲窗户的声音是哪儿来的?想到这里,我吸了口冷气,起身坐起来,慢慢地向窗户走去。

房间里很静,我的心几乎就要跳出来。

轻轻推开窗户,外面的景象由一条缝变得越来越大,最后,全部收进了眼底。

一个身着旗袍的女人站在外面,背对着我。

柔和的月光打在她的身上,仿佛是一幅唯美的图画。一时之间,我禁不住屏住了呼吸。

"唉！"女人叹了口气，带着说不出的哀怨。

"秀云，秀云。"两声悠长的喊声从院子外面传出来。眼前的女人提了提旗袍，往前走去，走到门口的时候，她忽然转过了身。

那是一张绝美清秀的脸，秀发覆在额头上，蛾眉微弯，不胜娇羞。

"秀云，秀云。"我喃喃地喊出了她的名字。

"秦刚，醒醒。秦刚。"耳边有人在喊我，我怔了一下，坐了起来。

窗外天色已经大亮，阳光从外面透进来。我揉了揉眼，看见叶子坐在床边，一脸焦急地看着我。

"你，什么时候来的呀？"我舒了口气，问道。

"我来了一会儿了。收拾下，出去吃饭吧！"叶子说道。

我点了点头。

菜是农家菜，荤素尽有。万福一边吃一边夸自己的老婆手艺好。看得出来，他们夫妻的感情非常融洽。

叶子一直没有说话，一副闷闷不乐的样子。

不知道为什么，昨天晚上的事情一直在我面前浮现。那个叫秀云的女人是谁？她的样子，让我无法忘记。我甚至想，如果能见到她，该有多好。

"秦先生，吃过饭，你们可以去百镇的书生坊看看。那里很不错的，是我们百镇历代文人的祠堂。"万福笑着说道。

"哦，好啊！"我慌忙回过神，应了声。

"不了，下午我想去理发。万老板，这里哪儿有理发店呀？"叶子把碗和筷子放到桌子上说。

"理发？姑娘，你要理发？"万福和他老婆一听，顿时呆住了，一副惊恐不安的样子。

"怎么了？这里没有理发店吗？"叶子奇怪地看着他们。

"百镇，百镇没有理发店。姑娘，还是回去再理吧！还有，在这里千万不要和别人提'理发'两个字。"万福一脸惶恐地说道。

"为什么？"万福的劝告，让叶子更加疑惑了。

"也许是这里的规矩。既然万老板说了，你就听吧！等回去后再理吧！"我看了看叶子，安慰道。

叶子瞪了我一眼，站起来走了出去。

"真麻烦。"我叹了口气摇了摇头。

"小两口吵架拌嘴很正常，多让让，自然可以白头到老的。"万福的媳妇笑了笑，说道。

我迟疑了一下，抬头看了看她问："你们百镇有一个叫秀云的姑娘吗？"

"秀云。林秀云？"万福一下张大了嘴巴。

"原来她叫林秀云啊！"我心里一喜，脱口说道。

"秦先生，你，你怎么知道她的？"万福的脸色忽然变得凝重起来。

我愣了愣，然后把昨天晚上的梦讲了一下。

听完我的讲述，万福夫妇半天没有说话。万福紧紧地拉着他媳妇的手，仿佛听到了一个骇人听闻的恐怖故事一样。

"你们，这是怎么了？"看着他们的神情，我不禁有些奇怪。

万福顿了顿，端起桌子上的茶杯，把里面的茶水一饮而尽，然后，告诉了我关于林秀云的事情。

[三]

一百年前，百镇里并没有理发师。每天巷子里都会有转街串口挑着担子的剃头匠。有时候，剃头匠几个月不来百镇。于是，这里的人便拿着剪刀对着镜子胡乱把头发剪剪。

一个春雨淅沥的早上，百镇来了两个人，一男一女，是两口子。他们从村口走到村尾，打听一个叫胡三的人。

村民从他们口里知道，两人是从外地来的。男的叫丁天，女的叫林秀云。因为家乡闹饥荒，所以想来投奔一个远方表亲。可是，他们找了一路也没找到那个叫胡三的表亲。村民们看他们可怜，便把他们留在百镇，让他们住在了百镇的祠堂里。

丁天的身体很弱，总是一副病恹恹的样子。有时候，走一步路还打几个战。林秀云和丁天在祠堂住下来以后，两人很少出来。很多时候，村民们只看见林秀云出来采一些草药。对此，村民认为那是他们刚到百镇，比较怕生。

直到有一天，外面的剃头匠再次来到百镇。已经蓄发太久的村民，纷纷围着剃头匠，等待理发。这一幕正好被外出的林秀云看见。

村长说，百镇没有剃头匠，所以才会这样。

林秀云思索了半天说，以前，我在我们村就是专门给别人剃头的。

村长一听，觉得分外惊奇。剃头匠一般都是男的，怎么林秀云，一个女的也会？林秀云没有说话，回到祠堂拿出一个包袱，解开，里面全部是剃头用的家什。

那个下午，林秀云为百镇十个人修了头发。男的看起来更加精神，女的看起来更加秀气。这让村民们分外高兴。只是，让人不解的是，林秀云把那些断发全部收了起来。

当天晚上，村长在村里摆了一桌饭菜，把林秀云和丁天请了过来，希望他们能够长期留在百镇。这样，百镇的人剃头便再也不用等别人了。村长还在村口为他们腾置了一个房间，让他们住了进去。

不知道是不是生活安定下来的缘故，丁天的身体渐渐好了起来。有时候，村民还能看见他站在门口，呆望着天空。村民们只要需要剃头修发，林秀云从来不会拒绝。只是，丁天的房门总是关得紧紧的，无论如何都不让别人进去。

对此，有村民便猜测，丁天的房间里有什么见不得光的东西。

而在这个时候，村里有人开始生病，先是四肢无力，接着便咳个不停，几天过后，便死在了家里。村民们以为是瘟疫，用尽了各种办法，可是死亡依然在继续。

然后，有人说凡是得病的人，都是在林秀云那里理过发的人。并且有人看见，林秀云拿着那些断发泡在茶里，端给丁天喝。这一切说得有板有眼。这让失去亲人的村民们彻底愤怒了，他们蜂拥着，撞开了丁天的房门。

在那里，他们看见丁天正在喝一碗药，而那碗药里，正泡着几束头发。

村民们冲了上去，那碗药被摔落到了地上……

说到这里，万福长叹了口气，眼角带着一丝泪痕。

"那，后来呢？"叶子追问了一句。

"后来，村民们把那个房子烧了。"

"啊，那林秀云不是被烧死了？"我惊声叫了起来。

万福点了点头："林秀云和丁天死后，村里的死亡并没有停止，反而越来越厉害。最后，百镇几乎成了一个死城。直到一个游方的道士路过这里，才把瘟疫去掉了。当然，这都是些传说。"万福说完，笑了笑。

可是，这真的是传说吗？我的眼前又浮现出昨天晚上林秀云的样子，她的眼角眉梢，她有些苍白的笑容，让人禁不住哀怜。

[四]

回到房间的时候，手机响了。

你还好吗？你在哪里？我很想你。

是林红发来的短信，我慌忙按下了删除键。叶子走了进来，她眼睛死死地盯着我，嘴角颤了颤："是谁？"

"是，是个朋友。"我顿了顿，说。

叶子没有再说话，转身坐到镜子前，把头发散开，一缕一缕梳理。窗外的光线有些暗，一点一点地投在她身上。镜子里的叶子目光反射到我眼里，我吸了口气。

从今天早上开始，我便觉得她有些奇怪。想起昨天晚上梦见林秀云，莫不是叶子也遇见了什么？想到这里，我走到她身边。

"秦刚，你说我把头发剪掉，好看吗？"叶子说话了，声音哀怨幽转。

"叶子，你怎么了？怎么说话奇奇怪怪的。"我拍了拍她肩膀。

叶子一下把手里的梳子扔到地上，趴在桌子上哭了起来，哀怨的哭声在阴暗的屋子里，显得格外阴森。

一时之间，我愣在了那里，不知道该说什么好。

"去我房间把帽子给我拿过来，好吗？"叶子停住了哭泣，声音柔和地说道。

我应了声，转身向外面走去。

"秦刚。"身后又传来叶子的声音，我不禁顿住了脚步。

"我爱你，真的爱你。"叶子继续说道。

"我知道。"我冲着她笑了笑，走了出去。

走出房间，憋闷在胸口的沉重一扫而光。叶子的举动让我有些无措。这次的旅行，其实是我们爱情的最后一趟行程。回去后，我们便会分手。我知道，叶子舍不得。可是，我们不得不分开。叶子的爸爸已经为她定下了一门亲事，下个月便会成婚。

叶子的情绪我能理解。在学校的时候，林红一直追求我。因为和叶子的关系，林红后来退却了。上个月，林红知道叶子要和别人结婚的事情，于是又开始联系我。

走出走廊，我看见万福的妻子正在洗衣服，看见我她微微笑了笑。来到百镇，一直都是万福和我们打交道，万福的妻子很少说话。

忽然，旁边的房间里传来一阵凄弱的婴儿的哭声。我皱了皱眉头，刚想说话，万福的妻子慌忙站了起来，急急地向房间里跑去。

万福竟然有孩子，怎么从来都没听他说过呢？我摇了摇头，向前走去。

叶子的行李包里很简单，旅行帽就放在里面。那是一顶白色的李宁运动帽，是上学时我送给她的，没想到她一直珍藏着。

旅行包里还有一个日记本，上面还带着一个小锁。叶子有写日记的习惯，这个我知道。可是，日记本上却带了个锁，这引起了我的好奇。我拿起那个日记本，轻轻摆弄了一下，锁竟然开了。

日记本很华丽，粉色的底面上写满了叶子的字迹。

在我最爱你的时候，离开你，是我所有记忆的终结。

看到第一句话，我心里一沉。这句话，让我有些不好的预感。日记本往后掀开一页，是叶子的一张照片，叶子中规中矩地立在上面。

猛地，我想起了一件事情。

那还是上学的时候，我和叶子在街上遇见一家出殡。灵车经过我们身边的时候，叶子忽然指着上面说："秦刚，怎么现在的遗像竟然是彩色的呀？"

"现在时代进步了嘛！再说，黑白的遗像，让儿女看着就害怕。"

"那我以后也要弄成彩色的遗像，免得爱我的人害怕。"叶子咻咻地笑着说。

我的心越来越沉，想起叶子的种种迹象。我慌忙把运动帽拿起来，向门外跑去。刚走到门口，撞到了一个人。

"秦，秦先生，出，出事了。"撞到的人是万福，他嘴唇哆嗦地拉着我说。

"怎么了？"我心里咯噔了一下。

"你朋友，她，她自杀了。我们……"

没等万福说完，我便踉跄着跑出了门外。

第五章　理发师 B

[五]

叶子倒在梳妆台上，眼睛睁着，直直地望着镜子里的自己。她的手里紧紧抓着一把头发，似乎是从自己头上拔下来的一样。

我一步一步向她走去，眼泪汹涌而出。

"秦先生，请节哀。"万福拍着我的肩膀。

我没有说话，只是呆呆地望着前面。

"秦刚，如果没有我，你会和林红好吗？"

"不会。"

"为什么？"

"因为，我们不合适。"

这个世界上，并不是谁都可以跟谁在一起的。林红对我的爱，难能可贵。可是，我爱的人一直都是叶子。即使她不得不嫁给别人，我也从来没有任何怨言。

"秦先生，我现在帮你联系回去的车。"万福说着站了起来。

"不，不用。我们说好在这里住三天的。三天后，我会带叶子离开。"我摇了摇头，惨然说道。

"那，好吧！"万福努了努嘴，转身走出了门外。

房间里又恢复了先前的安静。我把叶子夹在笔记本里的那张照片放到了她身边。现在我终于明白，原来叶子早已经计划好了一切。她无法违背父母定下的婚约，又不想离开我，于是，选择了这种方式。

窗外，天色一点一点黑了下去。

不知道过了多长时间，我被一阵轻微的喊声惊醒了。

一个女子站在面前，她的手里提着一个竹藤提包，亭亭玉立地站在对面。

是林秀云，我的脑子里闪过一道灵光。

林秀云往前走了两步，在叶子的尸体面前蹲了下来，打开了那个提包。

"你想干什么，林秀云？"我用力喊道，可是，却发不出任何声音。

我眼睁睁地看着林秀云拿着一些东西洒到叶子的身上。接着，叶子的身上开始长出一些头发来，那些头发越来越长，像一条条灵活扭动的蛇一样。

我拼命地喊，可是，嘴里却发不出任何声音。叶子身上的头发越来越长，越来越多，最后把她整个身体包满，仿佛是一团巨大的毛发。

啊，我终于叫出了声。

眼前一片漆黑，没有林秀云，没有变成头发的叶子。屋子里静静的，所有家具都摆在原处。

是噩梦。我心里松了口气，站了起来。

对面万福的窗户还亮着灯，隐约有一些嘈杂的声音传来。我推开门，走了出去。

这是我第一次去万福的房间。不知道是有意还是无意，万福一直都没有让我去他的房间。那天在楼下，我听见小孩的哭声，我隐隐明白，万福似乎有些秘密不想被别人发现。

楼梯是老式木板结构，踏上去软乎乎的。随着距离万福的房间越来越近，一股腐朽的味道也越来越浓。那种味道有些冰凉，有些刺鼻，和叶子身上的味道一样。那是，死人的味道。想到这里，我一下顿住了脚步。

"快了，就快了。"忽然，屋子里传出了万福的说话声，还伴着一些奇怪的声音。

好奇心瞬间涌了上来，我蹑着脚步慢慢向房间走去。走到房间外面，我猫着身子，然后从窗户缝隙里向里面望去。

看见里面的情景，我登时怵在了原地，全身像是被电击般，几乎僵直。

[六]

房间里，万福的妻子躺在床上。万福手里拿着一把剪刀，正在为她剪发。他的妻子身体如同被包在一个毛发团里一样。上半身已经露出来，下半身的头发依然来回晃动着。这和我刚才做梦梦见的一模一样。

我禁不住惊声叫了起来。

"谁，谁在外面？"万福一惊，站了起来。

我推开了门。

万福的妻子动了动身体，有些不自然。

"你，还是发现了。"万福叹了口气，请我走进了屋子。

"怎么会这样？"我盯着床上万福的妻子，疑声问道。

万福叹了口气，走到床边，继续帮妻子剪那些头发。

"当年林秀云死后，这种病就出现在百镇。最先是头发越来越长，到最后便把人包住。百镇的人说，这是发魔。"

"可是，下午的时候不是还好好的吗？"我有些不解。

"这些头发只需要一个小时便可以长出来。所以，每天我都会替她把它们剪掉。"万福说道。

"那，为什么不去看医生？"

"怎么没去过？可是，到医院却一点事也没有。回来后，病就又发了。医生看不到病情，以为我们是胡说。唉！幸好，它要不了命。"万福叹了口气说道。

我没有再问下去。

回到房间，我望着叶子的尸体，想起那个噩梦，我决定，明天离开百镇。

虽然我不知道那种发魔病是不是林秀云的诅咒，但所有的一切已经不再重要。我们为了这个故事而来，可是看故事的人已经离去。

我拨通了林红的电话，明天我就会回到她所在的城市。

为了让叶子能够安心和别人结婚，为了能让她和父母和睦相处，在叶子和别人订婚的时候，我也和林红订了婚。这一次的百镇之行，不仅是叶子的纪念旅行，更是我的爱情最后的纪念旅行。

天亮的时候，我抱着叶子上了车。万福和他的妻子来送我，万福的妻子看起来和昨天晚上的样子判若两人。

分别的时候，万福希望我能帮他问问外面的医生，能不能帮帮他的妻子。

车子启动的时候，我的眼泪落了下来。百镇前面的那块石碑越来越远，终于，消失不见。

叶子的葬礼，我没有去。

我一个人坐在家里，林红一直握着我的手。我没想到，这一次的爱情告别旅行，竟然成了叶子生命的告别旅行。

两天后，我和林红坐上了飞往新加坡的飞机。那里，有翘首等待我们的林红的父母。望着窗外飘浮的云朵，我的心又一次莫名地疼起来。

婚礼很顺利，林红的父母请了很多朋友，其中有一名叫谢成浩的医生。于是，我向他谈起了我在百镇见到的万福妻子的病。

谢成浩听完，对于我提出的情况很感兴趣。他说，头发的生长是有规律的。如果我所说的属实的话，那么，万福妻子的病应该是和百镇的气候和当地的环境有关系。谢成浩说，这种病在古医学上曾经提到过，所以，这将会是一个惊世的发现。最后，我们约定，蜜月过后，我和他一起去百镇。

[七]

蜜月过后，我向林红提出了去百镇的决定，林红极力反对。我知道，她担心我重游故地，会想起叶子的事情。我告诉她，我去那里，只是为了配合谢成浩。

车子在百镇村口停了下来。

百镇的样子依然没有变，只是游客似乎更多了。那个悼念许天成的石碑被很多人围着，有的在照相，有的在议论。

我告诉谢成浩，那块石碑每到雨天便会流出血一样的眼泪。谢成浩没有说什么，只是走到石碑面前仔细揣摩了半天。

许久，他抬起头说话了："这是一块孕石，也叫流泪碑，和流泪树差不多。至于它能流出血色液体，我想可能是这里的地表和雨水混合的问题吧！"

谢成浩一语激起了旁边百镇村民的反对。他们说，这是老祖宗留下的东西，是灵碑。

谢成浩没有说话，只是拉着我往前走去。之前，我听他说过，在上大学的时候，谢成浩除了修习医学，还是地质学的尖子生。

循着地址，我们来到了万福的家里。可是，无论我怎么敲门，都没有人开。

就在我们准备离开的时候，旁边过来了一个老人，他盯着我们问："你们是租房吗？"

"不是，我们找人。这家的主人，万福，你知道去哪儿了吗？"我摇摇头。

"万福？"老人摇了摇头，"这房子前段时间租给了一对夫妇，现在也不知道他们去哪儿了。"

老人的话让我吃了一惊，万福的房子是租的？怎么会这样？我愣住了。

老人打开了房子，里面和上次的情景一模一样，不同的是，里面没有我们要找的万福夫妇。

"会不会是出去看病了？"我不解地问道。

"如你所说的话，他们应该不会再出去了。"谢成浩分析道。

"这个房子，我也没敢动，因为房租还没到期，害怕人家再回来。"老人说着，往旁边房间走去。

我带着谢成浩来到了叶子曾经住的房间。房间里的样子和我们走的时候一样。我的眼前又浮现出叶子的容貌。

"魄香？怎么会有这东西？"忽然，旁边的谢成浩说话了。他的手里拿着一小截木头。

"那是万福点的香料，说可以驱虫赶蚊。"我说道。

"这是迷药啊！严重的话，会让人产生幻觉的。"谢成浩脸色沉重地说道。

"幻觉？"我愣住了。片刻后，我慌忙向旁边的房间走去。

"林秀云，林秀云的传说你知道吗？"我问道。

"没有。我在百镇都快七十年了，没听过。"老人摇了摇头说道。

林秀云的传说，难道是万福杜撰的？这是为什么？

这个时候，老人从床下拉出一个东西来。那是一个用毛发编织的套子，如果万福的妻子钻进去，正好合身。

顿时，我呆在了原地。

"如果，我猜得不错，这应该是个骗局。那个叫万福的先给你讲了一个关于林秀云的故事，然后利用魄香让你见到所谓的林秀云。只是，他这样做的目的是什么呢？"谢成浩说道。

为什么？我想我已经知道了。可是，会是这样吗？

[八]

我又一次抬起了手，这样的动作已经反复了好几次。我不知道该如何面对事情的真相。可是，我必须面对。

门开了，我提着行李走进了房间。客厅依然贴着一个大大的喜字，只是，寂静的房间里显得有些沉闷与逼仄。

"林红，你在家吗？"我喊了几声，却没有人答应。

把行李放好，我向卧室走去。

推开门，我一眼看见躺在床上的林红。一道猩红的伤口印在她的手腕上，床边流了一摊血。

"林红。"我慌忙走过去。

林红的脸色苍白，脸上已经有几块灰色的斑点，俨然已经死去多时。床头放着一张纸条，似乎是她死前写的。

秦刚，算算日子，你也快回来了。我知道你一定想到了真相。我不知道该怎么面对你。万福夫妇是我找的人，我只是想让他们利用林秀云的传说把你和叶子分开。可是，我没想到，叶子竟然自杀了。

当我知道你要和谢成浩再次去百镇的时候，我便明白这一切已经无法再隐瞒。我用了五年的时间爱你，最后终于和你结婚了。可是，我知道，你想到真相后一定不会原谅我。所以，我以这种方式向你和叶子赎罪。

看完最后一句话，我无力地瘫坐到了地上……

第六章　方向分配

　　两篇小说，不一样的故事。不过都和一个叫百镇的地方有关系。如同调查组成员分析的一样，所谓的百镇可能是作家根据当时所处的林石县虚构出来的，但是却被这次的连环凶杀案的凶手当成了真实存在的地方。

　　"会不会真的有百镇这个地方呢？只不过我们不知道而已。那个一直找你的读者，不是说她和男朋友去过百镇吗？然后说她男朋友后来去百镇，失踪了。这会不会不是巧合啊？"陈远突然想起了这个问题，于是问道。

　　"我问过她很多次，她说的话前言不搭后语，有些东西一听都是自相矛盾的，根本不能相信啊。"作家无奈地说道。

　　"对，这个女孩我也和她交流过，可能精神方面确实有点问题。她说的事情条理性不对，一会儿说是和男朋友在一起的时候男朋友失踪的，一会儿又说男朋友自己失踪的。她给我们提供的一些电话信息，我们验证了一下，有的也是错的。"乔子安补充了一下。

　　"也许她是受了什么刺激，不如让我和她聊聊？"沈家明毛遂自荐，"我的专业是心理学，擅长和人沟通，兴许能问出点什么。"

　　"那事不宜迟，沈家明，你和作家老师现在就一起去见见那个女孩吧。"周子峰说道。

　　沈家明和作家离开了会议室，然后周子峰继续说了起来："现在我们确定一下侦查方向和每个人的具体工作。刚才我只是简单说了一下，侦查方向分为两个方面：一个是对已经发生的命案的尸体和现场进行调查，寻找线索，这一块，孟雪和陈远负责；另一个方面是对这个凶手的杀人动机进行调查，这块由我和郑队长负责。对于目前发生的两个案子的具体情况，如果不懂，可以多向永城和安城的同志请教一下，他们毕竟比较熟悉。"

　　会议结束了，按照周子峰的安排，陈远和孟雪要去调查尸体和现场的情况。他们先去了杜杰被杀的现场，安城市人民区百子路23号杰出洗车行。

　　因为杜杰已经被杀，所以杰出洗车行也关了门。在来之前，陈远和孟雪看过照片上的现场。不过因为照片摄制条件有限，所以有一些细节的地方并没有办法注意。

　　这是一个七十多平方米的门面房，前面一部分是洗车的位置，后面是收银台和休息区。杜杰的尸体就在休息区与收银区的中间。

　　"尸体头朝东而卧，身上多处击打伤痕，全部来自一个凶器。从这些伤口的位置看，杜杰应该是在没有反抗力的情况下被打的。凶手应该是一进来就对杜杰进行了割喉，再进行击打。"孟雪看了一下法医报告上的结论说道。

陈远往前走了两步，微微闭上了眼。案发当天晚上，车行已经下班，只有杜杰一个人。杜杰是一个小混混，常年跟人打架，如果有人跟他发生争斗，他肯定不容易吃亏。这时候，凶手进来了，杜杰走过来，结果凶手却突然割破了他的脖子，杜杰捂着伤口，血从喉咙喷出来，形成了现场的喷溅血液形状。接下来，凶手冲上去对杜杰进行击打，击打的顺序从他的头部到胸口，再到腹部，因为喉咙喷射血，所以凶器被沾上了血，导致杜杰胸口以及腹部的击打伤口有凶器留下的血印。

杜杰被打倒在地后，凶手停了下来，拿出那个石牌放到了现场，最后离开。

"那个石牌当时就在这个位置。"安城之前来过现场的警察江洋指了指前面。

"那个石牌上面有指纹吗？"陈远问道。

"没有，这是比较奇怪的一点。杜杰身上的血迹其实有喷溅到这个石牌旁边，但是石牌上却没有血迹，也没有指纹。我们怀疑凶手可能戴着两层手套，在行凶杀人后，脱掉了外面的手套进行犯罪。"

"问过附近的人吗？案发当天有没有目击者？"陈远问道。

"问了，没有目击者。案子发生的时候是晚上，这里本来人就少，再加上这个杜杰总是会带一些小混混来，平常人躲还来不及，根本不敢靠近。"江洋说道。

"杜杰的父母朋友，以及比较亲近的人调查过吗？"陈远想了想问道。

"杜杰的父母在外地，两人在杜杰很小的时候就离婚，然后各自成家了。杜杰从小野惯了，初中毕业后就来到安城打工，跟着一些小混混到处惹是生非。他的父母因为有了新的家庭，所以根本不管他。杜杰这人比较阴险，对人不太好，他几乎没有朋友。如果要说比较亲的人，只有一个，就是安城以前最大夜总会的老板丁书成。当初就是他收留了杜杰。不过这个丁书成两年前开始做正当生意，和杜杰也不怎么来往。"江洋说道。

从杜杰的死亡现场出来，陈远看到前面不远处有个人影在鬼鬼祟祟地张望，于是他低声对江洋说道："对面有个人比较可疑，一会儿找机会堵住他。"

江洋明白了过来，和另外两个警察一起从后面绕过去，对那个人进行包抄。那个人发现江洋他们追过来了，立刻向前跑去，可惜没跑多远就被堵住。

"你是干什么的？"江洋将那个男人带到陈远他们面前。看到男人被抓，旁边围过来不少群众。

"我怎么了？我好好的，你们干什么抓我？警察了不起啊！"男人大声叫着。

"你怎么知道我们是警察？"这次出来，陈远他们都穿着便衣，江洋他们也没穿警服。

"我，我，我猜的。"这一句话让男人顿时语塞，不知道该说什么。

"你很厉害啊，还会猜，你猜猜下面我要干什么。"江洋一听，顿时火冒三丈。

"回去再说。"陈远拉了拉江洋，示意旁边还有其他人在看着。

"走，跟我回去。"江洋说着，将男人拉着推到了前面的车里。

第七章　百镇之旅

沈家明仔细打量了一下女孩，皮肤白皙，面容清秀，不过眼神有点慌乱，也许是因为在公安局，她的情绪有点紧张，时不时拿出手机看时间。

关于情况，女孩已经说了好几遍。女孩叫章敏敏，今年二十一岁，是安城第三职业技术学院的大三学生。章敏敏说自己的男朋友叫南飞鹏，是永城人，和自己一样，也是悬疑小说爱好者，都喜欢作家的作品。今年年初，南飞鹏突然跟章敏敏说他找到了作家写的《理发师》里说的百镇，于是两人便一起去了那里旅游。当然，他们并没有见到作家在小说里写的那些内容，毕竟小说是有虚构成分的，不过还是满足了他们的好奇心。

今年5月，南飞鹏忽然又去了百镇，说之前在百镇的时候认识的一个女人请他过去。等章敏敏知道后，南飞鹏已经去了百镇，并且电话开始打不通，到最后竟然失踪了。

章敏敏协助南飞鹏的家人报了警，可是警察调查了一下，发现并没有章敏敏说的那个百镇，并且根据南飞鹏的信用卡刷卡记录，他们发现南飞鹏之前在安城出现过。这个案子一拖就两个多月，无奈之下，章敏敏想到了找一下小说的作者，看能不能问到关于百镇的消息。

事情的原委其实很简单，但让章敏敏没想到的是，她找到了作家，却没有得到任何有用的线索。接连几个月的走访，加上消息的落空，让她的情绪顿时发生了巨大的变化，才会出现她非要拉着作家帮她的事情。

对于章敏敏说的事情，沈家明让在调查组里的永城公安局警察打电话查了一下，确实在今年5月18日，有一个报案，一个叫南飞鹏的大学生失踪了，但是没有具体的信息资料。

"章敏敏，你放心，我们既然了解了这个情况，就一定会尽力帮你找下男朋友。但是你也要做好各种情况出现的准备。"沈家明说道。

"警察叔叔，你这是什么意思？"章敏敏愣住了。

"南飞鹏失踪了这么久，到底发生了什么情况这谁也说不准，我的意思是你做好心理准备，毕竟对于失踪案来说，超过三十天的，肯定会有意外发生的情况出现。"沈家明说道。

"不，不是的，不是的。"章敏敏一听，顿时浑身哆嗦起来，"那个人说的是假的，肯定是骗我们的，怎么会？这世上怎么会有诅咒？不会的，不会的。"

沈家明愣住了，看到章敏敏的样子，他感觉对方似乎有什么事情在瞒着他们。

"什么诅咒？章敏敏，你是不是有什么事情没跟我们说？"作家也看出了问题，不禁问道。

章敏敏抬起头，眼里充满了恐惧，哆嗦了半天，她说出了一件事。

2016年12月24日，章敏敏和南飞鹏去了百镇。南飞鹏没有说是从什么地方找到的路线，不过一直以来无论去哪里，章敏敏都听他的话。那一次，章敏敏只记得他们坐车到了一个叫白家的地方，他们在那里一个破旧的小饭馆吃了一顿午饭，然后坐上了一辆三轮车，三轮车在颠簸的路上开了大约二十分钟，他们到了。

一进镇子里，他们就看到了门口的那个状元石，上面刻着两个字：百镇。他们顿时兴奋极了。来之前，南飞鹏已经和这里一家农户订好了住的地方。对于他们的到来，那家人非常热情，并且做了一大桌农家菜招待他们，农户的主人叫莫军，莫军的老婆死得早，家里只有两个儿子和一个儿媳妇。吃完饭，大家坐在一起聊天，其间，章敏敏想和莫军的儿媳妇聊聊天，但是对方有点害羞。再加上章敏敏和南飞鹏赶了大半天的路，也够累的，于是当天晚上很早就休息了。

半夜的时候，章敏敏醒了，结果却发现南飞鹏不在床上。于是，她起来看了一下，然后发现南飞鹏在房间的门口往外偷看着什么。

章敏敏不禁走过去，刚想说话，却被南飞鹏拉住，然后捂住了她的嘴巴。透过门缝，章敏敏看到外面，也就是他们住的这家农户的大厅，只见莫军和他的大儿子，正按着儿媳妇，然后让小儿子趴在儿媳妇身上。

"这，这太恐怖了吧？"章敏敏顿时惊呆了。

南飞鹏拉着她，轻声回到了床上。

"我出来喝水，听见声音，就过去看了一下。说出来你可能不信，一开始是莫军和小儿子按着那女孩，让大儿子上，你过来的时候，轮到小儿子上了。以前我听说有些偏远山村，因为家里条件不好，所以两个儿子会娶一个女人做媳妇。没想到今天遇到了，真是意外啊。"南飞鹏说道。

"那女孩会不会是拐卖到这里的？这种事也太离谱了吧？"章敏敏不太相信。

"白天也没见那女孩说什么，看着不像啊。我们还是不要多管闲事了。"南飞鹏对章敏敏说道。

两人没有再说什么，隐约还能听见外面女孩痛苦的叫声，慢慢地声音没了。章敏敏也睡着了，等她醒过来的时候，天已经大亮了。

莫军准备了早饭，大家坐在一起吃饭。那个女孩看上去跟没事一样，这让章敏敏和南飞鹏倒有点尴尬，本来他们还想找机会问一下这个女孩什么情况。

接下来章敏敏和南飞鹏在百镇玩了两天，这个古色古香的村子，让他们流连忘返。一直到临走的那天，他们遇到一个男人，男人听说他们住在莫军的家里，不禁有点惊讶，然后神神秘秘地问他们有没有发现什么奇怪的事情。章敏敏和南飞鹏立刻想到那天晚上看到的事情。

"其实不用问你们肯定会发现。因为莫军的家里有个诅咒，如果不早点解决了，他们莫家就会断子绝孙。以前他们不信，后来几次发生的事情让他们不敢再不信，并且诚心诚意地想办法解决被诅咒的事情。"男人说道。

"到底是什么诅咒啊？"南飞鹏问道。

男人笑了笑，没有再说。

也许是因为男人的话，最后一晚上，章敏敏睡得不太踏实，甚至还做了一个噩梦。在梦中，她梦到自己被莫军绑住，然后他的两个儿子淫笑着走到她身边。

"你不是想知道那个诅咒吗？现在告诉你。"

章敏敏一下子从噩梦里醒了过来。

"后面，后面的事情我竟然记不起来了，一直到现在我都记不起来。后来的记忆就是我和南飞鹏回来了，但是我隐约记得那天做了那个噩梦醒过来后还发生了一些事情的。"

"你没问过南飞鹏吗？"沈家明问道。

"问了，他说没什么事，说当时我可能有点感冒，头晕乎乎的。"章敏敏说道，"不过我觉得他在骗我。"

"那回来后发生过什么事情吗？"沈家明想了想又问。

"也没什么事，都挺正常的。"章敏敏说道。

"沈警官的意思是问你，你的身体有没有发生过什么事情，比如，有没有怀孕什么的？"这时候，旁边的作家突然说话了。

沈家明一愣，他不知道作家的意思，不过听到这话的章敏敏脸色突然变了，点了点头："对，是怀孕了，后来，后来南飞鹏带着我去做了人流。"

作家看了看沈家明，眼神有点复杂。

沈家明顿时明白了过来。

35

第八章　生日宴会

安城好百年酒店。

今天是张合的好日子，他的顶头上司因为双规被撤了，他这个做了多年的副手终于上来了。再加上今天是他的生日，所以请了一些朋友过来庆祝。当然，这次的生日宴会，名义上是给张合庆祝生日，实际上是庆祝他高升。在官场上，很多事情就显得非常重要了，于是各个单位的领导，都派人过来参加生日宴会。

"真抱歉，张先生今天的客已经满了，你们请回吧。"张合的秘书小何今天已经说了无数遍这样的话，因为过来的人太多了。这些人大多数是不请自来，目的自然明确。当然，对于他们非要留下来的东西，小何也拒收。

"我们可以不参加，但是这东西必须得留下，否则回去没办法交差。何秘书，大家都不容易，你得理解下。"离开的人自然不愿意带着东西再回去。

"张先生肯定不会收的，我也不敢收啊。这样吧，我给你们出个主意，隔壁有个小超市，你把东西放那里，等到生日宴会结束了，我带张先生过去，他要是愿意接受就接受，不愿意的话，你们改天再过来拿。"何秘书出了一个主意。

"这太好了，就这么办。"送礼的人顿时明白了过来。

生日宴会总算快开始了，基本上也没有人来了。

这时候，一辆出租车停了下来，一个男人急匆匆地从车上下来了，他的手里拿着一个灰色的盒子，向好百年酒店里面走去。

"你干什么的？"何秘书和一名保安拦住了男人。

"我，我找张合。"男人有点紧张地说道。

"你谁啊？"听了大半个晚上对张合拍马屁的小何顿时怒火中烧，大声问道。

"我给他送礼的。"男人用手指了指自己怀里抱着的东西。

"送什么礼？赶快回去吧。平白无故的，张老师不收东西的。"何秘书对着男人吼了起来。

"不是，这个东西你一定得给他。他肯定需要的，放心，这里不是钱什么的。不行我在门口等着他。"男人说道。

"不是说了不要吗？你再不走，我让保安撵你走。"何秘书厉声喊道。

"你帮我给张先生，我就走。"男人还在坚持。

"行行行，我帮你转给他。我真服了。"小何实在受不了了，答应了男人的要求，将那个礼品盒收走了。

整个生日宴会非常顺利，唯独张合的儿子没来，说是在学校跟老师补课。中间，张合的老婆给老师打了几个电话，老师说张合的儿子已经走了，估计在路上。

接下来是送客，张合的老婆忙得有点头昏脑涨，等到客人走得差不多了，张合问起儿子的事情时，张合的老婆这才想起来，慌忙又给家里打了个电话，结果没人接，给儿子打电话也没人接。

"可能出去玩了吧，都十一二岁的孩子了，又不是三五岁。"旁边的人劝说着。

张合没有说什么，但是张合的老婆觉得有点不放心，因为儿子很早就吵着说要参加父亲的生日，要吃蛋糕。

这时候，一个服务员走了过来，拿着一张纸条："张先生，这是一位先生给你的纸条。"

张合接过纸条一看，顿时脸色大变，立刻冲着门口的何秘书喊了起来。

"今天送的礼中有没有一个灰色的纸盒子？"张合问道。

"有，有的，礼物太多，大部分不合适的我都拒收了，让他们送到了前面的超市。"何秘书说道。

"快去那里找下，找一个灰色的纸盒子。快。"张合的声音颤抖着。

"怎么了？发生什么事了？"张合的老婆慌忙问道。

"先别说话，先去看看这里的礼物，有没有一个灰色的盒子，让所有人一起看。快。"张合对旁边的人说道。

所有人都忙了起来，包括饭店的服务员，那些被收起来的礼品顿时全部被拿出来了，有的里面装着现金，有的装着珠宝，有的还有银行卡，各种各样的东西被撒了一地，但是并没有张合说的那个灰盒子。

"收起来，先收起来。走，去那个超市看看。"张合对他的老婆说道。

"到底出什么事了？刚才还有那么多外人，怎么把礼品都翻出来了？"张合的老婆出来后嘀咕道。

"你看看这个纸条。"张合拿出那张纸条，递给了他老婆。

张合老婆看了一眼，顿时呆住了，然后嘴唇哆嗦着："我的天，这，这怎么办啊！"

"别号丧了，快去找吧。"张合也是一脸担忧。

"找，还找啥，还不报警啊！"张合的老婆哭着说道，那张纸条上写着一句话：张先生，你有两个小时的时间来救你的儿子，具体地址，在一个灰色的礼品盒里。

"报警，你他妈的疯了吗？这么多礼品，里面全他妈的是钱和东西，你这是让警察直接带走我吗？"张合对着老婆就是一巴掌。

这一巴掌一下子把张合的老婆打醒了："那，那找一下，这也不知道时间够不够，孩子有事没事。"

超市里的礼品也全被拿过来了，依然没有那个灰盒子。

"会不会是有人恶作剧，故意整我们啊！"旁边有人说话了。

"可是现在孩子就是联系不上啊，这可不是玩笑啊。"张合的老婆说道。

"何秘书，你再想想，还有没有漏掉的礼物，或者是不是你退给人家了？"张合抽了一口烟，看着何秘书问道。

"人既然拿纸条过来了，说明那个盒子肯定是送到了，不然也不会再送来这个纸条。我去查一下饭店里面的监控，看看那个人是什么样子。"张合的弟弟说道。

"查那现在没用，回头让警察查。当务之急是找到孩子。"张合说道。

"礼物我要不分配到了那个超市，要不就登记在案了。实在……对了，我想起来了，有个男人之前来送礼，什么都不说，就说是送礼的，胡搅蛮缠的，非要把一个礼品送来。我害怕那个礼品有问题，便扔到了旁边的垃圾桶里。"何秘书忽然想了起来，立刻冲向了旁边的垃圾桶。

果然，那是一个灰色的盒子。

盒子里有两个东西：一个是张合儿子的学生证，一个是一张卡片，上面写着一个地址：安城东山路23号三水化工厂。

"快，快去那里。其他事，你们收拾下。"张合对弟弟说了一下，立刻让人开着车向前冲去。

"张先生，要报警吗？"何秘书问道。

"报警，就说孩子被人绑架了，地址是这个。"张合说道。

何秘书立刻拨打了安城公安局报案中心负责人电话。

十分钟后，张合他们来到了三水化工厂面前。接到报警后，公安局立刻安排出警，安城公安局刑侦队副队长韩松也赶到了现场。

"怎么回事？"韩松走过来问道。

何秘书走过去将事情经过说了一下。

"先进去找吧，别等了。"张合的老婆哭着喊道。

三水化工厂是一个废弃的厂房，正属于拆迁区。因为常年空置，算是危房了。这厂房面积不小，还有地下，一时之间找个人，还真是难事。

"要不这样吧，省厅调查组正在这里调查其他案子，张先生，你给局长打个电话，让他们过来帮忙，应该会事半功倍。我们呢，先让人进去找一下，争取早日找到孩子。"韩松给张合出了个主意。

"好，我来打电话。"张合马上同意了韩松的提议。

张合拨通了安城公安局局长的电话，将事情经过说了一下。

"你放心，张先生，我立刻跟省厅的同志沟通下，相信他们肯定会帮忙的。这事情十万火急，肯定会没问题的。"

这时候，韩松带人进去里面开始查找。

张合他们也没闲着，一起进去寻找。不过张合隐隐感觉到，孩子的事情可能和这个三水化工厂有关系。

"张先生，你说这事会不会是李伟刚干的？他当年因为这个化工厂的事情说过要报复你。"旁边的何秘书说话了，可见他也想到了这一点。

"不知道，这事情谁也说不准，只能等警察调查后才能知道。现在我只想着孩子没事，要不然不管是谁干的，我饶不了他。"张合阴沉着脸，冷声说道。

第九章　全城戒备

　　那个在杜杰被杀现场鬼鬼祟祟的人已经确定了身份，他叫郎四海，是杜杰的朋友。对于杜杰的死，郎四海什么都不说。问他为什么会出现在杜杰的被杀现场，他说是路过，看到警察在那里，便好奇想偷看一下，结果没想到被看到了。

　　江洋调查了一下郎四海的背景，他外号叫野狼，和杜杰从小便认识，经常在一起办坏事。并且案发当日，有人看见郎四海来找过杜杰。

　　"冤枉啊，警察同志，你们不会怀疑杜杰被杀跟我有关系吧？我知道了，是小桃，是小桃找人杀了杜杰。"郎四海突然叫了起来。

　　"小桃是谁？郎四海，你知道什么，最好老老实实跟我们说一下。"陈远看了看旁边和他一起审讯的安城公安局刑侦队队长乔子安，对郎四海说道。

　　"是这样的，杜杰之前骗了一个女孩，那个女孩叫小桃，在新城路那边一家足疗会所做足疗师。杜杰骗了小桃钱，还给她下了迷药，让人轮流上了小桃，并且还拍了照片和视频。小桃之前找过我，想让我帮她杀了杜杰，可是，我哪敢啊！所以，肯定是小桃找人杀了杜杰。"郎四海说道。

　　"把那个叫小桃的详细信息和工作的足疗店地址说一下。"乔子安说道。

　　"就在新城路尽头的柔情足浴，小桃叫什么，我真不知道，只知道她叫小桃。"郎四海说道。

　　"郎四海，你说杜杰找人强暴了小桃，你参与了没？那两个人你知道是谁吗？"陈远问道。

　　"没有，我怎么可能做这事。老实说，我虽然和杜杰认识，但我是老实人。杜杰找人强暴小桃这事，我也是听小桃说的，我之前压根都不知道。"郎四海慌忙摆摆手说道。

　　这时候，孟雪走了进来，走到陈远身边，低声和他说了几句话。然后陈远又和乔子安说了几句话，跟着孟雪离开了。

　　"很着急吗？"从审讯室出来，陈远问道。

　　"叶局长打电话了，让我们快点过去，尽力配合。我们倒没什么，主要说你对现场比较敏感，让你一定要参与进去。"孟雪说道。

　　"哪个当官的事情，这么牛，竟然让叶局长打电话过来。"陈远有点疑惑地说道。

　　"不管他是什么人，主要现在孩子命悬一线，必须马上找到他，否则可能随时会死掉。"孟雪说着打开车门，直接上了车。

　　司机开得很快，直接连红灯都不避。从安城公安局到目的地只用了不到五分钟时间。也许是开得太快，陈远有些晕车。

"是省厅的同志吗？"孟雪和陈远一下车，一个穿着西装的男人走了过来，脸上充满了期待。

"我们是。"孟雪点点头。

"你们来了就太好了。"那个男人握着孟雪的手，欣喜地说道。

"好了，何秘书，别说了，快进去找人吧。"旁边的女人对男人喊道。

"别着急，先把情况跟我们说下。"陈远看了看何秘书。

"能不着急吗？我儿子被困着，快要没命了啊。"女人哭着叫了起来。

这时候，旁边走过来一个四十多岁的男人，对着女人喊道："不要再哭了，要是受不了，回家等消息。"

陈远和孟雪对视了一眼，看来眼前这个男人就是正主。

"我叫张合，现在被绑架的是我的儿子。"虽然孩子命悬一线，但张合还是表现得很镇定，的确不是一般人。

"有这个场子的建筑结构图吗？"陈远问道。

"这个我们怎么没想到啊。"旁边的何秘书一拍脑袋，脱口说道，"我们办公室好像之前的档案里有这个场子的建筑结构图。"

"你办公室怎么会有这里的建筑结构图？"张合瞪了何秘书一眼。

"是，是啊，我可能记错了。"何秘书一愣，连忙说道。

这个简单的对话，让陈远顿时感觉这个张合似乎在隐瞒什么东西，都这个时候了，还这样。陈远不禁说道："来的时候，杨队长大概和我们沟通了下，是说孩子被困在这个场子的某个地方，对吗？"

"是的。"张合点点头。

"对方给你们说是两个小时内救他，也就是说两个小时后孩子有生命危险。这种生命危险分两种：一种是人为伤害，一种是物体伤害。对方应该不会用人为伤害，因为这样相当于自投罗网。那么他肯定做了物体伤害的设置，比如用定时器做的杀人机关，又或者说只给了孩子两个小时的活命时间。这个场子不小，并且废弃了有一段时间，如果我们拿不到建筑结构图，很难在有效的时间内锁定可能困着你孩子的地方。"陈远解释了一下现在的情况。

"好吧，让老侯把这里的建筑结构图送过来。"张合沉思了几秒，转头对何秘书说道。

"不，送过来太浪费时间，直接发照片过来。"陈远说道。

"听他的。"张合点了点头。

搜寻已经进行了半个小时，韩松带人基本上已经将厂房里面的角落、有可能的地方都找了个遍，但是一无所获。

张合这边已经收到了建筑结构图的照片，陈远正在仔细查看。

"会不会是对方骗我们的？"韩松问道。

"不，不会吧。"

"这里是什么地方？为什么用的空白区？"陈远指着结构图上一个区域问道。

"这，这是不合格的地方，之前让他们修改的。"何秘书说道。

"不合格？为什么不合格？"陈远不明白。

"我知道原因，当时审核，专家觉得这个化工厂这块有问题的地方与地面距离有点远，会将化工厂的一些毒气产生回退，所以让对方修改这里，或者直接将这里关掉。"张合说话了。

"奇怪，我们在查的时候，并没有发现有往地下的通道。"韩松说道。

"位置在这里，就是一层东头的尽头。"陈远说着向前走去。

一行人，走到一层的东头尽头，结果那里是一堵墙。正当所有人不知道该做什么的时候，陈远突然照着那堵墙有力踹了一脚，踹出了一个大洞，后面的人慌忙过来帮忙，很快一个入口出现在眼前，大家蜂拥而入。

"找到了。"突然有人叫了起来。

"等一下，先不要进去。"陈远喊道。

可惜，心急如焚的张合根本不顾陈远的喊声，直接带着人冲进了里面。一个十一二岁的小男孩躺在地上，俨然已经没有了呼吸。

陈远和孟雪走进去，四处看了一下，然后一眼看到前面不远处，放着一块手掌大小的石牌。陈远心里一紧，立刻走了过去……

第十章　调查之后

沈家明和作家出来了。

"抽烟不？"沈家明拿出一根烟递给作家。

"不，我不抽烟。"作家摆了摆手。

"其实我也不抽，不过刚才过来的时候，我特意买了一盒。我印象中，创作者都会抽烟，因为需要释放情绪。"沈家明笑着收起了烟。

"的确，很多创作者烟不离手，尤其是在创作的时候。不过我是个例外，我对烟味有点反感。"作家说。

"章敏敏说的事情，你怎么看？"沈家明问道。

"这个我不好说。章敏敏说她回来后怀孕了，可能是南飞鹏的，也可能是她被人下了迷药，被莫军的两个儿子侵犯了。"作家猜测道。

"为什么会这么说呢？"沈家明不太明白。

"章敏敏不是说她隐约记得看到南飞鹏和莫家媳妇在一起吗？我觉得那些她认为是想象的画面可能是真实存在的，原因是她那天晚上丢失了一些记忆，可能是被人下了迷药。"作家分析道。

"对，我也觉得有这个可能，不过就是想不明白原因。比如她如果被莫家两个儿子侵犯了，她的男朋友南飞鹏怎么会坐视不管呢？"沈家明问道。

"我之前听人说过有些偏远山村，因为媳妇或者儿子的问题，生不出孩子，他们就会对外借种。因为借种这事情是违法的，所以他们会用各种办法来完成。那天晚上到底发生了什么事，恐怕只有找到章敏敏丢失的那段记忆才能知道真相。"作家扶了扶眼镜说道。

"章敏敏和南飞鹏去的这个地方到底是哪里？这还是一个最大的谜题。我想他们去的地方会不会就是叫百镇，毕竟我们中国这么大，有些地方可能听都没听过。"沈家明说道。

"我想要是可以，我和章敏敏一起看看能不能找到他们去的那个地方。"作家突然提出了一个请求。

"这个需要和领导申请下，并且这还有一定的危险性。"沈家明皱了皱眉。

对于作家提出的请求，调查组和专案组的领导还真不知道怎么答复。毕竟，对于他们来说，作家和章敏敏两人是自由身，他们留在这里，只是为了配合调查组查案。他们去做什么，调查组是没有权力去阻止的，只是就像沈家明担心的一样，害怕他们遇到危险。

周子峰和作家沟通了一下，最终还是同意了他的要求，希望他们事事小心，有什么危险一定要及时和调查组联系。

陈远因为去帮忙寻找被绑架的孩子,所以审讯工作这块,沈家明接替了他。陈远离开没多久后,乔子安对郎四海的审讯也差不多完成了。

"走吧,我们去柔情足浴,找一下叫小桃的女孩。"沈家明说道。

让沈家明和乔子安意外的是,小桃竟然辞职了,时间正好是杜杰被杀的第二天。

"这有点巧了。"沈家明抚了抚自己的刘海,走到足浴店老板娘的面前,详细了解了一下小桃的情况。

小桃原名陶美佳,是一个非常老实本分的孩子,来这个足疗店也好几年了。她来自农村,出来赚钱就想着能给父母在老家置办一个好点的房子。可是,没想到的是,她被杜杰看上了。杜杰是当地的一个小混混,很多人见他就躲开。被杜杰迷住的陶美佳就像大多数女孩一样,将所有的一切都给了杜杰,没想到杜杰不但骗了她的钱,还抛弃了她。

自从被杜杰抛弃后,小桃就变得情绪很低落,一心想着要报复杜杰。有好几个客人反映小桃按摩的时候,情绪很差,甚至说出她要杀了杜杰之类的话。

"那小桃离开的前天,她都接待了什么客人?"沈家明听后问道。

"她一共接待了四个客人。对了,我们走廊是有摄像头的,你可以看下监控录像。"足疗店老板一下子想了起来。

调开足疗店的监控,很快,沈家明和乔子安找到了杜杰被杀那天足疗店里的视频。小桃分别进了四个房间,其中有一个房间引起了沈家明的注意。那个房间里有人,但是却不露面,经过仔细辨认,加上足疗店老板帮忙回忆,终于知道了这个客人是谁,他竟然是刚刚在局里审讯过的郎四海。

"看来这个郎四海说谎了。"乔子安明白了过来,气愤地说道。

"警察同志,我有个事和你说下。"临走的时候,有个女孩拉住了乔子安,轻声告诉了他一件事情。

重新回到公安局,乔子安和沈家明再次将郎四海提到了审讯室。

"警察同志,不是说没事了吗,怎么又让我来了?"郎四海转着眼珠子看着两名审讯员,心里隐隐有些不祥的感觉。

"杜杰被杀的那天,你去找小桃了?"乔子安问道。

"是,是去了。不过很快就回来了啊!"郎四海说道。

"并且你还在足疗店里强行和小桃发生了关系?"乔子安继续问道。

"我们是自愿的,没有强行,警察同志,这你也要管?"郎四海说道。

"自愿的?你是不是觉得自己非常聪明?我问你,小桃和你发生了关系,前提是不是你答应她帮忙杀死杜杰?"沈家明突然说话了。

"没有,我怎么敢去杀杜杰啊?警察同志,你们这是诬陷我啊!"郎四海顿时意识到了问题的严重性。

"那天晚上到底发生了什么?现在再给你最后一次机会。"乔子安说道。

"好,我说,我全说。那天晚上,小桃的确要求我去杀杜杰,但是她并不知道我和杜杰的关系。于是我就把小桃带到了杜杰那里，杜杰知道小桃要杀他后显得非常生气，于是将小桃绑了起来，准备好好收拾她，然后就把我赶了出去。后来的事情我就不知道了，本来我以为杜杰会杀了小桃的，结果没想到第二天杜杰竟然死了。所以我很震惊，才会去现场偷看，想了解一下情况。我说的都是真的。"郎四海颤抖着说道。

第十一章　交叉线索

死者张明亮，男，十一岁，安城江明一中初一（2）班学生。如同陈远推测的一样，凶手在绑架张明亮后，给他设置了一个用时间计算的生命倒数计时的机关。凶手用一个沙漏作为计时器，然后绑上一把刀，那把刀就安在张明亮的脖子旁边，等到沙漏漏完，时间一到，那把刀子就正好可以从张明亮的脖子上划过去。其实，刀子划过张明亮的脖子，当时他并没有死，只不过因为长时间的流血，加上他内心恐慌，最终在焦急无望的心理等待和恐怖绝望的双重打击下惊悚死去。

张合站在儿子面前，身体微微颤抖着，旁边的何秘书慌忙扶住了他。

张合的老婆在一边大声哭着，一边大声咒骂着。

韩松和陈远站在一边，有点尴尬，只好和其他人一起查看现场。陈远在现场找到的那个石牌，和杜杰以及邓明死亡现场留下的石牌一样。

"韩队长。"这时候，张合走过来说话了。

韩松站直身体，对张合点了点头。

"无论如何，要查出凶手，要查出凶手。"张合咬着嘴唇，虽然看起来说话没什么问题，但是看得出来，他在尽力压抑着自己的难过。

第十二章　死亡聚会

2017年7月14日，寒衣节，又称鬼节。

街上人影绰绰，烧纸的灰烬随着汽车的疾驰四处飞扬。穿过一条阴冷的小巷，面前是一个沉默的宅子。李德胜看了一下旁边的门牌号，梅花巷44号，确定了地址，然后犹豫着要不要进去。他手里捏着的石牌，上面密密麻麻地已经浸满了汗水。

五天前，他告诉老婆郑秀兰要出去两天，然后拿着行李走出家门。一个小时后，他看到邓明的车子开到了他家楼下，然后他鬼鬼祟祟地进入了里面。李德胜跟了进去，然后看到郑秀兰一脸欢喜地将邓明拉进了自己家里。

那天下午，李德胜带着行李包，坐车来到一个陌生的地方，然后进入一个小酒馆喝闷酒。他从天黑一直喝到酒馆打烊，然后被老板赶了出来。在阴冷的街上，他望着夜幕下的残月，心情悲凉，禁不住地哭了起来。

不知道什么时候，有个人走到了他面前。那个人穿着一件黑色的衣服，戴着帽子，仿佛是从黑暗里走出来的黑影一样。

"遇到难事了？可以和我说说。"来人是个男人，声音尖锐，听上去非常怪。

李德胜站起来，准备离开，关于他的事情，他不想和别人说。

"你不想杀了他吗？"后面的男人又说话了。

李德胜停住了脚步，老实说，整个下午，他的脑子里全部都是杀死邓明和郑秀兰的画面。可是，那只是想象。毕竟，杀人是犯法的。

"这世上有很多事情是你特别想做的，可是却又无能为力。你要不要尝试下？或者，你可以再给他们一次机会。我这里有个提议，你可以听听。"男人走到他面前。

"你想说什么？"李德胜问道。

男人凑到他耳边轻声说道："既然邓明勾引了你老婆，你也可以将他老婆带走，然后你会有同盟军。如果到时候，你还是想杀了他们，可以拿着手里的东西来找我。"

男人说完，将一个东西塞进了李德胜的手里，正是那个石牌，石牌外面包着一张纸，上面写着一个电话。

两天后，李德胜回到了家里，将自己在外面听到的风言风语再次告诉了郑秀兰。没想到的是，郑秀兰根本不当回事，并且提出要在外面过夜。

李德胜绑走了邓明的老婆黄翠儿，带着一把杀猪刀跟着邓明和郑秀兰，一起住进了光华大酒店，并且住到了他们隔壁的房间。

事情并没有像那个男人说的那样，黄翠儿在听到丈夫邓明和郑秀兰在隔壁的一切动作后，竟然选择用身体报复丈夫。可是最终，她还是不忍心杀害丈夫邓明。于是，无奈之下，李德胜只好拿起那个男人留给他的纸条，拨了上面的电话号码。

嗒嗒嗒，前面的巷子里突然传过来一个声音，只见一个女孩急急忙忙地从黑暗中走出来，她穿的高跟鞋撞击在地面上，发出清脆的声音。

"是这里了。"女孩看到前面梅花巷44号的门牌号后，顿时欣喜地叫了起来，然后对着大门拼命拍。

"轻点。"李德胜看到女孩的样子，不禁脱口说道。

"你也来这里的？"女孩看了看李德胜，问道。

李德胜点点头。

这时候，门突然开了一条缝，里面露出一个小男孩的头，他十岁左右，看到李德胜和女孩，说道："你们是李德胜和小桃吗？"

"是，是我。"李德胜点点头。

"我是小桃。"女孩跟着说道。

"就差你们了，进来吧。"小男孩说着，拉开了门。

进入房子里面，李德胜和小桃跟着那个男孩来到了前面的大堂，大堂里亮着一盏昏暗的灯，一张桌子面前坐着两个人：一个是之前找过李德胜的神秘男人，此刻他依然穿着之前的衣服，看不清样子；另一个是一老人，坐在桌子旁边，阴沉着脸。

"好了，人齐了，大家坐吧。"这时候，男人说话了。

李德胜和小桃，以及那个小男孩一起坐了下来。

"你们每个人遇到的事情都非常麻烦，所以你们坐到了这里，希望我可以帮你们解决。"男人说话了，"我之前跟你们讲过，遇到任何困难都可以找我，我都可以帮你们，但是也会有条件。"

"什么条件？"小桃问道。

"这个是我给你们的入门证。"男人从口袋里取出一个石牌，然后说道，"这是我们族落的人证，这个东西我找人给了你们，就是代表你们可以加入我们的族落，只有成了我们的族落人，我们才会帮你们做事。"

"你们族落的名字是什么？"李德胜问道。

"百族镇，一个被诅咒的族落，必须找外面的人进来，我们才能解脱。"男人说道，"事情其实很简单，成为我们自己人，那么你们的事情就是我们的事情。"

四个人同意了男人的要求。

于是，一个庞大的计划在他们之间形成。作为计划的执行者，男人帮他们搞定一切，他们只需要按照事先说好的做就行。

"知道为什么是你们四个被选中吗？"临走的时候，男人忽然说话了。

四个人都没有说话。

"你们代表了所有。男女老少，你们代表的是众生，也就是未来。"男人说道。

听到这里，四个人恍然大悟，原来是这样啊。

接下来，男人讲了一下他们族落的由来。

隋朝末年，隋炀帝大肆搜刮钱财。为了给皇宫建造一座永生之塔，他特意四处征找能工巧匠。

在西关外的一个山谷里，有一个族落，他们的族人世代以匠工为生，那就是百族镇。他们隐没在西关外，对于远在千里之外的朝廷之事毫不知晓。直到有一天，一个外人无意中闯进族落，他们的秘密也被带了出去。没过多久，朝廷便派人前来寻找匠工。百族镇大部分的男人都被带走了，只剩下一些老弱妇孺。

永生之塔并没有修建成功，同样那些修建的匠工也没有回来。百族镇剩余的族民为了纪念那些死去的族民，于是便刻了一块追命令。他们要为那些死去的族民报仇。追命令刻好的那天，所有百族镇的族民便消失了，没有人知道他们去了哪里。

"很多族人都不知道这件事情，以至于他们都散落在人间，渐渐遗忘了之前的身份。我会找到所有族落的人，包括你们这些新进来的人，我们会帮你们做一切你们做不了的事情。"男人最后说道。

第十三章　并案调查

　　沈家明去了安城江明一中进行调查。

　　关于张明亮的情况，老师评价不错，张明亮学习成绩不错。可是，学生的意见就不同了。大多数反映的情况是，张明亮在学校欺负女生，殴打弱小，说起来就是仗着自己老子的身份嚣张跋扈，很多高年级的学生都对他唯命是从。

　　"我在学生底下偷偷问了问，张明亮还曾经猥亵一个女同学，导致女同学跳楼自杀，不过后来被抢救了回来。因为这件事，张明亮的母亲赔了对方不少钱。还有一些其他事情，说起来真不少。"沈家明补充了一个情况。

　　"学生之间的恩怨其实解决起来比较直接，因为学生的心理发展还没有特别成熟，所以他们解决问题的办法要么是隐忍，要么是直接释放，并不会做出这么有计划的杀人行为，除非是有人授意或者有人帮忙。"周子峰说道。

　　"的确，现在能确定杀死张明亮的人和之前杀死杜杰以及永城的邓明、郑秀兰的应该是一个人，只是不明确的是张明亮的死是他自己的原因，还是张合的原因。"乔子安点了点头。

　　"我总结了一下，现在三起案件，根据郎四海的交代，杀死杜杰的嫌疑人可能是一个叫小桃的女孩。我们去找过这个女孩，已经离职了，没人知道踪迹。邓明和郑秀兰被杀后，他们的爱人黄翠儿和李德胜也不见了。现在其实很简单，如果说张明亮被杀的案子和之前两起是一样的话，那么可以确定一下，张合的仇人是三水化工厂的老板鲁家鹤，调查一下鲁家鹤，如果他也失踪了，那就一致了。如果鲁家鹤没问题，那么问题可能就在张明亮身上，就看看张明亮的同学或者之前和张明亮发生过纠纷的人谁符合了。"周子峰说着站了起来。

　　"这个不用查了，鲁家鹤并没有失踪。因为我们在回来的路上，解放区派出所刚刚过去将他带进了拘留所。他听说张合的儿子死了，特意跑到张合的单位门口放鞭炮庆祝。"韩松听完周子峰的话，立刻说道。

　　"这样一来的话，张明亮的死可能和父亲张合没有关系了。这就有点奇怪了，这么小的一个孩子，对方会因为什么对他下手呢？"周子峰捏了捏有些发麻的耳朵，有点犯难。

　　"不管什么样的原因，只有调查清楚才能确定。我看这样，找人去查一下之前张明亮猥亵过的女孩的家人，看看跟他们有没有什么关系。"一直沉默的郑卫国说话了。

　　"我同意，如果说恨张明亮的话，恐怕也只有那个女孩的家人了。"孟雪点了点头。

"那行,今天的会就开到这里吧。大家按照分配的任务,各自忙起来吧。陈远和孟雪,你们和永城在这边调查组的同志一起去永城调查,记住,安全第一。"周子峰最后讲了一下大家的任务,"郑队长和乔队长,你们去调查一下那个郎四海,看看他还有没有别的问题,然后顺便看看能不能找到小桃;沈家明和韩队长,你们再去调查一下张明亮身边的朋友和同学,看有没有符合杀他动机的人选。"

会议结束了,陈远并没有急着离开。他走到窗边,望着外面,想着这三起案子。不知道为什么,他总有种说不出的感觉。

手机突然响了起来,他拿起来看了看,发现是安河发来的信息。

"听作家说你在安城办案,也不跟我们说一下。要是有空,来我这里喝酒。"

"好。"心情正烦躁的陈远,同意了安河的提议。

这是陈远第二次来到安河的推理俱乐部,他进去的时候,正好有人在玩杀人游戏。安河和小美都参与了进去,看到陈远,安河对他打了个招呼,让他随意。

杀人游戏是最近几年流行起来的一个团队游戏,凶手藏在人群中,进行杀人,然后让所有人猜测,可能会把好人误杀,也可能很快找出凶手,是一个很受人喜欢的推理性游戏。陈远在旁边看了起来,这次当凶手的人特别厉害,他用各种心理战,将其他好人都带到了误区,然后自己成功赢得了游戏。

游戏结束了,安河和小美站了起来。

"陈远,你在安城怎么也不和我们说下?"安河坐了下来,看着他有点埋怨。

"这不是查案嘛,纪律问题。"陈远笑了笑说道。

"好,好,纪律问题。那我怎么听作家说,这次你们查到他身上了?这真是意外。"安河问道。

"目前看其实和作家没什么关系。好了,这些令人头疼的事情我是真的不想再多想了。"陈远说着不禁叹了口气。

一壶茶烧好,醇香的茶味扑面而至。陈远端起茶杯,喝了一口,感觉特别好喝。

"这是我们家乡的茶,叫轮回香。"安河说道。

"这名字很奇怪啊。"陈远又喝了一杯。

"是的,据说是我们那里古代一位特别厉害的雕刻师种出来的,当年还给朝廷上过贡,只是时间太久了,很多人都忘了还有这种绝品佳味。"安河说着望着前面,眼里弥漫着一层淡淡的水汽。

轮回香,这个名字很好听,也好喝,就像《东邪西毒》里欧阳锋给黄药师准备的醉生梦死一样。

陈远感觉自己太累了,竟然睡着了,并且做了一个冗长的梦。在梦里,他看到自己站在一个雪白的世界里,四周全部是白茫茫的,没有任何其他颜色,天地间没有任何东西,只有他自己一个人。

等他睁开眼的时候,才发现手机在不停地响着,他慌忙拿起电话,是孟雪打来的。

"不好意思,我,我马上回去。"陈远连连说道。

"你去哪里了？电话也打不通。"孟雪问道。

"来见一个朋友，没看手机。"陈远愧疚地说道。

"没关系，你也别回来了，你在哪儿？我过去接你，我们直接去永城，免得被领导知道了，又该训你了。"孟雪想了想说道。

"那行，我在安城市北区的解谜推理俱乐部门口等你。"陈远说出了地址。

第十四章 意外之祸

郎四海没想到会再次见到小桃。

小桃和一个小男孩在一起,她并没有看到郎四海。

对于杜杰的死,郎四海相信肯定是小桃找人做的。警察问郎四海的时候,他没有说实话,原因很简单,他可不能让警察知道,杜杰被杀那天晚上,是他跟杜杰告密小桃要对他下杀手。

可惜,杜杰命太差,知道小桃要找人杀他都没有当回事,最终被杀死,成了一具尸体。

郎四海决定跟着小桃,看看她要做什么,必要的时候可以跟她勒索点钱财花花。

小桃带着的那个男孩十岁左右,两人走得很快,手里拿着东西边吃边向前面的车站走去。

郎四海趁着小桃上厕所的时候,在门口拦住了她。

"怎么?想逃吗?"郎四海问道。

小桃惊呆了,她太意外了,没想到会遇见郎四海。

"那天晚上你是不是杀了杜杰?"郎四海也不知道那天到底发生了什么事情,于是问道。

"你胡说什么?"小桃脸色一变,然后说道,"那天,那天你不是说可以帮我,结果害了我。"

"我说可以帮你教训他,但是可没想过要杀人啊。我知道了,你肯定是找其他人杀了他,对吧?"郎四海试探着问道。

"没有,没有的事。我有事,要走了。"小桃不愿意跟他多说话,快步向前走去。

"你走得了吗?警察也在四处找你,你要是不听话,信不信还没等你坐上车,就会被警察带走。"郎四海笑着说道。

"你到底要干什么?"小桃盯着郎四海,眼神复杂。

"很简单。"郎四海看了看四周,凑到小桃的耳边,低声说道,"给你两个选择,要不给我一笔封口费,要不和上次一样,陪我睡一次。你自己选,我不勉强你。"

"钱我没有。"小桃说道。

"那就只能陪我睡一次了。我看得出来,你急着走,咱们也别浪费时间了,就到前面的小旅馆里如何?"郎四海看着小桃,眼里露出了淫邪的笑容。

"好。不过你要等我一下。"小桃犹豫了几秒同意了。

"你是要安置那个男孩吗?我和你一起去。"郎四海知道小桃在担心什么。

小桃没有再说话,带着郎四海往前走去。

那个小男孩很听话,小桃给了他一百块钱,让他去对面找个地方等他们。然后,小桃跟着郎四海一起走进了对面的小旅馆。

一进门,郎四海就抱住了小桃,然后疯狂地亲着小桃,将她按到了床上,开始撕扯她的衣服。

"那天是不是你告诉杜杰我要杀他的?"小桃身体一动不动,任凭郎四海在她身上像狼一样嗅着。

"人都死了,还说这个干什么?"郎四海将自己的衣服也脱了下来。

"还是有用的。"小桃说道。

"有什么用,杜杰都死了。还是我们现在比较好。"郎四海将衣服扔到一边,然后再次将小桃压在了身下。

小桃伸出左手在左边的床头柜上摸索了一下,慢慢抽出了一把小刀,上面还缠着红绳,她对着郎四海的后背用力刺了进去。

啊,郎四海一声惨叫,一下子跳了起来。

小桃坐起来,拿起手里的刀子继续向郎四海刺。可惜小桃速度有点慢,再加上力气不大,她的举动瞬间被郎四海发现,郎四海一把抓住了小桃的手,将她手里的匕首扔到了地上。

两人从床上滚了下来,纠缠在一起打斗。郎四海因为身后中刀,所以很多动作施展不开,只能让着对方。小桃虽然没事,却是一个女孩子,几分钟下来,她感觉浑身酸软,力气也下来了。

终于,小桃再次被郎四海按到了地上。

"你这个贱人,还想对我下手。看我今天不弄死你。"郎四海忍着背后的剧痛,一边骂着一边对小桃进行着殴打。

这时候,门突然开了,有人走了进来。

郎四海转头看了一下,进来的是一个穿着一身黑色衣服、戴着一个口罩,根本看不清样子的男人。还没有等郎四海说话,对方突然冲了过来,从背后一下子扼住了郎四海的脖子,将他从小桃的身上拉到了一边。

男人非常有力气,紧紧扼着郎四海的脖子,另外一只手压着他的双手,最后郎四海身体渐渐不动了。

小桃局促不安地站在一边,看着地上一动不动的郎四海,身体不禁有点发抖。

"怎么会出这样的事情?"杀死郎四海的男人站了起来,摘掉了手套,他看着小桃,有点生气。

"突然遇到他,我,我也不知道。"小桃低声说道。

"他知道你多少事情?"男人又问。

"那天晚上,我本来是让他帮我杀杜杰的,没想到他不但没帮忙,反而在杜杰那儿出卖了我。要不是你,我可能就这么被他们害死了。"小桃说着,眼里闪出了泪。

"他出卖了你？"男人愣住了。

"是的，他说帮我的，结果却告诉了杜杰，他出卖了我。"小桃点点头。

"好了，你先走吧。李强还在等你，做正事要紧。我再问你一遍，那件事情能做吗？如果真做不了，你现在可选择放弃。"男人说道。

"不，我没办法放下来。这是一个齿轮，别人的都已经开始转了，我必须走下去。"小桃摇摇头说道。这本来就是一条不归路，既然选择了，就要走下去，更何况，其他人的事情都做好了，就剩她了。

"那好，你去吧。这里的事情交给我。"男人点了点头。

小桃没有再说话，简单收拾了一下，准备离开。

"等一下。"男人突然喊住了她。

"这个拿着，事情完成后，放在现场。不要忘了。"男人从口袋里取出一个东西，递给了她。

小桃接过来看了看，那是一个石牌，和之前的一模一样。正是这块石牌，改变了她的命运，改变了很多。

"祝你们成功。"男人说着，将手里的刀子在郎四海的喉咙上用力划了一下，血，瞬间喷射出去……

第十五章　推理游戏

　　开车的是永城公安局的警察卢三飞，他做刑警也有两年了，这次的案子是永城和安城的联合办案，卢三飞的岳父家是永城的，所以便优先被选到了办案组里。这次陈远和孟雪去永城调查邓明和郑秀兰的被杀现场，卢三飞便成了向导。

　　"你还来这种地方玩啊？"陈远从推理俱乐部上车后，孟雪不禁有些好奇。

　　"老板是我的朋友，关系很熟的朋友。昨天晚上约我来聊天，没想到睡过头了。"陈远不好意思地解释了一下。

　　"是吗？我一直觉得你的朋友应该是都很闷的那种，竟然还有一个开游戏俱乐部的老板？"孟雪意外地看着陈远。

　　"孟警官，你这说得不对。人和人之间的交往相识很奇怪的，有的人很安静，却喜欢找热闹的朋友；有的人非常热闹，但是却喜欢和安静的人在一起。陈警官虽然话不多，但是思维却非常缜密，尤其是听了陈警官对案件的分析判断，我们真的对他非常佩服。"卢三飞说话了。

　　"卢警官，你这么说我都不好意思了。"陈远笑了笑，不禁摸了摸后脑勺。

　　"陈远，你朋友这个推理俱乐部到底是做什么的啊？好像现在很多这种地方啊！"孟雪好奇地问道。

　　"这个都是一些推理爱好者的聚集地，比如有玩推理游戏的，有密室逃脱，还有一些推理活动。"陈远简单地说了一下。

　　"这么说你的朋友都是推理高手了？"卢三飞问道。

　　"是啊，反正他们在网上的推理论坛上都是大神，像我有时候都比不过他们。"陈远点点头。

　　"真的假的？那你怎么不跟人请教下，兴许他们能帮我们破案呢？"孟雪疑惑地说道。

　　"这种都是文字性的东西，考验的是人的逻辑性和反应能力。破案可不是靠这个，破案还是靠证据。再说，你忘了纪律了？我们在查的是人命案，可不是游戏，怎么能随便告诉其他人呢？傻瓜。"陈远说着照着孟雪的脑袋拍了一下。

　　"你敢骂我。"孟雪顿时涨红了脸，一下子揪住了陈远的鼻子。

　　"好了，好了，我错了，你快松开我。"陈远顿时全身都弓起来了，连连求饶。

　　"你们两个真有意思，我估计也只有和你们在一起能这么欢快，要是换成周队长或者郑队长，可能大家都鸦雀无声。"卢三飞看着他们打斗的样子，不禁笑了起来。

"那可不一定，要是沈家明在，估计被捏鼻子的就是孟警官了。"陈远揉了揉被捏痛的鼻子说道。

"你还说，是不是还想被捏两下？"孟雪一听，又伸出了手。

"我不说了，我不说了。我服了。"陈远慌忙往后躲了躲。

"不过说起来，我们警察和罪犯之间的较量，还真是一场推理游戏，只不过在这场游戏里，胜负者的砝码是受害者的性命。"这时候，卢三飞说话了。

"卢警官，你这几句话说得听上去很有感觉。其实，不仅推理游戏，包括所有的胜负者游戏，都是输赢游戏。但是我们和罪犯之间的较量，除了结果的胜负以外，还有一点很重要，我们更注重的是感情。在刑侦案件里面，不是冷冰冰的调查，因为罪犯被抓住后，并不代表着游戏已经结束，因为通过这一件案件，可能会反映出很多问题，如何解决这些问题，从源头上制止这些问题，才是我们警察所需要做的。"陈远接口说话了。

"陈警官说的这些确实有道理。"卢三飞笑了笑说道。

"我们现在调查的案子，杜杰是一个无恶不作的混混，他被杀了，很多人非常高兴。其实，作为警察，我们除了调查杜杰被杀的原因以外，更应该想一下是什么原因让杜杰变成了这样一个人。我想杜杰出生的时候，一定和所有人一样，是一张白纸，是什么样的环境，又或者是什么样的经历，让他变成了现在的他，最终甚至成了一个被人杀死，却还不落好的坏人呢？同样，我们推测，如果邓明和郑秀兰真的是被他们的爱人所杀，那这又是一个多么令人痛心的悲剧。两个家庭，四个人的人生。我相信，最初邓明和黄翠儿，郑秀兰和李德胜结婚的时候，他们一定是对对方充满了爱意，可又是什么原因让他们的关系发生了错位，变成了不可收拾的局面，最终导致邓明和郑秀兰被杀的结果呢？"陈远说这些话的时候，声音在微微颤抖。

"我觉得，这些话更应该是沈家明能想到的，这些是考问心理的问题，你怎么想得这么远？"孟雪看着陈远问道。

"昨天晚上和朋友喝了点酒，聊起了一些东西，就想到了这些。其实我一直在问自己，我为什么要加入这个调查组，真的是因为我的爱好吗？其实不是，我自己很明确答案，我想要做的其实是找到那些隐藏在罪犯背后的东西，那些驱使人们犯罪的东西，将它们彻底消灭；否则无论我们用多大力气，永远都是一个奔跑者，我们应该做一个阻止者。"陈远说着眼泪流了下来。

吱，卢三飞一下子踩住了刹车，他回头看着陈远，沉声说道："陈警官，你说的这些话真的太，太让我感动了。我，我一直以来也问自己，到底做警察是为了什么。不仅我自己问，我的妻子也问过我，这份工作薪水不高，危险性却很大，可是为什么我还要做。其实，就是你说的这些东西，只是我想不到怎么表达。真的谢谢你，谢谢你让我知道了我所追求的是什么。"

孟雪从口袋里拿出一个手帕，轻轻帮陈远擦了擦泪水，然后她的情绪也有些激动，："好好的，说这些干什么。"

"对不起，这几次我们面对的事情太多。尤其是上一次，我们两个被人关起来，那个时候，我选择让你离开，其实更害怕的是你出什么事情，毕竟我们的外勤能力都很差。可是，当时我的腿受伤了，根本没办法保护你，那是唯一的选择。"陈远本来停下来的泪水，反而更多了。

卢三飞看到坐在后面低声抽泣的陈远，默默地下车，走了出去。

"你说什么呢？"孟雪被陈远搞得也哭了起来。

"我回去后跟郑队长说了起来，他说当时那样的情况，真的很危险，要是你出了什么事，恐怕我也不会再留在调查组了。这次上面安排我们来永城，我，我就特别担心，昨天晚上都不敢见你，所以才去了朋友那里。"陈远说着低下了头。

"你别这样，你做的是对的，之前的事情你没做错。换作是别人，也会那么做的。我们是警察，执行任务怎么可能不会遇到危险。"孟雪抓住了陈远的手，对他安慰道。

这时候，外面的卢三飞敲了敲车窗，拉开车门说："两位警官，前面马上就到永城了，要不我们到了，你们两个再聊天？"

"那还不快走。"孟雪顿时脸红了起来，瞪了卢三飞一眼。

陈远也有点尴尬，又觉得好笑，于是尽力绷着脸，但是实在绷不住，笑出了声。

"你还笑。"孟雪被陈远的样子气得不知道该哭还是笑，用力打了他一拳。

第十六章　欲盖弥彰

魅力191，这是位于安城西城的一个桌球室，也是郎四海平常活动最多的地方，因为他在这里投钱，算起来是半个股东。

郑卫国和乔子安走进桌球室里面时，正好遇到两桌人在吵架。都是十八九岁的孩子，一个个染着黄发，抽着烟，大声争吵着，感觉谁也不服谁。

"信不信我剁了你。"左边为首的一个男孩，拿着一根台球杆，用力拍着台球面。

"你来，你要是不剁了我，你以后见了我都跪着。来啊，朝这里，朝这里剁。"另一帮为首的一个男的，染着黄发，指着自己的脖子，对那个男孩喊道。

"草××的，真以为我不敢啊。"拿着台球杆的男孩，顺势从旁边包里拿出了一把砍刀，然后向前冲去。

"干什么？干什么？"看到对方拿着刀冲过去，郑卫国立刻走了过去，旁边的乔子安想拦却没拦住。

郑卫国的出现，立刻引起了两方的关注，他们把目光全部对准了郑卫国，然后开始同仇敌忾。

"大叔，你什么人啊？你管我啊！"

"你不回家接孩子放学，来这里干什么？"

"别觉得你年龄大，我们就会让着你，小心一会儿揍不死你。"

一群人开始凶神恶煞般地对着郑卫国叫了起来。

"你们要干什么？都给我老实点。"郑卫国没想到，这群毛都没长齐的孩子，竟然对他开始围攻。

"干什么？"这时候，乔子安走了过来，对着其中拿刀的男孩一脚踹了过去，"你要干什么？你不是要砍人吗？砍啊，怎么不砍了？"

那个男孩没有防备，被一脚踹翻在地上，他爬起来，怒气冲冲地看着乔子安喊道："你他妈的，信不信我剁了你？"

"你要剁了谁啊？"这时候，后面走过来一个男人，穿着桌球室的工装。

"浩哥。"那群男孩看到男人，立刻软了下来，一个一个站到了一边。

"乔队长，什么风把你吹来了？这些孩子都太冲动，你别介意。"浩哥笑着走到乔子安面前，抽出一根烟，递给了他。

"给郑队长吧，你这烟郑队长不接，我可不敢抽。"乔子安指了指郑卫国。

"郑队长，这是，这真是不认识啊。"浩哥走过去握住了郑卫国的手。

"别废话了，我们说正事吧。"郑卫国说着将浩哥一把拉到了前面，然后往前走去。

"看什么看？想跟我走吗？"乔子安路过那些男孩的时候说了一句，然后他们纷纷往后退去。

浩哥给郑卫国和乔子安端了两杯茶，一脸谄笑地站在一边。

"来这儿没其他事，就是找郎四海。"郑卫国开门见山说出了他们的目的。

"狼哥啊，他，他不在啊。"浩哥一听说道。

"他去哪里了？"乔子安问道。

"这几天都没来，杜杰出事后，他好像挺紧张的。"浩哥说道。

"那我问你，这郎四海和杜杰的死有没有关系？"郑卫国问道。

"这我怎么会知道啊？郑队长，你这问题，让我怎么回答。"浩哥一听，顿时连连摆手。

"我可听说这郎四海和杜杰的死有关系，那个叫小桃的女孩，你认识吗？"郑卫国盯着浩哥问道。

"郑队长，我真不知道。说白了，我就是给狼哥打工的，他做什么，我哪儿敢去问啊？你别这样对我，我真不知道。"浩哥求饶着说道。

"警察同志，我，我知道一点。"这时候，后面收银台的一个女孩突然说话了。

"阿梅，你别胡说。"浩哥一听，回头瞪了女孩一眼。

"你他妈的说什么？"乔子安照着浩哥的脑袋拍了一巴掌。

"这新来的，她什么都不知道啊，我不是怕她影响你们办案嘛。"浩哥嘿嘿一笑。

"你给我那边去，别过来。"乔子安指着前面说道。

浩哥苦笑了一下，慢慢走了过去。

"你知道什么？说一下。"郑卫国对阿梅说道。

"就是今天早上，本来狼哥说等我一起回公司的，后来说是遇到个熟人便让我自己回来了。当时我正好已经到了，然后看见他跟着一个女的。那个女的就是你们说的那个小桃，他们两个还去开房了。"阿梅气鼓鼓地说道。

"你说具体点，在什么位置？当时的情况一五一十地说出来。"郑卫国和乔子安对视了一眼，然后问道。

"就在安城北站附近，他们去了车站对面的一个旅馆，好像叫温馨旅馆。我当时看着他们进去的，这个郎四海就是个花心大萝卜。"阿梅生气地说道。

看来这个郎四海肯定是哄着这个女孩，结果正好被她看到了和小桃在一起的情况。

"那你知道郎四海和杜杰的死有关系吗？"乔子安继续问道。

"这个我就不知道了。对哦，我听郎四海说过，说那个小桃找他帮忙去杀杜杰，然后郎四海趁机把她上了，后来还告诉了杜杰。其余的事情就不清楚了。"阿梅想了想说道。

听到这里，郑卫国和乔子安顿时明白了过来，原来这郎四海竟然做出了这种事情。看来这小桃肯定对他非常仇恨了,既然这么仇恨,怎么还会跟他去开房呢?

这时候,乔子安的手机响了起来。

"警察同志,你们,你们不要告诉狼哥是我告诉你们的,不然知道了他一定会恨我的。"阿梅估计觉得自己说出了郎四海的秘密,于是请求道。

"你放心吧,他以后不会再恨你了。"乔子安听后,挂掉了电话。

"为什么?"阿梅问道。

"因为郎四海被人杀死了。"乔子安缓缓地说道。

"你说什么?"乔子安的话,让郑卫国也吃了一惊。

"好了,先这样吧。我们路上说。"乔子安说着拍了拍郑卫国的肩膀,转身向前走去。

阿梅听到郎四海死了,先是愣了一阵子,然后失声哭了起来。旁边的浩哥则是一脸迷惑,甚至看起来还有点高兴,因为很简单,郎四海被杀,这个桌球室的股份就会成为他的了,他当然高兴了。只不过表面要假装做出一副不开心的样子……

第十七章　荒唐婚姻

　　陈远和孟雪没想到李德胜和黄翠儿出现了，并且两人还对外宣称要结婚。这个消息在永城成了一个爆炸性的新闻。

　　大家都知道，李德胜的老婆郑秀兰和黄翠儿的老公邓明偷情被杀，最大的嫌疑人就是李德胜和黄翠儿，并且两人曾经在邓明和郑秀兰开房的酒店出现过。后来两人便失踪了，可是，让人意外的是，现在他们回来了，并且高调地对外宣称要结婚。

　　永城公安局在第一时间将李德胜和黄翠儿带回来进行调查。

　　卢三飞和陈远、孟雪来到局里的时候，李德胜和黄翠儿正在接受审讯，陈远和孟雪分别走进审讯室对李德胜和黄翠儿的审讯进行了旁听。

　　两人很明显是已经对好了口供，回答的问题一模一样。李德胜和黄翠儿确实当时是跟着邓明和郑秀兰去了永城光华大酒店，他们是准备抓奸的。可是，当他们听到隔壁邓明和郑秀兰在一起聊天、亲热的时候，两人起了报复心理，于是他们做了一件荒唐的事情，那就是在邓明他们房间隔壁，李德胜和黄翠儿上床了。

　　"其实和黄翠儿上床后，我忽然觉得黄翠儿比郑秀兰好太多了。以前我和郑秀兰在床上，她说一我不能说二，那简直就不是过夫妻生活；可是黄翠儿温柔体贴，让我尝到了真正的男人的滋味。所以我忽然觉得这也挺好的，只要黄翠儿愿意跟我在一起，我就和郑秀兰离婚，让她跟着邓明去过吧。"李德胜说出了当时的情况。

　　"后来你们离开酒店，去找过邓明和郑秀兰吗？"警察问。

　　"没有，黄翠儿跟我一样，我们商量好后就离开了。黄翠儿说这些年为了邓明，省吃俭用的，难得有了新的想法，便提出一起去外面旅游一次。于是我带着黄翠儿去了外地旅游。我们并不知道邓明和郑秀兰被杀的事情。"李德胜说。

　　黄翠儿的回答也一样，她和邓明结婚多年，邓明在外面花天酒地，回家根本都不碰她，他们之间已经有两年多没有睡在一起。对于同病相怜的李德胜，她忽然就动了情，然后和他上床后，感觉李德胜这个人还不错，于是两人一拍即合，决定在一起。至于郑秀兰和邓明的事情，他们也不管了。

　　"邓明和郑秀兰被杀死在你们住的隔壁，你们真的一点都不知道？"警察问道。

　　"当时我们决定在一起后就离开了酒店，根本就没再理过他们，所以并不知道。这个酒店前台也可以做证。我们外出旅游，都有票据，不信，你们都可以查。"黄翠儿说道。

　　永城公安局刑侦队队长毕春接待了陈远和孟雪，对于李德胜和黄翠儿的调查笔录,大家开了一个小会。

"其实可以看得出来,李德胜和黄翠儿确实没说谎。"毕春说道,"我做了多年刑侦工作,有没有说谎,一眼就看出来了。可能邓明和郑秀兰确实不是他们杀的。"

"可是,这最大的嫌疑人就是他们两个。现在他们两个还要结婚,这真是有点荒唐。"卢三飞说道。

"可以理解。两个同病相怜的人,都被爱人抛弃,这种感觉让他们走到了一起。只不过有点不合逻辑,其中还是带着报复双方爱人的成分。正常的话,至少他们应该等杀死双方爱人的凶手被抓后再在一起。或者干脆直接离开永城,到外地在一起。"陈远说道。

"我们之前调查过李德胜,他的种种反应就是要杀了邓明的。甚至他还买了一把杀猪刀,不过和现场杀死邓明和郑秀兰的凶器不相符。难道说真的是因为黄翠儿,他改变了主意?"毕春实在想不明白。

"我想我还是去现场看一下吧。"陈远说道,这本来也是他们来永城的目的。

"那行,小卢,你陪着陈警官和孟警官过去,我还得跟局长汇报这个情况。"毕春安排了一下。

"好吧。"卢三飞愣了一下,点了点头。

走出永城公安局,孟雪转头对卢三飞说:"卢警官,你不用陪我们了,我刚才看到你的手机了,孩子现在生病了,正好你回来了,就去看看孩子吧。"

"是吗?卢警官,你怎么不早说呢?"陈远一听,不禁有点不好意思。

"这,这不是工作重要嘛。"卢三飞苦笑了一下。

"那你赶快去吧。我们自己过去吧。"陈远拍了拍卢三飞的肩膀。

"那真是太感谢你们了,我忙完马上过来。有什么需要,你们尽管给我电话。"卢三飞感激地说道。

陈远和孟雪上了车,看着卢三飞离开的背影,陈远不禁有点感叹:"真是不容易,早知道应该让他早点回去。"

"走吧,我们自己过去吧,还方便些。"孟雪笑了笑说道。

二十分钟后,陈远和孟雪来到了永城光华大酒店,也就是邓明和郑秀兰被杀的酒店。

"警察同志,怎么还没破案?我这酒店因为这件事情,真的到现在都没人来。"酒店老板哭丧着脸说道。

"我们比你更急,这不专门过来调查的吗?你也别苦个脸,赶紧地,带我们去那个命案房间看下,早点破案,你这儿也早点好起来。"陈远说道。

"行行行,现在我就带你们过去。"老板连连说道。

邓明和郑秀兰被杀的房间在305房间,老板打开房间的门,陈远和孟雪走了进去。虽然房间已经打扫过了,但还是有一种说不出的阴冷。

"当时两人就在床上被杀的,两人都光着身子,估计正睡得香,根本都没来得及反抗。床上到处都是血,简直吓人啊。"老板指了指前面的床,说道。

陈远走了过去。他四处看了看，这个房间不大，三十多平方米，从门外走进来，对着的是卫生间，然后左边就是邓明和郑秀兰被杀的大床。

凶手从外面进来，床上的邓明和郑秀兰睡得正香，根本都不知道。凶手走到床边，对邓明下了杀手，然后再杀死郑秀兰。

"这门反锁不了吗？"孟雪问道。

"酒店的门反锁不了的，里面有安全锁链，当时他们可能没有挂上去。不过就算没锁，有人进来了，他们都没察觉到，两人真是睡得太沉了，也许真是命。"老板说道。

陈远想了想说："我们去隔壁看看。"

隔壁的房间306，和305的布局一模一样，唯一不同的是位置不一样。

"老板，你到305说几句话，声音不要太低，正常就行。"陈远对老板说道。

很快，305传来了老板的声音，虽然不是太响，但还是可以听清楚。

"黄翠儿和李德胜当时就在这个房间，看来他们能听清楚隔壁邓明和郑秀兰在一起的声音。"孟雪说道。

"可是，这样也不足以让两人产生报复性上床的思维啊。本来两人可能是带着抓奸的心态来的，怎么会突然有了上床的念头呢？"陈远有点不明白，他走到门边关上门，走到了床边。

陈远微微闭着眼，他感觉自己就是李德胜，隔壁是邓明和郑秀兰在一起的声音，他们一定非常开心，甚至会说情话，甚至会讨论双方的爱人。

"孟雪，你说如果你是黄翠儿，我是李德胜，隔壁就是邓明和郑秀兰，我们在这里最想听什么？"陈远问道。

"当然是他们之间的对话了。"孟雪脱口说道。

"可是，这房间的隔音质量应该是听不清楚的。那么，是不是应该有人扩音设备？"陈远说着走到了前面的墙边，然后假装拿出一个东西，放到那里，"然后通过扩音设备，隔壁邓明和郑秀兰的声音很清楚地传了过来。"

"有这个可能。"孟雪点了点头。

"邓明和郑秀兰在聊天，他们一定会说双方配偶不好，然后开始在床上亲热。扩音器里传出两个人的亲热声，这个声音李德胜和黄翠儿非常熟悉，因为那是他们曾经最亲近的爱人。可是此时此刻，却和别人在一起。这时候，双方忽然产生了报复性的想法，他们情不自禁地坐到了床上，然后跟随着隔壁的亲热声坐到了一起。"陈远说着拉住了孟雪，让她坐到了他身边。

"李德胜和黄翠儿两人的婚姻感情都不好，他们甚至都已经很久没有和爱人一起亲热，所以听着隔壁的亲热声，这种刺激会让他们又痛苦又惊讶，最终做出了报复性上床的举动。"陈远说着抱住了孟雪。

这时候，门被推开了，酒店老板进来了，看到抱在一起的陈远和孟雪，他不禁有点尴尬地说道："我，我，还到隔壁吧。"

陈远这才发现自己竟然抱着孟雪，顿时松开了双手，连声说道："对不起，对不起。"

"没关系。"孟雪本来倒觉得没什么，因为陈远在还原推测现场，但是陈远这么一道歉，反而让她有点不好意思了。

"哈哈哈。"陈远突然笑了起来。

"你笑什么？"孟雪更加生气了，不禁瞪了他一眼。

"我们两个连恋爱都没谈过的人，在这儿推论人家偷情的心思。这，这有点搞笑了，以后这种事还是交给郑队长或者沈家明吧。"陈远笑着说道。

孟雪听后，不禁扑哧一声也笑了起来。

第十八章　主动自首

温馨旅馆，走廊最尽头的房间，郎四海的尸体就躺在地上，喉咙被割破，血喷得到处都是，简直惨不忍睹。

旅馆老板是一个中年妇女，哪见过这种阵势，坐在地上连哭带喊。旁边围满了好奇的路人。

"让人都散了。"乔子安对旁边的警察说道，然后走到老板面前拍了拍她，"别哭了，起来，说说具体情况。"

"我这都说了好几遍了啊，这男的带个女的来开房，本来以为他们两个来约会的，没想到怎么就出人命了啊！"老板哭着说道。

"有监控吗？"郑卫国问道。

"有，有的，不过，也不知道有没有录上。"老板一下子坐了起来，嗫嚅着说道。

"我去看下监控。"乔子安对郑卫国说道。

"当时除了你在店里，还有谁？"郑卫国问。

"小星，小星在的。"老板说着，对着前面的人喊道，"小星，快来，快来啊。"

一个十几岁的小女孩怯生生地从外面走了进来。

"这是我亲戚家女孩，平常帮我看店的。我当时在外面和人打麻将，主要她在里面看店的，她肯定看见杀人犯了。"老板拉着小星，仿佛找到了救命稻草。

"是，我是看到了那个人。"小星点了点头，不过她有点害怕，眼神一直闪躲着。

"仔细说下，别害怕。"郑卫国一听小星看到了那个人，不禁有点欣喜。

"那个男人穿着一身黑色的衣服，裹得很严实，都看不清样子。我当时问他找谁，他也没理我，直接走了进去。后来那个和被杀的男人开房的女人出来了，那个女的走得匆忙，对了，我看到她在外面和一个小男孩一起走了。再后来，那个穿着黑衣服的男人也出来了。我看他们出来了，也没当回事。后来姑姑来了，说他们开的是钟点房，去催人了结果发现那个男人死了。"小星详细地说了一下自己见到的情况。

"你说那个女的出去后和一个小男孩在一起？那个男孩有多大，具体看清楚样子了吗？"郑卫国思索了几秒问道。

"那个男孩十一二岁，个子不高，像是一个小学生。对了，还背着一个书包，天蓝色的书包，上面挂了一个漩涡鸣人的挂件。"小星说道。

"漩涡鸣人？"郑卫国愣住了。

"《火影忍者》里的人物，我外甥天天看那个，有次跟我说的。"乔子安走过来说话了。

"对，是火影里的人。"小星点点头。

"监控看过了，你过去看看吧。基本上看不清，凶手特意避开了摄像头的直射区，专门走的盲区，显然是一个老手了。"乔子安说道。

案子陷入了困境中。

"你怎么想的？"回去的时候，乔子安问。

"这个郎四海的死，一下子将整个案子拉进了一个混乱中。我们今天调查的情况是，郎四海和小桃来开房了，显然他们来开房就是为了上床，因为开的钟点房。后来凶手来了，在这里可以确定当时是凶手认识小桃，所以才会让她先离开，凶手在后面杀死了郎四海。根据店员小星的话，小桃在离开旅馆的时候，门口有个十岁左右的小男孩在等她，然后两人一起离开了。根据年龄推算，小男孩肯定不是小桃的儿子，并且我们查了他们的社会关系，小桃也没有符合小男孩年龄的亲戚。"

"会不会小男孩是那个凶手带来的？"乔子安眼前一亮，"凶手带着小男孩来到了温馨旅馆门口，可能害怕小男孩看到杀人的景象，所以让小男孩在外面等着，然后凶手让小桃出来，带着小男孩离开。如果是这样的话，那么小桃和凶手一定认识了。"

"这样看来，杜杰的死必然和这个小桃有关系了。"郑卫国同意了乔子安的意见。

这时候，乔子安的手机突然响了起来，他接通电话，刚听了两句，一脚踩住了刹车。

"什么事？"郑卫国问道。

"小桃去和顺区派出所了。"乔子安惊诧地说道。

"去派出所？去自首了吗？"郑卫国不太明白。

"我也不清楚，我们现在过去看看。"乔子安说完，重新发动车子，火速向局里赶去。

和顺区派出所其实是之前公安局的分局，安城公安局为了响应之前的政策，特意取消了分局。分局的警察有一些和乔子安共过事，关系也不错。这次安城公安局和永城公安局调查的案子，虽然这些派出所没有警察参与，但是所长都参加了会议，要全力配合调查组的工作。所以对于涉案人员，大家都比较清楚。

小桃来到和顺区派出所的时候，刚报完基本资料，接待的警察就认出她正是杜杰被杀案里的相关人员，于是立刻给上级汇报，接到信息后，安城公安局的人立刻告诉了乔子安。

郑卫国和乔子安走进接待室，看到了小桃。小桃穿着一件米色的外套，看上去有点憔悴。

"小桃，这是我们队长。"一名警察走进来，介绍了一下乔子安。

小桃一听，立刻站了起来。

"别紧张,坐下来说吧。"乔子安对她笑了笑,然后抬头对那个警察说,"给她一杯水。"

"不,不用了。"小桃慌忙说道。

"没关系的,喝点水,会好点。"乔子安说。

郑卫国和乔子安跟着坐了下来,没有等他们问,小桃自己说话了,不过说话有些吞吐,逻辑也不太清楚:"刚刚知道郎四海死了,我,我特意过来说下,今天我在车站坐车,结果遇到了他,他非要拉着我去开房。后来我走了,他的死,跟我没关系的。"

"他为什么要拉着你去开房?你们,你们之间是情侣关系吗?或者说,他是不是威胁你的?"郑卫国问道。

"之前我,我跟他有过一次关系,不过我不太愿意的。这次他说如果我不去,就公开我们的关系,我害怕别人知道,所以才同意了。"小桃说道。

"根据郎四海之前交代,说杜杰欺骗了你的感情和钱,你曾经说要让郎四海帮你杀了他,所以才跟他在一起的,这一点是真的吗?"乔子安一听小桃在说谎,直接戳穿了她。

"他,他是这么说的吗?我,我是这么提过,可是他骗了我,还出卖了我,让杜杰差点杀了我。"果然,小桃一下子抬起了头,嘴唇颤抖着说道。

"杜杰被杀的那天,你也在现场,到底发生了什么事?小桃,你现在最好把你知道的情况一五一十地告诉我们,因为你现在嫌疑很大,杜杰被杀的时候,你在现场;现在郎四海被杀,你又在现场。我们查看了监控,凶手在进入你们房间后,你先出来了,并且还带着一个小男孩离开了现场。我们怀疑,凶手认识你。你还要我们说得再详细点吗?"郑卫国直接亮出了他们确定的信息。

"好,我说,我来这儿就是要说的。"小桃咬了咬嘴唇,然后吐了口气。

第十九章　心理争辩

　　一号死者杜杰，死亡时间：2017年7月16日早上八点，死亡地点：安城市人民区百子路23号杰出洗车行。死者身上多处伤口，但致命的伤口是喉咙被人用利器割破，导致失血过多而死。法医根据死者身上的伤口和致命伤口推理出凶器是一把定制的铁头尖刀，死者生前遭受对方的铁头殴打，然后割喉而死。

　　二号死者邓明，三号死者郑秀兰，死亡时间：2017年8月1日凌晨三点左右，死亡地点：永城市光华大酒店305房间。死者身上伤口比较混乱，经过法医鉴定，凶手应该是先对死者割喉，再用钝器击打死者的脑部，造成死者死亡。

　　对于三名死者的情况，周子峰和沈家明进行了心理推测，周子峰先从死者的心理进行真相演绎。

　　"杜杰的死亡时间是早上八点，根据郎四海的交代，他是在7月16日的凌晨和小桃一起去了杜杰的洗车行，后来郎四海离开了。杜杰是一个十足的混混，所以他的心理范围非常宽，对人对事并不会有太多的同情。尤其是面对对自己恨之入骨，甚至想找人杀害自己的小桃，那么当小桃落到他手里的时候，他自然要用最痛苦的办法来折磨小桃。"周子峰说着站了起来，"当初杜杰为了控制小桃，曾经对小桃做出很多过分的事情，比如找了两个男人趁着她昏迷进行强暴，然后还拍了照片。本以为小桃已经对他产生了恐惧，不敢再对自己对她做的事情有什么意见，可是没想到小桃竟然还想杀了自己，所以杜杰对小桃非常气愤。从小桃被杜杰关在洗车行的时间一直到杜杰被杀的这段时间，应该是小桃最痛苦的时间，她必然遭受了重大折磨与伤害。

　　"我们走进杜杰的心理，当他所有的愤怒都发泄完毕后，必然是对小桃进行询问。根据杜杰身上的伤口可以看出来，他在死前遭受了虐打，所以他被凶手控制起来进行伤害的时间也不会太短。我们可以想象，凶手敲响了洗车行的门，杜杰带着半信半疑的心拉开门，然后对方走了进来，并且用某种办法逼着杜杰把门重新锁上，然后开始对他进行虐打。杜杰不是善茬，他和人打架无数，一般人根本不是他的对手。那么，凶手让杜杰听从自己的原因恐怕只有一个，那就是拿东西来威胁杜杰，让杜杰就范。对于杜杰这种人，什么样的东西会让他就范呢？恐怕只有关系到他生命安全的东西，所以可以确定凶手必然是用手枪之类的东西在杜杰开门的时候控制了他。"

　　"对，可能对方直接用杀人凶器顶住了杜杰的要害部位，让他不得不把凶手带进来。"沈家明点点头说道。

　　"凶手对于杜杰的虐杀应该也不是无缘无故的，他身上的伤应该是每个都有原因的，再加上身边有一个刚刚被他虐待过的小桃，所以更能凸显出杜杰这个人的坏。"周子峰点点头。

"我从凶手的心理进行推测，凶手必然是一个对杜杰早就熟悉，并且可以确定那天晚上杜杰对小桃被骗下来的事情知道得非常详细的人。凶手来得并不是特别巧，所以凶手应该并没有和小桃提前约定，否则凶手完全可以在杜杰对小桃进行虐待之前就出现，这样可以让小桃避免一次殴打。所以凶手应该是知道小桃会被杜杰殴打，但是并不知道确切时间，所以他进来的时候，小桃已经被杜杰殴打结束了。于是，愤怒的凶手将杜杰进行了虐杀，在这期间，小桃作为受害人肯定站在凶手的这边，甚至还会帮助凶手，感谢凶手。"沈家明说道。

"同样的道理，我们从死者邓明和郑秀兰的死亡心理推测一下。邓明和郑秀兰之前就有偷情，随着他们的熟悉度增加，越来越肆无忌惮。甚至郑秀兰还跟丈夫直接说出了实情。两人为了幽会来到酒店，他们对于其他事情并不知晓，他们被彼此的身体吸引。几次激情后，他们睡着了，先前的激情缠绵让他们耗尽了体力，于是睡得很沉。等到凶手走进来，将他们击杀，这一切都发生在他们的梦里。凶手非常准确地先对邓明进行割喉，再对郑秀兰割喉。邓明和郑秀兰怎么也没想到这是他们最后一觉。"周子峰说道。

"凶手是怎么杀死邓明和郑秀兰的？虽然房间上着锁，但要打开酒店的房门锁并不难，只需要一个高级点的解锁感应器就可以。凶手在半夜进入房间里面，死者两人根本不知道怎么回事。凶手应该不是新手，他选择先对邓明进行割喉，然后是郑秀兰，这样就避开了出现邓明反抗的意外。所以凶手对邓明和郑秀兰下杀手非常准确。这和对杜杰的击杀比起来，似乎更熟练点。"沈家明从凶手的心理说出了自己的看法。

"有这个可能，比如凶手杀死杜杰的时候，还存在一些对自己的怀疑。等到了杀害邓明和郑秀兰的时候，就熟练了很多。由此可以看出来，凶手的犯罪心理的一个最初成长过程。等到后面杀害张明亮的时候，凶手甚至做出了一个很大胆的举动，就是设计了一个生死局，让人通知张明亮的父亲，给出了他解救儿子的时间机会。可惜，凶手太了解张明亮的父亲了，他这么做的目的可能就是要传达一点，对立时间的重要性。"周子峰说到这里突然愣了愣，然后一下子站了起来，"沈家明，你说这个凶手杀人的方式算不算是预告式杀人？"

"预告式杀人？"沈家明皱紧了眉头，杜杰是一个混混，被虐杀而死；邓明和郑秀兰是一对偷情男女，在睡梦中被杀；张明亮是一个孩子，在生死局的设计下被杀；郎四海在旅馆被杀。难道说？沈家明脱口说道："周队长，你的意思是，杜杰被杀是因为女孩小桃，邓明和郑秀兰是因为男人李德胜和女人黄翠儿，张明亮被杀可能会因为孩子，郎四海被杀因为小桃，这其实正好是群众性的特点，女孩，男人，女人，男孩，男人。可是，郎四海和邓明重复了呀？"

"那只能说明其中有一个是意外。"周子峰说道，"除去重复的，现在，女孩，男孩，男人，女人，都有了，只剩下什么了？"

"老人？"沈家明一下子明白了过来。

第二十章　石牌秘密

永城光华大酒店2017年8月1日的监控记录非常完整，只不过门口的监控记录在凌晨一点十分被人破坏了。

从监控记录上看，2017年8月1日凌晨两点四十五分，一个黑影沿着酒店的走廊墙角走了过来。这个黑影显然是凶手，他走到305房间门口，拿出一张门卡在上面刷了一下，然后轻轻推门走了进去。

大约十分钟后，凶手从305房间出来，离开了现场。

这十分钟时间，正是凶手杀害邓明和郑秀兰的时间。

当天夜里，光华大酒店值班的工作人员因为在前台睡着了，并没有留意有人进去里面。再加上门口的监控记录被人破坏，所以不能确定凶手是什么时候走进酒店和离开酒店的。

负责监控的工作人员帮陈远他们调取了光华大酒店外面的几个监控摄像头的录像，但是并没有找到有用的线索。

"对方的计划很周全，先是破坏了门口的监控摄像头，然后再进去杀人。这样一来，就算想查也查不到对方来到酒店，或者离开酒店的时间。凶手利用这个时间差，可以说成功避开了证据的调取。"陈远说道。

既然现场无法找到调查凶手的线索方向，陈远和孟雪只好选择其他方向。孟雪查看了法医报告，虽然上面对邓明和郑秀兰的尸体鉴定并不是特别完整，但是好像也没什么问题。

无奈之下，两人把这里的情况跟周子峰汇报了一下。

"既然如此，你们拿一份详细的资料回来吧。安城这边调查有一些进展。"周子峰说道。

陈远和孟雪根据周子峰的交代，让永城警方帮忙将邓明和郑秀兰被杀的详细情况，以及对李德胜和黄翠儿调查询问的记录全部整理了一下，然后离开了永城。

"对于李德胜和黄翠儿的情况，我总觉得哪里不对，这世上怎么会有这样的事情发生呢？就算李德胜和黄翠儿再恨郑秀兰和邓明，也不至于在他们死后做出这样的事情吧？这真的有点难以接受。毕竟，邓明和郑秀兰已经死了。"孟雪说出了自己心里的疑问。

"李德胜和黄翠儿之所以这么做应该有两个目的：第一个是报复心态。因为他们身边的人当初都知道邓明和郑秀兰之间的关系，唯独李德胜和黄翠儿不知情，可以说是对他们最大的侮辱。现在事情到了这个地步，李德胜和黄翠儿这么做，目的之一就是让所有人都知道当初邓明和郑秀兰做的事情，现在李德胜和黄翠儿全部还给了他们。第二个目的,这么高调地对外宣称要结婚,也是为了证明他们与邓明和郑秀兰被杀的事情没有关系。因为现在很多人怀疑李德胜和黄翠儿是杀死邓明和郑秀兰的凶手,他们的嫌疑也最大,那么他们如此高调的做法,正是为了堵住悠悠之口。"陈远分析了一下李德胜和黄翠儿这么做的目的。

"可是,李德胜和黄翠儿不过是普通的老百姓,他们怎么会想到这么多呢?"孟雪不禁有点意外。

"你说得非常对,这也是让我觉得有点意外的地方。李德胜和黄翠儿他们应该想不出这样的东西,可以确定地说,他们背后肯定有一个高智商的人在教他们这么做。并且很有可能,这个人与杀死邓明和郑秀兰有关系。"陈远点点头说。

"对了,我听沈家明说张明亮的死和他的父亲没有关系,可能是有人专门针对张明亮设计了那天的事情。"孟雪忽然想起来一件事,于是说了出来。

"是吗?那挺意外的,张明亮一个小学生,能和谁有生死之仇呢?会不会是调查错了?"陈远说道。

孟雪摇了摇头:"你这么说可不对,谁说小学生就没有生死之仇啊。学校就是一个小社会,现在低龄化犯罪的事情也有很多的。你看那些学生殴打学生的视频,那些打别人的学生很多看上去哪里像学生的样子,分明是黑社会。"

陈远忽然停住了车。

"怎么了?"急刹车让车子惯性地往前一倾,孟雪差点撞到前面。

"我问你,"陈远看着孟雪,"杜杰被杀是什么人被杀?"

"什么什么人?你想说什么?"孟雪被问得一头雾水。

"我这么说吧,杜杰是男人吧?邓明也是男人,郑秀兰是女人,张明亮是小孩。那么被杀的这几个人里,可以提出来的是男人、女人、小孩。"陈远解释道。

"你到底想说什么?我听不太明白啊。"孟雪摸了摸脑袋问道。

"其实很简单,我想说的是,这个连环杀人犯,凶手留下百镇的牌子相当于证据。我们调查案子一直在寻找其他东西,其实疏忽了一点,那就是被杀人的属性。几个死者正好符合男女老少里面的三个,所以凶手的下一个目标可能就是老人。"陈远说道。

"这有点牵强吧?怎么会从这个角度考虑呢?"孟雪不太理解。

"其实我们人类的众生也就这四种,我以前看过一起针对这四种属性说的一些东西。我之所以说到现在的案子,是因为那个现场的百镇石牌,因为当初我听到众生这四种的故事,就是作家说起的。"陈远说道。

"如果是这样的话,就是说下一个遇害的人是一个老人?"孟雪惊声叫道。

"男女老少,组成了这个世界所有的人类属性。之前我听作家讲过这个东西,现在也不知道他和章敏敏调查得怎么样了。我一直不明白,杀人现场为什么要留下那个百镇的石牌,到底这个石牌和死者以及凶手有什么意义。"陈远说道。

"百镇本来是一个虚构的地方,可是章敏敏说和男朋友去过那里。我觉得百镇这个东西的出现应该不是偶然。"孟雪跟着说道。

"这个时候其实是案子的关键时刻,如果凶手真的是按照我说的那样杀人,那么我们应该接近真相了。我一直觉得那个石牌应该是破案的关键,可惜实在参透不了其中的秘密。"陈远叹了口气说道。

第二十一章　暗夜之光

　　小桃发现被郎四海出卖后，已经晚了，杜杰关上了大门，她冲过去想要逃走，但是却被杜杰抓着头发拖了回去。

　　"想找人杀我？你知道想杀死我的人有多少吗？"杜杰非常生气，揪着小桃的头发将她按到了旁边的沙发上。

　　"不错，我就是要找人杀你。你对我做的那些事情，是人都不会放过你。你有本事就杀了我，然后你也要给我偿命。"小桃的恐惧变成了怨恨，对着杜杰大声喊了起来，她的眼里没有了之前的恐惧。

　　也许是小桃的样子让杜杰有点意外，也许是小桃的话提醒了杜杰，他竟然松开了小桃。

　　"你要怎么样才能原谅我？"过了一阵子，杜杰说话了，他的情绪也缓和了很多。

　　小桃没有说话，那个屈辱的晚上，已经像烙印一样印在她的心里，根本就无法驱除，更无法忘记，又谈何原谅？

　　杜杰走到前面，拿出一瓶酒，然后喝了起来，他对小桃讲起了一些事情，那是杜杰小时候的事情。当初小桃之所以和杜杰在一起，就是因为有一次杜杰跟她讲起了一些内心的故事，这让小桃觉得杜杰其实和自己一样，都是可怜之人。

　　"小桃，你不知道，我的母亲在我很小的时候就离开了我。家里就只剩下我和父亲，父亲每天要工作，然后还喜欢喝酒。每次喝醉回来便发脾气，然后就开始打我。你知道那是什么样的生活吗？我每天都十分害怕，因为稍不留神就会遭到父亲的打骂，有时候他用皮带抽我，有时候用木棍打我。你说他是喝多了打我吧，可每次打的都是别人发现不了的地方。所以从小我就知道，想要强大，只能自己保护自己。父亲天天打我，竟然让我的承受能力特别强，以至于别人和我打架的时候，明明已经将我打得不行，可是我却能忍着剧痛，将对方打倒在地上。"杜杰说着眼里闪出了泪花。

　　看着杜杰的样子，小桃的内心突然有点动容了。从小到大，很少有人关心小桃。她出来工作后，也没有交什么男朋友。之前她之所以将所有积蓄都拿给了杜杰，就是因为当时杜杰对她真的很好。

　　"不怕告诉你，我十六岁那年，心里已经有了自己的主意。我父亲年纪大了，还有病，可他以为我还是小孩子，还打我。那次他让我去给他买酒，我没去，他打我，结果一不留神自己摔倒在了地上，竟然站不起来了。他让我扶他，一开始我不敢，怕扶起来他还打我，到后来我就故意不想扶他，就故意看着他难受的样子，最

73

后他求我，让我帮他拿药。我把药拿过来，放在他面前，就是不给他。我想起了那些从小到大被他打的事情，我就眼睁睁看着他断了气。"杜杰说起这些事的时候，捏着酒瓶子，浑身哆嗦。

空气中一片沉寂，小桃甚至听到了杜杰的抽泣声。

"从那以后，我得了一种病，就是拼命地去要一些东西，再毫无控制地将它毁掉。我在所有人眼里变成了一个坏人，一个混混，他们都躲着我。我曾经去看过心理医生，医生给了我一个治疗方案，可惜并不管用。后来遇到了你，我们当时那么开心地在一起，可是我内心的痛苦却让我伤害了你。"杜杰说道，"其实对你做的那些事情，我也很难过。可是我不受控制啊，我无法阻止自己。"

说到这里，小桃停了下来。

"他在骗你。"郑卫国说道。

小桃没有说话，看着前方，似乎在想什么。

"很明显，这是骗你的话。你不会相信了吧？"乔子安跟着说道。

"是，当时我还真相信了。"小桃点了点头，继续说了起来。

杜杰的话，让小桃的心软了，她甚至忘记了那个晚上的痛苦、绝望与屈辱。她甚至还想着安慰一下杜杰。

就在这个时候，有人敲门了。

杜杰站了起来，走了过去。

刚打开门，一个穿着黑色衣服、戴着黑色面罩的男人从外面走了进来，他的手里拿着一个东西顶着杜杰的心口，那个东西一头是刀子一头是锤子，看上去比较奇怪。

杜杰举着双手，被黑衣男人一步一步顶到了里面，然后黑衣男人拉住了门。

接下来，黑衣男人开始对杜杰进行审问，也不知道那个黑衣人从哪里找到了关于杜杰的一些事情，每问一次，回答错误或答不上来，对方就会用手里的东西在他身上进行一次伤害。

旁边的小桃吓坏了，她试着跟黑衣男人求情，但是却被对方拒绝了，并且让她坐在一边好好听听杜杰犯下的罪行。

在黑衣男人的审问下，小桃才知道，原来杜杰跟她说的那些话都是假的，他不但骗了自己，还骗了很多其他女人。伤心的小桃，最后失魂落魄地离开了，她当时忽然明白了杜杰说的话，当初他看着自己的父亲慢慢死去，此刻，小桃看着他慢慢死去，这不知道算不算报应。

从杜杰那里离开后，小桃没有回足疗店，她回老家了。在老家待了几天后，她回来了。回到安城后，坐在她旁边的一个小男孩竟然没有钱坐车，于是她帮小男孩掏了车钱，问了一下才知道小男孩是离家出走的。小桃想着送小男孩回家，结果没想到在车站附近遇到了郎四海。

"那个杀死郎四海的人和杀死杜杰的男人是同一个人？"听到这里，郑卫国说话了。

"是。"小桃犹豫了一下，点了点头。

"为什么如此确定？你不是说你走后，对方才对郎四海下手的？"乔子安问道。

"那个男人的手上有个文身，类似一个燕子一样的文身。虽然他们都戴着面罩，但能感觉是同一个人。"小桃说出了一个标志性的线索。

"你还记得那个文身的样子吗？"听到这个东西，郑卫国和乔子安不禁有点欣喜。

"大约记得。"小桃想了想点头说道。

"那好，一会儿我带你去做一下画像模拟，看能不能确定一下文身是什么。"乔子安说道。

第二十二章　冰山一角

安城公安局会议室。

这是调查组来到安城后进行的第二次全体会议。上一次除了所有的调查警员外，还有和整个案子主题有关系的作家。

按照上次的计划，大家基本上对案件的调查有了新的判断。郑卫国作为省厅侦缉组的代表，对案子进行了总结汇报。

"案件一共五名死者，其中多出来的两名是后来出现的。从我们当时来到安城接手这个案件开始，前面三个死者的死亡现场、案件风格以及法医报告确定了属于同一个凶手所为。在对案件追查的过程中，一共出现了三名嫌疑人，对此我们做了一一对照。杜杰和郎四海的死亡，嫌疑人均为小桃；邓明和郑秀兰的死亡，嫌疑人为李德胜和黄翠儿；张明亮的死亡，目前暂未寻到嫌疑人。

对于小桃，我们进行了询问，她也讲出了自己所谓的真相。我们通过和她的接触，然后画像模拟出了凶手的基本情况，不过并不精准，唯一多出来的线索是凶手的左手上有一个类似燕子的文身。经过对这个文身的辨认，我们认为那可能是一种图腾的表示。

对于目前发生的这四起案件，我们进行了判断，认为凶手应该是在进行一个预告式的杀人。这点沈家明和陈远的想法不谋而合，他们认为凶手表达的是一个对众生惩罚的主题。四起案件中，综合掉重复的人员标签，正好是符合男女老少的类人群属性，并且被杀之人，都带有法律没有惩罚的罪行。这也和凶手留在现场的石牌有了明显的关系。在作家的小说里，那个石牌是百镇族用来惩罚所犯罪行人的追命令。凶手应该也是将这个东西移植到了自己的杀人手法里面，用百镇族的惩罚方法来杀害这些人。"

"其实我们还发现了一个情况，不知道对不对。"这时候，乔子安说话了。

"但说无妨。"周子峰对他点了点头。

"这四起案件里，郎四海的案子和杜杰的案子从动机和嫌疑人上来看都非常相似，甚至根据小桃的口供，郎四海对她的突然纠缠，后来引来了凶手对他的杀害。这一系列看起来，凶手好像都是在保护嫌疑人一样。目前除了张明亮的嫌疑人没有找到以外，其余案件的嫌疑人都有一个很奇怪的现象，比如我们当初在调查的时候，他们都是最大的嫌疑人，可是经过调查却跟案子无关，并且他们都曾经失踪过一段时间，现在却都高调地出现在我们面前。所以，根据这个特点，我让韩松去调查张明亮的情况，看在他们学校有没有类似的情况出现，如果有，那么很有可能找到杀张明亮的嫌疑人。"乔子安说道。

这时候，会议室的门响了两下，韩松推门走了进来。

"还真是说曹操，曹操就到。"赵局长看到韩松，不禁说了一句，大家都笑了起来。

"你们别笑，我，我去张明亮所在的学校调查了一下，根据这个办法还真的找到了符合张明亮失踪前后状态的一个嫌疑人。"韩松跟着说道。

"是吗？仔细说说。"赵局长一听，面色顿时严肃起来。

"其实查这个东西很简单，我将上面的特点和老师一讲，老师马上想到了一个人，他叫李强，说起矛盾，和张明亮倒没矛盾，但是两人曾经发生过一些口角。我在老师的带领下，见到了李强。问起了他和张明亮之间的问题，李强很爽快，他说自己的确非常讨厌张明亮，甚至还和张明亮对峙过。他在张明亮被杀后，特别兴奋，但是也有点害怕，因为学校很多人知道他跟张明亮关系不好，所以他便离开了学校几天，也就是昨天才回到了学校里。"韩松说了一下调查的情况，然后把他查到的文件拿出来，给其他人看了看。

"如此看来，这四起案子的特点有了更进一步的相像点。其实，这应该是凶手释放给我们的信号，因为结合这几起案子的特点，凶手还会进行下一次杀人。那么对方杀人的目标很有可能是老人，并且很有可能这老人惹了众怒。我们可以看出来，这个郎四海和杜杰的死情况相似，所以抛开这点的话，我们应该快速找到凶手杀人的时间推测，以免下一个人被杀害。"周子峰听完韩松的话，对所有人讲道。

"这个李强，正是小桃遇到的那个男孩，小桃本来是要送他回去，结果被郎四海纠缠，然后威胁她去开房。后来凶手进去杀人，然后小桃带着李强离开了。"看了韩松发来的照片，乔子安顿时惊声叫了起来。

"这有点太巧了。两起案件的嫌疑人，竟然在一起？"孟雪脱口说道。

"陈远，你有什么看法？"周子峰看陈远从会议一开始就低着头一直没说话。

陈远在看小桃的口供记录，他总觉得哪里有问题，但是又看不出来。听到周子峰喊他，他顿时坐直了身体，然后说道："我倒没什么意见，唯独觉得小桃的口供似乎有点问题，尤其是从她所讲的情况看，凶手应该是认识她，甚至是在保护她。每次她遇到危险，凶手就出现了，可是小桃却说自己不认识凶手，这是巧合？刚刚韩队长带回来的消息，小桃竟然和嫌疑人李强在一起，这难道也是巧合吗？"

"小桃的口供会不会是假的？"韩松问道。

"她为什么要冒着风险来到派出所做假口供呢？"乔子安问道。

"会不会就像陈远说的，小桃其实认识凶手，她的出现以及口供就是为了帮助凶手，混淆我们的侦查方向？"郑卫国说道。

"如果小桃和凶手是一伙的，那么她的心理素质也忒好了，竟然到公安局里面来。"韩松惊讶地说道。

"其实这没什么的，小桃和凶手就算是一伙的，但是不代表她参与了杀人。所以她才能理直气壮地过来。这点让我想到了邓明和郑秀兰的案子里，李德胜和黄翠儿他们在案子还没侦破的时候，高调地对外宣布要结婚。这两个非常像，都是案子最大的嫌疑人，可是却非常高调，仿佛在跟我们说'你随便调查'一样。"陈远说着放下了手里的口供记录。

"这案子越来越有意思了,本来看上去似乎有了很大的进展,现在看来却才刚刚露出了冰山一角。"赵局长托着腮叹了口气说道。

第二十三章　莫家阴宅

走到路的尽头，一个村庄出现在了眼前。

"就是这里，就是这里了。"章敏敏兴奋地指着前面说道。

"那就是了，跟我想的一样。"作家推推鼻梁上的眼镜，点了点头。

"你，你怎么知道在这个方向啊？如果不是你，真的找不到这里的。"章敏敏问道。

"很简单。"作家往前走了两步，指了指前面的山路说道，"在地图上，这个地方叫状元林。但是在三年前，状元林前面的一个叫落英族的村子因为要响应政府拆迁工作，所以村子里的人都被分散迁走，一些不愿意离开的人便来到了状元林。他们不愿意离开故乡，所以就在状元林落户成家，守望着自己的家园。我特意问了一下朋友，因为状元林是新盖的，所以施工队按照村里人的要求，按照他们的风俗进行了改建。"

"落英族，这是个什么族落？"章敏敏听过很多族落的名字，唯独没听过这个。

"宋仁宗年间，因为皇帝的爱好，一些奸臣宦官为了迎合皇帝，经常在全国各地寻找好看的精品石玉。林石县因为盛产精品石雕，所以这里有很多能工巧匠。他们往往是很小就跟着师父学雕刻，经过十几年甚至二十年才会有名气。据说，在林石县有一个隐藏的族落，就是落英族，他们的石雕手法出神入化，做出的东西犹如鬼手所做，所以他们做的东西又称'鬼手雕像'。

"为了得到好的石雕，林石县的匠人经常被人抓走去做工，有时候一走就是几个月，甚至一年。那些带走匠人的朝廷官员，目的就是找到隐藏在林石县的落英族人，可惜他们用尽各种办法，最终还是没有找到落英族人。后来，一个叫林化的宦官想出了一个阴损的主意，他找了个理由，说林石县的匠人得罪了皇帝，除非拿落英族的鬼手雕来换人，否则一律都要被处死。无奈之下，村里的老人将落英族人的下落告诉了他们。落英族的人全部被带走了。据说为了让鬼手雕像成为绝唱，林化带着人准备将落英族的人全部处死。可是，在他们准备动手的时候，一阵阴风刮过，那些被他们抢走的雕像全部复活了，然后将林化一干人等全部杀死。从此以后，这个落英族的人也随着那些鬼手雕像消失了。

"一直到解放后，国家对各地做人员统计。来到林石县的时候，有知道落英族人的村民将这些事情讲了出来。于是，为了纪念落英族的人，林石县一些喜欢石雕的人便组成了一个落英族的村子。"作家给章敏敏讲了一下落英族的事情。

"原来还有这个故事啊。"听完后，章敏敏唏嘘不已。

"所以你和男朋友南飞鹏去的地方，其实并不是百镇，应该就是搬迁后的落英族。我思来想去，应该只有这个地方符合你说的那些特点。"作家说道。

"那是说飞鹏来到的就是这里了？"章敏敏有点激动地说道。

"具体什么样，我们还需要进村子里看看情况。"作家也不确定。

两人说着一起向前走去。

章敏敏之前来过这里，所以越走越熟悉，然后她还跟作家讲着之前来这里的一些情况。等到他们走到村口的时候才发现，其实从村子的另一头走，还有宽敞的柏油路，甚至还有一些旅游大巴带人过来参观。

"早知道我们也坐车来了，害得咱们绕了这么大一圈子。"作家笑着说。

"这个好像是从网上可以订，上次是南飞鹏联系这边人的，可是我不知道从哪里找。"章敏敏说道。

"没关系，反正已经到了。我们过去吧。"作家说着往前走去。

在章敏敏的带领下，两人来到了上次章敏敏和南飞鹏住的莫家。对于章敏敏的出现，莫军有点意外。

"这是跟我一起过来的朋友，我们来找南飞鹏。"章敏敏开门见山说道。

"南飞鹏，不在这里啊，你们不是之前一起走了吗？"莫军眼神有些躲闪。

"没关系，不在也没事。我们就是过来看看。"作家笑着说道，"我们来得匆忙也没和你说，不知道现在还有没有住的地方？"

"有是有，不过在后院了，那里，那里有点不合适。"莫军有点不情愿地说道。

"后院怎么不合适了？"章敏敏问道。

"那里是我们家的阴宅，平常不住人的。要不帮你们问问别家？"莫军说道。

"没事，阴宅就阴宅吧，反正我们对鬼神这些东西也不太相信。"作家说道。

就这样，在他们的坚持下，他们住进了莫军说的阴宅。其实，所谓的阴宅，就是有些偏远的农村，老人会提前给自己做好棺材，等到离世时可以直接用。那么老人活着的这段时间，他放棺材的地方就是所谓的阴宅。

"上次我们就住在那里。"经过莫家前院的时候，章敏敏指了指前面的一个房间轻声对作家说道。

"这么说，半夜你看到的那些事情就发生在前面了。"作家指了指那个房间前面不远处的一个石桌。

"对，就是哪里。"章敏敏点点头。

"最近天气不好，你们住的房间是挨着的，平常我们都不让外人进来的。每个房间里都有一口棺材，你们千万不要打开盖子，因为我们找人作过法了。"莫军说道。

"为什么每个房间里都有啊？"章敏敏问道。

"一口是给我准备的，一口是给我老婆准备的，不过她早些年离开了这里，也用不着了。"莫军说道。

"我记得上次来的时候，村子口有一个百镇的石碑，这次来怎么没看见？"章敏敏忽然问道。

"那个石碑啊，那应该是村里的石匠给别人做的。我们这里有很多能工巧匠，平常靠手艺吃饭的比较多。"莫军说道。

"那知道是哪个人要的那个石碑吗？"章敏敏又问。

"这个就不清楚了。"莫军笑了笑。

说话间，他们来到了后院的两个屋子面前，莫军推开其中一间，一股灰尘味跟阴冷的风扑面而来，章敏敏不禁打了个寒战，旁边的作家身上也是一阵寒噤……

第二十四章　杀人意外

安城夜阑娱乐会所。

震耳欲聋的音乐声，跟着闪烁的灯光，舞池里的人疯狂地随着节拍甩着脑袋。人们跟着音乐的节奏几乎要将整个身体放飞。

舞池的对面是一个雅间，卢浩飞穿着一件一尘不染的衣服，站在窗口，看着舞池里的人们，时不时眼里露出一丝难以捉摸的目光。

这时候，一个弱小的身影从外面慢慢走进来，他有十一二岁，目光游离，似乎在找什么人。

"怎么回事？"卢浩飞指着前面舞池里的那个小孩问。

"不知道啊，十几岁的小孩是不让进来的。我过去看看。"旁边的人说道。

"不，我去看看就行，别吓到人家。"卢浩飞说着自己走了过去。

那个小男孩看起来没有来过这种地方，对于身边跳舞的人非常感兴趣，时不时还跟着旁边的人一起扭动腰肢。

卢浩飞很快来到了小男孩的身边，伸手捏住他的耳朵，将他拖到了一边。

"多大了，竟然来这里玩？"卢浩飞问道。

"你管我？"小男孩用力挣脱开了卢浩飞的手。

"还挺厉害。"卢浩飞笑了起来。

小男孩看了看卢浩飞，然后说道："你是什么人？认识老板吗？"

"你找老板做什么？你知道这里老板是谁吗？"卢浩飞看着小男孩感觉挺有意思的，于是问道。

"卢浩飞。"小男孩说道。

"嘿，你还真知道？"卢浩飞听到小男孩的回答，顿时有点惊讶。

"你认识吗？不认识就别在这儿拦着我，我还有事。"小男孩像煞有介事地说道。

"你不会是要找卢浩飞吧？"卢浩飞问道。

"是啊，你知道他吗？他在哪里？"小男孩问道。

"你找他做什么？"卢浩飞越来越觉得小男孩有意思了。

"我有个事情要告诉他，你别管了，你又不是他。"小男孩说着往前走去。

"你要找他，到前面二楼，那里有个办公的地方。"卢浩飞指了指前面。

"好，我去看看。"小男孩点了点头，向前走去。

卢浩飞等小男孩走后，等了几分钟，自己也跟着走了回去。

"小孩，你不是找卢浩飞吗？来了。"前面正和小男孩说话的一个男人看到卢浩飞,于是指了指他。

小男孩转过头,看到卢浩飞,顿时有点惊讶,继而有点生气:"你这人真坏,你就是卢浩飞还骗我。"

"你找我到底什么事,快说。"卢浩飞问道。

"我帮一个姐姐送一封信给你。"小男孩说着从口袋里拿出一个包好的盒子,将它递给了卢浩飞。

"原来是一个信使啊。"卢浩飞笑呵呵地接过小男孩手里的盒子,然后从旁边拿出一根棒棒糖,递给了小男孩。

"不了,我不吃的。"小男孩说着转身向前走了。

卢浩飞摇了摇头,对旁边的男人说道:"这孩子,真有意思。"

"可不是,还挺懂事的。"旁边的人跟着说道。

卢浩飞没有再说话,低头拆开了那个盒子,里面是一封信。信封上写着,卢浩飞亲启,字体娟丽、文秀,看起来是一个女孩写的信,上面隐隐约约地还有一股香味。

卢浩飞家世不错,上学的时候经常收到一些女生的情书和告白,情书已经见惯不怪。不过自从他毕业后,因为工作的关系,收到的东西反而比较少了。现在忽然收到东西,他竟然有点小小的兴奋。

打开信封,抽出里面的信纸,上面只写了一句话:卢浩飞今天晚上死于万隆广场。

卢浩飞脸上的笑容顿时凝住了。

"美女约你吗?"旁边的人问道。

"约你妈。"卢浩飞瞪了对方一眼,将那张纸揉成一团,扔进了垃圾桶里。

也许是因为这个恶作剧,也许是因为其他,卢浩飞感觉心神不定。他的面前总是闪过那个纸团上的内容,那句话就像一根扎在心里的刺一样,让他格外难受。本来他还想在会所待到晚上十二点再走,但是心烦气躁的他决定早点离开。因为他的车就停在万隆广场的地下停车场。他可不想太晚了,免得那封信上的内容变成真的。

从电梯负一楼出来,卢浩飞来到了地下停车场。平常那里都会有一个保安,结果今天座位上却空着没人。卢浩飞皱了皱眉,慢慢往前走去。很快,他来到了自己的车子面前,拿出钥匙,打开车,钻了进去。

这时候,手机突然响了起来。

卢浩飞吓了一跳,拿起手机接通电话,里面传来一个嘈杂的声音,叽叽喳喳的,好像有很多人在说话一样。

卢浩飞看了看对方号码,才发现是一个陌生号码。于是,他挂掉了电话。

车子发动起来,卢浩飞向前开去,结果往前开了几下,却感觉车子下面有什么东西,于是,卢浩飞只好停下车,打开车门走了下去。

车子下面黑乎乎的,并且血淋淋的,似乎是刚才撞到什么东西了。卢浩飞拿出手机,打开手电筒,然后往车底下面看了看。

这时候，一个黑影蹑手蹑脚地走到他的车子后面，然后走到卢浩飞的后面，等到他从车子下面出来的时候，那个黑影扬起手里的木棒，对着卢浩飞用力打了下去。可是，也许是因为用力过猛，木棒只打中了卢浩飞的左肩膀，他反手一抬将对方推到了一边。对方身体撞到了后面的汽车，顿时引发了汽车的报警器。

　　"救命，有人要杀我。"卢浩飞叫了起来，然后向前跑去。

　　身后的人想追，但是步履比较缓慢，只能看着卢浩飞向前跑去。

　　卢浩飞越跑越远，终于来到了前面的电梯。一个保安从旁边走了过来，手里拿着警棍。

　　"救命，救命，有人要杀我。"卢浩飞像找到了救命稻草一样，抓着那个保安的双手。

　　"没事，你别紧张。"保安拦住了卢浩飞。

　　这时候，后面追卢浩飞的那个黑影跑了过来，看到卢浩飞和保安站在一起，他慢慢停下了脚步。

　　"就是他，快，我要报警。"卢浩飞说着拿出了手机，可让他没想到的是，那个保安拍了拍他的肩膀，笑着说了一句话："还记不记得今天下午收到的信？"

第二十五章　棺中有人

半夜，作家翻来覆去睡不着。他在想整个事情的前因后果，夜光如水，从外面透过窗户倾泻进来。作家写了很多悬疑恐怖故事，不过那都是瞎编乱造的，从来没想到有一天会因为自己的小说被纠缠到一件事情里。作家忽然想起了一件事情，于是拿出手机打了一个电话。

电话很快通了，里面传来了陈远的声音："是有什么发现吗？"

"我们刚到了之前章敏敏说的百镇，我忽然想起一件事，不知道你还记不记得，就是我们之前在安河的推理俱乐部聚会的时候，鬼子六讲过的一件事情。"作家问道。

"你是说鬼子六讲的鬼经众生说？"陈远脱口说道。

"是的，他不是说佛说众生指的是一切有生命的东西，而他所说的鬼经里的众生是指犯了错的人，用别人来为自己赎罪。这种罪恶的说法，曾经在一些地下黑暗组织里一直盛行。尤其是封建时代，很多人用鬼经来蛊惑人心。章敏敏和南飞鹏的事情，我觉得可能和这个鬼经的众生说有关系。虽然现在还不知道南飞鹏到底隐瞒了什么，或者说经历了什么。"作家说道。

"你的意思是南飞鹏被人用鬼经众生说迷惑，然后让章敏敏帮他赎罪？"陈远有点意外。

"我们在公安局的时候我大概就猜出来了，南飞鹏带章敏敏去所谓的百镇，这一切都是阴谋，为的就是让章敏敏以为自己真的来到了我小说里的地方。然后他们在晚上的时候，又看到了莫家发生的离奇画面。等到他们快要离开的时候，章敏敏说梦见自己变成了莫家的媳妇，被莫家兄弟侵害。其实，章敏敏所经历的事情并不是梦，而是事实，这一切自然是南飞鹏和莫家人搞的鬼。就像鬼子六说的鬼经一样，南飞鹏借助章敏敏来帮自己赎罪。"作家详细地分析了一下具体情况。

"这有点人，太意外了吧？"陈远听到作家这么分析，不禁有点难以置信。

"确切的证据我只能在找到以后才能确定。对了，你们那边怎么样了？"作家问了一下。

陈远简单说了一下这边的情况。

挂掉电话，作家重新躺到了床上。回过头，他看到了旁边不远处的那口棺材，深红色的外观，在惨白寒冷的月光下显得鬼魅异常。这个情况让作家想起了蒲松龄《聊斋志异》里的一个故事。

阳信县某老翁，家住本县蔡店。这个村离县城五六里路。他们父子开了一个路边小店，专供过往行商的人住宿。有几个车夫，来往贩卖东西，经常住在这个店里。

　　一天日落西山时，四个车夫来投店住宿，但店里已住满了人。他们估计没处可去了，坚决要求住下。老翁想了一下，想到了有个地方可住，但恐怕客人不满意。客人表示："随便一间小屋都行，不敢挑拣。"当时，老翁的儿媳刚死，尸体停在一间小屋里，儿子出门买棺材还没回来。老翁就穿过街巷，把客人领到这间小房子里。

　　客人进屋，见桌案上有盏昏暗的油灯，桌案后有顶帐子，纸被子盖着死者。又看他们的住处，是在小里间里的大通铺上。他们四人一路奔波疲劳，很是困乏，头刚刚放在枕头上，就睡着了。其中唯有一人还朦朦胧胧地没有睡熟，忽听见灵床上嚓嚓有声响，赶快睁眼一看，见灵前灯火明亮，看的东西清清楚楚。就见女尸掀开被子起来，接着下床慢慢地进了他们的住室。女尸面呈淡金色，额上扎着生丝绸子，走到铺前，俯身对着每人吹了三口气。这客人吓得不得了，唯恐吹到自己，就偷偷将被子蒙住头，连气也不敢喘，静静听着。

　　不多时，女尸果然过来，像吹别人一样也吹了他三口。他觉得女尸已走出房门，又听到纸被声响，才伸出头来偷看，见女尸如原样躺在那里。这个客人害怕极了，不敢作声，偷偷用脚蹬其他三人，那三人却一动不动。他无计可施，心想不如穿上衣服逃跑了吧！刚起来拿衣服，嚓嚓声又响了。这个客人赶快把头缩回被子里，觉得女尸又过来，连续吹了他好几口气才走。稍待一会儿，听见灵床又响，知道女尸又躺下了。他就慢慢地在被子里摸到衣服穿好，猛地起来，光着脚就向外跑。这时女尸也起来了，像是要追他。等她离开帐子时，客人已开门跑出来，随后女尸也跟了出来。客人边跑边喊，但村里人没有一人听见。想去敲店主的门，又怕来不及被女尸追上，所以就顺着通向县城的路尽力快跑。到了东郊，看见一座寺庙，听见有敲木鱼的声音，客人就急急敲打庙门。可道士在惊讶之中，认为情况异常，不肯及时开门让他进去。他回过身来，女尸已追到了，还只距离一尺远。客人更怕了。庙门外有一棵大白杨树，树围有四五尺，他就用树挡着身子。女尸从右来他就往左躲，从左来就往右躲，女尸更加愤怒。这时双方都汗流浃背，非常疲倦了。女尸顿时站住，客人也气喘不止，避在树后。忽然，女尸暴起，伸开两臂隔着树捉那客商。客人当即被吓倒了。女尸没能捉住人，抱着树僵立在那里。

　　道士听了很长时间，听庙外没了动静，才慢慢走出庙门。见客人躺在地上，拿灯一照，已经死了。但摸摸心，仍有一点搏动，就背到庙里，整整一夜，客人才醒过来。喂了一些汤水，问是怎么回事。客人原原本本地说了一遍。这时寺庙晨钟已敲过，天已蒙蒙亮了。道士出门再看树旁，果然见一女尸僵立在那里。道士大惊失色，马上报告了县官。县官亲自来验尸，叫人拔女尸的两手，插得牢牢的拔不出来。仔细一看，女尸左右两手的四个指头都像钢钩一样深深地抓入树里，连指甲都插进去了。又叫几个人使劲拔，才拔了出来，只见她指甲插的痕迹像凿的孔一样。县官命衙役去老翁店里打听，才知道女尸没有了，住宿的其他三个客人已死了，人们正议论纷纷。衙役向老翁说了缘故，老翁便跟随衙役来到庙前，把女尸抬回。客人哭着对县官说："我们四个人一起出来的，现在我一人回去，怎么能让乡亲们相信我呢？"县官便给他写了一封证明信，并给了他些银子送他回去了。

此时此刻，看着眼前的棺材，作家越来越睡不着了。刚才的故事里，那个棺材里的女尸诈尸。现在的这个棺材里会不会也有其他人啊？

正当作家胡思乱想的时候，忽然传来了急促敲门声。

"怎么了？"作家走到门口，打开门一看，原来是章敏敏。

"我有点害怕，我那边的棺材里有动静。"章敏敏惊慌失措地说道。

"什么动静？"作家问道。

"你过去看看就知道了。"章敏敏说道。

作家去了章敏敏的房间，看着章敏敏关上门，关了灯，整个房间静了下来。作家有点尴尬，刚想说话。

"嘘，你听。"章敏敏突然低声说话了。

作家竖起耳朵，仔细一听，果然，他听到了一个声音。确切地说，那是从棺材里面传来的……

第二十六章　鬼经众生

　　卢浩飞被那个保安一下子扼住了脖子，然后用力挣扎着，可惜那个人的手仿佛是钢圈一样紧紧地将他锁着，无论他怎么挣扎，都难以挣脱。前面的那个黑衣人慢慢走了过来，扬起手里的木棒，对准了卢浩飞。

　　一下，两下，三下。木棒准确地打在卢浩飞的脑袋上，卢浩飞身体慢慢不再动弹，然后那个保安将他松开了，卢浩飞摔倒在了地上。

　　那个黑衣人将手里的木棒扔到地上，然后摘下了手套。跟着，保安从口袋里掏出一个东西，扔到了地上。最后，黑影和保安一起离开了现场。走到前面的时候，他们微微转过头，对着前面的摄像头做出了一个OK的手势。

　　啪，郑卫国按了一下暂停键，投影仪上的画面停了下来。

　　"太嚣张了。"乔子安将手里的文件重重地摔到了桌子上。其他人的脸上也满是气愤。

　　"这是万隆广场负一楼地下停车场东北角的一个摄像头记录的画面，从画面上看，应该是凶手故意对准摄像头的，因为那个保安和那个穿黑衣服的人，都没有拍到正脸。他们做了精心的准备，离开负一楼后就没有在另一个摄像头下面出现，这说明他们对现场的摄像头做了充分的调查。"郑卫国解释了一下。

　　"那个保安扔的东西，就是和之前四起案件现场留下的一样的石牌。"沈家明说道。

　　"这次的是模仿之前的案子，还是同一个凶手呢？"周子峰问道。

　　"除了石牌，其余还不好说。不过从现场杀人的画面看，死者应该是先被那个黑衣人追杀，但是他好像躲过了黑衣人的追杀，看到那个保安，他的眼神其实是充满了期待的，可惜让他没想到的是保安和后面追杀他的人是一伙的。"陈远说道。

　　"对，画面上还有一点，这个黑衣人的步履比较慢，可以回放下。"沈家明非常赞同陈远的话。

　　郑卫国重新回放了一下监控画面。

　　"停，你们看这里。"沈家明喊了一下。

　　画面重新被播放，上面是那个黑衣人从后面追过来的场面，那个黑衣人似乎有点累，步履不太稳。并且等到后面，他拿起木棍对卢浩飞击打的时候，手微微有些颤抖，力道都不太够。

　　"这个黑衣人似乎体力有点问题。"乔子安看出了问题。

　　"不错，他应该在之前就和卢浩飞有了纠打。那个保安很有可能之前并没有决定出来，而是看到卢浩飞向出口跑来，所以才出现了。如果是这样的话，那个保安应该是知道这个黑衣人一个人很有可能杀不死卢浩飞，所以才会在旁边准备随时接应。这说明这次杀人的黑衣人，并不是之前杀人的凶手。"郑卫国点了点头说道。

"这个黑衣人，可能是一个老人。"陈远盯着那个黑影看了半天，脱口说道。

"什么？老人？"孟雪一听，惊声叫了起来。

"对啊，只有这个原因才可能满足上面这些条件。因为黑衣人是一个老人，所以他在对卢浩飞下杀手的时候才会力度达不到，在追赶的过程中才会追不上。也是因为这个，那个保安害怕他完不成，所以才会在前面接应他。"乔子安恍然大悟。

"如此看来这个保安才是真正的凶手，可是这个老人为什么会听从这个保安的驱使去杀人呢？还有，他们离开的时候，保安明显知道那个摄像头可以拍到他们，所以才会故意做出挑衅的动作。还有，这个案子和其他案子不一样，其他案子凶手都没有留下任何嫌疑人的线索。可是，这次凶手却犯下了这么大一个错误，这会不会是模仿之前四起案件杀人呢？"郑卫国再次提出了模仿杀人的意见。

"我认为应该不是模仿杀人。我们之前根据这几个案子提出过众生这个说法，之前的案子出现了男人、女人、小孩，唯独没有出现过老人。这次其实是出现了老人。昨天晚上我接到了作家的电话，他给我提了一下我们之前参加一个聚会的事情。当时有个朋友提出了一个话题，那就是鬼经众生说。所谓的鬼经众生说其实和佛家说众生正好相反。佛家说道众生是指一切有生命的，男女老幼，代表了所有人。而鬼经众生说看似和佛家一样，但却是为其赎罪，进行杀戮的。这种东西在封建社会曾经很长时间用来愚弄民众，甚至帮一些人用力控制民众。"陈远说道。

"鬼经众生说，这还是第一次听到。"沈家明皱了皱眉头。

"我也是第一次听说，所以还是很惊讶的。"陈远无奈地笑了笑。

"那这个什么鬼经众生是怎么害人的呢？"乔子安问道。

"简单地说，就是先满足受害人的要求，然后再对受害者下杀手。这种帮忙往往是隐性，并且阴暗的，所以在帮忙的过程中，受害人往往把凶手当成救世主。凶手对受害人帮助成功后，会让受害人感受到自己的罪恶，继而进行赎罪。这才是这种鬼手众生说背后主谋者的阴险之处。"陈远解释了一下。

"这么阴险？"其他人还从没听过这种说法。

"是的，这种鬼经众生说据说是一些黑佛教的人流传的办法，目的是和当时的佛教抗衡。不过后来被驱除后，一些残余分子并没有离开，而是散落在各地。这些也是我一个喜欢悬疑的朋友告诉我们的。当时我们只是当一个故事来听，现在我忽然想，这个凶手会不会就是利用鬼经众生说的办法来做这个连环凶杀案，正因为这个东西比较冷僻，很多人不太清楚，所以我们在侦查案子的时候才无法确定凶手的动机。"陈远说道。

"如果是这样的话，你是说凶手先帮这些人进行杀人，然后再将这些人一一杀死？这简直太恐怖、太丧心病狂了。因为那些人根本不知道帮助自己杀人的凶手，其实在一早就准备好了对他们下杀手的后手。"周子峰听完陈远的话，顿时明白了过来。

第二十七章　无巧不书

张奎点了一根烟,他的手还在颤抖。两天前的那个晚上发生的一切,现在还清晰地出现在面前,像一团挥之不去的阴影,带着邪恶的目光看着他。

电视里正在播放新闻,正是万隆广场地下一楼停车场的杀人案,并且还公布了一段视频,视频里正是自己对着卢浩飞击打的画面。虽然监控画面不太清晰,但张奎还是清晰地看出了里面那个杀人的人正是自己。

张奎坐不住了,他拿起手机再次拨出了那个号码。这几天,他对这个号码已经非常熟悉了,每个数字仿佛都刻在自己心里一样。可惜,对方的电话一直没有人接。也不知道是对方不愿意接,还是有其他原因。

"喂。"对方的手机突然通了。

"你终于接电话了,那个,那个新闻上放了我们的视频,怎么回事?你不是说没问题吗?"张奎急急慌慌地说道。

"别着急,慢慢说。"对方沉声说道。

"新闻上放了停车场的监控视频,里面照下了我们的样子。警察会通缉我们的。"张奎说道。

"我们当时所处的位置,都是监控的盲区,没事的。你要是担心,我帮你找个地方躲一躲。"对方说道。

"好,那,我躲一躲吧。"张奎从来没想到事情会发展到这种地步,他挂掉电话,坐到了沙发上,然后捂住自己的脑袋,用力搓了搓。

那天晚上,因为得罪了卢家人,心情郁闷的张奎一个人在喝闷酒,后来那个神秘人出现在了他面前,然后和他一起喝酒,迷迷糊糊地,张奎对着对方说了很多事情。等到天亮的时候,张奎醒了过来,发现自己在一个旅店。

"是我送你来这里的。"旁边是那个昨天和他喝酒的男人。男人刚从外面回来,穿着一件棒球服,整个人看上去话不多,阴沉沉的,他将一个黑色的盒子放到了桌子上。

"这是什么?"张奎问道。

"昨天你不是跟我说了你的事情,我帮你做了一件事。"男人说着努了努嘴,坐到了一边。

"你,你帮我什么事情了?"张奎喝酒有点断片,隐约记得昨天在喝闷酒的时候,这个男人坐到了自己身边,然后两人说了很多话。

"你说了自己年轻时候当兵的事情,还说了虽然年龄大了,但是内心的正义却从未消退。这让我很感动。陈家对你做的事情实在有些过分。尤其是那个女的,你救了她,她反而恩将仇报。"男人说着,慢慢揭开了盒子上面的黑布,将盒子里面的东西展开了。

张奎胆子其实不算小,他是当兵出身,当年还从死人堆里爬出来,早已经对生死不当回事。可是看到盒子里的东西,他还是吓了一跳。盒子里是一个手机,男人打开手机,找到其中一个视频,点开放了一下,里面是一个女人被杀的过程,那个女人正是那个陈家女人,画面上杀死陈家女人的则是对面的男人。

"这种不懂得感恩的人,就应该被处死,免得留下来祸害人。"男人说道。

"你,你杀了她?"张奎脱口问道。

"要不是她,你也不会出这么多事,不是吗?"对方说道。

张奎不知道该怎么办,他实在没想到这个男人竟然会因为自己一番醉话,去做出这种事情。他想劝对方去自首,可是话到嘴边又不知道该怎么开口。

男人临走的时候,留下了一个电话。

麻烦的事情并没有因为陈家女儿被杀后停止。之前因为得罪了卢浩飞,所以卢家一直对张奎做各种报复。甚至卢家将杀害陈家女儿的嫌疑转移到了张奎的身上,这让他非常被动,本来一番好意,为了陈家的女人,惹到了卢家,现在反而成了两家的众矢之的。这让张奎内心的火气越来越大,终于他忍受不了,想起了那个男人之前说的一些话。

计划非常周密,可是现在却出了问题。

张奎收拾了一下东西,然后下了楼。

对方和他约在安城回民区的中医院门口,时间正是上班的时候,看病的,路过的,奔忙的,每个人都行色匆匆,看不出表情。

张奎的手机响了起来,他接通了电话。

"前面直走,我穿着黑色的外套。"

张奎抬眼往前看了一下,然后快步走了过去。前面在中医院门口站着几个人,其中有一个男人穿着黑色的外套正低着头在抽烟。

张奎没有多想,拖着行李箱走了过去,刚到那个男人面前,还没有等他说话,旁边突然冒出来三四个男人,其中一个一把抓住了张奎的胳膊,另外一个绕到背后想从背后抓住他,张奎反应比较快,虽然年龄大,但是身手还不错,他将手里的东西往前一扔,然后玩命地向前跑去。可惜前面冲过来几个人,将他一下子按在了地上。

"你们干什么?你们什么人?"张奎叫了起来。

"我们是警察,张奎,你跑不了了。"其中一个男的说道。

"警察?你们是不是搞错了?怎么会是警察呢?"张奎惊呆了。

"起来,回去就知道了。"警察说着,将张奎从地上扶了起来。就在他们准备将张奎往前推的时候,张奎竟然挣脱掉了,向前狂奔逃去。

警察从后面追了过来。

这时候,一辆面包车开了过来,光顾着逃跑的张奎没有看到,等到他发现的时候,已经迟了,他的整个身体重重地撞到了面包车上,这一幕发生得太快,等到其他人反应过来的时候,张奎已经落到了地上,不再动弹。

那个司机吓得从车上走了出来,整个人都在哆嗦,嘴里不停地说着什么。旁边先前追赶张奎的警察此刻围住了那个司机，在大声询问着什么。

　　现场乱哄哄的，围观的人群，有的拿着手机在拍照，有的则站在一边看着。人群远处的一个角落，一个穿着黑色衣服的男人默默走了出来，他将手机里的通话记录删除，站在那里看着眼前发生的一切，然后转身默默离开了……

第二十八章　反向谋杀

监控部门对之前那视频进行了技术处理，让出现在摄像头下面的两名凶手的样子更加清晰起来。不过，那个穿着保安制服的人，因为戴着鸭舌帽，再加上躲躲闪闪，所以没有拍到正面样子。

"已经查到这个人的情况了。"这时候，乔子安指着那个穿着黑色衣服的男人，"这个人叫张奎，独居，年轻的时候当过兵，打过仗。前些日子，张奎在街上和卢浩飞发生冲突，原因是卢浩飞撞到了一个叫陈若虹的女人，当时卢浩飞特别嚣张，看到陈若虹被撞倒，准备第二次撞击，惹得张奎上去对他痛打一番。后来，他们被带进了派出所，结果因为卢浩飞家人的关系，卢浩飞竟然没事离开了。让张奎更没想到的是，之前一直请求他帮忙的陈若虹的家人竟然被卢浩飞家人收买，甚至对张奎进行诬陷。"

"这么看来，张奎是一个急性子，他对卢浩飞下手难道是因为自己被诬陷吗？"孟雪问道。

"有这个原因，但这个帮助张奎的假保安又是什么人呢？显然，从现在我们分析的情况看，这个保安应该才是案子的主要推动者，张奎很有可能是被利用的。还有，在监控录像里，那个保安扔下的石牌，就是告诉我们他就是石牌杀人犯。这个嫌疑犯非常有意思，前几起案子，没有留下一丝线索，甚至还杀死了知道线索的部分人，可是现在，嫌疑犯却主动将凶手推了出来。对方葫芦里到底卖的什么药？"郑卫国点点头说道。

"找到这个张奎了吗？"沈家明问道。

"韩松带人去找了，应该很快会有消息。"乔子安说道。

正说着，韩松打来了电话。

"怎么样？"看到乔子安挂了电话，郑卫国问了一下。

"张奎出事了。"乔子安说道，"今天早上，安城解放刑侦支队的同志接到一个女人的报警，说早上八点半，在中医院门口，有个毒贩化装成老人要接头。于是，刑侦支队的同志立刻派人过去埋伏。果然，八点半的时候，他们看到了一个鬼鬼祟祟的老头，于是冲上去将他抓了起来。可是，没想到张奎虽然年纪大，但是反应快，身体也不错，竟然挣脱了出来，然后向前面跑去。结果，正好有辆车从旁边开了过来，撞上了他。现在送到第一人民医院，正在抢救。"

"怎么会这么巧？"孟雪问道。

"那个报警的女人，技术部查了一下，发现对方是用一个公用电话打过来的，并且登记的信息也是假的。"韩松说道。

"那个撞人的司机呢?"郑卫国问道。

"司机在接受调查,现在看来并没有问题。因为很多目击者看到是张奎撞到了司机的车上。"韩松说道。

"这也太奇怪了,难道真的是巧合?还是说有人要杀他?"乔子安说道。

"张奎还没死。"一直没有说话的陈远忽然想到了一个办法,"现在立刻将张奎保护起来,然后封锁张奎在医院的所有消息。如果张奎是被人谋杀的,那么对方一定还会想办法杀他。我们只要保护好张奎,守株待兔,对方肯定会上钩。"

"对啊,这确实是一个不错的办法。可要杀张奎的会是什么人呢?你们说,会不会是卢浩飞的家人?"沈家明猜测道。

"那行,我和韩松过去亲自守着,如果杀害张奎的人敢再出现,一定抓住他。"乔子安扬起了拳头。

"我们之前分析这个帮助张奎杀死卢浩飞的保安和帮助小桃杀死郎四海以及杜杰的男人如果是一个人的话,那么对方现在又对张奎下杀手,可能对方的鬼经众生说的计划要实施了,下一个他会不会对小桃下手呢?"陈远说道。

"我也想说这个,不止小桃。在这几起案件里,之前他帮助的人都会成为受害者。李德胜、黄翠儿以及那个李强。他们这些之前是嫌疑人的人,恐怕都是受到了这个凶手的帮助,但是他们不知道,此刻他们已经成了凶手的目标。"郑卫国跟着说道。

"那我们要不要将他们保护起来?"孟雪问道。

"就怕他们不相信我们啊。"沈家明叹了口气。

"现在我们非常被动,凶手躲在暗处,我们根本不知道他下一步要做什么,除非找到他杀人的规律,然后才能阻止他。如果张奎是他反向谋杀的第一个人,那么他的下一个目标应该就是李强,可是如果张奎没有死,他可能还会选择继续杀死张奎,但是也可能会换个目标继续进行。还有,李德胜和黄翠儿不在安城,凶手如果去了永城杀人,我们更是难以预料。我认为,目前我们应该将所有有可能被凶手袭击杀害的人全部保护起来,一旦发现凶手出现,立刻对其进行逮捕。"郑卫国分析了一下眼前的情况。

"我觉得郑队长说的没问题,目前我们只能这样。"乔子安同意了郑卫国的办法。

于是,接下来,大家简单分配了一下工作。对于目前在安城的几个可能会受到凶手杀害的人,每个调查组人员加上一名警察,进行二十四小时暗中守护。

会议结束后,乔子安和韩松来到第一人民医院的时候,门外坐着两名警察,看到他们立刻站了起来。

"怎么样?"乔子安问道。

"医生刚进去换药。"一个警察说道。

"你们为什么不进去?"韩松说。

"医生说我们在不太方便,让在外面等着。"那个警察说道。

乔子安一听,不禁看了看韩松,然后两人脸色一变,走到门边推了推门,发现门从里面反锁着,于是他们抬脚对着门用力踹了几下,门开了,两人冲了进去。

病房里灯光昏暗,一个穿着白大褂,戴着口罩的女人正准备从窗户那里跳下去,乔子安眼疾手快,冲过去一把拉住了女人的腿,然后用力往下一拽,将她从窗台上拉了下来。

韩松走到病床边看了一下张奎,然后转头对外面大声喊道:"快喊医生,快点。"

那个被乔子安从窗户上拉下来的女人,摔得不轻,半天才从地上坐起来……

第二十九章　机关陷阱

作家对着章敏敏嘘了一下,然后伸手摸了摸那口棺材,用力往前推了推,棺材盖子缓缓地开了。

借着微弱的光亮看进去,只见棺材里面黑漆漆、空荡荡的。

"怎么会这样?"作家愣住了,这棺材看起来仿佛是一个无底洞。

"里面,里面有什么?"章敏敏走过来问道。

"看不见。"作家说道。

章敏敏拿出手机,打开手电筒,然后照了过去,突然往后退了两步,脸色大变。

"怎么了?"作家看到她的样子,于是凑了过去。

这时候,后面的章敏敏突然抱住了作家,然后用力往前一推,作家没有防备,整个人一下子被推进棺材里面,然后坠了下去。

作家没想到身材瘦弱的章敏敏有这么大力气,他在小说里写过很多这种场景,被人从背后推下去,可是从来没想到有一天自己也会被人推下去。这个棺材其实是一个地下入口,作家摔了下去,身体重重地撞到了地面,他顿时感觉浑身疼痛,五脏六腑都要被摔碎了,眼冒金星,半天才慢慢恢复了知觉。

"老师,真对不起,对不起你。"这时候,上面传来了章敏敏的话。

"章敏敏,你,你这是什么意思?"作家冷静了下来,他毕竟写过很多这样的场景,自然知道这一切不可能无缘无故发生,这中间一定有什么事情。

"我,我真不知道该怎么跟你说。"章敏敏叹了口气。

"有什么不能说的,事情你都做了。难道说你和这莫家人是一伙的?"作家问。

"老师,我是为了救南飞鹏。我知道这样做是错的,可是我没有其他办法。上一次我们来到莫家的时候,其实发生的是另外一些事情……"上面的章敏敏说起了她隐藏的事情。

之前那天晚上,章敏敏发现南飞鹏不在床上,于是走了出去。她并没有看到莫军父子三人和媳妇的事情,而是看到南飞鹏和莫家的媳妇在院子里说话,于是章敏敏悄悄走了过去,听到了他们的对话。

原来南飞鹏和莫家的媳妇竟然认识,并且他们还是朋友。两人正在商量的事情竟然是要把章敏敏留在莫家,他们离开。

听到这里,章敏敏顿时火冒三丈,不禁走了出去,生气地质问南飞鹏。

看到章敏敏发现了他们的秘密,南飞鹏也没有再隐瞒,告诉了章敏敏真相。这个莫家的媳妇叫雷夏丽,和南飞鹏之前是一个户外队的。半年前,他们户外队组织了一次活动,一共四个人,来到了这里。四个人因为太好奇,无意中发现了莫家的秘密,结果他们被莫军以及其他人抓了起来。莫军告诉他们,他们四个人可以商量一下,留下一个人在莫家做人质,其他三个人可以离开,如果想救这个人质,就需要找一个新的人过来代替人质。当然,如果他们报警就别想见到留在莫家里的人质。

于是,四个人商量留下了其中一个人,剩余三人出去找人过来代替那个人。可惜大家谁都没有找到,无奈之下,只好自己替同伴过去。这一次,马上要轮到南飞鹏了,所以雷夏丽提议让南飞鹏把章敏敏带进去,因为这样的话,他们四个人都能脱险,然后再想办法来救她。本来已经说好了,并且为了让章敏敏不怀疑,南飞鹏特意让人装饰了一下村子,做成了章敏敏最向往的百镇的样子。可惜,到了要离开的时候,雷夏丽希望让章敏敏留下来,南飞鹏心里忽然过意不去,反悔了,所以和雷夏丽争吵了起来,南飞鹏希望自己留下来,雷夏丽希望让章敏敏留下来。

"很显然,南飞鹏留了下来?"听到这里,作家说话了。

"是的,他留在了这里,我则出来帮他找人救他。"章敏敏说。

"所以你想到了我,想到了我书里的那个故事,你知道我肯定会好奇跟你来这里的,最终你将南飞鹏带走,然后将我留在这里做人质,是这样的吧?"

"算是吧。"章敏敏叹了口气,听上去似乎很难过。

"那是不是必须得等下一个人来了,我才能离开呢?"作家问。

"你放心,我一定会再找人来救你的。"章敏敏说道。

"我很好奇,这个莫家为什么非要关个人呢?难道这对他们有什么好处吗?"作家问道。

"这点我也不知道,我只是听南飞鹏说过,说和这个村子的一些东西有关系,具体是什么,我不太清楚。"章敏敏说道。

作家没有再说话,而是打量了眼前,摸了摸四周,然后发现旁边有一个类似垃圾道的出入口,甚至还有光线从里面透出来。于是,作家弯腰往里面看了看,然后钻了进去。

光线不太亮,作家摸了摸身上,找出手机,打开了手电筒,然后向里面走去。章敏敏的话作家已经知道怎么回事了,这是作家没想到的。他不知道这个神秘的莫家到底隐藏了什么秘密,不过,章敏敏从来的时候,一直有点反常,现在也算找到了原因。

大约走了五分钟,作家看到了一个通往上面的石梯,于是他快步往上面走去。石梯的上面竟然是一个出口。他刚想试着推推出口上面的东西,上面却传来了一个急促的脚步声,于是,作家立刻停下了动作,侧耳仔细听了起来。

"事情怎样了?"一个男人的声音,有点熟悉。

"计划马上就要结束了,一切很顺利。估计等到那帮警察反应过来,都已经太迟了。"另一个声音是莫军,他哧哧地笑着,听上去特别刺耳。

"这个计划我们做了这么久,要是出问题,就太不应该了。"那个男人说完吸了口气。

"放心，肯定没问题的。他们做梦都想不到我们的目的。对了，那个南飞鹏的女朋友又来了。"

"怎么又来了？"男人问道。

"之前不是给她编了一个故事，她当真了，这次还带了一个人过来换南飞鹏。她也算够痴情的，只不过她不知道，无论她带谁来，都救不了南飞鹏了。"

"早说当初你们就应该连他女朋友一起做掉，现在就不用这么麻烦了。现在她带来一个人，这个人可能还会带来麻烦。我一直跟你说，多一个人就会多一分危险。"男人有点生气。

"你放心，这次我一次解决了，绝对不会再出问题。"莫军说道。

"黎明之前，通常都要经历最黑暗的时候，我已经感觉到了未来的温度。"男人忽然发出了一个感叹。

听到这句话，作家身体不禁一震，他终于知道这个男人是谁了，怪不得他觉得这个声音有点熟悉，还有整件事情，这一切的一切，原来并不是无缘无故的，他需要马上离开这里，需要找陈远，不然可能一切真的就晚了。

砰砰砰，上面突然传来了敲门声。

"什么事？"莫军问道。

"雕刻师那边出了点问题，老板请你们过去看看。"

"好，我们现在就过去。"莫军说道。

很快，门被关上了，上面安静下来。

作家试着往上推了推，然后看到一缕光从上面透进来，于是他快速钻了上去……

第三十章　互相残杀

女人的口罩被取了下来，所有人都愣住了。

"怎么会是你？"这是乔子安怎么也没想到的，女人竟然是小桃。

小桃见到自己身份被识破了，干脆坦然地坐到旁边的床上，用手捋了捋头发，冷漠地看着前方。

"小桃，问你话呢，怎么会是你？"看到小桃的态度，乔子安的耐心顿时没了，大声喊了起来。

"为什么不能是我？你觉得应该是谁？"小桃抬头看了看乔子安问道。

韩松给郑卫国打了一个电话，将这里的情况说了一下。

"这么说，你之前给我们的口供也是假的，你跟凶手是一伙的？"乔子安有种被人耍了的感觉。

"就当你说的对吧。"小桃一副无所谓的样子。

"你要不是个女人，信不信我抽你？"乔子安走过去用力拍了一下旁边的床架。

"怎么？女人你就不敢抽？"小桃盯着乔子安，眼神充满了挑衅。

"好了，别冲动，郑队长他们一会儿过来。"韩松进来看到这一幕，慌忙拉住了乔子安。

乔子安没有再说话，坐到了一边。

没过多久，郑卫国和陈远赶了过来。

之前是郑卫国和乔子安对小桃进行审讯的，他们一直认为小桃是一个受害者，所以对她还是有些照顾的。可是，没想到现在她的身份来了一个如此剧烈的反转。这也是乔子安那么生气的原因。

"老郑。"看到郑卫国，乔子安立刻站了起来。

"我知道了，没事，让陈远来。"郑卫国对他点了点头。

韩松和乔子安对视了一眼，他们不知道郑卫国什么意思。这时候，陈远走了过去，坐到了小桃的对面。

小桃打量了一下陈远，没有说话，目光冷冰冰的。

"你相信不相信，我知道你们的计划。"陈远说话了。

"什么计划？"小桃嘴角动了动，目光闪过一丝疑惑。

"你、李强，还有来自永城的李德胜、黄翠儿以及张奎，一起参加了一个聚会。组织你们在一起的人就是那个救你两次的神秘人，他在你们需要帮助的时候出现。杜杰要杀害你的时候，他出现了；李强受到了张明亮欺负，他出现了；李德胜和黄翠儿面对双方配偶的背叛，需要帮助的时候，他出现了；张奎被卢家欺负的时候，他出现了。所以，他是你们的救世主。可是，一个人怎么能做到这么多事情，比如杀死杜杰，绑架张明亮，杀死邓明和郑秀兰？那当然需要帮手了，你们就是他的帮手，但是为什么你们却能无所畏惧地出现在公众面前，甚至去公安局做证人，做受害者，原因很简单，你们是用交换杀人的方式来躲避杀人动机，这样一来，自然你们可以无所畏惧地面对警察的询问。我说得对吗？"陈远的话慢条斯理的，但是非常清晰。

小桃盯着陈远，嘴角微微颤抖了几下，先前眼神里的疑惑变成了惊慌，很显然，陈远说中了一些事情。

"可能我说得不太具体，什么是交换杀人的方式。简单地说，就是两个没有交集的人为了躲避警察的追查，彼此交换去杀死对方的仇人。这样一来，警察在调查杀人动机、犯罪现场、犯罪时间的时候都会被分叉误导。你们这么多人，如果稍微进行一下多重交换，那么我们在调查的时候就更难去找到其中的联系了。"陈远又说了一下。

小桃抿着嘴唇，依然没有说话。

旁边的乔子安、韩松和郑卫国也没有说话，不过他们的内心却着实被震撼到了。尤其是陈远说的这个事情，自然是他们之前没有想到的。怪不得这么多案子一直找不到头绪，原来对方是利用这种方式在杀人。

"我说得对吗？"陈远又问了一次。

"你以为你说得对吗？"小桃冷哼一声。

"如果有不对的地方，那应该只有一点，就是你们参加聚会的人没有黄翠儿，只有你们四个人。那个人一定跟你们说了，你们四个人，男女老少，正好代表了众生，他告诉你们说，你们代表了一切，所以你们不应该受到伤害，你们受到的伤害是世人所受的伤害，所以你们做的事情是为了众生所做。"陈远说着站了起来，目光直盯着小桃。

"你怎么会知道这些？"小桃听到这里，惊声说道。

"我知道的比你知道的更多，想不想知道你今天如果杀了张奎，接下来那个人会让你做什么？"陈远继续说道。

"做什么？"小桃颤然问道。

"他一定会对你说，让你带着李强去永城找李德胜和黄翠儿，然后在去永城的路上，李强会对你下杀手，又或者说你会对李强下杀手。等到了永城，迎接你们的并不是热情的李德胜和黄翠儿，而是一个精心准备的杀局，因为，那个人要让你们之间互相残杀，最后活下来的那个人，自然也不会逃脱，他会亲手解决。这样一来，整个案子就可以顺利结束，凶手和受害人全部死去，他自然也可以全身而退。"陈远说道。

听到这里，小桃整个人像一摊泥一样瘫到了地上，她脸色苍白，嘴唇哆嗦着说道："这，怎么会这样？"

"因为你们从一开始就是他的棋子，并且你们所做的一切成功后，他就会弃子。为了方便自己，他自然会让你们相互残杀，最后他只需要将最后一个棋子杀死，整个事情也就完美结束。"陈远说出了其中的原因。

小桃呆在了一边，陈远的话自然让她明白了过来。

"好阴险的毒计，陈远，你是怎么想到的？"乔子安禁不住内心的压抑，问了起来。

"上次我们说了所谓的鬼经众生说后我忽然想通了这一切，其实对方所做的这一切，就像四个相同的东西，只不过我们没有找到串联其中的线索，所以在调查的时候会找不到头脑，容易被对方利用。"陈远说道。

"那，李强，李强一定有危险了。"这时候，小桃突然叫了起来，"来的时候他说了，如果我被抓了，就让李强自己去永城。李强自己过去找到李德胜他们后，李德胜一定会对他下毒手的。"

"你放心，我们已经安排人盯着李德胜和李强了。不过，这只是暂时的办法，如果不把后面的人抓住，后面的事情我们也没有办法保证。所以，小桃，你现在要把你知道的事情一五一十地告诉我们，否则接下来可能李强和李德胜将会——被对方杀死。"陈远对小桃厉声说道。

"我说，我说。"小桃已经彻底明白了过来，连连点头。

"这样，郑队、乔队，你们负责审讯；韩队长，你需要带人到往永城的路上拦截李强，不能让他和李德胜碰面。不过你们在找他的时候，他可能会躲着你们。"陈远想了一下说道。

"没关系，我会想办法在李强见到李德胜之前拦住他。实在不行，我就和永城警方那边先控制住李德胜。"韩松说道。

第三十一章　猫鼠游戏

小桃交代了一切，凶手呼之欲出。

如同陈远推理的一样，这是一个交换杀人的集体犯罪，再加上还涉及了两个城市，所以显得错综复杂。不过，只要抓住其中一条线索，其余线索就很容易被抽出来。小桃就是其中那一条线索，随着她的坦白，其他谜团也相应解开。只不过，凶手一开始就设置了这样的阴谋圈套，所以小桃也不知道凶手的真实身份，甚至连凶手的样子都没见过，因为他们之间接触，凶手总是戴着口罩。

"现在可以确定的信息是凶手的身高175厘米左右，身形微胖，口音是本地口音。"郑卫国说道。

"这还是差很多啊，最主要的地方没有确定。"沈家明叹了口气。

"目前只有这些信息，凶手开始就做了隐藏，肯定不会留给小桃他们自己的真实信息的。这也没有办法。"陈远无奈地说道。

这时候，会议室的门被推开了，周子峰走了进来。

"周队长。"看到周子峰，大家都站了起来。

"大家坐，坐下来说。"周子峰笑了笑，两天前，周子峰忽然接到省厅电话，有一件案子的犯人突然翻供，周子峰过去和犯人进行对证。忙完后，他第一时间又赶了过来。

郑卫国简单把现在的情况讲了一下。

"本来以为小桃交代了能够带出凶手，没想到现在还是一团迷雾。这个凶手太狡猾了。"沈家明说道。

"你们知道盲人摸象的故事吗？"听完他们的话，周子峰说话了。

"这个当然知道了，上学的时候学过啊！"孟雪脱口说道。

"盲人摸象，各执一端，原因是什么？"周子峰问。

"那是因为每个人摸到的东西不一样，所以说出来的也不一样。"沈家明回答了一下。

"我明白了，周队长，你是说等抓到李德胜他们，从他们口里再审问凶手的情况，因为每个人对凶手的样子、接触理解不同，所以会有不同的线索。"陈远眼前一亮，顿时明白了周子峰的意思。

"对，就是这个意思。我们每个人看人的地方都不一样，有的人注意对方的眼睛，有的注意对方的身材，有的则是声音。小桃是一个女孩，当然关注的是对方的身高之类的，可是李德胜和李强，包括张奎，他们看凶手自然也有不同之处。如果把他们的意见汇集到一起，那么凶手的样子也就八九不离十了。"周子峰点点头说道。

"那我去医院再看下张奎吧，争取第一时间问到他的情况。"陈远说道。

"乔子安和韩松去了永城，本来我准备过去的，要是陈远过去，我就在这里做一下其他事情。"郑卫国说道。

"我和陈远一起去吧，反正等着也是等着。"孟雪跟着说道。

"好，你们去医院盯着张奎，有什么事情及时联系。"郑卫国同意了。

"沈家明，你和我正好一起分析下这个案子的凶手心理动机线，这样等到后面凶手的信息多了以后，也可以有所帮助。"周子峰对沈家明说道。

"好的，没问题。"沈家明点了点头。

张奎的伤还是挺严重的，汽车撞到了他的上半身，在落地的时候，脑袋又撞到了地面。虽然没有生命危险，但是可能会成为植物人。

陈远和孟雪来到了张奎的病房，他安静地躺在病床上，一动不动。这个历经风霜的老人，此刻看起来如同一个婴孩。可是，谁也无法想到，他便是杀死卢浩飞的凶手。

"我真是不明白，那个凶手有什么能力，竟然可以让这么多人帮他一起来杀人。"孟雪看着张奎，实在不懂。

"你知道人在什么时候最容易相信别人吗？"陈远问道。

孟雪摇了摇头。

"很多人以为人在最无助的时候会接受别人的意见，这想法其实是错的。一个人在无助的时候，其实别人的意见都是辅助性的，并不会替他拿什么太大的主意，反而人在自信的时候，最容易接受别人的意见。张奎、小桃、李强和李德胜这些人，他们都是在最无助的时候，凶手出来帮助他们。当时他们的情况肯定都是半信半疑，可是，后来凶手真的帮助了他们，这让他们对凶手的好感度增加，所以凶手再提出做任何事，他们都会全力去做。凶手正是利用这个心理，才将他们拿在手里，做成了不二棋子，甚至他们都愿意为了凶手做任何事情，包括杀人的事情。"陈远说道。

"可是，要杀人，这可不是一般的事情，李强也好，小桃也好，他们都是弱者，怎么会有这么大勇气呢？"孟雪问道。

"这就是凶手的高明之处，当初他帮李强他们做的事情就是违法的，是杀人。当李强他们几个人看到自己已经被凶手带到了一条船上，那么他们知道自己已经走上了无法回头的路，所以才会义无反顾地相信凶手的话，并且帮他按照计划去杀人做事。"陈远说道。

这时候，门外有护士进来了，看到陈远和孟雪在旁边说话，于是对他们说道："要说话谈恋爱，去病房外面，不要在这里。"

护士的话一下子让陈远和孟雪有点不好意思。

正好陈远的电话响了起来，他慌忙站起来，走出去接听了电话。

"喂。"陈远接通了电话。

对方没有说话，声音里只有沙沙的电流声，里面还有一个急促的呼吸声。

"你是谁？什么事？"陈远皱了皱眉头，警惕地问道。

"还记得猫鼠游戏吗？你喜欢猫，尤其是白色的猫，你很小的时候养过一只猫，你很喜欢它，可是却因为它的叫声，被你父亲丢了。那天下午你找了很久，最后在河边找到了那只猫的尸体，你哭得很伤心。从那以后，你再也不敢养猫，你害怕它们再次因为你受伤害，就像童年那只猫一样惨死，你却无能为力……"

"不要说了，不要再说了。你到底是谁，你是什么人？"陈远大声叫了起来。

第三十二章　悲伤结果

作家从下面上来了。

这是一个陌生的房子，里面只有一张床和一张桌子。刚才他听到的那个人的声音是鬼子六的，他可以确定。

十几天前，他们刚刚在安城见过面，他确定无疑，不会听错。

鬼子六竟然在这里，并且和章敏敏、南飞鹏的事情有关系，这是作家没想到的。那天晚上的事情越想越蹊跷。

作家走到门边，轻轻开了一条缝，望向外面。

外面有几个人围在一起，正在商量什么事情，作家看到鬼子六和莫军也在其中，两人时不时低声说几句。

很快，人群散开了。

作家看到前面有两个一模一样的木桩，其中一个木桩上面绑着一个人，竟然是章敏敏，她的嘴里塞着一块毛巾，额头上全是汗珠，两只眼睛里闪着惊恐的目光。

这时候，台下走过来一个男人，他手里拿着一把明亮的雕刻刀，他和身边的人讨论了一下以后，拿着刀子走到旁边空着的木桩上，开始在木桩上篆刻起来，男人时不时回头看一下旁边的章敏敏。

作家看出来了，这是在照着章敏敏的样子做一比一的雕刻。可是，从章敏敏的样子看，她是拒绝的，所以整个人看上去非常痛苦。

男人的雕刻功力很厉害，没过多久，一个完整的木雕像就出来了，木雕像上的章敏敏和本人非常像，简直是跟一个模子里拓出来的一样。

"你不是一直在找南飞鹏的下落，现在可以告诉你，你很快就会见到他，然后和他永远在一起了。"莫军说着取下了章敏敏嘴里的毛巾。

"你什么意思？"章敏敏听到对方说起了南飞鹏，于是问道。

"好，算我给你做件好事。跟我来。"莫军说着走到了前面，那里蒙着一层黑色的塑料油纸，揭开油纸，下面是十几个身高一米多的、栩栩如生的雕像，有的是穿着盔甲的武士，有的是风度翩翩的书生，也有甩着水袖的舞女。

"这就是你要找的人。"莫军走到一个穿着手拿书册的古装男人雕像面前说道。

章敏敏看到那个雕像，顿时呆若木鸡，她的身体在瑟瑟发抖，看着那个雕像，突然发出了一个凄厉的叫声："你们，你们竟然把他做成了雕像，你们这些丧尽天良的浑蛋啊。"

作家在一边也是浑身一颤，他一开始看到那些雕像，感觉对方的手工真的是厉

105

害，做得如此逼真。现在，听到章敏敏的话，顿时明白了过来，原来他们竟然用真人来做雕像，这简直太恐怖了。

"不用惊讶，因为你马上也要成为一座雕像了。南飞鹏这个人物是梁山伯，为了成全你们，我特意把你的底子做成了祝英台，这样一来，你们就成了一对了。我还是非常照顾你们的吧，你们不用感谢我。"莫军笑嘻嘻地说道。

作家举起手机，将眼前的一切拍了下来。

面对苦苦找寻的男友竟然已经被人做成了雕像，章敏敏不禁伤心至极。她伸手摸索那座雕像，已经忘记了自己即将要面对的危险。

莫军忙着给刚雕刻好的雕像做基础工作，也顾不上章敏敏。等到准备好后，他转头对旁边的雕刻师说道："来吧，剩下的事情交给你了。"

"放心吧。"雕刻师扬了扬手里的刀子，做了一个没问题的手势。

莫军带着其他人离开了，作家慌忙躲到了一边，等到他们走后，作家出来，闪身走进了房间里面。

雕刻师走到章敏敏身边，摇了摇头："我说你放着好好的日子不过，非要来这里，非要搭上自己的命。"

章敏敏这才反应过来，看到雕刻师手里的刀，悲声问道："就是你，就是你杀了他的吗？"

"不，那不叫杀了他，那是给他创造了静止的美。你也会和他一样美，不过在对你下手前，我要好好欣赏欣赏你，我对女人是非常心疼的。"雕刻师的眼里闪出了饿狼一样的凶光，他拿着刀子一下子架到了章敏敏的脖子上。

章敏敏一下子呆滞在了那里，整个身体在微微颤抖。

"看你的皮肤，真的好白，这血管，只要稍不留神就会破损，到时候就会染红雕像，这样的污渍是最难清理的。所以，你要听话，一切都听我的，否则，会伤害到你的。"那个雕刻师拿着刀子在章敏敏的脖子上轻轻滑动着，然后移到她的衣服第一个扣子上，用力一转，章敏敏胸前的第一个扣子一下子被挑开了，章敏敏的粉色乳罩露了出来，她吓得顿时浑身发战，双手不觉想要捂住胸口，却碰上了雕刻师的刀，顿时又缩了回去。

雕刻师露出一个淫荡的笑容，继续用刀子将章敏敏的衣服扣子割开，然后他一把搂住了章敏敏。

"放开我，你放开我。"章敏敏突然大声哭了起来。

作家看不下去了，他拿起旁边一根木棍，蹑手蹑脚走了过去，照着雕刻师的后脑袋用力打了一下，那个雕刻师没想到有人突然出现，身体直接倒了下去。

"老师，是你？"章敏敏看到作家，顿时惊叫了起来。

"别说话，跟我走。"作家对着章敏敏嘘了一下，示意她跟着自己离开。

"可是，南飞鹏他。"章敏敏回头看了一下后面变成雕像的南飞鹏。

"先别管了，离开再说。"作家说着伸手拉住了章敏敏，往外面走去。

这时候，门突然被推开了，外面走进来三个人，为首的是一个男人，三十多岁，他看到作家和章敏敏愣了一下，然后很快反应了过来："没想到章敏敏带回来的人竟然是你？"

"鬼子六，我也没想到，你竟然和这件事情有关系。"作家见被发现了，顿时冷声说道。

"你不知道的事情还多着呢，要不要听听？我估计你也没机会回去听陈远跟你说了。"鬼子六说道。

"好啊，我求之不得。"作家说道。

第三十三章　隐藏记忆

　　陈远站在窗边，凝视着外面，他的脑子里乱哄哄的，有无数个声音在吵，它们纷飞错乱，就像对不上台词的电影。
　　孟雪端着一杯水走过来，递给了陈远。
　　"抱歉，估计我的样子吓到你们了。"陈远接过杯子说道。
　　"郑队长让我过来问问情况，我知道可能你还没有准备好。"孟雪笑了笑。
　　"没什么，其实连我自己也不知道怎么回事。我接到那个电话，他跟我说的事情是我心里的秘密，可是这些秘密，我从来没跟别人说过，我不知道对方怎么会知道。"陈远说道，"我刚才也想明白了，既然对方都知道了，我也没什么好隐藏的。我想跟周队长和沈家明说一下，这是心理问题，也许他们能帮我。"
　　"那就好，我就担心你过不去自己这个坎。"孟雪舒了口气。
　　"我有一种错觉，可能这次我们的案子和我有某种关系。如果，如果因为我的关系的话，我真不知道该怎么面对大家。"陈远用力握着杯子，里面的水晃出来了也没察觉。
　　"没关系，你要相信自己。"孟雪走过去握住了他的手，将洒在他手上的热水轻轻擦了擦，目光坚定地看着他。
　　"好。"陈远点了点头。
　　周子峰和沈家明正在讨论这次案件罪犯的心理，对于陈远的烦恼，他们很乐意帮忙。不过因为陈远也说不清楚自己的问题到底在哪里，于是他们只好一点一点帮陈远回忆，寻找他遗失的时间差。经过半个小时的询问，最终他们锁定了，陈远中间遗失的时间差应该是上次他们查完案子开始到这次案子发生。
　　"会不会是我参加的那个朋友聚会那几天？对了，应该就是那天的事情，因为那天我们后来喝酒，其实我没喝多少，但是却对那天的一些记忆有些模糊。"陈远突然想了起来。
　　"也许那天你被人催眠了？"沈家明说道。
　　"这不太现实，现在的催眠技术还达不到这么神奇的状态。"周子峰否认了沈家明的猜测，"我们印象中都是从影视剧和小说里了解到的催眠，看上去非常神奇，其实真正的催眠哪有那么容易，那需要特定的环境和特定的条件都符合的情况下，才能完成。并且大多数催眠，因为被催眠者内心的抗拒，需要反复沟通，解决问题，才能完成。"
　　"如果不是催眠，那会是什么样的方法呢？"沈家明皱紧了眉头。
　　"可能对方利用心理催眠和药物的双重办法。"周子峰说道，"我和沈家明可以试着帮你催眠一下,看能不能解开你那天被隐藏的记忆。其实如果要成功,还需要你自己帮忙。陈远,你有还原现场的能力,我希望在外面对你进行催眠的时候,你能加上自己的能力帮忙,兴许我们能成功。"

"好,我尽量。"陈远握紧了拳头。

沈家明拉上窗帘,只开了一盏台灯,然后让陈远用一个比较舒服的姿势坐到了前面的椅子上。

沈家明没做过催眠,不过之前他跟着老师做过助手。当然,那种条件要比现在的环境好很多。

周子峰解开自己的手表用来做时间节奏器,房间里分外安静,静得只能听见手表里传来的秒针拨动器。

沈家明知道,周子峰这是先和陈远进行平复心理阶段,在这个阶段,主要是为了让他接受接下来的情感左右过程。

慢慢地,陈远的身体平复下来,呼吸也从刚才的急促变得安稳起来。

"现在你放松身体,从头顶到脸部,再从脸部往下移动,慢慢移动,一点一点地移动,随着放松你的一切都不再紧绷,进入了缓慢的过程。你能感觉到自己放松的过程,你的双手离开这里,身体开始有一种恍惚的飘逸感。你看着前方,四周慢慢黑了下来,只有前面有一丝光亮,你往前走去,你看到了什么?"周子峰的声音像一道潺潺小溪,慢慢流过陈远的身体。

陈远皱了皱眉头,他的眼前一片漆黑,前面只有一点灯光,仿若蚕豆。他朝着那点灯光走去,顾不上路面的崎岖不平。慢慢地,那点仿若蚕豆大小的灯光越来越亮,走近后才发现,原来那是一盏昏暗的白炽灯,前面是一扇紧闭的门。

"你看到了什么?"周子峰又问了一下。

"我看到了一扇门,面前有灯光,那扇门里似乎有什么声音。"陈远说道。

"推开门,走进去。"周子峰说道。

陈远推开了那扇门,吱吱,眼前的门带着一股熟悉的气味扑面而来。陈远走了进去,然后他看到了深沉的夜幕、明亮的月光,还有一个露台,前面放着一张桌子,上面零零散散地堆满了各种食物和啤酒。

这个地方有些熟悉,这是安河的推理俱乐部的楼上露台,那天他们就是在那里聚会的。

"陈远,不冷吗?快进来。"这时候,后面有人喊他。

陈远转过头,看到安河的妻子小美手里端着一个盘子,微笑着对他说。

"哦,好。"陈远点了点头,走了过去。

热闹的声音从房间里面传了出来,陈远跟着小美走进去,然后发现里面坐着的人,他们分别是鬼子六、作家和安河。

"陈远,快,快过来。"鬼子六看到陈远,冲着他大声叫了起来。

陈远坐了过去。

"现在我们玩个新游戏怎么样?真心话大冒险。"鬼子六说话了。

"行,听你的。"安河笑了笑。

游戏很快开始了，陈远参与了进去，先开始是鬼子六输了几把，然后是作家，陈远也输了几次。眼看着又输了，鬼子六说话了："这次，陈远，你敢不敢讲一下你内心隐藏的秘密？"

"我没有什么隐藏秘密啊。"陈远说道。

"切，你以为我们不知道啊。这样就不好玩了。"鬼子六摇了摇头。

"这样吧，我们来玩个游戏，名字叫猫鼠游戏，咱们四个人，两只猫两只老鼠，抓住的老鼠必须回答猫的问题；同样，赢了的老鼠也可以反问猫。如果不愿意回答问题的，可以喝酒，但是要罚三杯。"安河提出了一个新玩法。

"同意。"鬼子六第一个举手赞同。

陈远看了看旁边的作家，两人也同意了。

几个问题下来，陈远大部分都不想回答，于是只好喝酒，可惜酒量不好的他，很快就眼前迷糊，头昏脑涨了。

游戏又输了，轮到鬼子六问陈远问题了。

"陈远，你说一下你内心最害怕告诉别人的秘密。"

"说就说，有什么了不起。"这次陈远没有再喝酒，也许是酒精给了他胆量，他讲了起来，"我小时候特别喜欢猫，尤其是白色的猫。我曾经养过一只猫，可是却因为它的叫声，被我父亲丢了。那只猫被丢的下午，我找了很久，最后在河边找到了那只猫的尸体，当时我哭得很伤心。从那以后，我再也不敢养猫，我害怕它们再次因为我受伤害。这个经历让我对人也特别害怕，我总害怕他们像我童年那只猫一样出事，我却无能为力帮助他们。"

这时候，角落里突然传出来一个低低的声音，是一只猫在叫的声音，陈远抬头看过去，正好看到那里有一只浑身雪白的猫，蓝色的瞳孔，直直地盯着他。

啊，陈远吓得一下子从凳子上摔了下去，不过他并没有摔在地上。陈远睁开了眼，从催眠中醒了过来。

第三十四章　无限流派

鬼子六带着作家来到了一个房间里，房间里的左边墙壁上挂着十几个显示器，密密麻麻的，那是整个村子的所有监控摄像头的显示画面。前面有两张桌子，三个人正在对着上面的显示器进行调整。

作家走了过去，鬼子六指着显示器说道："看到了吗？所有的秘密都在这里，包括安城的秘密。"

"安城？安城有什么秘密？"作家愣住了。

"还记得上次在安河那里聚会，我跟你提过的无线流吗？"鬼子六说道。

作家想了想，点了点头："你说过，未来是无限流的趋势，还劝我写一些无限流的东西。我了解无限流，但是老实说，那是借用别人的壳子，做自己的东西，有点不道德。"

"古板，你太古板了。那是在别人的基础上创新，那是革命。我问你，最开始我们听音乐用的是唱片机，后来用CD机、随身听、MP3，现在用手机，你能说因为手机借用了之前这些设备的优点，就不道德吗？"鬼子六否认了作家的观点。

作家仔细看了看，竟然看到了之前他们在安城的聚会画面，于是伸手指了指："怎么还有我们在安河的推理俱乐部的画面？"

鬼子六笑了笑说道："从你来安城那天开始，我们就准备好了一切。章敏敏是我们安排的人，作为你的粉丝，让你从一开始就陷入作品与读者之间。后来，到了安河的推理俱乐部，我们讲起了这些东西。本来是希望能够得到你的帮助，可惜你却拒绝了，你说对于无限流这样的东西根本没有兴趣，甚至还有点讨厌。无奈之下，我们只好给你准备了这个无限流的礼物，让你感觉一下。"

"你是说这些都是你们设置的？你们到底是什么人？你们要做什么？这简直难以置信。"饶是作家写过很多悬疑的故事，可是从来没想到他会经历这样的事情。

"如果聚会那天你能这么诚心诚意地问，大家也许已经合作了，你不但会明白一切，还可以成为我们的一员。可惜你那天拒绝了，从那天开始，你就成了我们这里的棋子，就算你知道真相，也无法避免被杀的命运。"鬼子六叹了口气说道。

"那就让我当个明白鬼，至少告诉我原因吧。"作家冷笑一声。

"好吧，这个我还是可以满足你的。"鬼子六点点头，讲出了原因。

这个地方之前是落英族的族地，人们为了纪念落英族的人便聚集到了这里。但其中还是有真正的落英族族人，经过了祖上之前的悲剧，落英族的人已经不像当初那样软弱。他们利用自己高超的雕刻技术，积累了丰富的财富，很多人都成了真正的富有者。他们为了自己族落，利用这个落英族村子，开始了落英族后人对祖上先人的崇拜。他们选择了真人秀这种类型，利用人类的好奇心，做出各种不同的真人游戏，然后拿给地下观赏平台进行直播，同时给地下会员进行高额赌注。

南飞鹏参加的是另外一个游戏，只不过当时章敏敏并不知情，所以组织者对章敏敏撒了谎，没想到章敏敏当了真。

在安河的俱乐部里，鬼子六提出无限流的游戏，是希望能让作家一起进来，可惜作家拒绝了。这让他们不得不专门针对作家开了一个游戏，在这个游戏里，章敏敏也参与了进来。

从安城到林石县，从章敏敏和作家一起来这里调查情况，到发现南飞鹏的事实真相，这一切都是早就设置好的。

"之所以说这个是无限流，是因为它是可以有各种操作各种结果的。比如说，看似是死局的事情，只要一个方向的转变就能变成新的开始。如果说现在你觉得这个游戏不好玩，你可以来做主角，重新开始。"鬼子六说道。

"你们这简直太让人震惊了。你别跟我说，安城发生的那些案件，也是这个游戏的一部分？"作家惊呆了，他从来没想到过还有这样的事情存在。

"那只是另一个游戏而已，具体负责人跟我就没关系了。"鬼子六说道。

"真是没想到，还有这样的事情。亏我还是写悬疑小说的，我都想不出这样的事情。"作家叹了口气。

"我们认识多年，其实还是那句话，我还是很看好你的。如果你愿意，请加入我们，我们一起创造一个推理游戏，这样的游戏一定非常吸引人。如果我们最终能帮助落英族的人赢了，我们可以得到一大笔钱，这些钱我们一辈子也花不完啊！"鬼子六看着作家，目光充满了期待。

"还会有反转的结局吗？"作家问。

"当然，甚至你都可以来掌控全局。我知道你一定喜欢这种感觉，就是掌控全局。与其让你的人物在书里走路，不如让他们来到具体的现实中，那个时候，你会爱上这种感觉的。"鬼子六嘿嘿地笑了起来。

看着眼前挂在墙壁上的显示器，作家恍惚觉得他们的背后是一双双冰冷的眼睛，他们就像一个操纵世界的局外人，既看着局内人的酸甜苦辣，也看着外面人的一切。

只是不知道，在安城的陈远他们怎么样了。

第三十五章　凶手真面

　　从安城到永城有两条路，李强是一个孩子，他要是去永城，只能走大路。所以乔子安和韩松分别带人走了两条路，然后他们到永城公安局会合。在去永城的路上，乔子安已经让永城警方将李德胜和黄翠儿控制住了，所以他们现在主要目的就是找到李强。

　　乔子安一共带了三个人，根据安城到永城的大巴进行逐一摸查，因为李强是一个孩子，所以对于大巴司机和售票员来讲应该比较有印象。在问了调度几个人后，有个司机想了起来，说的确有个小孩子来坐车，但是考虑他一个人，太过危险，所以没有同意。

　　"你们去问一下对面小车站的人，他可能去了那里。"那个司机说道。

　　司机说的小车站是车站对面的一个小停车场，那里停的车都是一些私人运营的短途车，说白了就是黑车。

　　"要是黑车，就麻烦了。"乔子安摸了摸头，有点为难。安城的黑车太多了，原因是现在安城靠旅游来吸引人，人多，物价涨了上去，甚至一些外面的人也跑过来投资。这样一来，城市的人越来越多，各种商业行道也就出来了。黑车就是其中最典型的一种兴盛行业。之前乔子安打击过黑车这行，但是他们太精明，你来了他们都不出来，所以也算比较尴尬。

　　"乔队，我有办法。我上次见过这些黑车组织的老板，只要我们去找他的事情和黑车没关系，他肯定会帮我们的。当时他还想让我帮他在你面前说好话，正好这次他可以帮我们。"跟着乔子安的警察突然说了起来。

　　"太好了，事不宜迟，我们赶快找这个黑车的负责人问一下情况。"乔子安一拍手，欣喜地说道。

　　在乔子安调查黑车的时候，韩松则带着人沿着另一条路向永城赶去。韩松走的路崎岖不平，所以平常是一些黑车和小轿车从这里过。不过韩松觉得，李强是一个小孩子，其实想法应该没那么多。他的目的地是到永城找李德胜，其实最简单的办法就是守着李德胜，让李强自己来找他。于是，韩松带人守在永城的必经入口等着李强的到来。

　　可惜，一辆辆车过去了，却丝毫没有李强的影子。眼看着天要黑了，如果再找不到李强，到了晚上还不一定会出什么事呢。

　　这时候，乔子安的电话打了过来。

　　"我们在这边调查了一下黑车的运营情况，根据这边的司机说，的确有个小孩来找过他们坐车，但是因为没有身份证，所以给的钱比较多。我让司机辨认了下，

113

的确就是李强。他们大约是一个小时前去永城的。一辆黑色的哈弗，车牌号是安Z7Y817。"

正在说着的时候，韩松看到前面驶过来一辆车，车牌号正是乔子安跟他说的一样，他立刻兴奋地冲了过去，然后让人拦住了车子。

让韩松奇怪的是，车子里面竟然没有李强。

"有人提前下车了吗？"韩松问道。

车子里的人不说话，生怕警察对他们怎么样，因为里面的人数早已经超过了车子的规定人数。

"从永城过来，有人在中间下车吗？"韩松又问了一次。

"没有，没人下车，就这几个。"司机说道。

韩松仔细看了看车子里，车子不大，里面没有李强。

"这真奇怪。"韩松仔细钻进车里看了看，车子内部没什么问题，里面也没什么。

"怎么会不见了呢？"韩松的目光落到了后排的座位上，走过去摸索了一下，摸到了一个开关，打开后，他们看到了正躲在车子后背座的李强。

韩松带着李强一起去了永城公安局，然后连夜在那儿对李强和李德胜进行审问。李强这边讲了一下他对那个神秘幕后黑手的感觉，他是从一个心态比较年轻的角度来看一个人。

同样，李德胜和黄翠儿那边乔子安跟进了询问，对于那个幕后凶手的情况，李德胜和黄翠儿分别说了几个他们对于那个幕后黑手的感觉。

乔子安将李强、李德胜和黄翠儿的情况给郑卫国讲了一下，让他再综合下之前的事情对凶手有个基本判断。

收到乔子安的反馈，郑卫国立刻组织大家开了一个紧急会议。针对之前小桃对那个凶手的判断，再加上李强和李德胜、黄翠儿的判断，他们离揭开凶手的真实面目越来越近了。

"凶手如果知道自己这个关键的反杀人事件失败了，那他会做什么呢？"郑卫国问道。

"对方如果知道自己的事情失败了，那么肯定会用其他办法来继续自己的任务，要么就是想尽办法让自己与这件事情毫无关联。"沈家明说道。

"只是这个凶手隐藏得太深，从一开始就给其他人下了套子，为的就是摆脱后面杀死小桃他们的嫌疑。"孟雪说道。

陈远没有说话，他在仔细看小桃、李强和李德胜、黄翠儿四个人写的关于那个凶手的身份线索。

四条意见组合在一起，让陈远觉得这个隐藏在幕后的凶手非常熟悉，可是他却怎么也想不起来。

"其实我们不能光看小桃他们的意见，否则很容易忽略其他地方。比如那个给陈远打来电话的人，他是不是也算一个确定凶手的条件？"郑卫国说道。

"对，郑队，你这么一说，我忽然觉得好像真的有一个凶手人选了。"陈远听后，脱口说道。

"是谁？"沈家明慌忙问道，其他人也都把目光落到了陈远身上。

陈远顿时显得有点不好意思，抬头低声说了一句："只是想到了一个人，并不一定对。"

"没关系，你想说谁？"郑卫国又说话了。

"安河。"陈远犹豫了一下，说出了那个人的名字。

"安河？哪个安河？"郑卫国愣住了。

"安城安河推理俱乐部老板，之前组织我和作家参加推理聚会的那个人。"陈远沉声说道。

第三十六章　推理之光

这是陈远第三次见到安河。

第一次是他来参加悬疑聚会，安河和小美在门口接待他；第二次是他去永城之前，为这个案子疑惑不解的时候，安河跟他喝了很多酒，讲了很多事情。那个时候，他觉得很多事情安河真的很懂，当时他以为那是源于安河是推理资深爱好者。现在才知道，安河当然知道这一切，因为他就是这个案子背后的始作俑者。

敲开安河推理俱乐部的门，陈远看到了安河。

"才来？"安河看到陈远后面还跟着几个人，于是笑了起来。

"安先生觉得我们应该什么时候来？"后面的郑卫国说话了。

"你们这么多优秀的警察，甚至省厅的特别调查组都在，我觉得应该会更快点，至少在小桃去刺杀张奎的时候就应该找到这里了。"安河轻笑着说道。

"这么说，真的是你了？"陈远屏着呼吸。虽然一切都已经证明，这个幕后人就是安河，可陈远还是不愿意相信这一切，毕竟安河是他之前认识了很久的网友，这次刚刚从网络到现实中认识，并且上一次陈远甚至觉得安河就是他最好的大哥。

"陈远，我们认识这么多年，喜欢推理这么多年。我问问你，这世上真的有严丝合缝、完美无缺的推理吗？我之前说过，如果说这世上真的有绝对完美的推理，那么只有一种，就是凶手在做侦探，一切都是他做的，他自然明白，并且这个凶手还不是一般的凶手，而是一个对推理有特别研究的人，否则有些突如其来的地方，他不一定能解释清楚。上次我们在一起的时候，我就和你说过，当时我已经告诉了你答案，可惜你不愿意相信而已。"安河看着陈远说道。

"安大哥，为什么会是你？你为什么这么做？"陈远握着拳头，身体在瑟瑟发抖。

"真相总是那么长，我们也别站在这里了，进来说吧。"安河做了一个请的姿势，拉开了门。

郑卫国拍了拍陈远的肩膀，几个人一起走了进去。

推理俱乐部里没有其他人，只有安河一个人。

"小美回家了，事情她并不知道。各位警官，你们现在一定想知道真相吧，也不用回去审讯我了，现在我在这里跟你们全盘讲出来。"安河像是在讲一个推理故事一样娓娓道来，他看着陈远说道，"老实说，这个案子其实一开始并不想做的，但是从你们来参加聚会那天开始，尤其是作家讲了他的粉丝的事情后，才有了这个案子。如果说非要找动机的话，原因就在我这个人身上。"

安河是一个创业失败者，他之前做过教育、咨询、心理，几乎全都失败了。最后,他之所以做这个推理俱乐部,原因很简单,就是在给自己人生做最后一次奋斗,如果成了他就可以继续做其他事情,如果不成他就用自己最大的爱好推理来做一件案子,然后了结此生。很显然,他的推理俱乐部没做成,几个月连续下滑的营业额已经让他马上要关门了。本来,他策划的是另一个案子,可这是他人生最后一件事情了,他希望自己做的事情可以让自己兴趣爱好相同的人看到,所以他组织了那次悬疑聚会。没想到,作家的事情,让他改变了主意,他决定利用作家说的那个事情做一个案子。

所以,整个案子里的很多东西都和那天悬疑聚会说的东西一样。鬼子六的鬼经众生说,作家书里的百镇追命令,甚至包括陈远所在的省厅调查组,这一切都在安河的计划之中,并且每一步都按照他的设定在有条不紊地走着。

安河的计划其实已经被陈远推理出来,他是选了四个对象,分别是男女老少,对应的是鬼子六说的鬼经众生里的四个角色,也指的是全人类。然后他帮助这些人满足他们的愿望,杀死他们最痛恨的人,用的自然就是交换杀人的方法,这点因为四个人的交叉比较复杂,警察想要找到相关点很难,所以才会被牵着往前走。这四个人的问题解决后,安河便会让案子进行反转,杀害的目标变成之前的受害人。

"这怎么会,我们聚会后不过才几天,你怎么能这么快选中目标,然后开始杀人呢?还有,这期间还有永城被杀的人?"陈远打断了安河的话。

"其实很简单,被选中的这些人之前都和我联系过,他们对于自己的问题都曾经咨询过,甚至有的还希望得到我的帮助。那是因为我之前做教育心理的时候,在网上有一个帮人解决问题的微博。选中他们,并且知道他们的情况,就是通过这个微博。"安河说道。

"说说具体细节吧。"郑卫国看了看陈远,然后盯着安河问道。

"跟你们这些优秀警察在一起,还需要知道什么细节吗?很简单,杀死杜杰的时候是因为小桃说找了郎四海帮忙,我知道小桃要出事,我不想让郎四海这个人坏了我的计划,所以直接过去杀死了杜杰。当时小桃非常害怕,不过当我说明了自己的身份,她就明白了过来,然后我们做了第一个现场的样子,留下了事先准备好的追命令。

既然杜杰的计划开始了,那我就去了永城。在邓明和郑秀兰开房的时候,我也去了永城光华大酒店。本来我让李德胜用行李包将黄翠儿也带到了房间里,我们的计划是杀死邓明和郑秀兰后,让黄翠儿作为目击者告诉外面是追命令所为的,没想到李德胜和黄翠儿竟然在房间里鬼使神差地搞在了一起。所以,永城和安城的案子之前并没有联系到一起,后来经过一个警察的帮忙才联系到了一起。

至于李强,则是小桃帮忙告诉他我可以帮他。然后我在张明亮的父亲升官请客之日,将张明亮绑走了。其实对于张明亮,他还是个孩子,我是不忍心下手的,所以给了他生还的时间期限,我特意告诉了张明亮父亲的秘书,可惜他们根本不把我的提示当回事,最终还是耽误了时机。

张奎的事情你们还需要问吗?太简单了,因为我是在摄像头下帮助张奎作案的,还需要我说什么吗?"安河将整个事情讲了一下。

陈远呆滞在那里，没有再说话。

"好了，将安河带回去吧。"郑卫国摆了摆手，后面的警察立刻走了过去。

"等等，安河，你，你这么做，小美知道了该怎么办？她一定很伤心的。"陈远突然叫了起来。

"我就是不想让她为我伤心了，她为了我牺牲太多了。这么多年跟着我，我什么都没给她。这个推理俱乐部，很多钱都是她借的。不过没关系了，在做这件事之前，我已经将所有的债务都转移到我身上了。我不能再让她为我牺牲了。"安河说着低下了头。

"怎么会这样？你们的感情那么好，为什么你要这么做？你想过她要是知道真相了，会有多难过吗？你想过吗？"陈远揪住安河的衣服领子，眼里充满了泪水。

"陈远，你爱过人吗？与其让她跟着我日夜难过，不如让她断了对我的念想。也许她一开始会非常难过，甚至痛不欲生，但是一旦她走出来了，就好了。有的人，注定是给人带来不幸的，我就是这种人。"安河咬着嘴唇，身体哆嗦着说道。

陈远慢慢松开了安河，闭上了眼睛，眼泪簌簌而下。

"如果见到作家，帮我跟他说声对不起。"安河说完，转过了身。

"等他从林石县回来了，你亲自跟他说吧。"郑卫国替陈远回答了这个问题。

"你说什么？他去了林石县？"安河一惊，叫了起来。

"不错，为了这个案子，他去了林石县，因为有人说那里就是他小说里的百镇。真是悲哀，他都不知道原来凶手就在安城。"郑卫国点点头。

"不是的，他怎么能去林石县？"安河叫了起来，还想说什么，拉着的警察将他带了出去。

"好了，走吧。"郑卫国看了看一脸悲伤的陈远，叹了口气。

陈远看了看眼前这个推理俱乐部，前些时候和其他人在这里的音容笑貌还在眼前，可是转眼间，却成了另一个结局。

这时候，陈远的手机响了起来，他拿起来看了一下，顿时浑身战栗，睁大了眼睛……

第三十七章　营救计划

　　陈远反应过来后，立刻冲了出去。可惜，还没有等他喊出声，前面的安河突然挣开了拉着他的警察，冲着一辆疾驰而来的卡车用力撞了上去。
　　"安河，安河不要啊。"陈远大声叫了起来。
　　卡车迅速刹车，可惜还是重重地将安河撞到了天上，安河的身体落了下来，像一片树叶，慢慢落到了地上。
　　警察立刻追了过去，那辆卡车司机下来，吓得靠在一边手足无措。
　　陈远跑过去，扶起了安河。
　　"这，这是最好的结局，我不能，不能再活着面对自己的罪过。陈远，不要，不要救我。"安河的嘴巴和鼻子里同时流出了血。
　　"不是这样的，是鬼子六。刚才我收到作家的短信，他说他查清楚了一切。你看，你也是被鬼子六利用了，他才是这个局的主谋。你为什么要这么做，为什么啊？"陈远拿出手机，指着上面的信息，说道。
　　安河微微抬了抬眼皮，想说什么，喉咙里却涌出了一大口血，然后他的身体软了下去。
　　"快送医院。"郑卫国对旁边的警察说道，旁边的警察立刻从陈远手里接过安河，向前面的警车跑去。
　　"我们，我们要去林石县救人，真正的主谋在那里，作家给我发来了求救信息，还有视频。"陈远收起情绪，转身对郑卫国说道。
　　"好，我马上和乔队长他们联系，我们立刻出发。"郑卫国点了点头。
　　半个小时后，乔子安带着调查组的人一起向林石县出发。陈远坐在车后面，一个人望着车窗外，愁绪布满脸上。
　　沈家明坐到他旁边，拿了一块口香糖给他。
　　"谢谢。"陈远接过笑了笑。
　　"听说这次的案子涉及你的朋友？"沈家明问道。
　　"是，就是前些时候聚会的几个朋友，没想到会这样。"陈远点点头。
　　"以前我有个病人，她总是疑神疑鬼的，总觉得家里有人偷窥她。尤其是在老公出去工作的时候，总感觉有一双眼睛在盯着她。为此她用了很多办法，甚至还请了神婆，都无济于事。后来，她的精神越来越紧张，到最后甚至到了崩溃的边缘。我当时给她做心理理疗，明明都已经快好了，结果没几天就又很严重了。为此，我怀疑可能她的家里真的有什么东西，后来还帮她报了警。结果，警察在她家里找到了三十多个摄像头，这些摄像头大多隐藏在家里的各个位置，并且都是在几乎很难被发现的位置。经过调查，这些摄像头都是这个女人的老公找人装的，目的很简单，就是怕自己不在家老婆跟人约会什么的。这个案例让很多人都很意外，因为是一个真实版的恶魔在身边。

案子结束后，事情其实并没有结束。因为女人的老公被抓走了，女人的生活更加孤独了，她要面对的一个心理难关比之前的更痛苦，就是无法忘记这种恶魔在身边的恐怖直接带给她的心理痛苦。不过，现实中其实有很多这样的例子，只要想明白，每个都是一样的，那么试着去往前看一看，这样会好很多。"沈家明特意讲了一个例子，其实是来安慰陈远的。

"谢谢你，我知道你的意思。其实我也明白，这种事情肯定会有，所幸的是他们还不是警察，如果是我们身边的警察，那可能让人更加难过。"陈远说道。

"那就好，既然选择做了这行，什么事情都可能会遇到的。"沈家明点点头。

"陈远，把作家说的情况再和我们讲下，咱们再讨论下营救计划。"这时候，前面的郑卫国回头说了一句。

"好。"陈远点了点头，"作家发过来两个信息，一个是视频，一个是求救信息。两条信息我都发给大家了，视频内容里是章敏敏被控制了，并且告诉她南飞鹏已经被人做成了一个人形雕塑；第二个信息是作家的求救信息，他光说了鬼子六有问题。鬼子六和我，以及作家，我们一起参加了安河的悬疑聚会。安河的事情还有很多疑点，可惜他自杀想要遮掩这一切。如果真正的凶手不是他，他只不过是别人的替死鬼而已。"

"鬼子六会不会和安河是一伙的？"沈家明问道。

"不会的，安河交代的真相只是关于他自己的，无论从动机还是杀人方法，都是独立性的。鬼子六远在林石县，他没有办法和安河同步。"陈远说道。

"真没想到这案子还有另外一面。"一直没说话的孟雪叹了口气。

经过一个多小时的车程，调查组和安城警方一起来到了林石县。来的时候，乔子安和林石县公安局的人联系了一下，他们也派了几名警察过来协助办案，为首的正是负责落英村的林三派出所所长关耀河。对于调查组的到来，关耀河非常高兴，尤其是能和他们一起执行这次任务。关耀河比较熟悉林石县的情况，于是将知道的情况一五一十全讲了出来。

"这么说，这林石县是后来才有的，是不是落英族的人建立的呢？"听完关耀河对林石县讲的情况后，郑卫国不禁问道。

"应该不是，这落英族人有可能都是传说中的民族。"关耀河摇摇头说道。

"那这次就让我们看看这个落英族里到底是个什么情况吧。"郑卫国望着前面说道。

车子在前面山路边停了下来，然后所有人徒步向前面走去。翻过一个山坡，他们就看到了前面不远处的落英族。的确，这样的村落不太好找，并且是隐藏在坳口里面。

来到村子以后，郑卫国按照之前的计划分配了一下工作，然后大家分头在村子里面寻找作家和章敏敏，因为可能会遇到危险，所以每个人身边都会安排一名有过外勤经验的警察。

　　陈远和孟雪，以及关耀河分到了一起，陈远拿出那个视频的内容让关耀河看了看，希望他能看出点线索来。

　　"我也不怎么来这里的，不过看这个视频的位置，窗台比较窄，窗棂上还有红色的粗布，这应该是落英族西边的鲁班庙。"关耀河眼前一亮，认出了视频里的地方。

第三十八章　凝视之渊

　　鲁班庙里并没有鲁班，其实所谓的鲁班庙早已经被拆了，改建成了一个普通的房子。
　　落英族擅长雕刻，不过到了现代，这些人已经遗失了祖上的手艺。他们通过倒卖雕像发家致富，再通过族落之间的关系进行合作。
　　鲁班庙里有八个雕像，栩栩如生，他们的样子不同，高低也不一样，直直地站在那里，四人一排，两两相对。
　　郑卫国立刻分配大家工作，一方面寻找作家和章敏敏，另一方面寻找鬼子六和莫军的下落。
　　落英村虽然人口不多，但是村子还挺大。为了快速找到他们，郑卫国让关耀河将村子里的人都喊到了一起。
　　对于村子里莫军他们做的事情，其他人都不知情。在这个村子里的人大部分都是为了生活，有的跟着村子里的人做雕像工作，有的则做其他工作。
　　关耀河仔细询问了一下，莫军他们经常会带一些人过来，每次都是神神秘秘的，这次肯定是听到了什么消息，所以人都走了。
　　果然，警察们将落英族找了一个遍也没有找到鬼子六和莫军等人。
　　"看来他们发现了作家求救的事情，所以离开了。"目前的状况确定了这一点。
　　"他们不可能带着作家和章敏敏的，莫不是他们遭遇了什么不测？"陈远顿时变得紧张起来。
　　"不要着急，我们来的时候已经让林石县警方配合，他们如果带着两个人肯定会被发现。"郑卫国说道。
　　"作家最后给我的消息说是听到鬼子六要对章敏敏下毒手，要让她也变成雕像。"陈远说完，突然想到了什么，立刻向前跑去，其他人慌忙跟了过去。
　　陈远再次来到那个鲁班庙里，关耀河说在视频里看到的情景就是这个鲁班庙，这里也是落英族他们做雕像的地方。
　　陈远走到那八个雕像面前，刚才他只是粗略看了一下，八个雕像，分别对立站着。左边四个，右边四个。
　　"这是佛教的八大菩萨，左边四位分别是文殊菩萨、普贤菩萨、观世音菩萨、大势至菩萨；右边四位分别是虚空藏菩萨、地藏王菩萨、弥勒菩萨和除盖障菩萨。"沈家明看着眼前的八个菩萨雕像说道。
　　八位菩萨神色各异，看上去威风凛凛，不可侵犯。

"为什么这线条不太对呢？"陈远指着左边的菩萨像说道："你们看，这四位菩萨像的画色是从重色到浅色，越到后面，线条越精致，这边的却不一样，线条有点错落。尤其是最后两位菩萨，弥勒菩萨和除盖障菩萨。"

果然，弥勒菩萨和除盖障菩萨看起来，外面的衣服上面的线条好像是随意涂上去的一样。

沈家明走过去，仔细看了看那两尊菩萨上面的花纹以及线条，然后伸手摸了一下，发觉上面坑坑洼洼，不太平整。他用力往前推了推眼前的弥勒菩萨，没想到弥勒菩萨忽然动了起来，然后旁边的一只手突然从上面掉了下来，露出一个碗口大小的黑洞。

"里面有人。"旁边的孟雪指着那个黑洞，大声叫了起来。

沈家明立刻往里面看了一眼，果然，里面竟然装着一个人。他拿起手机，打开手电筒，仔细看了看，不禁脱口说道："里面是章敏敏。"

郑卫国立刻冲了过去，将那个弥勒菩萨一起推开，把里面的章敏敏拖了出来。

孟雪探了探章敏敏的鼻息，摸了摸她的心口，然后说道："还有气儿，应该是被封闭在里面的短时间窒息。"然后，孟雪立刻对章敏敏开始做人工呼吸，很快，章敏敏醒了过来，她看到孟雪她们，虚弱地说道："快救老师，他在隔壁的菩萨身体里面。"

在章敏敏被营救的时候，陈远走到那个除盖障菩萨面前，然后试着看能不能找到缺口。听到章敏敏的话后，陈远顾不得其他，冲着那个除盖障菩萨一拳打了过去，菩萨的前身被打了一个洞，然后他们看到了里面被封闭着的作家。

菩萨在上，佛心却在下。

作家也被救醒了过来。

整个幕后的事情，作家知道得一清二楚，因为在他被封闭在菩萨像里面之前，鬼子六告诉了他一切。

整个事情的始作俑者就是落英族的后人，与其说他们是为了给族人复仇，不如说他们已经将这一切当作了盈利的游戏。本来，鬼子六参加悬疑聚会，就是为了帮上面的人找一个新的真人秀游戏，正好他知道了安河要做的事情，于是将计就计，将安河的事情推荐给了上面。

真人秀游戏，需要的就是真实，最好的便是当事人与参与者一无所知。于是，安河的杀人在不知情中，被鬼子六变成了他们背后一个赌注的游戏。

作家意外加入，并且发现了其中的情况，这让他们不得不改变后面的计划。

"这太不可思议了吧？安河杀人，难道这一切都被他们记录下来了吗？这不太现实吧？"听完作家的叙说，郑卫国有点不太相信。

"事实确实是这样，当时鬼子六以为我肯定活不了了，他不会骗我的。毕竟，他们做的这些是需要一个人知道的。鬼子六说了安河所做的一切，有一个人全程拍了下来。陈远，你能猜到那个人是谁吗？"作家说到这里停了一下。

"难道，难道是小美。"陈远心头一震，顿时呆在了那里。

"不错，正是小美。开始我也不相信，可是鬼子六给我看了小美发给他的信息以及每次安河出去做事后小美跟着他偷拍的视频。"作家点点头。

"这是为什么？安河跟我说过，小美为他付出了很多，他当时觉得自己对不起小美，可这是为什么呢？"陈远实在想不明白。

"这就不清楚了，也许是她知道安河已经决定了一切，那么就尽可能地帮安河做的事情宣传一下；又或者说，她认为这也是爱安河的一种方式，那就是在后面全力支持他。"作家摇了摇头，叹了口气。

对于落英族背后的人，包括鬼子六、莫军他们的情况，安城警方已经详细地进行了通缉计划，并且通过省厅向全国寻找类似案例，搜寻他们的线索。

调查组离开安城的时候，作家和章敏敏也一起离开了。因为幕后黑手还没有落网，所以每个人心情显得比较沉重。

"也许这个聚会我们不应该来。"陈远对作家说道。

"不，我们应该来的。如果不是我们来的话，可能安河会做其他事情，并且永远不会知道鬼子六他们身后还有这样的幕后黑手。"作家摇了摇头说道。

"如果我们早点认识你们，可能南飞鹏也不会有事。"章敏敏神情悲痛地看着他们说道。

"有些事，不是我们想的那么简单。错误，并不会因为我们改正而清除，因为它本身就存在。也许我们能避开一个错误，但是却无法避免另一个错误的发生。"作家说道。

夜幕下，安城的路灯亮了起来，像是一条光路，打开了夜色下的温暖……

无名英雄

楔子一　午夜祭祀

深夜，大雨。

天地间仿佛全部被雨水吞没，偶尔划过一道闪电，将这阴沉的夜晚塑造得鬼魅异常。苏江河站在窗户面前，凝视着窗外，脸色阴沉。

砰，门被推开了。

"孩她爹，这雨水太大了，怎么会这么大？难道真的是？"进来的女人满眼恐惧，说话声音在颤抖。

苏江河转过头，然后对着女人摇了摇头，慢慢走到桌子面前坐了下来。

"要不，要不我们找村长说说？"女人也坐了下来。

"没用的，孩她娘，你别管这事了。一会儿等送亲队来了，我出去一趟，记住无论发生什么事都别告诉别人。要是我明天早上还没回来，你就去林城找我哥哥。"苏江河说着端起了桌子上的一杯水，不知道是因为紧张还是其他，他的手在微微颤抖。

"孩她爹，你这是要做什么？你别吓我？柔儿没了，要是你再出啥事，我可怎么办？"女人一下子握住了苏江河的手，放声哭了起来。

"孩她娘，你不要这样。记住我跟你说的话，咱们全家无论如何都要完成这件事情。"苏江河看着女人，嘴唇哆嗦着。

这时候，外面传来了一阵急促的脚步声，然后是敲门声。

"他们来了。"苏江河一下子站了起来，脸色变得惨白。

门开了，门外站着四五个男人，他们都穿着红色的外套，戴着黑色的线帽，为首的是一个男人，四十多岁，留着一簇小胡子，笑眯眯地看着苏江河说："江河啊，时间到了，该让孩子上路了。"

"好，稍等一下，我带她出来。"苏江河脸色苍白，表情冰冷地说道。

"可以的，可以的。"小胡子连连点头。

苏江河转过身走到旁边的房间，女人已经进来了，床上坐着一个穿着红色喜服的女孩，十七八岁，虽然打扮得非常漂亮，可是却眼神呆滞，面无表情。

女人拿起了一个红盖头，准备给女孩盖上去。

"等一下，让我再、再看一眼。"苏江河抬了抬手，咬着嘴唇说道。

女人低下了头，泪水簌簌而下。

女孩转过头，和苏江河对视了一眼，然后说话了："早知道是这样的结局，你们还不如在我刚生下来的时候就掐死我。"

旁边的女人一下子捂住了脸，失声痛哭了起来，但是害怕被外面的人听见，只能隐忍地哭着。

苏江河走了过去，拿走了女人手里的红盖头，盖到了女孩的头上，然后拉着女孩说道："走吧，柔儿，爹亲自送你。"

房间内的女人慢慢停止了哭泣，她抬起头愣了一下，发现女孩已经离开后，她慌忙跑出屋子，站到了门边。

外面电闪雷鸣，雨越来越大了。先前来的几个人已经走远了，隐约的光亮下，可以看到他们抬着一顶轿子，在风雨中一颤一颤向前走去。

"柔儿，柔儿啊！"女人的哭声终于发了出来，不过很快被淹没在风雨中。

雨，没有停下来的意思，越来越大。

走在前面的小胡子虽然撑着伞，但是衣服却被淋了个通透。后面抬轿子的人已经不行了，他们喊了起来。

"三叔，这雨太大了，我看我们是不是找个地方先避避雨？"

"是啊，再这么下去，我怕咱们都到不了龙王崖。"

小胡子看着漫天大雨，然后沉思了几秒说："那，那就只能去前面的田庄避雨了。"

"啊，田庄啊，这，这可以吗？"抬轿的人相互看了看，眼里充满了恐惧。

"我们不进里面，就在门口避雨，等到雨小了，马上出发。"小胡子说道。

"可以，我看可以。这田庄以前是义庄，到现在都荒废多少年了。再说我们是给龙王送新娘，就算田庄里有什么东西，它也得给我们让步。"后面的人说话了。

"老五说得对，咱们是给龙王送新娘的，怕什么？"

"那行，就去前面田庄门口避雨，大家加把劲，抓紧过去。"小胡子点了点头，用力举了举手里的伞，向前快步走去。

几分钟后，一座阴沉的宅子出现在眼前。几个人快速向前走去，然后来到了宅子的门口，将轿子停在一边。

"苏家女娃，你还好吧？"小胡子擦了擦脸上的雨水，朝着轿子里问了一句。

"死不了。"里面传来了女孩冰冷的声音。

小胡子从口袋里拿出一盒烟，抽出来给大家分了一下。

几口烟下肚，几个人渐渐热和起来。

"这到龙王崖就剩下十分钟的路程，时间上肯定没问题的。"老五说道。

"这很近了，那年我送刘家女娃的时候，正好是下大雪，天寒地冻的，一样没耽搁。"另一个男人跟着说道。

"还是以前好，我听说以前只要把人送到田庄里面就行。"老五说着看了看身后紧闭着大门的田庄。

"别胡说，这田庄诡得很，我听人说看到过有人进到田庄里面，还穿着民国时期的大长褂。"

"对对对，我也听说了，有人看到穿着素花格子的女人在门口等人，看到有人过来就钻进了田庄里面。你们说，这田庄里会不会真的有人啊！"

轰，这时候，天空突然响了个炸雷，一道闪电在夜幕中瞬间闪过，让说话的人不禁打了个哆嗦。

"好了，不要说话了，怪吓人的。咱们赶紧走吧，我看这雨下得也不大了。"小胡子瞪了他们几眼说道。

"走走走，早点送完早点回家睡婆娘。"老五说着扔掉了手里的烟，转身的时候，他不自觉地看了一眼身后田庄的大门，突然愣住了。

"怎么了？"小胡子看到老五的样子不禁问了一下。

"门门门，门，怎么开了？"老五哆嗦着指着身后田庄的大门说道。只见身后田庄的大门不知道什么时候竟然开了一条缝，阴沉沉的风从里面吹出来，门上的白色对联哗哗作响。

"门，门是不是一直就开着啊！"有人说道。

"没有，刚才是关着的，我记得很清楚。"老五说道。

"会不会是风吹开了？"小胡子咽了口唾沫往前走了一步，轻轻拉住了门环，准备往外拉门，可是突然他的身体往前一倾，好像有人从里面拉住了他一样，一下子把他拉进了里面。

啊，其他人都叫了起来。

因为小胡子被拉进去了，所以田庄的门开得更大了，里面的情景也映入了其他人的眼里，他们顿时惊呆了，瘫坐到了地上。

坐在轿子里的柔儿等了半天也没听见有人说话，于是撩开了轿帘子，从轿子里走了出来，可是往前只走了几步，她就被眼前的一幕惊呆了，一屁股坐到了地上，瞳孔里充满了恐惧与绝望……

楔子二　逃生之路

砰，门被撞开了。

他一下子站了起来，手里拿着一把水果刀，警惕地看着进来的人。

"是我。"进来的人嘘了一下，示意他放松。那是一个和他年纪相仿的男人，留着一簇小胡子。

"胡子师哥，怎么样？找到电话了吗？"看清来人，他松了口气，放下了手里的刀子。

"没有，所有人的手机都被收起来了，这是一个圈套，从进来开始就已经设计好了。"小胡子摇了摇头。

"那怎么办？"他重新坐了下来。

"没关系，我已经想好了。你和201一起离开，我在后面帮你们。我们三个必须走出去一个，将情报带出去。"小胡子咽了口唾沫说道。

"可是。"他想说什么，但是话到嘴边又咽了回去。

"201已经走了，走的是后面的路，你从前面走。你们两个无论谁走出去，大家的任务就完成了。"小胡子说道。

"可是，可是如果我们都没走出去？"他吸了口气，说出来最坏的可能。

"放心，我还有一个后备的计划。不过这个后备计划一旦开始了，恐怕我们的命运只能靠老天了。"小胡子捏着手，叹了口气。

这时候，外面传来了一阵嘈杂的声音。

"没时间了，你快点离开吧。"小胡子脸色一变，拉着他，推开了旁边的窗户，将他连拉带推地塞了出去。

"保重，万事小心。"小胡子对他说道。

"胡子师哥，你也一样。"他说完，弯着腰，快速向前跑去。一路跑来，几乎没有人。他忽然明白了过来，也许所有人都去追201了，所以前面的路上没什么人。如此看来，201恐怕凶多吉少了。

他看着对面方向，那里隐约传来一些人的叫喊声和兴奋声，很快，一个诡异的号角声响了起来，那是抓住逃兵的胜利之声。201被抓住了，他知道201心里一定害怕极了，当初他们从警校来这里的时候，201心里就充满了恐惧，可是胡子师哥说了，既然命运选择了他们，那么他们必须义无反顾地向前走去，他们所做的一切是为了身后千千万万的人民。

"201，301，你们记住，我们越危险，我们身后的人民就越安全。黑暗虽然恐怖，但是光明却能战胜一切。我们就是光明的种子。"胡子师哥说这话的时候，眼里闪着光，那是正义之光。

他对着对面的方向，敬了一个标准的礼，他知道201要离开了，这是他给201的送别礼。现在，他们的希望就在自己一个人身上了，他必须离开，为了光明，为了一切。

路线图，他们早已经调查清楚，只要越过前面的一个守卫亭，往下面就是阳光大道。他握紧了手里的水果刀，守卫亭有三个人，他没有把握将他们全部杀死，但是他已经没有办法考虑问题，他必须干掉他们。

"什么人？"可惜，还没有等他靠近，守卫亭那边的人已经发现了他。

"前面有人跑了，我们过来搜查。有没有人过来？"他边说边走了过去，他的手里紧握着那把水果刀，随时准备出手。

"你一个人过来搜查？"守卫有点怀疑。

这时候，守卫的对讲机突然响了起来。

他的汗珠顿时落了下来，他咬着牙，做好了冲上去的准备。

"逃跑之人已经抓住了。"对讲机里传来了一个声音。

守卫低头的一瞬间，他冲了上去，将水果刀刺中了对方的要害，然后夺走了守卫腰上的枪。

听见响声，里面的另外两个守卫出来了，迎接他们的是两颗子弹，不紧不慢，正中眉心。

他松了口气，好在警校的培训技能还在，否则他真不能保证快速打中两个人。

终于逃了出来，走出去就是阳光道，他要快速联系上司，所有的一切都要结束了。他长长地舒了口气，抬脚向前走去。

砰，一个声音从后面响了起来，他感觉后背一凉，一股钻心的痛从后背蔓延而上。他缓缓地转过头，看到刚才被他用刀子刺倒在地上的守卫不知道什么时候竟然拿起了枪，对他开了一枪。

他感觉身体有点不稳，整个人栽了下去。

恍惚中，他看到有人从前面跑了过来，他看着夜幕上的星星，嘴唇哆嗦着，他知道，他和201的任务失败了，胡子师哥的后备计划要启动了，可惜他无法看到了。

他想起了执行任务的前天晚上，他和201聊天："如果任务失败，我们牺牲了，牺牲之前你会说什么？"

"我会宣誓，因为组长答应过我的，等我完成任务了，会让我成为一名警察。我特别期待自己穿着警服，站在国旗下宣誓的样子。"他说。

头顶上的夜色越来越暗，身体也越来越凉，他轻轻念着："我宣誓：我志愿成为中华人民共和国人民警察，献身于崇高的人民公安事业，坚决做到对党忠诚、服务人民、执法公正、纪律严明，矢志不渝做中国特色社会主义事业的建设者、捍卫者，为维护社会大局稳定、促进社会公平正义、保障人民安居乐业而努力奋斗！"

第一章　诡尸

　　陈远和沈家明走进会议室的时候，看到周子峰和郑卫国正在下象棋。从安城回来以后，郑卫国和周子峰便经常在一起聊天，甚至还一起出去吃饭。这让其他人觉得挺意外的，可能是安城这次的任务，让他们产生了不一样的感情。

　　"你吃他的车啊！"看到棋盘上的走势，陈远忍不住说了一句。

　　"别说话，观棋不语真君子。"沈家明看了他一眼。

　　"这不是着急吗？"陈远笑了笑。

　　"就是说你们年轻人，沉不住气。"郑卫国摇了摇头。

　　这时候，孟雪和叶枫推门走了进来。

　　"这么清闲，都玩上象棋了？"看到他们在玩象棋，叶枫不禁笑了起来。

　　"叶局，你可别这么说，这还是你之前给我下的那棋，我这不是一直破解不了，只好找郑队长帮帮忙啊！"周子峰看到叶枫，有点悲催地说道。

　　"你这棋艺现在这么差啊，亏你之前还是警察学院棋艺社的副社长。"叶枫叹了口气，将手里的文件放到了桌子上。

　　"是有新案子吗？"看到叶枫面前的文件，大家收拾了一下，坐了下来。

　　"不错，现在我来给大家介绍下这个案子。"叶枫说着拿出了几份打印好的文件，然后让周子峰发给了大家。

　　陈远接过文件，低头看了一眼，发现是G城发来的案子求助。

　　"G城？"对面的孟雪皱了皱眉，脱口说道。

　　"有什么不对吗？"旁边的郑卫国问了一下。

　　"我外婆家在G城，之前我外公还让我在那里实习过两个月，说起来和那里的人还算比较熟悉。"孟雪说道。

　　"那不错，正好我们大家都可以过去看看，认认亲戚。"沈家明笑了起来。

　　大家都笑了起来，陈远看了看孟雪，想说什么却没有说出口，然后低头继续看起了手里的文件。

　　2017年6月7日，G城百花镇明月家具城发现一具无名男尸，死者三十五岁左右，身高170厘米，上身着一件黑色LUU牌短袖，下身穿一件黑色短裤，脚上穿一双浅灰色运动鞋。根据法医鉴定，死者胸口有一个5厘米的细小伤口穿入心口，这也是他的致命伤口。奇怪的是，死者的死亡时间是三天前，但是身上却并没有被冷冻的痕迹。

　　G城百花镇派出所立刻将尸体情况报告上级，进行社会走访，张贴认尸告示。可惜一周过去后，却没有半点线索。就在G城公安局准备再次扩大范围进行认尸的时候，也就是2017年6月14日，G城玉州区人民医院太平间无故多了一具无名尸体，经过勘查发现尸体和之前在百花镇明月家具城发现的男尸情况一样，死者三十多岁，身高170厘米，上身着一件黑色LUU牌短袖，下身穿一件黑色短裤，脚上穿一双浅色运动鞋，在尸体的胸口也发现了一个5厘米的细小伤口。

　　因为尸体的情况和百花镇明月家具城的尸体一样，所以G城公安局立刻进入调查工作，结果发现尸体和之前的尸体一样，没有任何线索。

　　两具无名尸，相同的衣着，相同的致命伤口，相同的未解之谜。G城公安局局长成立调查组，进行全城调查，可惜查访数日，依然一无所获。

　　2017年6月21日晚上八点，G城天通剧场上演魔术秀，魔术师林根在表演大变活人的时候，突然变出一具死尸。尸体情况，和之前两具尸体的情况一模一样。

　　此时，G城公安局才意识到面对的不是一般抛尸案，于是立刻向省厅汇报，省厅在接到案子求助后，第一时间安排交给了特别调查组。

　　"这案子倒很奇怪，三具尸体穿着、年龄、致命伤口一模一样，并且都是无人认尸，没有任何线索。"郑卫国看完后放下了手里的文件。

　　"确实奇怪，不过还有一个特点，这三具尸体，每个之间都相隔七天。七，这个数字似乎有点玄妙。兴许凶手是为了某种祭祀而杀人。如果是这样的话，那么等到28日，会有第四具尸体出现，今天是6月23日，也就是说我们有五天的时间。"陈远说道。

　　"这只是目前三具尸体出现的时间差，具体是不是某种祭祀，可能还要根据其他条件因素来决定。如果真是祭祀的话，这时间差有点太紧了。"郑卫国说道。

　　"叶局，那事不宜迟，我们马上出发去G城。"周子峰看了一下其他人，然后对叶枫说道。

　　"子峰，这次案件你就别去了，我这儿有个其他事情要你去做。这次的案子还是让郑队长带队，然后G城警方那边会全力配合大家。有什么需要尽管提，我们会立刻安排。"叶枫说道。

　　"好，好的。"周子峰点了点头。

　　"收到，我们马上出发。"郑卫国说完，合住了手上的文件资料。

第二章　尸源

　　G城位于华北中部，因为盛产煤矿而出名。陈远没去过G城，不过他有一些同学朋友是G城人，之前听他们说起过G城每年为周边城市提供的煤炭以及供电作用。这次来到G城，陈远才算真正明白了煤炭在G城的重要性。从进入G城开始，各种广告以及和煤炭相关的资源都出现在眼前。

　　"听说G城是国内事故率最低、煤炭量运输最稳的一个城市。现在看来，果然是名不虚传。"郑卫国开着车，看着窗外的风景说道。

　　"是的，不过我听外婆说过，之前G城出现过几起比较严重的事故，不过后来G城政府下了重手，调整安全措施，注重生产机制，才有了现在的稳定。"孟雪说道。

　　"孟雪，你外婆挺懂行的啊！"郑卫国笑着说道。

　　"报纸上有写过的。"这时候，旁边的沈家明拿出手机，上面是一则介绍G城的新闻，其中有一些词语，正是孟雪说的那些话。

　　"就你聪明。"孟雪白了沈家明一眼。

　　"那个就是窑神神像吗？"这时候陈远看到了前面不远处转盘上竖立着的神像，那是一个抬着头望天，手里拿着一块煤炭的铜像。

　　"窑神神像？这个还是第一次听。"沈家明放下手机，仔细看了一眼。

　　"来G城的时候查看了一下这里的资料，据说这个转盘是G城通往周边城市的一个分岔口，四通八达，所以将窑神神像铸在上面，也是预示G城的煤炭事业顺风顺水。不过，这似乎有点迷信了。"陈远说道。

　　"谈不上迷信，这也是人们的一个心愿。只希望这次G城的案子，我们能顺利破获。"郑卫国说着转了个方向，车子驶进了后面一条街，然后他们看到了前面不远处的G城公安局大楼。

　　G城公安局方面早已经做好了等待调查组的准备，当陈远他们下车后，G城公安局副局长左锋和刑侦队队长邱林玉马上迎了过来。

　　"欢迎各位，欢迎各位。"左锋和郑卫国握着手，连连笑道。

　　"这不是孟雪嘛，之前听你舅舅说你进了特别调查组，真是厉害啊。"邱林玉认出了孟雪，欣喜地说道。

　　"邱队长，你好。"孟雪不好意思地打了个招呼。

　　"这就是之前在我们局里实习过的那个小姑娘吗？你看看，小邱，当初你们一个一个都是有眼无珠的，还好当初没有对人家不好，不然这给自己找不是了。"左锋看见孟雪，立刻对邱林玉训斥起来。

"好了，左副局长，我们也别寒暄了。我们过来是查案的，咱们直接进入主题吧。我们需要一个独立的办公房间，然后住宿问题省厅那边已经安排好了。另外，负责这个案件的是邱队长吗？然后需要他配合下，顺便安排两个能够给我们带路方便调查的警员。"郑卫国不是特别喜欢左锋的样子，于是直接开口要求进入工作流程。

"好的，好的，有什么需要尽管开口，我们一定全都准备好。"左锋笑着连连说道。

左锋虽然看起来有点笑嘻嘻的，但是安排事情却非常麻利。调查组办公的地方就设在G城公安局二楼走廊左侧，旁边是档案室，关上门，几乎听不见外面的声音，非常安静。不过让调查组意外的是，配合他们查案的人竟然不是邱林玉，而是一个G城公安局刑侦队的副队长高杰。

"这个案子不是邱队长负责吗？他去哪儿了？"郑卫国问了一下高杰。

"邱队长刚接到通知要去省厅学习几天，所以来不了了。再说，来了也没用，他懂个鸟。"高杰外表粗犷，穿着也比较随意，说起话来有些难听。

"看来一定又是你在负责这个案子，论功行赏的时候就给邱林玉了？"孟雪笑了起来。

"那可不是。算起来，孟雪，你走了也有四五年了，这里的一切还是老样子，至少变一变啊。邱林玉这些年天天跟哈巴狗一样往省厅跑，可就是调不走，他要调走了，至少我也能踏踏实实地干活。"高杰看到孟雪，顿时来了兴趣，不禁和她聊了起来。

"高队长，邱队长毕竟是你上司，你至少要对他尊重一点。"郑卫国不是特别喜欢高杰的样子，尤其说话的方式。

"老子只尊重有能力有本事的人，别说邱林玉不在这儿，他就是在这儿，我也这么说。你们不是要我配合吗？有什么快点问，我还有其他事情要做。"高杰皱了皱眉，拍了一下桌子。

陈远自从来到办公室后就要了一份G城的详细地图，他拿着笔画出了三具尸体被发现的位置。听到高杰的喊声，于是问了起来："高队长，你们发现这三具尸体后发出去的认尸告示发了多少份？具体发放的区域是怎么划分的？"

"G城几乎全部覆盖了，尤其是发现尸体的附近周边乡镇。"高杰说道。

"确定全部覆盖了吗？没有遗漏的地方吗？"陈远看着地图问道。

"你是想问鹿鸣区有没有发放，对吗？那里没有发。"高杰脱口说道。

"为什么？"陈远抬起了头，刚才他的确是想问这个问题的。

"鹿鸣区其实是一个山区，第一，交通不方便；第二，鹿鸣区里面的人有的住在鹿鸣山的后面，那里属于J城，如果要做相关的工作，还需要发协查申请。"高杰说了一下情况。

"那会不会？"郑卫国皱了皱眉头。

"大哥，你不了解鹿鸣山，等你到了现场就知道了。别说尸体了，就是一只羊从那儿过来都能看得清清楚楚。"高杰知道郑卫国想说什么，直接回复了他的疑问。

"这是为什么？"陈远也愣住了。

"因为鹿鸣山山脚下没有任何植物树木，就是光秃秃的山，并且从鹿鸣山下来到最近的镇子，一路上非常平坦，一眼就能看到一切。"孟雪解释了一下。

"这还挺奇怪的。"旁边的沈家明看了看陈远，不禁说道。

"对于这三具尸体离奇出现的方式，你们有做调查吗？"郑卫国又问了一个问题。

"做了调查，但是没有什么结果。这三具尸体出现得太离奇了，就跟凭空冒出来一样。第一具尸体是在百花镇明月家具城里，家具老板在帮客人推荐一款柜子的时候，拉开柜门发现了里面的尸体。我们顺着那款柜子查过厂家，厂家对此一无所知，包括运送的物流公司我们也进行了查访，并没有发现任何异常。唯一的可能性就是那个柜子从外面运到明月家具城仓库后，被人放进了尸体，但是明月家具城的仓库比较大，又没监控摄像设备，只有一个仓管，还是一个老头，可以说根本无从查起。

第二具尸体出现在人民医院的太平间，这地方本来就是放尸体的。负责太平间看守的人说他们的尸体进出都是有登记的，那具多出来的尸体确实对不上号。因为平常负责送过来尸体的人不固定，再加上都戴着口罩，就算有人鱼目混珠，将尸体推进来，少登记，他也不一定能发现。

第三具尸体出现在天通剧场的魔术表演秀上，魔术师林根本来安排的是他的助演莫安妮，结果莫安妮在准备上场的时候被人打晕了，然后换成了一具尸体。虽然天通剧场有摄像监控，但是林根的魔术操作后台涉及他的魔术隐私，所以没有进行画面监控，这也让莫安妮被打晕，道具被换成尸体的情况变得一无所知。"高杰一口气将他们调查的结果说了一个遍。

"如此看来，这三具尸体的尸源毫无线索，并且罪犯抛尸选择的方法都是无从查起的地方。有点难度啊！"郑卫国两只手握在一起，用力搓了搓。

第三章　调查

调查组正式接手了案子。

郑卫国简单开了一个会，然后进行了工作分配。四个人分两组，陈远和沈家明负责去现场进行调查，郑卫国和孟雪去接洽法医部门了解尸体的情况，回来再去网监大队看一下尸体出现之前的监控录像情况。

郑卫国的分配非常合理，正好让每个人的长处得到了发挥。这也是之前从周子峰那里学到的。陈远对现场比较了解，之前也是做现场工作的，所以最为适合。孟雪是法医，尸体的情况她要比其他人熟悉，郑卫国做刑警多年，正好两人从法医部回来后可以去查看一下当时的监控录像。

现场有三个，陈远和沈家明先去了第一个现场，也就是百花镇明月家具城。为了方便他调查，高杰让他手下一个叫刘四月的警察做司机，顺便陪他们过去安排协调工作。

"你这名字挺有意思啊，是四月出生的吗？"陈远坐在副驾驶上，和刘四月简单聊了起来。

"对啊，俺是四月生的，俺还有个妹妹，是七月生的。"

"那就叫刘七月，七月这名字女孩叫着好听。"陈远说道。

"是的，是的噢。不过家里的人之前都觉得难听，没什么水平。哈哈。"刘四月是个憨厚的汉子，笑起来非常可爱。

"名字就是个代号，你看我们现在要查的这些无名尸，哪怕知道他叫张三李四也能找到他的家人，可是有时候就这么简单的一个代号，都需要费很大劲。"陈远说道。

"陈警官，其实你们不知道，我们这里很多人都觉得这三具无名尸是从鹿鸣山里出来的，之前我们研究过地图，百花镇、人民医院和天通剧场这三个地方的中心就是鹿鸣山。高队长也说过，很大可能就是从鹿鸣山里出来的，说那是一个折射点。可是局长他们说这不太可能。"刘四月说道。

"为什么不可能？我看了地图的，我也觉得鹿鸣山那里最可疑。"陈远说道。

"鹿鸣山可不是什么好地方，那里还有个别名叫黄泉镇，镇上以前三个村，现在就只剩下一个苏家村。"

"苏家村？黄泉镇？到底是黄泉镇还是苏家村？"沈家明愣住了。

"以前因为是三个村，所以有个镇子，名字也诡异就叫黄泉镇。因为鹿鸣山的气候和山下面不一样，比如白天还有大光亮的太阳，到了下午就风大灰大，即使人站在你面前你都看不见，所以便得了个黄泉镇的名字，后来三个村里的人都得了一种奇怪的病，政府派了很多医疗队进驻，结果都没什么作用，最后只好提议让他们搬迁，所以三个村子大部分都搬迁了，最后就只剩下一个村子了，那个村子叫苏家村，政府之前也动员鼓励过他们搬迁，可他们就是不走。所以黄泉镇就被苏家村代替了。这个苏家村位置在鹿鸣山的中间，所以属于G城和J城的共同区，有时候两个地方都嫌地方偏远，很多调查的事情也都不愿意多去。慢慢地，这个苏家村就成了G城这边一个比较神秘的地方，甚至有人说苏家村的人其实早已经死光了，现在那里也是一个空村。"刘四月声音低沉地介绍了一下苏家村的情况。

陈远没有说话，望着车窗外的风景，似乎在想什么。刘四月和沈家明，也没再说什么，专心开着车，没过多久，他们来到了百花镇明月家具城门口。

明月家具城很大，但是东西很粗糙。简单地说，就是一个乡镇里面的家具代理市场。因为发生了尸体的事情，生意很差，乡镇农村的人都比较忌讳这个。老板正愁眉苦脸地坐在收银台后面发呆，看到穿着制服的刘四月进来，顿时见到救星一样冲了过来，握着刘四月的手，哭诉着："警察同志，你们得赶紧破案子啊，要不然我这家具城要倒闭了，我一家老小全指着这个家具城啊！"

"杜老板，你别这样。这不我们一直在调查嘛！这两位是省厅过来的专家，专门调查这案子的，相信很快就会有结果的。"刘四月说道。

"领导，领导啊，你得帮我啊！"杜老板一听说陈远和沈家明是省厅来的专家，顿时把目光转移到了他们身上。

"杜老板，你放心，我们会尽快破案的。现在你要配合我们一下，那个发现尸体的柜子在哪里？还有，把那天上班的服务员以及负责仓管的人都找来。"陈远说道。

"好，好的，都在呢。"杜老板说着带着他们往前走去。

陈远来到了那个发现柜子的地方。那是一个普通的三门柜子，位置离后面的仓库比较近。柜子上面贴了封条，还有几道黄符。

陈远走过去摸了一下柜门，然后仔细看了看，将那黄符取了下来。

"领导，领导，这是专门找大师请的神符啊！"旁边的杜老板慌忙说道。

"是啊，早知道早就贴上了，不然也不会出这事。"旁边的仓管老耿说话了，他是一个五十多岁的男人。

"早知道？怎么？这黄符在尸体出现之前就请过来了吗？"陈远脱口问道。

"是，是啊，之前这里晚上不太平，我们专门去请的神符。"杜老板点点头。

"仔细说说。"陈远摆了摆手，将老耿喊到了一边。

"在这个事情发生之前吧，晚上的时候总有些动静，我当时以为是招贼了。"老耿说起了先前晚上发生的事情。

老耿是个鳏夫，年轻的时候当过兵，因为独身一人，所以做的工作都是仓管守门的。他是三年前来到明月家具城的，对这里可以说非常熟悉。家具城的仓管工作其实比较简单，因为都是木头，所以最怕着火。所以每天老耿都会仔细检查家具城的各个地方，确定没有问题了，才会去仓管房里面睡觉。

那个无名尸体出现的一周前，老耿开始听见外面有动静，一开始以为是老鼠，于是便带了一只猫进来，没想到第二天猫就死了，并且死状惨不忍睹。第二天，老耿又托人带了一只猫进来，结果没过两天，带来的猫又死了，并且死状和之前的猫一样。

接连两只猫离奇死了，这让老耿心里有点忐忑了。猫这东西，算起来是比较神秘的动物，尤其是在农村。当时老耿也没敢和其他人说，怕大家害怕。他只告诉了杜老板，两人商量了一下，便去百花镇十里之外的一个仙人观，求了几道神符。仙人观的道士说，让他们回去看看，如果还有猫死的话，再贴上神符，否则不要轻易贴神符。

回来后，老耿又找了一只猫，这次没有再出事，那些神符也就被老耿收起来了。直到后来出现了无名尸的事情，他们才将神符贴在了柜子上，以求心安。

陈远听完老耿说的话，走到仓管的房间看了看，其实就是单独隔离出来的小房间，里面放着一张窄小的床和一张桌子。

沈家明走到前面看了看，发现在明月家具城的入口有一个摄像头，不过他一眼就看出来那个摄像头是个摆设。

"这还真奇了怪了，入口就一个，门窗都锁着，出了这样的事情。"刘四月挠着头说道。

"那两只猫是从哪儿找的？"沈家明问了一下。

"是从我邻居双柱家要的，他家猫比较多。"老耿说道。

"行了，基本情况我们了解了，有什么我们会再来的。"陈远沉思了几秒，然后说道。

杜老板拉着刘四月又说了一些话，陈远和沈家明先回到了车上，陈远看了看沈家明问："有什么发现？"

"这地方其实没那么阴暗，也没什么特别的感觉。倒是那两只猫的离奇死亡，估计和尸体出现的情况有关系。"沈家明说道。

"对，这肯定的，不过那个看门的话也不知道真假。"陈远点点头。

"不错，他说得太离奇了，让这个事情和案子显得更加扑朔迷离了。"沈家明说着看了看陈远。

"要不，咱们去那个老耿说的双柱家看看？"陈远说道。

第四章　邪尸

　　郑卫国和孟雪来到了J城公安局法医中心。

　　三具无名尸就存在法医研究中心的解剖室，负责接待的人员说这里也是临时存放，因为这三具尸体比较特别，不像其他案子的尸体，基本上在法医中心检查完就直接拉走了，即使需要认尸也不在这里。

　　"领导说怕你们有什么需要，所以特别让放在这里的。说实话，这里都不是存放尸体的地方，那个负责的法医对这事比较生气，他认为公安局那边这么做有点对他的专业不信任。一会儿见面了，要是他说什么，你们别在意啊！"

　　"这个我们理解。"郑卫国看了看孟雪，然后说道。

　　郑卫国确实理解这个，按照正常流程，法医在现场勘查完尸体，做出基本的尸体报告，然后有需要的再拉到法医中心进行详细的鉴定，没需要的就直接拉走了。有些地方的法医中心就设在殡仪馆，所以比较方便，像J城这种法医研究中心，应该是只负责研究和出报告鉴定的地方，那么检查完的尸体自然不会多做停留。

　　在法医研究中心办公室，郑卫国和孟雪见到了负责三具无名尸的法医雷天明，他是一个三十多岁的男人，戴着一副精致的眼镜，目光凌厉。

　　"等你们很久了，法医报告之前已经发给公安局那边了，不过为了配合他们的需求，我这边做了一些补充，你们看一下就清楚了。我一会儿还要开个会，有什么疑问你们汇总下，然后等我开完会了再说。"雷天明拿出一个档案袋，放到了桌子上，然后直接走出了办公室。

　　"这还真有点自大啊！"虽然做好了雷天明可能不太欢迎他们的准备，但是没想到雷天明也太不讲礼貌了。

　　"无所谓了，毕竟我们是来工作的，只要他这个做得好，其他的没关系了。"郑卫国尴尬地笑了笑，拿起了桌子上的档案袋。

　　雷天明虽然对他们意见很大，但是对尸体的情况分析得却非常透彻，几乎可以说是进行了全方位的鉴定与检查。

　　三具尸体的相同点分别是衣服、鞋子和致命伤口。致命伤口非常一致，都是右胸口一个5厘米的刀伤，根据伤口大小和深浅度推测，凶器应该是一把锋利的手术刀。雷天明甚至在后面附了几种符合凶器的手术刀类型。

　　除此之外，在三具尸体的腹部都发现了一个圆形神秘符号，这个符号是被刀子刻上去的，从伤痕凝固样式上看应该是死后刻上去的。并且三具尸体的死亡时间都有间隔，他们死后都在恒温状态下放了三天左右的时间。也就是说，凶手杀人后并没有急着抛尸，而是将尸体保存了三天左右后才进行了抛尸。

对于尸体的解剖，死者在被杀之前有两天到三天是没有进食的，胃里几乎没有食物消化液体的痕迹，死者的双手都有比较浅的勒痕，可以确定曾经被绳子之类的东西绑过。

并且雷天明还发现了一点，三名死者的脸颊边还有一些细微的伤痕，看起来像是被线条勒出来的一样。但具体是什么，不太清楚。

三具尸体还有一个非常奇怪的地方，具体是什么地方，上面没有写，只是写了几个问号。

"这个地方？"郑卫国看到这里，和孟雪低声说了一句。

"雷老师说了，如果你们想知道那几个问号的意思，就直接去看尸体，会更清楚一点。"突然，对面有人说话了。

郑卫国这才发现对面竟然站着一个穿着工作服的小女孩。

"好，那带我们去看看吧。"郑卫国点了点头。基本上三具尸体的情况都写清楚了，也就这几个问号有些奇怪。

"你们跟我来吧。"小女孩转过身向前走去。

郑卫国和孟雪跟着走进了前面实验室，然后在小女孩的安排下穿上了鞋套和无菌服，还戴上了口罩。

"搞得这么严谨？至于吗？"之前孟雪经常去法医中心看尸体，最多也就是戴一个口罩。

两人跟着走了过去，看到尸体的时候他们才明白过来为什么要他们戴足全身装备了。

三具尸体的正面没什么问题，所有的伤口以及异常之处都和雷天明写的一样。至于雷天明说的那几个问号在于尸体的背后。小女孩让郑卫国帮忙将三具尸体翻了一下，结果看到三具尸体的后背，他们惊呆了，三具尸体的背后竟然全部出现了腐烂现象。

"怎么会这样？"郑卫国愣住了。

"三具尸体确实是在恒温状态下保存过，但奇怪的地方是只有正面做了保存，背面却没有。简单地说就是死者死后，正面得到了保存，背面却没有。这个就非常奇怪了，更不能理解凶手的动机了。"带着他们进来的小女孩讲了一下情况。

"这真是邪门了。"郑卫国仔细看了一下尸体的腐烂情况，也看不出什么。毕竟这方面雷天明他们是专业的。不过郑卫国仔细观察了一下尸体的其他地方，最后发现在尸体的脚后跟有一些东西，他从旁边拿出一把镊子，轻轻将那些东西镊了出来，放到了托盘上。

"这个是什么？"孟雪看着那个东西，看起来像茶叶牙尖，但是又不像。

旁边的女孩看到那个东西，脸色顿时变得紧张起来，她说要去找雷天明过来看看，然后急匆匆地离开了，将郑卫国和孟雪留在了里面。

"你看，这里也有。"孟雪看了一下，发现旁边一具尸体的胳膊肘下面也有那个东西。

这时候，在托盘上的那些东西突然动了起来，像蚯蚓一样来回晃动着。

"这东西竟然是活的？"郑卫国顿时吓了一跳。

砰，门被推开了，只见雷天明和几个人急匆匆地走了进来，看得出来他们非常匆忙，也非常着急，连衣服都没有换。

"就是这些东西吗？"雷天明看了一下托盘上的东西问道。

"是……"郑卫国刚想说什么，旁边的女孩却夺声说道，"是的，就是这些。刚刚在无名尸一号的脚后跟发现的。"

雷天明直接端起那个托盘，走到了旁边的工作台上。

郑卫国和孟雪跟着走了过去。

"竟然是活体？"雷天明将那个东西放到显微镜下看了看，惊声说道。

"这还用显微镜看？刚才我们就发现了，这应该是一种水蛭。"郑卫国看着雷天明的样子，不禁冷声说道。

"水蛭？"雷天明抬起了头，惊讶地看着郑卫国。

"我见过这种东西。"郑卫国微微点了点头说道，"两年前我去苏城办案，当时是一个户外生物学家被杀。法医从他身体里面找到了这种东西，当时有他的同行介绍过这种东西。这是水蛭的一种，不过和传统的水蛭不一样，好像叫腐尸蛭，聚集在阴暗潮湿的下水河里。它们会钻进尸体里面，等到尸体腐烂后再从里面出来。"

"我明白了，我明白这尸体是怎么回事了。"听完郑卫国的话，雷天明突然拍了一下脑袋，欣喜若狂地叫了起来。

第五章 猫冢

晚上十点四十分。

沈家明打了个哈欠，揉了揉眼睛，然后将车子的座位调整了一下。

刘四月塞了一颗口香糖，嚼了起来。

他们的面前是一个笔记本电脑，里面是明月家具城的实时监控画面。网监大队在百花镇的监控设备有限，今天下午陈远回来后，请求在明月家具城里面和外面增加几个监控摄像头，并且要求晚上盯梢。

"沈警官，陈警官搞的这个东西到底行不行啊？我们就这样在这儿守着啊？"刘四月实在有点困，问了一句。

"好好盯着吧，陈警官这么安排，肯定有他的道理。"沈家明一板一眼地回答道。

"沈警官，他们说你这人很能说，怎么现在我发现跟你说话还挺闷的。"刘四月摇了摇头，打开车窗，拿出一根烟塞进了嘴里。

"谁说的？怎么这么说？不好意思，其实我是第一次盯梢，之前的外勤工作都是有人帮忙的。"沈家明挠了挠头，不知道该说什么。

"这就难怪了，你知道我们高队长吗？那盯梢绝对一把手，最牛逼的时候曾经在大冬天蹲了三天三夜，正好从一场雪刚下到停下来。这事真的不得不服，当时那可是轰动整个市里的事情。可惜，那次没有抓住罪犯，不然高队长现在肯定不是现在这个样子。"刘四月吸了口烟说道。

"没有抓住罪犯啊？"沈家明尴尬地笑了笑，转过头看了一下前面的笔记本，然后脸上浮现出一个奇怪的表情。

"怎么了？"刘四月一愣，立刻坐直身体，凑了过去。

只见明月家具城里面的监控画面里，老耿从仓管里面出来了，然后在里面叫唤着，似乎在找什么东西。

很快，一只猫从前面跑了出来，老耿将它抱在了怀里。

"还以为发现什么线索了呢。"刘四月松了口气，重新躺在了车座上。

"不太对劲啊！"沈家明看着画面说道。

"哪里不对？对了，沈警官，我一直听说你的第六感特别强，这破案有用吗？案子还得讲究证据啊，要是靠着感觉能破案，那太神奇了。"刘四月抽完最后一口烟，将车窗关上了。

沈家明没有理会他，还在看着屏幕上的监控画面。

监控画面上，老耿抱着那只猫站在那里一动不动，要不是监控画面顶端的摄像时间记录在变化，沈家明还以为是不是电脑出问题了。

"这老头站在那儿干什么呢？"沈家明眯着眼看了下没看清楚，于是往前凑了凑。

突然，老耿一下子抬起了头，他的脸正好冲着前面的摄像头，露出了一个鬼魅的笑容。

"我去。"沈家明刚好凑过去，结果被吓了一跳。

屏幕上的老耿跟着转过了头，然后抱着那只猫走到了仓管房间里面。

"这老头是不是有病？"旁边的刘四月看到这一幕不禁说道。

"他，他从里面出来了。仓管房间后面竟然有后门？"沈家明指着屏幕上第二块监控画面说道。那是明月家具城后面的监控情况，只见老耿竟然从明月家具城里面出来了，他手里抱着那只猫，慢腾腾地向前走着。

"我下去看看，你在上面盯着监控。"沈家明说着打开车门。

"沈警官，要不我们一起过去吧？"刘四月喊道。

"你守在车里，有事及时联系。"沈家明摆了摆手，连跑带走地追了过去，几分钟后，他来到了明月家具城的后面，看到前面慢慢走着的老耿，于是悄然跟了过去。

老耿走得很慢，手里抱着那只猫，那只猫时不时发出低沉的叫声，这样的画面在暗淡的月光下显得鬼魅异常。

明月家具城的后面是百花镇的西边，基本上就没什么人家了，不远处是一片树林。沈家明跟着老耿来到了那片树林，在树林中间，老耿停了下来。

沈家明找了一棵树，藏到了后面，仔细盯着老耿的一举一动。

老耿站在一棵树面前，只见他从口袋里拿出一双塑胶手套和一根绳子。他戴上手套，又将那只猫绑了起来，然后系在了树枝上。

那只猫拼命地叫着，但是老耿根本不加理会。等到将那只猫绑好后，老耿从口袋里取出了一把寒气森森的刀子。

沈家明心里一紧，这老耿要干什么？

老耿拿着刀子刺入了猫的身体里面，然后那只猫发出了凄惨的叫声，身体用力晃动着，但是晃动越快，身上的血流得越快。

慢慢地，那只猫不再动弹了。

老耿解开了那只猫的尸体，然后拎着它继续往前走去。

没有多想，沈家明立刻跟了过去。

可是跟了一阵子，沈家明却发现自己跟丢了。

眼前是一片树林，不过空气中有一股腐烂的臭味，并且四周树林茂密，沈家明也失去了方向感。

沈家明拿起手机想给刘四月打个电话，却发现手机竟然没信号。

"Shit。"沈家明骂了一句，眼前的光亮越来越少，树叶遮天蔽日的，几乎看不到任何出路。沈家明打开手机的手电筒，强光一出，顿时吸引了不少飞虫。沈家明感觉自己就跟一只没头的苍蝇一样，在树林里蹿来蹿去，眼看着他就要放弃的时候，竟然走了出来。

眼前的树木没有先前茂密，每棵树都不高，先前闻到的那股腐烂臭味就是从那些麻袋里蹿出来的。

沈家明走到其中一棵树中间，从腰里拿出了配枪，然后打开了保险栓，用枪头轻轻撞了一下那个麻袋。

麻袋晃动了一下，不知道是因为晃动，还是时间长了，麻袋竟然裂出了一条缝，然后臭味更加浓重了，这种味道他很熟悉，是尸体的味道。

难道这里装的都是尸体？沈家明猜测着，然后拿出手机的灯光往前面照了一下，这一看，他顿时感到头皮发麻，浑身哆嗦，饶是他见过无数场面，但是看到眼前的景象时，还是被惊呆了。

只见前面密密麻麻的树上，都挂着一个个麻袋，有的麻袋开了口，露出了里面的东西，黑乎乎的，臭味冲天……

第六章　隐河

　　车子停了下来，郑卫国打开车门，走了下来。前面的雷天明和他的助手聂敏也下了车，他们手里还拿着一个强光手电筒，聂敏背着一个法医箱。郑卫国走过去，想要帮她背，却被拒绝了。

　　"雷老师的东西比较特殊，要有一定技巧才能背着。"

　　郑卫国不禁有点哑然失笑，背个包要什么技巧。老子见的包多多了，这个雷天明也不知道包里有什么宝贝。

　　不过，既来之，则安之。郑卫国快步跟过去，想看看雷天明到底要做什么。

　　雷天明和聂敏两人走在前面，一直低头说着什么，仿佛后面的郑卫国都没在一样。好在郑卫国来的时候就听聂敏说了，雷天明这人对工作很疯狂，有时候工作起来，连老婆都能几天不理不睬。

　　郑卫国看着眼前的景象发现有些奇怪，都是一马平川的平地，怎么都没有种庄稼或者栽树木呢？

　　之前左锋他们说过，这鹿鸣区和其他地方不一样，可能是地质问题吧。郑卫国想起自己之前去过南方一个地方，由于地质原因，那里一池平湖，却不能养鱼不能种水稻，导致人们不得不外出打工。

　　之前郑卫国和孟雪在法医鉴定中心发现腐尸水蛭，然后雷天明想到了三具尸体的问题，带着他来这里，莫非三具尸体和这里有关系？本来这法医专业是孟雪的专长，可孟雪说这个雷天明也是一个厉害的人物，再加上监控中心那边她比较熟悉，所以才让郑卫国跟着他们。不过对于法医这块，郑卫国确实不如孟雪。

　　雷天明和聂敏蹲在地上，拿着手电筒在看着什么。

　　"这前面看上去还挺开阔的。"郑卫国看着前面黑乎乎的平地，抬脚往前走去。

　　"小心。"旁边的雷天明突然叫了起来，伸手拉住了他的胳膊。可惜还是慢了一步，郑卫国的脚下竟然不是平地，而是水坑。好在雷天明拉住了他的胳膊，不过他大半个人还是栽进了里面。

　　"怎么，怎么是个水坑？"郑卫国在雷天明的帮助下爬了上来，不过整个人还是湿透了，他尴尬地问道。

　　"这就是那三具尸体身上的秘密，还有，你们警方一直找不到尸体源头的秘密。"雷天明说道。

　　"什么？能详细说说吗？"郑卫国听得有点疑惑。

　　"也怪我，没有先跟你们说。现在既然问起来了，来，我跟你们仔细说一下。"看到郑卫国浑身湿透的样子，雷天明拍了拍自己的脑袋，说了起来。

G城分四个区域，其中鹿鸣区是比较特别的一个，因为前面挨着鹿鸣山，鹿鸣山周围都是平地。

这鹿鸣山的来历还有一个故事，北宋宋钦宗靖康年间，金军攻破东京（今开封），俘虏了宋徽宗、宋钦宗父子及大量赵氏皇族、后宫妃嫔与贵卿、朝臣等三千余人，押解北上，东京城中公私积蓄为之一空。

危难之际，各地守将前来勤王，却受到投降派大臣唐恪、耿南仲的命令裹足不前。只有南道总管张叔夜与两个儿子伯奋、仲熊违抗这一投降式的朝命，募兵一万三千人勤王，在颍昌府遭遇完颜宗翰部，大小十八战互有胜负，最后全军突入开封城，终因寡不敌众而为金军俘获，在敌兵簇拥下押至金军大营。

被俘之初，金军统帅对张叔夜以礼相待。因为这时金人正考虑推立异姓为帝，即扶植张邦昌为傀儡政权，而希望借助张叔夜的地位和声望来实现此计划。张叔夜严正拒绝了金军统帅的威胁利诱，大义凛然，掷笔于地，与孙傅及秦桧等人拒绝在劝进书上署名。

在金国押送宋朝官员的路上，张叔夜面对被蹂躏的河山和欺辱的君王，自缢而死。在张叔夜被擒的时候，他的儿子张伯奋带人埋伏在鹿鸣山附近想要救人，可惜却没能成，最后被逼至鹿鸣山，张伯奋和他的部下誓死不从，从鹿鸣山跳下去，然后跟随他们一同跳下的有几百头鹿，鹿血和尸体将山下面染红，形成了鹿鸣河。

"可是这鹿鸣山附近哪儿有河？莫非你说的河是指这些水坑？"听到这里，郑卫国不禁打断了雷天明的话。

"不错，其实这里的河是隐河。就是看似是平地，其实是暗河。这些隐河从鹿鸣山另一边通往这一边。就像你刚才栽进去的水坑，就是隐河露出来的部分。大部分隐河都是在地下。我之所以能想到这一点，就是你说的那些腐尸水蛭提醒我的。这种腐尸水蛭喜欢阴凉黑暗的地方，普通的河水里很难生存，那么必然就是在阴暗的地方。所以我忽然明白了，这三具尸体为什么背部和脸部的腐烂时间不一样。"雷天明点点头说道。

"你是说这三具尸体是从隐河里流出来的？"郑卫国忽然明白了过来。

"不错，只有这样才会形成两种温度不一却在同一具尸体上的情况。尸体是脸朝下从隐河漂出来的，因为尸体的背面在上面，接受了阳光正常的照射，发生了正常的尸体腐烂，而尸体的正面因为浸泡在水里，所以相当于进入了一个低温的状态下，才不会发生快速腐烂。那些腐尸水蛭，自然就很轻松地钻进了尸体里面。"雷天明说出了尸体的秘密。

"如此说来，这尸源就是从这鹿鸣山那边流过来的？"郑卫国听到这里，不禁眼前一亮。

"从尸体的情况看是这样，但具体是怎样的，还需要你们调查。"雷天明说道。

"这鹿鸣山的隐河到底有多少，看来需要找地质勘查局一趟了。只有将隐河的具体位置分布图搞清楚了，才能根据尸体出现的地方进行连线调查。"郑卫国说道。

"等一下。"这时候,旁边的聂敏突然叫了起来。

"怎么了?"郑卫国愣住了。

只见聂敏从旁边拿起镊子,在郑卫国的后背上捏住了一个东西,那是一个扭动着身体的水蛭。

"这下可以百分之百确定了,这些尸体的前后腐烂时间不一样就是因为曾在隐河里待过。"雷天明看着聂敏手里捏着的腐尸水蛭,兴奋地说道。

第七章　夜嫁

　　陈远用的是快四倍的速度在看监控录像，快四倍是比较适中的方式。据说有高手可以快三十二倍来看监控，几个小时的监控录像，不到半个小时就能看完。

　　下午的时候，孟雪先来监察大队看了第一个案子的情况，后来陈远过来看第二个案子，孟雪看第三个。第二个案子是2017年6月14日晚上九点四十二分，出现在G城玉州区人民医院太平间的案子。从6月14日晚上九点三十分开始，陈远恢复了正常的倍速看监控录像。监控录像里和之前高杰他们对当时发现尸体的人说的情况一模一样。

　　发现尸体不对的是G城人民医院太平间的值班员工田卫国。田卫国今年六十三岁，本身已经从医院退休了，但是因为太平间一直招不到人，所以他才继续工作着。对于田卫国来说，他是一个最不怕尸体的人，他在太平间工作二十年。可是，6月14日晚上的事情，却让他害怕不已。

　　那天晚上，田卫国将太平间里的尸体整理好后便去了值班室。当时太平间里尸体不多，只有三具，所以工作很好做。晚上八点，有一具尸体的家属来办交接手续，当时人比较多，再加上家属的情绪有些失控，还有人直接晕倒，所以田卫国很多地方也没顾得上关注，等到人走后，他去重新登记尸体的时候才发现尸体还是三具。刚才已经领走一具了，怎么还是三具尸体呢？

　　田卫国顿时吓得不轻。他仔细查看了一下尸体的样子，最后发现其中一具尸体并不是他们太平间登记的。于是，他立刻打开强灯，仔细看了起来。

　　平常田卫国没事喜欢听广播电台，最近城市发生的事情，尤其是百花镇出现的离奇尸体事件他自然知道。他越看太平间里的尸体越和百花镇出现的尸体情况一样，于是他便拨打了报警电话。

　　陈远调出了G城人民医院附近七个监控点的摄像头记录，分别在尸体出现前的十分钟进行了查看。其中排除了五个摄像头，剩下两个监控点，一个是G城人民医院后门，一个是G城人民医院的侧门。这两个门都可以通往G城人民医院的太平间。

　　"奇怪，这大半夜的怎么还有迎亲的？"陈远看到在G城人民医院后门的巷子里，在2017年6月14日晚上七点五十分的时候，竟然有一群人穿着喜服，吹吹打打地从那里经过，并且还在那里停了一阵子。

　　"我看一下。"孟雪听到陈远的话，伸出头过来看了看。

　　"你看这大晚上的好像是结婚。"陈远指了指桌面上的屏幕说道。

　　"那是夜嫁。"孟雪看完后脱口说道。

"夜嫁是什么意思？"陈远不禁愣住了。

"这是这儿的一个风俗，名叫夜嫁。我之前听人说过，这夜嫁其实在云南那边更多。据说是早些时候，男多女少，经常出现一些抢亲的现象，所以迎亲的人为了安全，便偷偷在晚上去迎亲，就趁着夜色将媳妇娶回家。"孟雪看到后解释了一下。

"原来是这样啊，夜嫁，第一次听，还真是孤陋寡闻了。"陈远笑了起来。

"你等一下。"孟雪突然抓住了陈远的手，往后倒退了几帧画面，然后按住了暂停键。只见监控画面上，那一群迎亲的人群中，有几个人穿着的衣服上面系着白色的丧带。

"这不是夜嫁，这似乎是死人亲啊。"孟雪放大了画面，盯着那几个人说道。

"死人亲？你确定？"陈远愣住了。死人亲是北方一些偏远山村的迷信做法，一些未成年人死后，家人害怕他在地下孤单，便会寻找同样未成年的女孩结成阴亲。

"对，就是死人亲。这些人应该是去太平间里接尸体的。"孟雪点点头。

"看来我们得去G城人民医院的太平间看看了。"陈远盯着屏幕说道。

"忙了一天一夜，也就发现这个线索了。走吧，至少也能查到点东西，否则这一天过得可就白瞎了。"孟雪伸了个懒腰。

G城人民医院距离网监大队并不远，所以孟雪和陈远两人一起步行过去。已经是深夜时分，路上几乎没什么行人，偶尔有出租车开过去。过马路的时候，一辆车冲过来，差点撞到陈远，孟雪拉住了陈远的手，将他拉到了一边。

"找死啊？大半夜在马路上谈恋爱。"那个司机骂骂咧咧地开着车走了。

"怎么说话呢？"孟雪大声喊道，想追过去。

"好了，好了，你能追上他吗？"陈远拉住了孟雪。

"这些司机真是坏透了，要知道他们可是现在事故率最多的人。"孟雪气鼓鼓地说道。

"你究竟是气他撞你啊，还是气他说的那句话？"陈远问道。

"陈远，你怎么学坏了？"孟雪忽然明白了陈远的意思，顿时笑了起来。

"没有，我没其他意思。"陈远被孟雪这么一笑，顿时紧张起来。

不知不觉，两人来到了人民医院的后门。他们在监控录像里看到的那一群人就是在这里停留，然后离开的，可以说他们进去太平间后做了什么事情，监控摄像头当时也看不到。

陈远和孟雪走进了人民医院的后门，穿过一个阴暗的走廊，是一扇虚掩的铁门，有暗淡的光亮从里面透出来。

陈远推了一下门，然后走了进去。

一股阴冷的气息瞬间扑面而来，并且还有一种怪怪的味道。两人快步向前面的值班室走去。

值班室里亮着灯，但是却没人。

"有人吗？"孟雪喊了一声。

太平间里空荡荡的，也没人回话。

"灯还亮着，肯定在。会不会是去里面了？"陈远指了指前面，那里是太平间的停尸房。

"那，那过去看看吧。"孟雪似乎有点害怕，往后躲了躲。

两人慢慢走进了停尸房里，里面的气氛更冷了，不过亮着一盏长明灯，前面有三辆停尸车，上面有两个车子上有人。

"也不在这里啊？"陈远走了过去，围着四周转了一圈。

这时候，孟雪的脸一下子吓得惨白，嘴唇哆嗦着，伸手颤抖着指着陈远的后面，哆嗦着半天，说出了几个字："有，有鬼？"

陈远一惊，顿时有种不好的预感……

第八章　老耿

郑卫国的电话响了，是刘四月打来的。

"好，我知道了，马上过去。"

今天晚上，沈家明和刘四月在百花镇明月家具城进行监控，然后他们发现了一些事情，沈家明追了过去，电话却打不通。刘四月只好给郑卫国打来了电话。

"怎么让沈家明一个人过去了？你没和他一起去？"郑卫国问道。

"没有，沈警官让我在这里盯着另一个东西，害怕错过，所以他自己过去了。"刘四月在电话里低声下气地说道。

"那好吧，我这边马上过去看看。"郑卫国看了看还在后面的雷天明和聂敏，看样子，他们还要做一阵子调查，一时半会儿还回不去。之前聂敏跟法医鉴定中心那边说让派人过来接他们，所以不用管他们。

二十分钟后，郑卫国来到了百花镇明月家具城，守在那里的刘四月立刻从车里下来了。

"什么情况？"郑卫国下车问道。

"我们监控这个明月家具城，发现里面看门的人老耿有问题，抱着猫从后门出去了，然后沈家明跟了过去。我等了十几分钟，给他打电话，却打不通。我怕出什么意外，跟高队长联系，高队长让我跟你说一下情况。"刘四月说了一下他们的情况。

"走，我们去后门看看。小刘，你还在这里盯着。"郑卫国说着向明月家具城的后面走去。

走到后面，郑卫国发现那里有一条路通往前面的一片树林。不用说，沈家明肯定是进了那片树林里。

郑卫国看了看，他估计沈家明电话打不通是山林没有信号的缘故。郑卫国了解沈家明，他应该是发现了什么，不然肯定不会这么久不回来。

没有多想，郑卫国快步向前走去。走进树林里，郑卫国拿出手机，打开照明四处看着。树林里荒草丛生，不过在这荒草中间，有一道被人踩出来的小路，那应该是沈家明走过去的痕迹。

树林的尽头是一片空旷之地，前面有一条小河，发出潺潺的流水声。郑卫国走到河边，四处看了看，前面和后面都是树林，黑压压的。

突然，他在前面河水里看见了一个黑色的麻袋，还有淡红的液体从里面渗出来，因为被河水冲刷，几乎看不出来。

"不会吧？"郑卫国心里一沉，他立刻收起手机，冲进了水里，将那个麻袋从水里拖了过来。

郑卫国隐隐有些担心，不过他觉得沈家明应该没这么倒霉吧？郑卫国吸了口气，将麻袋的口解开，里面的东西露出来了，竟然是一只黑猫，不过令人恐怖的是，黑猫的脖子被人割开了一个口子，麻袋外面的血自然是黑猫的血。

这太恐怖了，怎么杀猫？会是老耿吗？郑卫国吓了一大跳。他想起刚才刘四月说老耿抱着那只猫走向后面的事情，顿时皱紧了眉头。

郑卫国看了一下这个麻袋，然后往上看了看，麻袋应该是从上面流下来的。于是，他站起来往前走去。如同郑卫国判断的一样，他来到上流之后，很快发现了几道血痕，那应该是从杀猫现场拎着来到河边流下来的痕迹。顺着血痕，他往前走去，然后闻到了一股浓重的腐烂味道。

这是什么味道？郑卫国不禁嗅了嗅鼻子，感觉似乎是腐尸的臭味，不过应该不是人的腐尸。他往前面的树林走去，只见树林里密密麻麻挂了很多麻袋，那些臭味就是从麻袋里散发出来的。在前面不远处，还躺着一个人。

沈家明，郑卫国一眼认出了地上的人，立刻跑了过去。

沈家明醒了过来，然后摇了摇头，看到眼前的郑卫国，不禁问道："郑队长，你怎么来了？"

"刘四月说你出来了一直没回去，怕出事，便联系我了。你这是怎么了？"郑卫国问道。

"也没什么，发现老耿的秘密了。哦，就是明月家具城看门的那个老头。"沈家明说着站了起来。

"这里是什么地方？这些都是什么东西啊！"郑卫国看着身边挂在树上的麻袋。

"这里是猫冢，挂着的都是死猫。"沈家明说道，"以前听人说过，有些地方的风俗猫死了，不埋，挂在猫冢里。有句话还是这么说的，死猫挂树头，死狗入水流。"

"走，先离开这里再说吧。"郑卫国实在受不了这腐尸臭味。

两个人从树林里出来了。

"没事吧？"刘四月看见两人回来了，从车上下来了。

"没事，现在我们去见见老耿吧，有些谜题的答案得让他跟我们说。"沈家明说道。

敲开明月家具城的门，老耿从里面出来了。

"警察同志，这半夜的怎么来了？"他一副一无所知的样子，不过很快他发现了问题，"哎哟，你们看，这猫又出事了。"

在家具城的前面，那只黑猫躺在地上，一动不动，俨然已经死去多时。

"老耿，进去说吧。"郑卫国拍了拍他的肩膀，走了进去。

老耿不知道他们到底要干什么。

郑卫国先在家具城里四处看了看，最后来到了老耿睡觉的地方，然后发现他的床头放着半瓶二锅头。

"喝酒了？"郑卫国问了句。

"是，是，睡觉前喝了点，不然睡不着。"老耿点点头。

"听说你之前是当兵的，后来突然离开了。"郑卫国问道。

"多少年前的事情了，怎么说这个？"老耿有点迷糊。

"给他看看。"郑卫国抬头对刘四月说道。

刘四月打开了笔记本，找到了先前老耿从家具城后门出来的画面，放到了面前。

看到画面里的情况，老耿的嘴唇哆嗦起来，脸色也变得惨白。

"我，我，我不知道啊。"老耿此刻说这话自己都觉得难过。

"老耿啊，看你这样，应该是老毛病了。之前是不是在部队就是因为这个才被提前退伍回来了？"郑卫国拍了拍老耿的肩膀问道。

"唉，这确实是老毛病了。"郑卫国的话到这里了，老耿叹了口气，"可是，那尸体我是真不知道怎么回事啊，我只是对那些猫动手了。"

"为什么呢？"郑卫国问道。

"我之前遇到一个人，他给我的法子。他说只要在后面山林里吊够一百只猫的尸体，就能治好我的病。我这也不知道怎么就犯糊涂了。"老耿用力拍了一下自己的脑袋。

"那个人是什么人，你仔细说说。"郑卫国问道。

"我是在医院见到那个人的，当时我的情况还没那么厉害。医生建议我休息，可是我又没生活费。那个人便出现了，现在我也记不清他的样子，就是一个男人，笑眯眯的。他说他有个法子，可以帮我，还不收我钱。我一开始不相信他，后来有人跟我说他看的法子很管用的，看好了不少人。我想着反正又不要钱，试试就试试。"老耿说道。

"你带那人来过这里吗？"郑卫国又问。

"嗯，来过两次。"老耿说。

"得了，这尸体出现的事情百分之百跟这个人有关系了。"郑卫国一听，拍手站了起来。

第九章　缘由

　　陈远慢慢转过了头，他看到后面停尸床上有一具尸体竟然坐了起来，目光直直地看着他。这也是孟雪被吓得脸色大变的原因。

　　那是一个老头，脸上毫无血色，嘴唇干涸，直直地坐在那里。发现陈远和孟雪看到了他，他就从停尸车上慢慢下来了，一步一步向前走来，嘴里还发着怪异的声响。

　　孟雪吓得拉住陈远想往外跑，但是陈远却没有动。

　　那个老头走到了陈远面前。

　　"田大爷，你怎么在这里值班？这要是领导过来，不得吓死个人？"陈远对着老头说话了。

　　"哈，年轻人，胆子很大嘛。"老头哈哈笑了起来。

　　"对，对啊。你这老头，连警察都敢吓。"孟雪这才认出，眼前这个老头正是在太平间值班的田卫国。

　　"两个娃娃是警察？我看这男娃可以，女娃还是胆子小，哈哈。"田卫国笑着走了出去。

　　田卫国之所以躺在停尸床上，原因很简单，最近因为太平间多出的那具尸体，好多人来找他。他是个不喜欢和人交流的人，有时候还有医院的一些小领导最麻烦，所以他干脆就想出了没事的时候躺在停尸床上假装人不在的鬼主意。

　　"田大爷，你这也是够绝了，一般人可不敢这么来。"听完田卫国的解释，陈远真是佩服，竖起了大拇指。

　　"我当兵出身，之前打仗的时候，那可是在死人堆里睡过的。这算什么。"田卫国点了根烟说道，"对了，你们是来查那尸体的事情的吧。其实没什么查的，我后来一想，那天来的人比较多，因为有具尸体办理交接，后来人走了，尸体却多了一具，那十有八九就是那些人搞的鬼。"

　　"田大爷，你这么厉害，你都能做警察了。"孟雪噘了噘嘴。

　　"这有什么，原因很简单，那些人都是林头村的，他们干的就是尸体的活儿。多出来的这具尸体第一有了腐烂的地方，第二年龄太大，所以做不了死人亲。他们又不能将尸体乱扔，所以最好的办法就是放到这太平间，让警察做一个认尸启事，回头让死者的家人将尸体领走。不然呢？他们总不能抬着尸体到处乱跑，或者直接退给人家吧？"田卫国说道。

　　"田大爷，你说他们是林头村的，这林头村是什么地方啊？"陈远问道。

　　"你们不是警察吗？肯定是外地来的吧？这林头村以前是一个无人村，后来也不知道什么时候开始，有些找阴亲的人都聚到了那里，然后殡葬行业也去了那里，便形成了现在的林头村。那里的人大部分都是发死人财的，所以平常人根本都不去的。你们要是去查，最好晚上去，因为白天那里一个人都没有。具体位置，你们到了清河镇一打听，谁都知道。"田卫国讲了一下林头村的情况。

从人民医院太平间出来，陈远和孟雪没有再去网监大队，他们直接回到了局里，没想到郑卫国他们竟然不在。陈远这才想起来，今天让沈家明和刘四月去盯梢了，于是给沈家明打了个电话，但是沈家明却没有接。正当他准备给郑卫国打个电话的时候，郑卫国他们竟然回来了。

"我们已经查到了明月家具城里尸体出现的缘故，对了，这三具尸体的源头我们也找到了。陈远，你们在网监大队有什么发现？"郑卫国问道。

"还真有发现。"陈远说了一下他们在人民医院太平间听田卫国说的事情。

"林头村？"郑卫国听了这个名字，感觉有点意外。

"这林头村我也听过，之前我们还去查过，不过都没证据，再加上很多老百姓对这个东西深信不疑，还保护他们，所以我们也是无功而返。没想到他们竟然和这尸体有关系，这次可以彻底查他们了。"刘四月说道。

"今天太晚了，大家也忙了一天，明天我们去第三个现场看看，然后晚上去林头村调查。"郑卫国说道。

"那个尸体出现在明月家具城的原因是什么？是那个老耿的问题吗？还有你们找到的尸体源头是哪里？"陈远问道。

"明天开会我会说，今天太晚了，大家睡个安稳觉。明天一早开会，我跟大家再说一下调查的情况。"郑卫国拍了拍陈远的肩膀。

郑卫国希望大家能睡个安稳觉，可是陈远却根本睡不着。他一直担心的问题恐怕要出现了。今天临睡前，郑卫国说他们去了鹿鸣区。如此看来，尸体的源头应该和鹿鸣区那边有关系。而鹿鸣山的另一面就是J城。

会不会这三具尸体就是从J城那边流过来的呢？

陈远的面前浮现出了一个女人的脸，那个大雨倾城的夜晚又出现在他脑子里。铺天盖地的雨，他背着一个人，一个戴着面具的女人站在他面前。

"你们不能离开。"

"不，我们必须离开。"雨水冲刷着世界。

"你不要逼我，不要逼我。"女人摇着头，雨水打在她的面具上。

"你让我们走吧，求求你了。"背上的人在哀求。

女人最终让开了身体。

陈远快速向前走去。

"等一等。"经过女人身边的时候，女人突然喊住了他。

"你都不记得自己的一切，就这么出去吗？"女人问道。

"是的，不然我会死在这里的。如果有一天我想起了自己是谁，我会来接你离开这里。"陈远对女人说道。

"不用了，只希望你们永远不要再回来这里，远离一切是非之地。"女人说着，头也不回地向前走去。

　　陈远一下子从回忆里醒了过来，冷汗浸透了衣服。他从床上坐了起来，走到窗边。望着外面黑压压的群山树林，他的内心充满了忐忑与不安。他拿起手机想给父亲打个电话，却发现时间是凌晨三点半，这时候父亲应该睡着了。

　　看来，有些东西是必须解决了。陈远握紧拳头，用力朝着墙壁捶了一拳。

　　"陈远，你怎么了？"陈远的动作惊醒了旁边的沈家明。

　　"啊，没什么，就是睡不着。"陈远觉得有点失态了，笑了笑。

　　"我看你自从来这里后，似乎有什么心事？"沈家明干脆也从床上坐了起来。

　　"没有了。"陈远挠了挠脑袋。

　　"这次大家重新聚到一起，是有些不一样。我之前觉得自己和大家格格不入，所以回去特意去做了几个月的外勤，训练自己的性格。可是回来后，还是觉得有点问题。"沈家明说道。

　　"已经好很多了，真的。要相信自己，加油。"陈远说着走到床边，重新躺到了床上。

　　"那，早点睡吧，明天还有事情要做。"沈家明笑了笑说道。

第十章 报告

这是调查组第二次见到G城公安局副局长左锋和刑侦队队长邱林玉。除了他们以外，法医雷天明也来到了会议中心。

"省厅的同志就是厉害，这么快就查到这案子的中心了。"左锋笑呵呵地看着调查队的人员。

"左副局长客气了，这次开会可不是表功，而是讲一下案子的进度，包括后面侦查的方向。"郑卫国笑了笑说道。

"都一样，都一样。"左锋有点尴尬。

"我就说省厅的同志不一般呢，要是我们自己查，还不一定到什么时候了。"邱林玉跟着说道。

"在开始之前，我们先请法医鉴定中心的雷天明给我们讲一些东西。"郑卫国说着，对对面的雷天明点了点头。

雷天明清了清嗓子，开始说话了："相信三具尸体的情况，大家都清楚。之前我已经做了详细的法医报告。我主要补充一点，这也是调查组同志过来后我们发现的问题。我们之前发现尸体的正面和背面尸温时间不一样，这是需要在一个特定的环境下才能形成的。当时对于这点我们也不太理解，后来在尸体的体内发现了一种叫腐尸水蛭的东西，才解开了这个谜团，这种腐尸水蛭是生活在阴暗地下河里的。在我们G城，有这种腐尸水蛭的地方就是鹿鸣河里面，所以我们立刻去了鹿鸣河里面做了水质分析，回去和尸体上面的腐烂成分比对，确定了尸体尸温腐烂不同的情况就是在鹿鸣河里形成的。尸体是漂浮在鹿鸣河上面，脸部朝下，正面被阴暗的水温浸泡，背面在上，所以形成了同一具尸体正面和背面却不同的腐烂情况。"

"雷法医的发现非常重要，因为这一点我们发现了尸源。之前大家一直追查尸体源头，却一无所获，唯独剩下鹿鸣区没有调查，那是因为鹿鸣区情况比较特殊。凶手正是利用了这一点，让尸体通过鹿鸣区的地下隐河进入J市，然后再通过各种办法进行抛尸。我们通过G城地图局确定了一下鹿鸣区地下隐河的方位，发现正好可以通往发现尸体的三个地方。既然尸源有了，那么尸体是如何出现在各个地方的呢？尤其是第一个案发现场，尸体非常诡异地出现了在家具城的柜子里。这点我的组员陈远和刑侦队队员刘四月一起过去做了走访调查，通过对明月家具城的老板和看门人老耿的询问，他们发现在案发前，明月家具城曾经出现过闹鬼事件，并且看门人老耿带到家具城里的猫还被离奇地杀死了。

陈远怀疑这个可能和抛尸有关系，于是特意在明月家具城附近安置了几个摄像头，然后对明月家具城做了不间断监视。晚上过去监视明月家具城，我们发现看门人老耿竟然半夜将猫送到后山进行屠杀。面对真相，老耿交代他这么做是有人告诉他可以治疗自己的病。我们分析，这个教唆老耿杀猫的人就是抛尸的人，因为他曾经来过明月家具城。现在高队长已经派人寻找老耿说的这个人。至于第二起抛尸情况，我们也有了眉目，这点请我的组员陈远讲一下。"郑卫国说到这里，看了看陈远。

陈远和孟雪坐在一起，两人正在商量晚上去林头村的事情，听到郑卫国点自己的名字，于是坐直了身体，将昨天他们在人民医院太平间遇到田卫国的事情讲了一下。

"我们通过监控也确定了，那个抛尸的人应该就在迎死人亲的队伍里。这点其实比较简单，因为从人民医院太平间里领走的那具尸体的详细情况我们已经查到了，那么只要找到和她结死人亲的亲家，就能够确定那天晚上来了多少人，分别都是谁。抛尸的人在其中，自然而然也就能找出来。"最后，陈远说出了后面查案的方向。

"那天通剧场的尸体呢？"左锋听完后问道。

"高队长带人去查了。有了尸源的方向，加上前两个抛尸的情况都已经查明，相信这第三个抛尸的手段很快就会清楚。"郑卫国说道，"现在我们要确定下一步的侦查方向。一方面是继续调查这三起抛尸案的嫌疑犯，另一方面既然发现了尸源是鹿鸣区的，那么我们要去尸源尽头调查一下。我听说这鹿鸣山上的调查工作不太好做，还需要和J城方面进行协调，左副局长，这工作可能要你们来做了。"

"这个我和局长汇报下，然后尽快帮大家解决。"左锋看起来有点为难。

"左局，查案子可不能耽搁。我看就让调查组直接过去查吧，如果遇到什么问题再说。毕竟调查组是省厅的人，J城的领导再怎么有意见，也不会限制他们吧？"一直没说话的邱林玉说话了。

"邱队长说得是，我们不能干等着吧。"郑卫国跟着说道。

"行，那就按照大家说的先去查吧。我会尽快和J城方面取得联系。"左锋点了点头，同意了大家的说法。

会议结束了，调查组的人照例要开个小会，没有离开。刘四月也没走。

"怎么了？"陈远看着他问了一下。

"你们可能不知道，这鹿鸣山不好去的。那里的人几乎不下山，比较野蛮。之前我们查案去过，反正两个地方都不愿意管。你们去太危险了。"刘四月低声说道。

"是吗？有这么严重吗？"郑卫国知道有些偏远地方，因为太过封闭，和当地政府确实会有一些疏远，但是也不至于没办法进行工作。

"总之你们小心点，要是高队长在这儿，肯定不会让你们这么做的。"刘四月摇摇头，然后离开了。

陈远没有说话，一脸忧虑的样子。郑卫国今天也看出了陈远似乎有心事，他想问但是又不知道该怎么说。

"郑队长，我们要去的那个鹿鸣山具体是什么地方？"沈家明问道。

"那地方以前叫黄泉镇,由三个村组成。后来只剩下了一个村子,就是苏家村。据说那里的人受到了龙王的诅咒,反正四周乡里都不愿意去那里。"孟雪说道。

"这么邪门?是不是无人村?"沈家明脱口说道。

"具体情况还真不知道,只能等我们过去看看再说了。"郑卫国说道,"这次外勤工作比较危险,孟雪就留下来吧,我们几个过去看看。"

"我可以的。"孟雪一听,立刻说道。

"确实有危险,再加上你是个女孩,你还是好好休息下吧。"郑卫国说道。

第十一章 询问

这是高杰第二次来天通剧场。

天通剧场是G城的老电影院，早些年民营电影院发生了一些变化，导致经营不善，基本上都没人来看电影，唯一的收入就靠一些流动性的表演活动赚钱，甚至再差的时候就租出去卖衣服。

最近半年，天通剧场租给了一个表演魔术的公司，他们老板正是表演魔术的林根。因为这个情况，本来林根和天通剧场的合作已经到期了，但是他也不能离开G城。

上一次高杰来到天通剧场，已经调查清楚了。这个林根和助手莫安妮是两口子，两人走南闯北，就靠这个零碎的表演为生。本来在G城就没多少收入，没想到又摊上这种事，所以他们两个非常郁闷，也希望警方早点查清真相，好早点离开。

因为尸体的事情，天通剧场也是没人光顾。林根和莫安妮坐在里面正发愁，看到高杰带人进来了，顿时欣喜地站了起来。

"高队长，是不是有什么好消息了？"林根拿出烟递给高杰。

"林先生，别着急。"高杰理解林根的心情，他接过烟吸了一口，"之前不是在其他地方还发现尸体了吗？那里的情况都已经清楚了，现在就剩你这儿了。本来应该是省厅的人过来调查的，但是今天他们有个会要开，所以让我过来了。"

"那两个地方的情况都清楚了？是省厅的同志查清楚的？"林根是唐山人，说话口音跟东北的感觉有点像，虽然是一本正经地说，但听上去还是莫名地有些搞笑。

"是的。"高杰点了点头。

"高队长，你们这就不对了，省厅的同志咋的了？为啥不来查查俺们这儿的事儿呢？不是俺们不相信高队长啊，这么久了，俺们着急啊。"林根悲催地说道。

"你放心，现在和之前不一样。那个莫安妮，你过来，你过来再给我仔细说说那天的事情。"高杰感觉和林根越说越不清楚，干脆对前面的莫安妮摆了摆手。

莫安妮走了过来，上次高杰和她聊过，感觉这女孩不太喜欢和人说话，很多事情都要看着林根。

"安妮，跟高队长讲一下啊。有啥说啥啊，别磨磨叽叽啊！"林根对莫安妮说道。

"你闭嘴，这样，你去给我整点水来。"高杰就怕林根一说话，莫安妮不敢说话了，于是对他喊道。

林根还想说什么，看到高杰的眼神，只好往后面走去。

"莫安妮，你别怕，那天的事情你再仔细想想。我们也想早点调查清楚，你们也可以早点离开。"高杰对莫安妮说道。

莫安妮点了点头，然后说："那天我记得表演时间是晚上八点，但是通常我们都会在七点之前布置道具。因为整个场子就我和林根两个人，所以比较忙。那天林根还一直在接电话，所以到了七点半准备工作还没做完。当时已经有人进来了，还有一些好奇的人来后台，所以比较混乱。然后在整理那个道具箱的时候，有人来到我后面，当时我也没注意，接下来就被人打晕了。等我醒过来的时候发现自己被绑在后台的衣柜里面，我大声叫，可是却没人听见。一直到后来林根跑回来，发现了我，才把我救了出来。"

"打晕你的人你有印象吗？是男人还是女人？"高杰听后问道。

"这你上次问过我的，我没注意啊，不然肯定告诉你的。"莫安妮说道。

"你说当时有人来到后台，你注意到那些人都是什么人了吗？"高杰想了想问道。

"我看到的是一些孩子，其他的也没太注意。"莫安妮说道。

"好。"高杰若有所思地点了点头，然后忽然想起了什么，又问了一句，"你和林根认识多久了？"

"五六年了，怎么问这个问题？"莫安妮愣住了。

"为什么没结婚？"高杰又问。

"就是，就是没时间去办。"莫安妮低下了头，神情有点慌张。

"是不是林根有家庭，你们年龄差距比较大，林根也没什么钱，你们在一起，恐怕你家人肯定不会支持吧？"高杰继续问道。

莫安妮没有说话，竟然低声哭了起来。

"高队长，来，来，没什么好东西，只有红茶了。"这时候，林根从后面来了，端着两杯热气腾腾的茶水。

莫安妮迅速擦了一下眼泪，收拾了一下情绪。

高杰接过水，有些不满地看了看林根。

"安妮，和高队长聊得咋样？没瞎说吧？"林根看着莫安妮问道。

"没，有啥说啥呗。"莫安妮说道。

"那行吧，我们先走了。有什么后面再说吧。"高杰把茶水放到一边说道。

"高队长啊，这还得多久啊，我们不能一直这么耗着啊。"林根问道。

"很快，我回去说下，看能不能提前让你们离开。"高杰说道。

"真的吗？"旁边的莫安妮突然说了一句。

"尽量吧。"莫安妮的一句话让高杰有点意外。

高杰没有再说话，带着人离开了。

"高队，我怎么感觉这个莫安妮怪怪的。"走出来后，随行的警察小安说话了。

"嗯，这陈远还是有一套啊，都没来现场，只看了看之前的调查记录就发现这个莫安妮有问题。"高杰拿了一根烟塞嘴里，点着后吸了一口。

"我去，那不是老苗吗？他怎么也去天通剧场了？"这时候，旁边的小安突然说话了。

高杰回头看了一眼，看见一个男的鬼鬼祟祟地走进了天通剧场。

"老苗是谁？"高杰问道。

"高队，老苗是个老流氓啊，之前治安大队抓过他好几次，嫖娼耍流氓，有一次还当街对一个女的解裤子。我看他这样好像认识林根他们啊。"小安说道。

"走，回去看看。"高杰将手里的烟掐掉，往前走去。

两人这一次很小心地走进了剧场里面，然后蹑手蹑脚地来到了前面，林根和老苗的对话从里面传了出来。

"林根，你这么做有点坑人。"老苗的声音有点颤抖。

"我坑你吗？刑侦队的高队长刚走啊，他电话还在我这儿，要不我给他打个电话。"林根说道。

"别，别，林根，你这么做，对谁都不好，你不怕传出去？"老苗说道。

"我怕啥？我和莫安妮都没结婚，大不了我和她分手。你少来拿这个东西威胁我。"林根冷笑一声说道。

"安妮摊上你这样的男人也真算瞎了眼。老实说，这是我最后的积蓄了，你再要我一分钱都没了。"老苗叹了口气，窸窸窣窣地，似乎在拿什么东西。

这时候，高杰突然听见前面有个响声，抬头看了一下，竟然发现莫安妮站在前面，脸上全都是泪。

通过刚才老苗和林根的对话，高杰已经大致明白了他们之间在说什么事情。现在又看到莫安妮伤心的样子，高杰再也忍不了，走过去一脚将门踹开，冲了进去。

第十二章　回忆

　　孟雪看了看陈远，想说什么话，却又欲言又止。

　　"我知道你想说什么，没事的。"陈远笑了笑。

　　"那个鹿鸣山还是比较危险的，我们几个的体能训练都不及格，要不先让郑队长和高杰他们过去看看再说？"孟雪担心地说道。

　　"你怎么回事？我们是警察，查案的，怎么能因为这些停下来呢？放心吧，有郑队长他们，没问题的。再说，沈家明也不会同意的。"陈远刮了刮孟雪的鼻子。

　　"你们都去了，我留下来也太没劲了。"孟雪嘟了嘟嘴。

　　"没关系的，郑队长这么考虑，肯定有他的原因。你就安心在这儿等我们吧。"陈远摇了摇头，转过身开始收拾东西。

　　左锋帮调查组联系了J城公安局方面，他们会派人过去协助他们去黄泉镇的调查工作。郑卫国已经和J城警方派过去的人取得了联系，大家约在黄泉镇见面，所以他们需要立刻出发，否则怕太晚。

　　陈远上了车，沈家明发动了车子。

　　"怎么？听说孟雪找你说悄悄话了？你们两个不会有什么秘密瞒着大家吧？"郑卫国坐在副驾驶，看着后视镜里的陈远问了一句。

　　"没有，其实她想和我们一起去，觉得这是团队工作，自己留下来不合适。"陈远说道。

　　"那就让她去呗。说起来孟雪也不是第一次出外勤，有我们几个在，她没事的。"沈家明说道。

　　"让孟雪留下来是我和左局长的意思，毕竟孟雪是个女的，再加上G城公安局这边总要留我们调查组一个人，所以她是最合适的人选了。"郑卫国说出了不让孟雪去的原因。

　　"原来是这样啊。"大家顿时明白了过来。

　　车子在路上快速行驶，陈远望着窗外的风景，陷入了回忆中。

　　一年前那个晚上，陈远因为一次意外，差点丢掉性命。他是被雨水惊醒的，脑袋像是要被撕裂了一样疼痛难忍。一个女孩半拖着他往前走。那个女孩叫苏梅，两人后来来到了一个破庙里，陈远唯一记得苏梅在一边帮他擦着脸上的雨水，苏梅胸前的一个小海豚吊坠在陈远面前晃啊晃的，然后一切记忆便消失了。

　　失去记忆的陈远像一个孩子一样被苏梅带到了苏家村，等他伤好了后，便一直和苏小葵在一起。苏家村的人对陈远并没有好感，经常欺负他，所以他唯一信任的人就是苏梅，每天晚上他都要苏梅哄着才能入睡。

陈远不知道当初是什么原因让苏梅将自己送出了苏家村,现在想来当时一定是出了什么事情。

陈远不知道自己在逃避什么,可能真的是害怕面对苏梅。因为那段时间,陈远的身份是一个失忆的人,苏梅对他来讲就像一只依靠的船,即使抱着苏梅一起睡觉,也只是单纯的睡觉,可是现在他已经恢复了记忆,七情六欲已经恢复,再次面对苏梅,他该怎么办呢?

"陈远,一直想问你,你还记得你在苏家村的事情吗?这个可能对我们过去调查会有帮助。"郑卫国思来想去,还是问出了这个问题。在知道是来苏家村查案后,陈远便和调查组的同事说了自己之前的这段经历。

"我当时在那里失忆了,虽然现在能想起一些,但是很多事情其实并不清楚的。我只知道他们这个村子有很多传统和外面不一样,他们那里有一个祠堂,很多事情决议不是第一时间通过派出所,而是让村子里的老人去祠堂决议。"陈远想了一下说道。

"是距离派出所远的缘故吗?"沈家明问道。

"不,应该不是,因为村子里还有人在派出所工作。当时我的情况比较特殊,大部分时间都是和苏小葵在一起的,所以对于那里的事情根本不清楚。不过我听苏小葵说过,他们那里有一些从外地拐卖过来的女人。我和叶局长提过这件事,叶局长说在很多偏远地方都存在这种事情,毕竟我们现在警力有限,很多拐卖女人的案子取证又难。"陈远说着叹了口气。

"叶局说的这个没错,我们国家警力有限。拐卖人口的案子取证调查既花费时间又困难,尤其是到一些偏远山村,他们的思想特别固执,你总不能硬来吧?所以国家也一直在对这块进行完善。"郑卫国说道。

"这次去苏家村,也许对你来说是一件好事。尤其是可能会把你之前丢失的那段记忆找回来。"郑卫国想了想说道。

"好的,郑队,我知道该怎么做。"陈远点了点头。

"前面就是黄泉镇吗?"这时候,沈家明说话了。只见前面不远处,有一个镇子。导航仪上并没有记录提示。

"左锋跟我说一直往前开,遇到的地方就是黄泉镇,不过这个镇子之前是由三个村子组成的,其中两个已经成了无人村。"郑卫国说道。

"那三具尸体从这里的地下隐河漂到G城,这有点不太现实吧?"陈远看了看窗外,他们开车大约开了二十分钟,这要是尸体漂流,那时间也太长了。

"当然不是这样的路线,我问了一下,他们说从鹿鸣山上有直接下去的隐河,那样的话时间只要十几分钟就可以。"郑卫国说道。

"原来如此。"沈家明顿时明白了过来。

第十三章 色心

　　林根没想到高杰竟然还没走，吓得差点跳起来。旁边的老苗也惊呆了，愣在一边，浑身直哆嗦。

　　"你们两个，厉害，厉害啊。"高杰对着他们竖起了大拇指。

　　"高队长，这，这话从何说起啊？"林根情绪很快转变了过来，一脸装傻的样子。

　　"就是，就是，高队长，你这说得我们都蒙了。"老苗慌忙跟着说道。

　　"我的同事正在和莫安妮说话，她可全说了。你们还不认？林根，做人可真够绝的。我看你们也别说了，一会儿跟我回局里说吧。"高杰说着假装往前走去。

　　"高队长，高队长，别，你别这样。这都是林根逼我的，他敲诈我啊，他他妈的给我玩仙人跳啊。高队长，我早就想举报他了，你，你得给我做主啊。"老苗一看高杰的样子，顿时慌了神，一把拉住了高杰。

　　"老苗，你这什么意思？这事大家说好的，要不是我，你现在都坐牢了。"林根没想到老苗竟然一下子兜底了，不禁又气又怕。

　　"我再给你们一次机会，把事情老老实实地跟我说下，否则可别怪我没给你们机会。"高杰停了下来。

　　"我说，我说。"老苗拉着高杰坐了下来，然后讲起了事情的经过。

　　老苗是来看魔术的时候认识林根的，不过他对魔术没兴趣，他是喜欢看莫安妮。每次莫安妮出场，因为穿的衣服比较性感，这让老苗特别激动。不过老苗认识了林根后知道莫安妮是他的女人，所以也只能偷偷想想。

　　有一次林根找老苗来喝酒，结果喝多了。醒过来的时候，老苗发现林根竟然睡着了。于是他自己准备离开，没想到从后台出去的时候发现前面莫安妮睡觉的房间没有关。酒壮人胆，再加上老苗本来对莫安妮就心有色意，于是他透过门缝偷看了一下，发现里面莫安妮穿着睡衣在床上睡觉。莫安妮散着头发，洁白光滑的小腿，渐隐渐现的胸口，这让老苗色胆陡生，于是他悄悄推门走了进去，然后爬到了床上。

　　莫安妮睡得迷迷糊糊的，她可能把老苗当成了林根，然后抱住了老苗，结果老苗就和莫安妮亲热了起来。

　　事情结束后，老苗准备走，结果没想到在外面喝醉的林根走了进来，看到了他和莫安妮在床上。

　　发生了这样的事情，莫安妮非常难过，坚持要报警。可是老苗哀求他们，甚至给他们跪下，愿意做任何事情来补偿。

林根动摇了，但是莫安妮却不同意。

最后老苗撒泼了，反正这事他不怕丢人，再说他当时喝醉了，爬到床上是莫安妮先抱住他的，莫安妮肯定是把他当成林根了，这事说不清楚。

最后，在林根的提议下，老苗赔给了他们五万块钱，这事就私了了。虽然莫安妮依然不同意，但是林根却对老苗说，钱到手，事就了了，其他的事情他来安排。

老苗按照约定，把五万块钱给了林根。确实，林根和莫安妮没有报警，就当那事没发生一样。甚至老苗来剧场看演出，林根和莫安妮依然像之前一样招呼他。不过，林根和莫安妮当没事发生，老苗可没有办法当没事发生。他天天晚上梦到那天和莫安妮在床上的情景，尤其是莫安妮年轻的身体、带着香味的皮肤和诱人的湿唇。

有一次实在受不了，他趁着林根在前面演出，跑到后台去抱住了莫安妮，结果被莫安妮打跑了。

"我现在都怀疑那天的事情就是林根安排好的，然后做了一个圈套等我钻进来。"老苗说到这里，不禁生气地哭了起来。

"高队长，不是这样的。我，我。"林根被老苗的话弄得手足无措。

"对了，我还有件事要报告。那天他们这里变魔术出现尸体的时候，我来后台看到莫安妮和一个男人在一起，后来两人钻到后面的衣柜里亲热。那具尸体可能就是那个男人带进来的。"老苗忽然想起了一件事，不禁说了起来。

"什么男人？说仔细点。"高杰本来对他们之间的桃色事件没什么兴趣，不过现在竟然提到了抛尸，于是仔细问了起来。

"什么男人？老苗，你不要胡说八道。"林根也被老苗的话震惊了。

"我有证据。"老苗说着拿出了手机，找到了上面的一个视频，然后交给了高杰。

高杰看了一下视频的内容，确实，画面里面是莫安妮和一个男人在一起亲热，看两个人的样子应该是你情我愿的。从视频内容的角度来看，当时老苗应该是躲在衣柜的侧面拍的。

"这个贱女人。"看到视频上的内容，林根顿时气得浑身发抖。

"林根，你认识这个男人吗？"高杰问道。

"我认识，他叫吴伟强，之前想来跟我学魔术的，不过他来了几天，我感觉根本不用心，所以就让他回去了。真没想到他竟然和莫安妮这个贱人勾搭上了。"林根破口骂道。

"吴伟强，他是哪里人？"高杰皱了皱眉头。

"我这儿有他的一个身份证复印件。"林根说着走到前面的桌子里翻了一下，找到了一个身份证复印件，交给了高杰。

高杰看了一下上面的信息，吴伟强，籍贯是J城武家镇河村人。

这时候，小安带着莫安妮走了进来。

"你这个贱女人。"林根一看到莫安妮，内心憋着的火顿时上来了，冲过去想要打莫安妮，但是却被小安拉住了。

"你干什么？疯了吗？"高杰拉住了林根。

莫安妮惊恐地看着林根，不知道发生了什么事情。

"莫安妮，你和吴伟强是什么时候好上的？"高杰问道。

听到高杰提到吴伟强，莫安妮顿时明白了过来。只见她慢慢撩拨了一下额前的刘海，不疾不徐地对林根说道："没错，我是和吴伟强好了，那又怎样？你故意让老苗欺负我，然后要他钱，你做的这事就干净吗？"

林根顿时语塞，涨红了脸，想说什么却又说不出来。

"既然话都到这份上了，我也直说了。林根，我要跟你分手，我早受够了这种日子。"莫安妮说道。

"莫安妮，这段视频老苗说是那天出事的时候拍的，那天你和吴伟强是不是在后台亲热？你说有人打晕你，是不是说的谎话？"高杰厉声问道。

"对，我说谎了。那个尸体是吴伟强想嫁祸给林根的，我是被吴伟强打晕的。"莫安妮咬着嘴唇，犹豫了几秒说话了，"因为老苗强奸我的事情，我非常恨林根。吴伟强知道了后，便给我出了个主意。可是我不知道他会放一具尸体进去，本来他说要放一只死猫死狗的。"

"那你后来见过吴伟强吗？"

"没有，他从那天以后就没再出现过。"莫安妮摇了摇头。

"莫安妮，你这个傻子，你真是傻子。"旁边的林根听后，不禁痛声骂了起来。

"好了，给我闭嘴吧。小安，给他们做下笔录，让他们签字。"高杰听到这里，瞪了林根一眼，然后对小安说道。

第十四章　邪镇

车子慢了下来，前面出现了一个门头，上面刻着三个字：黄泉镇。

"阿合，眼前这名字要是半夜看到，还以为来到了鬼门关。这名字太不吉利了。"开车的是一个二十多岁的男孩，戴着一副红框眼镜。

"比目，你现在好歹做了警察，怎么还是胆子那么小呢？这黄泉镇算什么？你去过重庆的酆都吗？那里可真是传说中的地府啊，可是这个地府还真实存在。"坐在副驾驶的是一个三十岁左右的男人，他正是比目嘴里的阿合，他穿着警察制服，脸上两边全是络腮胡，说话中带着一丝嬉笑。

"好了，都不要说话了。我们和省厅调查组的同志约好在这儿见面，估摸着他们快到了。"坐在后面的是J城公安局刑侦队队长邓伟光，他这次接到上级命令，过来黄泉镇配合省厅调查组的工作。

其实，对于黄泉镇这边的苏家村，J城早就想进行调查整顿了，但是因为还要和G城方面进行沟通，部门程序又慢，所以才一直耽搁着。这次G城主动提出来要求配合一起工作，那么正好符合邓伟光的心愿。所以接到上级命令后，他立刻带着比目和阿合出来了，他们希望能在调查组到达之前先赶过来看看情况，所以邓伟光比较着急。

车子进入了黄泉镇里面。

其实黄泉镇里面没什么，就是一条三岔路，一条路通往桑村，左边的是之前的刘家村，而中间的则是苏家村。现在桑村和刘家村都已经没人了，只剩下这个苏家村还有人。

"要不，我们到前面等吧。"比目说着指了指前面桑村的方向。

"行吧，反正他们肯定要从这里经过。"邓伟光点了点头。

"邓队，听说G城发现了三具奇怪的尸体，会不会是和鹿鸣山上的那个龙王诅咒有关系啊？"阿合说话了。

"阿合，不要乱说。我听说这黄泉镇上的桑村和刘家村就是因为遭到了龙王诅咒才没人了。"比目听见阿合的话，立刻说道。

"行了吧，我们是警察，怎么这么迷信？"阿合瞪了比目一眼。

"这不是迷信啊。龙王诅咒很多人都知道的，据说苏家村的人现在都还对此深信不疑。以前我们局里还开会想要过去弄清楚这个龙王诅咒的事情，可是后来不知道什么原因取消了。"比目说道。

"那事我知道。当时是有人举报的。可是我们布置好工作的时候，上级却又忽然取消了。当时大家也不知道为什么，甚至还有人以为是龙王诅咒在作祟。后来才知道是当时有其他紧急任务。这次领导让我们过来配合省厅同志的工作，兴许就是为了让我们顺便调查一下这个龙王诅咒的事情。"邓伟光解释了一下情况。

车子开了没多久停了下来，眼前就是桑村。以前邓伟光来过一次，当时这里还有人住，虽然算不上特别热闹，但是比起现在的情况要好很多。从这里正好可以看到对面两个岔道的来往车辆。

邓伟光和阿合下车抽烟了，剩下比目坐在车里看手机。

也许是长时间没有人，也许是天气的缘故，远远望去，整个桑村一片死寂，到处都是灰尘。映入眼帘的是一些残破的房子，低低矮矮的，有的上面还贴着对联，不过已经被风化成了黄色。

"邓队，我听说这个省厅的异案侦缉组还挺厉害的，之前破了几个大案子呢！"阿合给邓伟光点着烟，问道。

"确实挺厉害的，不过之前他们出了点事情，现在看来应该是解决了，不然也不会出来干活。"邓伟光说道。

两人正在说话的时候，车里的比目忽然收到了一个附近的人打的招呼："救救我。"

比目看了看那个人的信息资料，她的名字叫金鸽，就在他们附近的七百米左右。比目通过了对方的验证。

"快来救我，就在桑村里面。"女孩又发来了一个信息，看上去特别着急。

比目下了车，然后拿着手机给邓伟光看了一下收到的信息。

"这微信定位准确吗？"邓伟光问道。

"应该准确，这样，我再去查一下。"比目说道。

"这也太奇怪了吧？难道说这桑村里还有人？不会是流浪汉之类的？"阿合一边帮着邓伟光换衣服一边问道。

"这个软件的附近的人，有时候显着与你距离很近，其实真实距离非常远。有的手机还能自己设置，所以这个上面的信息会不会是有人搞的恶作剧？"阿合说道。

"这样，安全起见，我和比目过去看一下。阿合你留在这边看着，如果里面没什么事，我们很快就出来。你这边有事，及时跟我们联系。现在对一下时间，上午十一点二十三分。"邓伟光和比目对了一下时间，然后和阿合一起向外面走去。

比目让金鸽给了他一个共享位置，然后他和邓伟光一起跟着导航向前走去。桑村并不大，越往里面信号越差。走进村子里面才发现桑村要比他们想象的荒凉得多，地上乱七八糟的，到处是废纸和白色垃圾。

比目低头看了一下手机，刚才进来之前手机就没信号了，这会儿信号还是那样。他不禁举起手机四处走了走。等到比目抬起头的时候竟然发现自己走远了，刚才在一边的邓伟光不见了。

比目立刻给邓伟光打电话，但是电话却一直在服务区。于是，他只好自己凭着记忆慢慢向前走去，可惜桑村里的路口比较多，很多还非常相似，比目走了十几分钟，最后发现自己迷路了。

169

拿起手机拍了拍，手机上依然没有服务。比目不禁用力抓了抓脑袋，发出了一声低沉的叹气声。

这时候，一个人影悄无声息地从背后的角落走了过来，慢慢走到比目身后，从背后一下子扼住了他的脖子，将他拖到了后面……

第十五章　吊诡

高杰停下了车，前面有点堵车，远远望去，似乎是路口正好有一队出殡的人。调查组的人去了鹿鸣山，孟雪便主动要求和高杰过来查案。

"前面就是清明镇了，以前我办案的时候来过一次，也听人说过林头村的事情。"高杰指了指前面说道。

孟雪点了点头，她以前也听外婆说过。其实，孟雪后来上学后知道，这种阴阳媒之所以存在，还是因为很多人的思想比较偏执。他们认为孩子死了，配个阴亲就能让孩子在死后不受欺负。其实这些全部是那些发死人财的说辞。当然，也有人认为那是作为死者亲人的一点心理安慰。正是这种思想，才给那些铤而走险的罪犯提供了犯罪的空间。之前新闻还曝光过，在山西某地，一些犯罪分子杀死活人给死人配亲。

出殡的人群走了，车流重新畅快了起来。高杰发动车子，向前开去。

"高队长，你去过那个苏家村吗？"孟雪其实一直都在担心她的组员，尤其是陈远。

"苏家村我没去过。这么说吧，因为地理环境的关系，苏家村处在J城和G城中间，之前那个黄泉镇上的另外两个村子，就是为了解决这种事情才搬走了，一个搬去了J城，一个来到了我们G城。只有这个苏家村，还在那里不肯搬出来。"高队长说了一下情况。

"这种情况我也遇到过，确实有些麻烦。一旦有坏事，两个地方的政府相互推诿；一旦有好事，大家又抢着往自己手里拿。"孟雪点头说道。

"是的，事情就是这样。不过这次你们侦缉组过去，J城还是派人过去接应了。相信通过这次合作，应该会有一个处理的方式。对了，那天你和陈远听田卫国说那具尸体的情况，还有没有更详细的资料。这林头村光给人负责配阴亲的人就有十几家，要我们一家一家找，那不知道到什么时候了。"高杰问道。

"我记得那家的车牌号，还有他们的人穿的衣服上有logo，好像叫天堂口。"孟雪想了想说道。

"我差点忘了，你可是过目不忘。有这个就好办了。"高杰恍然大悟。

清明镇不是一个镇子，而是一个普通的路段，之所以叫清明镇是因为这里有三个路口正好通往G城的三个墓园。每年的清明节，很多从G城过来的人都在这里购买一些冥具用品，再后来清明节的时候，这里就形成了一个传统，所以人们将这里称为清明镇。

高杰停下车问了一下，然后向前开去。十几分钟后，他们看到一个错落有致、一排挨着一排的店铺，那些店铺经营的全部是死人用品、殡葬咨询之类的。

"那里。"孟雪指了指前面，中间有一个铺子，正是天堂口。

高杰将车停了下来，两人下了车，走进了天堂口里面。

店铺不大，一个四十多岁的男人坐在里面，看到高杰和孟雪，他立刻站了起来，笑眯眯地说道："欢迎，欢迎。"

高杰点了点头，四处打量了一下，发现这个店铺虽然不大，但是东西还挺多的。尤其是接待处的前面，还竖了一个牌子，上面写着很多其他服务，比如配阴亲、租冷棺、替小资，等等。

"请问有什么需要？这里的东西比较多，可能说出来会更容易帮到你们。"男人说道。

"我们是警察。"高杰亮出了警官证，"来这是调查一件事情，请你配合下。"

一听是警察，男人的脸顿时拉了下来，声音也变得有点抗拒："警察同志，我这儿正规营业，有什么要查的？"

"2017年6月14日晚上，你们店里派了几个人去人民医院领走了一具尸体，对吧？"高杰问道。

"我查下。"男人拿起桌子上的一个登记本看了一下，说道，"对，6月14日，是有客户让我们帮忙过去领一具尸体回家。客户是G城下林区文汇路22号院里的吴先生。"

"有这个吴先生的联系方式吗？"孟雪问道。

"有的，你们可以记下。"男人把吴先生留在上面的电话给他们看了一下。

"那天去人民医院的时候都是谁去了，能找个当事人吗？我们想了解下具体情况。"高杰问道。

"可以，前面有一家卖纸钱的，老板姓冯，整个林头村这边的事情都是冯老板负责开路的，所以他比我们更加清楚。"男人说道。

"那行，我们去问下冯老板。"高杰看了看孟雪，然后两人一起走了出去。

对于高杰的询问，冯老板似乎早有准备，给高杰和孟雪倒了杯水后说了起来。

那个吴先生说是找人帮他带亲人回家，按照传统，过去接人的人都有一定的讲究，比如属相相冲的都不能去，可是那个吴先生似乎并不在意这些，只是急匆匆地让他们过去将人从医院接出来。本来这边还安排了帮尸体进行一些简单的送行仪式，可是对方却没来。

"那天在路上有发生什么事情吗？"孟雪问。

"没啥事，因为是晚上，车也不多。对了，我们刚进城的时候，有辆车撞了我们前面的车，然后大家下去争论了一番。后来对方看车子也没啥毛病，然后我们和解了。除此之外，就没有什么了。"冯老板仔细想了想。

"那这个吴先生你见过吗？"高杰又问。

"见过，不过真不知道长什么样，他打扮得严严实实的。不过跟他一起来的还有个女孩,这个吴先生说是外地人,正是通过这个女孩的介绍,我们才接了活儿。"冯老板一下子想起了一件事,从抽屉里拿出一个名片盒,从上面抽出一张名片,递给了高杰。

高杰低头看了一眼,名片上的名字是:苏柔。

第十六章　会合

沈家明踩了一下刹车，车子慢了下来。

前面停了一辆吉普车，看牌照正是J城的车。

"那应该是J城公安局派来协助我们的人。"郑卫国指了指前面的车子。

果然，那辆车子里跳出来一个人，警惕地看着他们。

"是J城公安局派来的人吗？"郑卫国等沈家明停好车后，从车上跳了下来。

"你们什么人？"那个人看着郑卫国，眼里带着疑惑。

"我们是从G城过来的，你们队长邓伟光不在吗？"郑卫国问道。

"你是郑队长吧？"这时候，后面传来一个声音，两个男人走了过来，其中一个三十七八岁，古铜色的皮肤，眼神犀利，看上去就是常年出外勤的警察样子。

"你是邓队长？"郑卫国走了过去。

"我是邓伟光，这是我的两个警员，比目和阿合。"邓伟光介绍了一下跟着他的男人和前面的男人。

"这是我的组员，陈远和沈家明。"郑卫国介绍了一下陈远和沈家明。

"我接到上级命令，说要配合你们去苏家村调查。本来还以为G城会派人过来，没想到只有你们三个人啊？"邓伟光说着拿出了一盒烟，然后抽出一根，递给了郑卫国。

"不，我不抽烟。"郑卫国摆了摆手，"是这样的，我们其实不是G城的，我们是省厅的，因为G城发生了三起抛尸案，最后调查发现和这个鹿鸣山有关系，鹿鸣山现在只剩下这个苏家村了，这不过来了解下情况。我们只是来调查案情，咱们几个人应该绰绰有余吧？"

"郑队长，你是不了解苏家村这地方。"这时候，那个叫比目的男人忽然说话了，"早些年G城派人过来苏家村抓过人，当时带队的是一个叫邱林玉的刑侦队长，当时来了三辆警车，一二十号人，结果到了苏家村不但人没带走，还被苏家村的人扣了两名警察。从那以后，G城公安局可再也不来苏家村了。"

"比目，胡说什么呢？"旁边的邓伟光瞪了比目一眼。

"邱队长我们见过，这事倒没听他们提过。之前G城的左副局长说你们J城这次安排的人是对苏家村比较熟悉的，看来应该是这位比目兄弟了。"郑卫国笑着说道。

"郑队长，你太客气了。你要不习惯叫比目，可以叫小吴。"比目不好意思地挠了挠头。

"那行吧，多余的话我们也不说了。咱们现在直接去苏家村吧。"邓伟光看了看郑卫国说道。

"邓队长，有个请求，希望可以同意。"一直没说话的陈远忽然说话了。

"你说。"邓伟光看着陈远说道。

"是这样的，我们对苏家村也不了解，所以能不能让比目跟我们坐在一个车上，这路上顺便帮我们讲一下苏家村的事情呢？"陈远说道。

"这？"邓伟光看上去有点为难。

"邓队长放心，我们也只是询问下关于苏家村的事情。"看到邓伟光的样子，陈远又说了一句。

"那行吧。"邓伟光点点头，然后对比目说道，"好好说话，别没事瞎说。"

比目笑了笑，做了一个OK的动作。

车子重新发动了，沈家明紧跟着邓伟光的车。

在车上，本来陈远还想着要不要找几个问题先聊起来，没想到比目却是个自来熟，跟谁都能说得上话。当然，让调查组最感兴趣的自然是苏家村的事情。比目就着刚才的话，跟他们说了一下之前邱林玉带队去苏家村的情况。

当时是因为G城有人报案，说是自己的家人被人拐卖到了苏家村。因为报案的人在G城有点权力，所以G城公安局立刻安排人员进行营救工作。很少出来外勤工作的G城刑侦队队长邱林玉竟然主动请缨带队。

对于邱林玉来讲，在他印象里苏家村并不大，所以这么多警察过去，调查抓人，就算苏家村的人再反抗，他们能和警察较劲吗？

可让邱林玉没想到的是，他们到了苏家村还真遭到了对方的反抗。原因很简单，苏家村的人说他们根本没见过警察所说的被拐之人。邱林玉面子挂不住，然后让警察四处搜查，这样警察便和苏家村的村民起了冲突。最后，邱林玉的下属抓了两名村民，但是他们的两名警察也被苏家村的人扣住了。

最后，G城公安局又派来了一个谈判专家，和苏家村的代表仔细谈了一下，带走了那两名被扣留的警察。

"那次后，G城就很少来苏家村这边了。即使有相关案件，他们也会想办法推给J城。"比目补充了一句。

"这不至于吧？警察侦破案件的时候，遇到的很多事情有的比这个厉害多了，也没见退缩成这样的！"陈远听后觉得有些奇怪。

"这就要说到这苏家村的第二个秘密了。"比目说着脑袋往前倾了一下，"这苏家村有个龙王诅咒，非常凶，苏家村的人世世代代都受到这个龙王诅咒的伤害，不得脱离其身。这也是为什么黄泉镇上另外两个村子离开了，而苏家村却留在这里。"

"龙王诅咒？这是什么意思？"郑卫国问道。

"据说苏家村的人是当年拒绝变节的张叔夜的儿子张伯奋手下将士的后人。那个时候，他们营救张叔夜不成，张伯奋被杀，他们还遭到金人追杀，最后来到了苏家村这边的一个龙王庙。

因为太过疲惫，所以都睡着了，然后所有人做了同一个梦，在梦里龙王说可以帮他们渡过难关，但是他们要世世代代供奉龙王，不能离开苏家村，每年龙王生辰之日，还要给龙王送上一位新娘。为了活命，他们同意了。从此以后便住在了苏家村，并且专门给龙王修建了一座龙王庙，然后每年龙王的生辰之日，苏家村的人便会选上一个童女献给龙王。"比目讲了一下关于苏家村诅咒的事情。

"这不是迷信吗？不会苏家村现在还在搞这个吧？"郑卫国听后不禁有点震惊。

"具体的我也不清楚，我知道这些东西是因为我有个远方亲戚是苏家村的人，这也是他跟我们讲的。后来那个远方亲戚去世后，我就再也没去过苏家村，现在苏家村是什么情况，我还真不知道。"比目说道。

陈远没有说话，比目说的这些东西他觉得有些熟悉，仔细想来，应该是在记忆里的东西，只是那些记忆现在还不是特别清晰，所以总是有一种特别熟悉却又说不出来的感觉。而他知道这些，都是因为那个女孩，苏梅。

"我听说苏家村有人在你们J城工作，还有做警察的。"陈远转过头看了看比目，突然问道。

"是，是吗？这个我就不知道了。应该不是做刑警的吧，不然直接找来，会更方便啊！"比目不好意思地笑了笑。

这时候，前面的车子突然停了下来，沈家明也刹住了车。

"怎么了？"郑卫国打开车门，走了出去。

比目和陈远也跟着下车，一起向前走去。

第十七章　见亲

高杰找到了苏柔。

苏柔是G城一家家纺店的服务员，对于之前给林头村人介绍配阴亲的事情她很坦然地承认了。那个姓吴的是她的一个网友，两人在网上聊了有两个月，后来有一天对方让她去林头村帮忙联系一家配阴阳亲的店面。这种事是违法的，所以自然是不愿意被别人知道。

高杰让苏柔把那个吴姓网友的所有资料找了出来，然后带回去查了一下。只能查到这个吴姓网友分别在G城几个不同的网吧上过网，具体信息也查不到。

"现在我们要确定的是欺骗明月家具城老耿的那个人，在天通剧场和莫安妮有奸情的男人，以及苏柔介绍的这个男人，是不是同一个人。如果是的话，那说明这三个案子就是一个人做的。现在唯一确定的是在天通剧场和莫安妮有奸情的男人叫吴伟强，苏柔认识的这个男人也姓吴，可是还不能确定是同一个人。"高杰说道。

"我有办法确定。"孟雪说话了，"我们可以用交叉确定法。简单地说，就是同一时间，如果两个事件里的人有交集，就可以从时间上排除掉不符合条件的人选。"

孟雪为此特意用案例解释了一下，如果说这三个人是同一个人，那么他们在教唆老耿、莫安妮和苏柔的时候，时间上肯定不会重叠。

高杰顿时明白了孟雪的意思，这种排除法不是百分之百准确，不过也不失为一个办法。在G城公安局网监处，高杰让人利用孟雪的这种办法做了一下交叉对比，可是因为时间段太多，还需要一个又一个画面对比，再加上三个地方又不集中，比对出来的结果并不如意。

"要不再根据查到的人追下去？"刘四月说道。

"追什么追？现在人就这么几个，分成三队，花大把时间去追查这个神秘的吴姓人吗？那还不如跟着郑队长他们去苏家村一起查找尸体的源头。"高杰瞪了他一眼。

"我看这个吴姓的人就是不让人查他，你看人家都姓吴，意思不就是没有这号人吗？"孟雪说了一句。

"要是查，应该还是可以查到的。我觉得可以从三个线索里选一个最合适的来进行调查。我提议就找莫安妮问下情况。莫安妮应该比其他两个人更熟悉这个人，毕竟两人曾经背着林根偷情。"高杰说道。

会议结束后，高杰带着人去查案子了。因为考虑到孟雪是个女孩，再加上其他人都去了苏家村，所以左锋提议孟雪正好可以回趟外婆家，有事会给她打电话。

孟雪外婆家距离G城公安局没多远，不过她来这儿之后还没给其他人说。所以当她来到外婆家的时候，舅舅和外婆大吃一惊。

孟雪的外婆今年七十岁了，身体还非常康健。小时候孟雪的父母工作忙，一到假期就把她送到外婆家里，可以说很多时候在孟雪的记忆里，都是外婆陪着她，所以她和外婆还是比较亲。

"你这孩子，都来这儿好几天了也不跟我们说。"舅舅知道她来G城好几天了，不禁有点责备。

"就是，就算你来这儿办案子，那也不能不回家啊。在公安局招待所那地方，住得太差了，能有什么好？"外婆看着孟雪，心疼地说道。

"这不是有案子在查吗？再说我们来这里就是查案的，又不是旅游，我怕别人说闲话。"孟雪说道。

"你这性格总是这样。好了，现在既然领导都批准你来看外婆了，那可不能走了。"外婆笑着说道。

为了孟雪，外婆和舅妈做了一大桌饭菜。孟雪已经很久没有这样和亲人在一起吃饭了，不禁有点感动。

"你也不小了，有没有男朋友啊？"吃饭中途，外婆问了一句。

"外婆，怎么又说这个？我的男朋友就是我的组员们，他们现在去了苏家村。"孟雪嘿嘿一笑说道。

"苏家村？你说什么？"旁边正在吃饭的舅舅一下子愣住了。

"是，就是苏家村，在那个鹿鸣山上。"孟雪说道。

"你们这是查什么案子，怎么查到苏家村了？"舅舅又问。

"你看你，吃饭的时候问她这些做什么？"外婆说着瞪了舅舅一眼。

舅舅还想说什么，最终也没再问。

自从舅舅知道他们在调查苏家村的事情后，孟雪感觉舅舅一直想说什么，于是，孟雪找了个机会，问了舅舅一下。

"你们从省厅过来，我估摸着就是调查那三具尸体的情况。这些日子，G城也是各种传言，尤其是这三具尸体的源头，有传言说是从苏家村出来的。要知道一年前的时候，有人报案说自己家人在苏家村失踪了。当时G城刚上来的邱林玉刑侦队长，非要带人去苏家村找人，结果差点丢了命。那苏家村据说是一个被诅咒了的村子，一般人都不敢去招惹他们。"舅舅说了一下原因。

"舅舅，你好歹也是大学老师，怎么这么迷信呢？"孟雪看着舅舅的样子，不禁有点意外。

"正是因为我了解那里。这么说吧，不怕人迷信，就怕愚信啊。苏家村的人以为是龙王在保护他们，所以对龙王的崇信特别严重，再加上那里位置偏僻，又属于两个省份的交接处，情况也比较复杂。我听说甚至有些穷凶极恶的逃犯跑到那里躲避警察的追捕。总之，你一个女孩家家，千万不要去那里。真不行，我给你们领导打个电话。"舅舅满腹担忧地说道。

"好了，好了，我知道了。"孟雪点了点头，但是却充满了担心。她知道舅舅虽然是在大学当老师，但是他有很多学生都是从事警察工作的，他的话自然不是空穴来风，可能有些东西也不方便跟自己透漏。总之，这个苏家村肯定充满了危险，想到这里，孟雪不禁越发担心起陈远他们。

晚上，孟雪在外婆家睡觉。

夜里，她做了一个梦，在梦里，她看到陈远一身是血地向她走来。她急切地冲过去想要抱住陈远，但是却怎么也抱不住他。然后她就跟在陈远的后面，一直向前走着，最后他们来到了一条河边，陈远转头看了她一下，跟着跳进了河里。

孟雪一下子醒了过来，浑身哆嗦着，整个后背都是冷汗。她走到窗边，望着远处的深夜，不禁深深叹了口气……

第十八章　圈套

天空突然响了雷，然后开始下起了淅淅沥沥的雨。

正是盛夏之日，这样的天气是非常舒服的，前面的沈家明打开了窗户，让风吹进来，可是陈远突然感觉有点冷，这种冷仿佛刀子般刺入他的骨子里，牵连出来的是他内心一种说不出来的恐惧。

一道闪电掠过，外面的天气变得更加阴沉。仿佛是开启记忆之门的钥匙，陈远身体莫名地抖动了一下，这种感觉之前他有过。只不过当时他趴在苏梅的肩膀上，雨水打湿了他们的身体。

这时候，前面邓伟光他们的车子慢慢停了下来。

"郑队长，前面我记得有座庙，我估计邓队长他们是想去里面休息，这雨太大了。"比目看到前面停下来的车子说道。

"行，确实这雨太大，刚才还好好的。"郑卫国点了点头。

果然，邓伟光和阿合下了车，对着他们挥了挥手，示意他们往旁边的庙里去。

沈家明将车停好，几个人下了车，向那个庙跑去。

进去以后，阿合已经在那里点着了火。

郑卫国打量了一下庙里的情况，这是一个普通的庙宇，大约四十平方米，前面有一尊菩萨像，不过已经有些破损。地上乱七八糟的，什么东西都有，旁边还有一些干枯的稻草和一个生火架，看来是经常有人进来生火避风。

"听人说这庙以前叫求子庙，不过没人来这里求子，都是过来避风避雨的。"比目笑着说道。

陈远坐在旁边，身体还有些冷。他记得这座庙，当时苏梅就是带着他在这里避风雨的，当时他整个人已经濒临昏迷，唯一记得的是苏梅胸前那个晃动的小海豚吊坠。

"陈远，你没事吧？"郑卫国看到陈远脸色有异，不禁问了他一下。

陈远摇摇头，没有说话。

沈家明走到庙宇面前，盯着前面的菩萨。

"沈警官也信佛？"看到沈家明在看菩萨像，邓伟光走到他身边说话了。

"不。"沈家明摇了摇头。

"佛其实是信仰，每个人都应该有信仰，否则人生就没了追求。"邓伟光凝视着眼前的菩萨像说道。

"邓队长，你这就说错了。佛家说佛是牺牲，是普度众生。相传释迦牟尼为了佛法，不惜割肉喂鹰。"阿合听到邓伟光的话，不禁说道。

"阿合,你讲得不对,我记得故事是这样的。那是在释迦佛没有成佛之前,修菩萨道时,在森林里打坐。正在这时,天空有一只老鹰在追一只鸽子,那只鸽子在走投无路的情况下,就飞到释迦的衣袖里。那只老鹰飞到释迦面前,让释迦放出这只鸽子,但释迦想救这只鸽子,就让老鹰放过这只鸽子,但老鹰说,如果我放了它,它活了,我就会饿死的,那么谁能救我啊?

释迦为了救这只鸽子,于是对老鹰说,我用我自己的肉来代替这只鸽子。

老鹰说,必须和这只鸽子同等的肉才行。

于是,老鹰从别的地方拿来一个秤,释迦将鸽子放在秤的一边,用刀割下自己身上的肉放在秤的另一边,释迦这样不断地割,说来也奇怪,无论释迦如何割,始终不能使这个秤平衡,这时,释迦没有太多的犹豫,自己跳进了秤盘里面,这时秤终于平衡了。

这时,老鹰与鸽子都变成佛的形象,原来它们是佛为了考验释迦所幻化出来的。

世间因果,是无人能够改变的,如果想改变一个生命的因果,得必须付出他所有的一切。"比目讲起了释迦牟尼佛割肉喂鹰的故事。

"你怎么知道这个故事?你怎么会知道?"这时候,旁边的陈远忽然拉住了比目,神情激动地问道。

"我母亲信佛,跟我讲过这个故事,这个很多人都知道啊。陈警官,你怎么了?你没事吧?"比目看着陈远问道。

"我,我有点不舒服。"陈远松开了比目,他感觉脑袋一阵疼痛。这个故事,当初苏梅也给他讲过,并且好多人跟他讲过,那些人的样子明明就在眼前,可是陈远却叫不出他们的名字。

"郑队长,你过来下。"邓伟光看到陈远的样子,于是对郑卫国招了招手。

"什么事?"郑卫国走了过去。

"我看陈警官的样子有点问题,是不是身体不舒服?这肯定不适合我们去苏家村调查啊,要不我让比目开车送他回J城,等到身体好点了再过来?"邓伟光提议道。

郑卫国没有说话,其实之前他看到陈远的样子,考虑过要不要送陈远先回去。

"这苏家村太怪,我看陈警官这还没进去就这样了,为了不影响我们其他人,我觉得送他回去吧。如果你们不想送他去J城,那就直接送他去G城,或者我们给G城那边打个电话,让他们到半路接一下。"邓伟光又想到了一个办法。

"行,我和G城警方联系一下。或者让沈家明送他回去吧,就不麻烦你们的人了。"郑卫国点了点头,同意了邓伟光的提议。

"你们是省厅的人,怎么能就剩你一个呢?我们本来就是过来配合你们工作的,这跑腿的事情肯定是我们的人做了。就这样决定了,只不过可能要委屈你和沈警官跟我们在一个车上挤一挤了。"邓伟光说道。

"那没事。"郑卫国听到这里,只好同意了。

对于郑卫国和邓伟光提出的建议,陈远虽然不情愿,但是也不得不同意了。

外面的雨渐渐小了，郑卫国和比目交代了一下情况，然后扶着陈远走了出去。

"我已经和G城的高队长联系了，他会派人到鹿鸣山脚下那边等你们。"郑卫国对比目说道。

"人送到后，立刻赶来苏家村。我们人手本来就不多。"邓伟光跟着说道。

"大家放心吧，我保证完成任务。"比目对着他们做出了一个成功的手势。

陈远上了车，比目开着车离开了。

外面的雨慢慢停了下来，车窗有些模糊。

"陈警官，你感觉怎么样？不行你先睡会儿，等到了我喊你。"前面的比目说道。

"好，那麻烦你了。"陈远确实有点疲惫了。

车子行驶在颠簸的路上，陈远的身体慢慢放松下来，迷迷糊糊地睡着了。在梦里，他看到自己来到了黄泉镇的镇口，在那里邓伟光三个人在等他们。他们开始交谈，可是陈远总觉得哪里有点不对。

"郑队长，你是不了解苏家村这地方。"终于，轮到比目说话了，"早些年G城派人过来苏家村抓过人，当时带队的是一个叫邱林玉的刑侦队长，当时来了三辆警车，一二十号人，结果到了苏家村不但人没带走，还被苏家村的人扣了两名警察。从那以后，G城公安局可再也不来苏家村了。"

陈远一下子明白了过来，比目说的是早些年G城派人过来苏家村抓过人。他说的是过来苏家村，不是过去。为什么是过来，这话意思是比目当时在苏家村？他是苏家村的人？陈远立刻睁开了眼，从梦里陡然回到了现实中。

车子没有在行驶的状态，而是在静止状态。

陈远打了个激灵，坐直了身体。

"陈警官，你醒了？"前面的比目说话了。

陈远吸了口气，然后看了看外面说道："对，这是到什么地方了？是和G城警方约定的地方吗？"

坐在前面的比目没有说话，只是抽着烟。

陈远习惯性地摸了摸腰间，不禁愣住了，他的配枪不见了。

"复生，你还好吧？"前面的后视镜里，比目的脸突然变得阴沉起来，带着一个似笑非笑的表情。

"你是什么人？你不是J城公安局的人？"陈远脱口说道，复生这个名字是他之前在苏家村的时候被人叫的名字，比目怎么会知道？

"我是谁不重要，重要的是你要知道你是谁。没人逃得过龙王的诅咒，你也一样。"比目说着发动起了车子，然后一脚踩着油门，车子快速向前开去。

陈远伸手打开车门，然后身体往前爬了一下，跟着用力往外一跳，整个人像个卷筒一样从车子里面飞了出来，然后他的身体重重地摔到地上，因为惯性，整个人在地上翻滚了几下，没想到正好滚到了一个陡坡旁边，然后他整个人顺着陡坡直接摔了下去。陈远感觉自己浑身都要散架了，最后撞到了一个硬物上，然后失去了意识……

第十九章　失踪

　　高杰看了看表，已经晚上七点半了，他再次给郑卫国拨了一个电话，还是没有信号，可能他们进入了苏家村附近，所以信号比较弱。然后，高杰给陈远打了个电话，却一直没有人接。

　　"高队长，要不要到旁边查看一下，会不会是他们在旁边的房子里躲雨呢？"刘四月看了看外面不远处的空村问道。

　　"行，小安，你在车上守着，我和刘四月去前面看看。"高杰想了想，同意了刘四月的提议。

　　因为下雨，天已经黑了。四周阴沉沉的，没有任何声音。高杰和刘四月拿着手电照着前路，走进了前面空置的村子里。进入了几家，大多数都一样，基本东西都没有，看得出来全都搬走了。

　　"我看也没啥看的，我们回去吧。"高杰四处看了看说道。

　　两人准备离开的时候，前面突然传来一个声音，似乎是有人在刮木板。高杰和刘四月对视了一眼，高杰立刻拔出了配枪，示意刘四月到他背后。

　　那个声音还在响，高杰和刘四月慢慢靠了过去，声音就是从前面角落里传过来的。高杰拿着手电对准那里照着，发现角落里有个东西被一卷塑料盖着。

　　"谁在里面？"高杰一边问一边来到了角落面前，然后用手轻轻勾住了那卷塑料纸，一下子将它拨开。

　　让高杰和刘四月意外的是，里面竟然是一个人。

　　"你是什么人？"高杰蹲下来，拉了拉那个人。

　　那个人的样子有点昏昏沉沉的，眼睛微微望着前方，手脚也哆嗦着，他蜷缩着身体，仿佛一只遇到冷水的蝴蝶一样。他哆哆嗦嗦地看了高杰一眼，然后说了一句话："我，我是J城警察比目……"

　　高杰让刘四月继续查看一下情况，然后他背着比目来到了车上，仔细帮他检查了一下才发现他的后脑勺被人打伤，所以整个人看起来处在昏沉状态下。

　　比目断断续续讲了一下他遭遇的状况，原来，他和J城另外两名警察，一个是邓伟光，他们的刑侦队队长，另外一个叫阿合，三个人在这里和省厅的人会合。后来发现前面有情况，于是他和邓伟光便过去查看，结果突然遭遇袭击。

　　高杰愣住了，他之前接到郑卫国电话，说他们已经和J城的警察碰头了，不过陈远身体出了点问题，所以要被送回来。现在遇到的这个比目却说他们J城的警察出了事，那么和郑卫国他们在一起的警察又是谁呢？

　　这时候，刘四月也回来了，他背着一个人，那个人已经昏迷，没有意识。

183

"我在其他地方看了看，又发现一个人。"刘四月将那个人放下来说道。

"阿合，是阿合。"比目看到那个人，顿时激动起来。

高杰渐渐明白了过来，看来J城的警察在这里遭到了袭击，然后有人冒充他们和郑卫国他们接头会合，一起去了苏家村。

高杰拿出手机想要跟局里联系，却发现没有信号。

"高队，要不我先带他们回去。他们情况也比较严重，需要马上救治。"刘四月提议道。

"也行，你带他们直接去G城，路上不要停车，以最快的速度回去汇报这里的情况，然后让左副局长派人过来增援我们。我估计省厅的同志会遭遇圈套。"高杰点点头，同意了刘四月的提议。

刘四月开着车离开了。

"这样，小安，我们再去里面看看。比目说他们来了三个人，兴许还有个人在里面没有被发现。"高杰转过头说道。

"好的。"小安点了点头，跟着高杰向前面走去。

夜色渐渐暗了下来，刘四月聚精会神地看着前面，用力踩着油门往前开去。比目和阿合坐在车子后排，两人相对来说比比目的伤轻一点，他还能勉强看一下阿合。

也许是车子的颠簸，也许是其他原因，阿合醒了过来。

"阿合，你没事吧？我们现在回去，很快就回去了。"比目看到阿合醒过来，安慰道。

"这是怎么回事？我们是怎么了？邓队长呢？"阿合情绪激动地问道。

"别说了，我们被人袭击了。邓队长也不知道去了哪里。"比目摇着头说道。

"我想起来了，我过去找你们，看到有人袭击你们。本想提醒你们，可是背后却有人袭击了我。"阿合想起了自己晕倒前的事情。

"好了，你们先不要说话了，等情况稳住了再说。"前面的刘四月转头说了一句。

"开车的是G城的警察，他们碰到了我们。"比目介绍了一下刘四月的身份。

"我把你们先送到我们那里，我还得赶过来，不然我怕我们的人有危险。"刘四月说道。

车子从山路开到了水泥路上，前面隐约看到有路灯的光亮，这说明已经进城了。刘四月从口袋里拿了一盒烟，抽出一根，塞进了嘴里。

"阿合怎么样了？"刘四月吸了口烟问道。

"比较严重，他后背被刺了一刀。"比目说道。

"这样，我先送你们去医院，然后我让我同事过来交接工作。你们放心，来到G城了，就是我们的地盘，无论伤害你们的人是谁，在这里都不敢乱来。"刘四月拿出手机打了一个电话，将情况给左锋报告了一下。

刘四月将车开到医院门口，在那里等着的医生护士立刻走了过来，然后将比目和阿合推进了急诊室。

十分钟后，两名警察急匆匆地赶了过来。

"我们是J城公安局的，正好在这边出差，局里接到电话说有两名同事在这边抢救，特意让我们过来看一下。"

"对啊，对啊，现在情况怎么样？"两名警察显得非常焦急。

"还在抢救，应该没事。"刘四月说道。

"那行，我们在这儿等一下吧。对了，刘警官，你要是有事可以先忙，我们在这儿看着。"其中一个警察说道。

刘四月开了一个多小时车，加上刚才背着阿合手也受伤了。于是他点了点头，将守护比目他们的事情交给了那两名警察，自己去外科包扎了一下手上的伤。

等到刘四月从外科回来的时候，正好看到左锋带着人正在和一名护士说着什么。

"刘四月，人呢？"看到刘四月，左锋问道。

"不是有J城的警察过来交接了吗？就在前面等着啊。"刘四月说道。

"什么J城警察，不是说我们过来交接的吗？哪儿来的J城警察？"左锋皱了皱眉头说道。

听到这里，刘四月心里咯噔一下，愣在了那里……

第二十章 杀局

雨停了。

站在菩萨庙门口望过去，可以看见不远处的苏家村。已经是夜晚时分，苏家村亮起了星星点点的灯光。

"郑队长，你们之前没来过这里吧？"邓伟光走到了郑卫国身边。

"没，第一次来。这苏家村反正个个都说得很神秘，我倒没觉得什么。无论什么地方，都要受到法律的约束，都是中国的土地，对吧？"郑卫国笑了笑说道。

"你这话应该这么说，普天之下，莫非王土。"邓伟光也笑了起来，"我是第二次来了，上一次来这里是调查一起杀人案。"

"是吗？那邓队长应该对这里的情况比较熟悉了吧？"郑卫国看着他。

"熟悉，也不熟悉。怎么说呢？这苏家村人不多，一共三十来口，东西而住，然后最西边有一个祠堂，祠堂里供奉了这个苏家村祖上的灵位。在苏家祠堂往西三里，有一个宅子，叫田庄，以前是苏家村的义庄，专门存放苏家村死人的地方。田庄的上面就是龙王庙，你肯定也听说过苏家村的龙王诅咒吧，每年龙王的生辰，苏家村的人要给龙王送上一个童女当媳妇。"邓伟光详细说了一下苏家村的情况。

"这不胡扯吗？就算这龙王真的需要媳妇，也不能每年要一个吧？"郑卫国皱了皱眉说道。

"那只是一个说法，苏家村的人现在给龙王送过去的都是纸人了，再说他们哪儿来的那么多女人给龙王啊。"邓伟光说道。

"哦，原来是这样啊，这也不失为一个办法。"郑卫国点了点头。

"不过龙王庙那边，没人上去过。即使是去给龙王庙送媳妇的，也只是把东西送到田庄。至于龙王庙那边是什么情况，没有人知道。早些年，苏家村有些胆子大的人过去看，结果都没回来。我们上次去调查的案子，就是一个苏家村外地亲戚好奇心太强，去了龙王庙，然后离奇被杀了。"

"那你们查到凶手了吗？"郑卫国问。

"郑队长，我们都是搞刑侦的。现在的刑侦破案十个里面八个靠监控，剩下的两个靠人证。苏家村这种没有监控、没有人证的地方，你觉得能破得了案吗？"邓伟光无奈地说道。

邓伟光说的这点确实没错，现在在城市里的刑侦案件，一个天网系统，几乎可以用最快的速度将嫌疑人锁定，再加上群众走访，很快就能破案。可是，在苏家村这种地方，没有监控，人烟稀少，想要破案，就得全靠证据了。

"邓队长，你知道前面那条隐河的源头在苏家村哪里吗？"郑卫国忽然想起了一件事情，于是问道。

"你说的那条河叫日月河，它其实是前面一条河的分支。它的源头并不在苏家村，只不过它从苏家村开始水流和水面有时候会时隐时现，所以很多人以为它的源头在苏家村。不过它的分支是从田庄后面开始的，所以你也可以认为它的源头就在田庄附近。"邓伟光说道。

"现在雨停了，我们深夜造访一下这个苏家村吧。"郑卫国看了看里面，沈家明正低头看着手机，旁边的阿合靠在一边眯着眼睡觉。

"阿合，跟比目联系一下，看看他把陈警官送回去了没。"邓伟光对着里面喊了一声。

阿合拿起手机，打了几个电话发现都没信号。郑卫国和沈家明也拿起手机，发现都没有信号。

"算了，比目对苏家村比较熟，我们先过去，他回来了应该会直接去苏家村找我们。"邓伟光看了看前面说道。

郑卫国想了想，同意了邓伟光的意见。

四个人上了车，然后趁着夜色，向苏家村开去。

十分钟后，车子在苏家村村口停了下来。

听见车子响声，苏家村里走出来两个男人，他们拿着手电，在郑卫国他们身上照了照，警惕地问道："你们是什么人？"

"苏德，你不认识我了？"没想到邓伟光竟然认识其中一个，走过去打了一个招呼。

"邓，邓警官？"那个叫苏德的男人仔细看了一下，认出了邓伟光。

"我们来苏家村有点事情，这是省厅过来的郑队长。"邓伟光介绍了一下郑卫国。

"这大晚上的怎么过来了？你们，你们要问啥事情得问村长，我带你们去找村长吧。"苏德说道。

"那行，反正这晚上我们也没地方去，还得让老村长帮我们安排住宿的地方。"邓伟光笑着说道。

在苏德的带领下，四个人很快来到了一家宅子面前。然后苏德敲开了门，开门的是一个老人，六十多岁，头发胡子白了一大半，但是精气神却比较好，尤其两只眼睛，闪着敏锐的光芒。

"我是苏家村的村长苏天林。"村长介绍了一下自己。

邓伟光将他们的来意说了一下，然后苏天林安排他们先来家里吃饭，再说其他事情。

饭菜比较简单，不过这一路走过来，郑卫国他们还真有点饿。

"郑队长，你们这来得太突然，不然让苏梅带个信儿来，我们也好准备一下。"苏天林说道。

"没关系，我们这事情也简单，就是过来问几个问题，和我上次的情况差不多。不用搞得那么严肃。"邓伟光抢口回答了苏天林的问题。

这倒让郑卫国有点尴尬了，毕竟这次过来邓伟光是协同他们，现在搞得邓伟光成了主角。

"行，你们随意，有什么需要，我们尽力配合。"苏天林拿着一个烟袋在桌子上磕了磕。

住宿的地方就安排在苏天林家的后院，虽然条件简陋，但是还可以。郑卫国和沈家明一个屋，邓伟光和阿合在另一个屋。

"这苏家村也没什么特别感觉你呢？"走到屋子里面，郑卫国问了一下沈家明。

"我觉得有很多问题，但是具体也说不上来。"沈家明表情有点紧张。

"什么意思？"郑卫国这才想起来，之前听陈远说过，沈家明在小时候接受过感知培训，他对事物非常敏感，这点曾经也帮助调查组在查案。不过，这种事情，郑卫国总觉得有些玄乎。

"这个村子看似平静，其实却非常诡异。我曾经去过一些山村，和这个苏家村完全不一样的感觉。这个苏家村好像根本没人一样，甚至连狗叫声都听不见。还有这个邓伟光，他们的感觉也有些奇怪。总之，一切都不正常。"沈家明分析了一下。

郑卫国盯着沈家明没有说话。

"怎么？"沈家明看着郑卫国，不明所以。

"这还是我认识你以来你说话最多的一次。"郑卫国说道。

"是吗？"沈家明不好意思地笑了笑。

"其实越是这样的状态越说明有问题。现在苏家村给我们的感觉就是一个普通的村子，包括邓伟光给我讲的那些东西，也是在营造一个和谐正常的状态。之所以这样是因为害怕我们看到这种假设平常状态下的东西。我一直在想，为什么陈远会身体不舒服。要知道，陈远是我们这边唯一一个熟悉苏家村的人，结果他却身体不舒服，不得不离开了。这一切看似巧合，可能是人为设计的。我们要万分小心，对方可能已经给我们布好了各种杀局，一不留神，可能就会踏进去。"郑卫国叹了口气说道。

"也不知道陈远现在怎么样了。这里信号太弱了，电话根本打不出去。"沈家明转着手里的手机，靠在墙边低下了头。

第二十一章　重叠

陈远做了一个冗长的梦，在梦里，他背着孟雪和苏梅走在一条狭小的靠山小道上，后面有人在追他们。他们快速向前跑着，脚下的石块稍不留神就被踢到旁边的山下。陈远能感觉到孟雪在他后背上的恐惧，还有苏梅在后面不停地催促着。

"别跑，站住。"后面的人马上要追上来了。

陈远一回头，后面的苏梅撞到了他身上，然后脚下一滑，整个人一下子坠入了旁边的山崖下。

"抓住。"陈远眼疾手快，一把抓住了苏梅的手。因为太过用力，后背上的孟雪竟然也从他身上滑了下去，他慌忙伸出另一只手，抓住了孟雪。

后面的人追了过来，不过他们并没有跟上来，而是站在一边，看着两只手拉着两个人的陈远，其中有人还说话了："你选哪个？你只能救一个。"

苏梅看着他，摇着头，示意让他放手。

"陈远。"孟雪也看着他，眼里流露着哀伤。

陈远感觉脑袋剧痛无比，冷汗浸透他的后背，他感觉两只手已经麻木，即将松开。这时候，一只手从后面伸了过来，轻轻帮他擦了擦额头上的汗水。

陈远睁开了眼，他看到一个女孩坐在自己面前，正在帮他擦汗。

没有悬崖，没有苏梅，没有苏小葵，没有要命的选择。

"你醒了。"女孩看到陈远醒了，说话了。女孩十一二岁，面容清秀，头发绑了个马尾，有一半头发遮着左边的眼睛。

陈远一下子坐了起来，看了看四周问道："这，这是什么地方？"

"这是刘家村。"这时候，一个老人从外面走了进来。

"刘家村？"陈远皱紧了眉头，他记得发现送自己回G城的比目身份有问题后，自己跳下了车，怎么会到刘家村？

"我和爷爷在路边看到你昏迷，便把你救回来了。"女孩说话了。

"这里是刘家村，那个已经没人住的刘家村吗？"陈远忽然想起来了，从黄泉镇那里有三条路，一条是通往桑村，一条是通往苏家村，还有一条是通往刘家村。不过现在桑村和刘家村都已经没人住了。

"是啊，这里的确没人住了，不过我们没地方去，就还住在这里。"老人点点头。

"谢谢，谢谢你们。不过我得离开，我还有事要做。"陈远想起比目的身份是假的，那么郑卫国他们一定非常危险了。

"你是找你同伴吗？你跟我来吧。"老人看了看陈远，然后转身向外面走去。

让陈远意外的是老人说的同伴竟然是那个假比目，不过他已经死了，陈远看了一下，虽然假比目身上大多数都是摔伤，但胸口致命伤是刀伤，并且还有一些被刻意隐藏的皮外伤，看上去应该在死前受到了虐打。

"他不是我的同伴。"陈远说道。

"果然跟我想的一样。"老人点了点头，"我们在救你回来的路上，碰到他开的车翻了，然后连他一起带了回来。"

"既然带他回来了，为什么又要杀了他呢？"陈远盯着老人问道。

"你在说什么？"老人脸色一变。

"虽然你做了一些隐藏，但还是能看出来他在死前遭到了你的刀伤，如此作为，恐怕是在逼问他一些东西吧。最后他致命的伤口应该是胸口的刀伤。"陈远说了一下原因。

"你到底是什么人？"老人看着陈远，眼神里充满了警惕。

"我是警察。"陈远说道，"我们去苏家村调查案子，这个人假装警察，被我拆穿身份后想撞车，我从车上跳了下来。"

"原来是这样。那好，我告诉你我为什么要杀他。"老人走到假比目身边，拉开了他的胳膊，只见那里有一个圆形的符号文身。

陈远看到那个圆形符号文身觉得有点熟悉，好像在哪里见过。他仔细想了一下，忽然想起来，在G城出现的那三具无名尸体的背面也有这个圆形符号文身。

"我之所以住在这刘家村，是因为我的儿子刘磊失踪了，他的失踪就和这个圆形符号文身有关系。他是被三个文有这个圆形符号的人绑走的，一直到现在我都在查他的下落。"老人说着神情黯了下去。

"爷爷，父亲是被龙王抓走了，是真的。"这时候，那个女孩走了出来，颤声说道。

"彩儿，这世上哪儿来的龙王，那都是苏家村骗人的。我活了一辈子，从来不相信什么龙王抓人。"老人转头对女孩说道。

"彩儿，你说你父亲是被龙王抓走的，你能仔细说一下吗？"陈远看到彩儿的样子不像说谎，不禁问道。

彩儿看了看爷爷，然后走到陈远身边，讲起了事情的原委。

彩儿的父亲刘磊是一个木匠，半年前刘磊接了一个活儿，然后他让彩儿跟他打下手，两人一起去了苏家村。他们被苏家村的人带到了苏家村西边一个宅院。那个宅院说是苏家村的祠堂，里面供奉的都是苏家村的祖上灵位。因为时间过长，祠堂上面很多木雕的东西都变了形，刘磊的工作就是帮忙修复那些木雕。

工作其实很简单，也不累。不过苏家村的人再三交代，在祠堂的西边有一个宅子叫田庄，无论发生什么事都不要去那里，因为那里属于龙王的地界，如果贸然过去，会被龙王抓走的。

本来刘磊的工作很简单，也不可能往田庄过去。可是，事有凑巧，有天晚上刘磊干完活儿，准备离开祠堂的时候，听见有人喊救命。于是他便顺着声音寻了过去，最后发现那个声音是从田庄里面传出来的。思来想去，他还是决定去里面看看。为了安全起见，他让彩儿在外面等他，然后他推开田庄的门走了进去。

彩儿拿着父亲的工具守在外面，过了几分钟，田庄的门突然开了，彩儿看见父亲拼命地从里面跑出来，父亲的样子仿佛看到了什么恐惧的东西，身体一直在瑟瑟发抖。彩儿在路上问了一下，父亲跟她说，他看到了龙王，龙王要抓他走。

当天晚上，刘磊甚至都没领工钱，便带着彩儿离开了苏家村。可是他们回到家没过多久，有一天父亲便被人带走了。那两个人就是彩儿爷爷说的那两个，不过彩儿却说是龙王抓走了父亲。因为之前父亲就告诉过她，父亲发现了龙王的秘密，所以肯定会被他们抓走。

"之前的事情我不知道，但是那天抓走刘磊的两个人手上都有这个圆形符号的文身。"彩儿的爷爷说道。

陈远盯着那个圆形符号，不禁陷入了沉思。这个符号的背后会是一个组织吗？又或者是其他意思呢？G城的三具尸体上面的符号是在死后刻上去的，这个假比目的文身显然是之前就文上去了。这些事情之间有什么联系呢？

这时候，外面突然传来了一个声音。

"有人来了。"彩儿惊声说道。

"不要怕，你和彩儿到里面躲起来。"彩儿的爷爷冷静地盖住了假比目的尸体，然后将陈远和彩儿推进了里面。

"有人在吗？"外面传来一个男人说话的声音，然后两个男人走了进来。

听到来人的声音，陈远觉得有点熟悉，于是走到门边，透过门缝悄悄看了一下……

第二十二章 救援

左锋立刻联系局里对整个G城进行戒严，尤其是有伤的人，要进行严格检查。另外，刘四月对那两个接手伤员的人进行了画像模拟，可惜那两个人的样子太过平常，刘四月和画像师比对了半天也没做出来。

警察调取了医院的监控录像，那两个截走伤员的人显然做了准备，在经过摄像头的地方都做了规避，拍下来的他们的影像要不是背影，要不是侧影，没有一张正面影像。

"现在高杰那边需要支援，邱队长，你先带人过去，这边我来处理。带上两部卫星电话，有什么事情及时联系。"鉴于高杰那边的需求，左锋安排邱林玉过去支援高杰。

"好，我带人过去。那刘四月要和我一起过去吗？"邱林玉问道。

"刘四月见过那两个人，先跟我在这边。"左锋想了想说道。

邱林玉带着人离开了。

"刘四月，你现在跟着我们巡逻车，如果有通报怀疑对象，立刻赶过去。他们带着两个伤员，估计走不远。"左锋说道。

"是的，我就担心他们会对伤员不利。左局，要不要跟J城那边联系下。J城过来三个人，现在两个受伤被截走了，还有一个下落不明。"刘四月问道。

"现在具体情况还不明朗，等我和叶局商量下了再做定夺。"左锋想了想说道。

整个G城顿时警笛尖叫，所有路段开始进行查访，交通都慢了一大步。可是，即使是如此严密的查访，一个小时过去了，依然没有任何线索。中间有两次可疑对象，但却并不是他们要找的人。

从那两个人截走人到左锋带人过来中间不过只差了十几分钟，通过定位位置进行扩散辐射搜索，却并没有找到任何线索。

G城公安局会议室，局长叶建国和左锋正在针对此刻发生的案子进行深度分析。J城过去配合省厅调查组的人遭遇袭击，并且被人冒充带着郑卫国他们去了苏家村。被救回来的J城警员，却再次遭遇罪犯截走。这说明对方不愿意让J城的警察参与到这个事情里面。并且J城警方派人到黄泉镇，对方却比他们先到，这说明在J城警察里面有罪犯的人在帮忙通风报信。

"他们做的这些目的只有一个，就是怕省厅调查组到苏家村查到真相。现在陪着郑卫国他们的人可能就是冒充J城警察的人，他们肯定会误导郑卫国他们调查案子情况。"叶建国说道。

"如此看来，郑卫国和沈家明应该非常危险了。"左锋叹了口气。

"不止他们两个，高杰带人去黄泉镇是为了接应陈远，可是他们却没有见到陈远，这说明陈远可能也陷入了绝境。"叶建国一下子站了起来。

这时候，孟雪正好从外面走了进来，她听到叶建国的话，顿时脸色一变。

"孟雪，你怎么来了？"看到孟雪，左锋有点意外。

"我听说出事了，过来看看。陈远他们怎么了？刚才听你们说的意思是不是他们去苏家村出问题了？"孟雪问道。

叶建国和左锋对视了一眼，然后点了点头，说了一下事情的原委。

"不行，我要去找他们。"孟雪一听，立刻准备转身离去。

"等一下，你去能做什么？现在很多情况都不太清楚，你去了也没用。"左锋拉住了孟雪，"你冷静一下，现在我们正在商量办法。越是这个时候越要沉住气。现在郑卫国和沈家明身处险境，陪同他们的是假的J城警察，希望他们能够有所警觉。陈远现在不知所终，不过高杰他们已经过去接应他们了，并且我还安排了邱队长带人过去帮忙，相信不会有什么问题的。"

"不错，现在我们主要搞清楚截走J城两名警察的人是什么人，他们此刻就被困在G城，找出来只是时间的问题。只有搞清楚了这件事情，才能知道对方这次的动机是什么。"叶建国点了点头说道。

"你们有没有想过，是谁走漏了风声，让人提前过去截走了人？"孟雪问道。

"当时刘四月就给我一个人打了电话，当时我和邱队长正在说话。接到刘四月的话后，我便立刻安排人过去……"左锋话没说完愣住了，看了看叶建国，露出了一个吃惊的表情，"难道是邱队长？"

"没有确切证据，不能急着下结论。我要立刻向省厅汇报这件事情。如果真的一切如我们所想的话，那么这个案子情况非同小可。"叶建国表情凝重地说道。

"可是如果邱林玉有问题的话，那么高杰那边也会出事的。这可怎么办？"左锋的额头上冒出了冷汗。

"我去，我去通知高杰。如果邱林玉找到了高杰的话，我会想办法告诉高杰。"孟雪忽然说话了。

"不行，那太危险了。"叶建国摇了摇头。

"叶局长，我去是最合适的。邱林玉不知道我来过这里，我过去就说是去找我的组员的。如果其他人过去，邱林玉有问题的话，那么肯定会出事的。"孟雪说道。

"孟雪说得没错，她现在的确是最合适的人选。"左锋点了点头，看着叶建国。

"本来我就应该和我的组员在一起的，现在他们有危险，我总不能在这里干等着。尤其是陈远，现在生死未卜。叶局长，即使你不让我去，我也会去的。"孟雪坚定地说道。

"那好吧。"叶建国见拗不过孟雪，只好同意了。

"我给你写个纸条，你见了高杰给他，他就知道该怎么办了。"左锋说道。

"那太好了。"孟雪正在发愁要是见到高杰他们该怎么告诉他情况。

左锋安排了一下，然后让孟雪办了一下手续，领了配枪。临走的时候，孟雪对左锋说，如果她舅舅问起来，千万不要跟他说。

"老实说，你舅舅刚给我打电话，交代我这次要多照顾下你，危险的任务尽量不要安排你过去。真不知道是你舅舅不了解你的性格，还是不了解我的性格。"左锋无奈地说道。

"你不用管他，肯定是我外婆让他那么做的。其实我舅舅还是理解的，毕竟他也是公安系统的工作人员。"孟雪笑了笑说道。

第二十三章 夜探

夜深了，郑卫国睡不着。

从床头窗户望出去，隐约可以看到苏家村西边的情况。漆黑的夜幕下，整个苏家村像一头沉默的野兽，带着说不出的诡秘与阴森。

沈家明睡着了，发出了轻微的鼾声。

郑卫国拿起手机看了一眼，还是没有信号。他不知道陈远现在情况怎么样了，到没到G城。晚上的时候，他问了一下苏天林，说苏家村这边确实没有手机信号，不过村委会有一部固定电话可以跟外面联系。让郑卫国明天用固定电话跟G城公安局联系一下。

吱，突然，隔壁的房间门响了一下，虽然很轻，但是却清晰地传进了郑卫国的耳朵里。他听得出来，那是邓伟光他们住的那个屋子，并且有人蹑手蹑脚地从房间里走了出来。

郑卫国屏着呼吸，竖起耳朵，一动不动地听着外面的动静。

果然，有人来到他们住的窗边，伫立了一阵子后才悄悄往外面走去。

等到那个人出去，郑卫国立刻从床上下来，然后拿起外套，跟着走了出去。

从背影可以看出来那个人是阿合。

郑卫国不远不近地跟着他，一起向苏家村的西边走去。阿合走得很快，时不时回头张望一下，好在郑卫国有多年的刑警跟人经验，不然早被阿合发现了。

阿合来到了苏家村西边不远处一个宅院，郑卫国听邓伟光说过，这个宅院应该就是那个神秘的田庄。

阿合半夜来这里做什么？

郑卫国本来对这个苏家村就充满了怀疑，还有邓伟光，他们一个一个看起来好像都没事，但是却总觉得有问题。

阿合走进了田庄里面。

郑卫国没有从正门进去，他怕被发现。他绕到田庄的侧面，找了一处矮墙翻了进去。进入里面郑卫国才发现，原来这田庄就是一个普通的宅院，类似庙堂，外面是一个院子，里面是一个厅堂。郑卫国跳进来的地方是院子的西边，旁边堆满了木头，有的地方还长满了荒草。他沿着墙边走了过去，来到了厅堂的外面。透过厅堂的门缝，借着月光郑卫国看到里面的情况，在厅堂中间有一尊凶神恶煞的龙王泥像，阿合跪在龙王像面前，低头在说着什么。

郑卫国换了一个地方，将耳朵侧了侧，试着往里面靠了靠，想看看能不能听清楚阿合说的话。这时候，郑卫国看到那个龙王像忽然动了一下，然后从侧面闪出一个人影，悄无声息地走到了阿合的前面。

阿合低着头，根本没看到那个人走到自己身边。那个人的手里拿出了一把闪着寒光的匕首，朝着阿合刺去。

郑卫国一愣，刚准备冲进去，身后却忽然有只手拉住了他。

郑卫国回头一看，后面拉住他的人竟然是邓伟光。

啊，里面传来了阿合的惨叫声。

"不要冲动。"邓伟光低声对郑卫国说道。

郑卫国回头看了看里面，只见阿合虽然挨了一刀，但是却在地上连连磕头，嘴里说着什么。

邓伟光拉了拉郑卫国，示意他先离开。郑卫国点了点头，两人一起退出了田庄。

"到底是怎么回事？"出来后，郑卫国看着邓伟光问道。

"这个阿合其实并不是真的阿合，他是假的。"邓伟光叹了口气说道。

"什么意思？"郑卫国不太明白。

"我们在黄泉镇等你们来的时候，我和比目、阿合他们走散了。后来再见面的时候便感觉他们有些奇怪，但是也看不出具体疑点在哪里。直到晚上，我和他住在一起，睡觉的时候我发现他的胳膊上有一个圆形符号文身，我顿时知道他是龙王的人。想必在黄泉镇的时候，真的阿合已经被他们换走了，甚至可能比目也是假的。"邓伟光说了一下具体情况。

"龙王的人？这到底是什么意思？我怎么听不明白？你说那个比目也是假的，那陈远不是有危险了？"郑卫国焦急地问道。

"这就说来话长了，我们边走边说，免得被人发现。"邓伟光看了看前面，低声说道。

回去的路上，邓伟光讲了一下他知道的情况。

之前邓伟光来苏家村调查案子的时候，曾经偷偷去过西边的龙王庙，在那里他发现龙王庙的下面竟然有一个巨大的空间，并且还有人把守，那些人并不是普通人，都受过专业的训练。邓伟光便私下调查了一下，但是并没有查到什么具体线索，唯一知道的是在苏家村有一个神秘的组织，叫龙王组织，苏家村的人说是都受到了龙王的诅咒，其实就是被这个组织控制。这个组织的人身上都会有一个圆形符号的文身。

回到J城，邓伟光将这个发现给局里领导汇报了一下，不知道为什么领导把这个事情压住了，并且劝他不要再提这个事情。邓伟光怀疑局里领导也和这个龙王组织有关系，但是他又不知道该信任谁，所以只好将这个事情埋在了心底。

这一次J城公安局接到省厅和G城公安局的要求，让他们派人过来配合调查苏家村，于是邓伟光便主动要求过来，希望能继续查一下龙王组织的事情。

"你说你怀疑你的上司也是这个组织的人？"郑卫国听得后背发凉，邓伟光在J城是刑侦队队长，他的上司如果有问题，那整个J城公安局的侦查方向都会受到影响。

"即使他不是龙王组织的人,也是知情人。可能他为了保护我,才让我不要参与进来。"邓伟光点点头。

"如果这个龙王组织真的存在,并且能渗透到你们局里,那么也不能保证G城公安局里没有龙王组织的人啊!"郑卫国更担心的是这个问题。

"所以来这里的时候我不知道能不能信任你,有些事情才有所保留。"邓伟光叹了口气说道。

"不管是什么组织,如果违法犯罪了,这次过来了我都要把它揪出来。你放心,如果你说的情况都是真的,我会和你站在一起,不管有什么人在中间阻扰,我都会将他绳之以法。"郑卫国说着拍了拍邓伟光的肩膀。

第二十四章　意外

陈远没想到进来的人竟然是高杰和他的手下小安。

"陈警官，你怎么会在这里？"看到陈远从里屋走出来，高杰也显得很意外。

"你们，你们认识？"刘大爷看着陈远和高杰问道。

"这是G城公安局刑侦队队长高杰。刘大爷，你儿子的事情，我们肯定帮忙调查。这点你就放心吧。"陈远对刘大爷说道。

"可是，那是龙王啊。"旁边的彩儿说了一句。

"别说他是龙王，就是玉皇大帝，我们一样抓他。"陈远回头说道。

"什么龙王？怎么回事啊？"旁边的高杰听得一头雾水。

"来，我们进屋说，我跟你详细说一下。"陈远拉着高杰，往里面走去。

"对对，大家进屋去，我给你们倒茶，然后慢慢说。"刘大爷说着也跟着走了过去。

陈远将遇到的事情原原本本跟高杰讲了一下。

"这就对了，我们在旁边的村子找到了被袭击的比目和阿合，那么和你们一起去苏家村的那个比目和阿合应该是假的。那个邓伟光呢？"高杰听到这里，恍然大悟。

"那个不知道，因为我们都没见过邓伟光，所以也不清楚。现在这个假比目已经死了，就在院子里。我们应该尽快去苏家村找到郑队长他们，将这个事情告诉他们。"陈远说道。

"我认为郑队长他们应该暂时不会有事，如果对方想伤害郑队长他们的话早就动手了，根本没必要等到去了苏家村再动手。对方千方百计不希望郑队长他们见到真的J城警察，恐怕其中另有隐情。我现在让刘四月送真的比目和阿合回G城了，也不知道他们情况怎么样了。现在可能唯一担心的是这个真比目和真阿合没有死的消息不能传播出去，否则对方肯定还会对他们下手。"高杰分析了一下情况。

这时候，刘大爷端着一壶水走了进来，给他们倒了点热水。

小安站了起来，然后看到后面墙壁上有几张照片，其中有一个男人和彩儿的合影。

"这是你父亲吗？"小安问道。

"是的。"彩儿点点头。

"你的左手怎么总戴着手套？"小安仔细看了看那几张照片，发现了一个问题。

"之前做活儿的时候，磊子的小拇指不小心被电锯锯掉了，所以左手成了四根指头，不太好看，便一直戴着手套。"旁边的刘大爷说出了原因。

"陈警官，我听说你之前去过苏家村，还在那里住过一段时间？"高杰犹豫了一下，然后说出了心里的疑问。

"对，我之前因为一些事情，无意中去了苏家村，不过在那里的时候脑袋失忆了，很多事情都记不清了。所以这次苏家村之行，我也是想找回当时在那里发生的记忆。"陈远点点头说道。

"陈警官，你说你在苏家村住过一段时间啊？那你怎么离开的？我听人说过，能住进苏家村的人，应该都是入了他们村族的人。"刘大爷听到陈远说的事情，不禁有点奇怪。

"入了他们村族，这是什么意思？"高杰问道。

"就是成了苏家村的人，又或者说和苏家村的女人结婚了。"刘大爷说道。

"陈警官，你，你真想不起来了？"高杰听到刘大爷这么一说，顿时有点紧张，他用狐疑的目光打量着陈远。

"真想不起来了，高队长，你不用怀疑我，我是一名警察，我知道自己该做什么，不该做什么。如果说我找回那段记忆，发现自己做了违法乱纪的事情，不用你们说，我知道该怎么做的。"陈远脸色有点难看，冷声说道。

"陈警官，你别误会，我不是这个意思。"陈远的话倒让高杰有点尴尬了。

"我也有些累了，先休息了。明天我们一起去苏家村吧。"陈远没有再说什么，站起来走了出去。

高杰点了点头，想说话，却又没有说出来。

高杰的疑问其实陈远不是没有想过。那段在苏家村的记忆，陈远唯一记得的人就是苏梅。他已经回忆了无数次，每次都一样，脑子里那些被遗忘的记忆被紧紧地锁着，无论他怎么用力，都没有给他释放出半点。

雨夜，他被苏梅带回苏家村，在那个菩萨庙里，他记得苏梅抱着他，然后苏梅胸前那个小海豚吊坠晃啊晃。等到他醒过来的时候，已经在苏家村了。苏梅陪着他，然后每天帮他换药，送饭。再后来的记忆便是他和苏梅开始在苏家村里行走，那些人喊他新名字，复生。苏家村的每个人都匆匆忙忙的，很少有人理他。最多的便是苏梅的表哥苏安来跟苏梅说话，但是对于陈远却没有一句多余的话。陈远知道那是因为苏安喜欢苏梅。

后面的记忆便是陈远离开苏家村的画面，苏安带着人追他们，被苏梅拦住了，然后他们跑了出来。

"出去以后，不要再回来了，就忘了这里的一切吧。"这是苏梅对他说的最后一句话。

"如果能住在苏家村，那说明入了他们的村族，又或者说是和苏家村的女人结婚了。"刘大爷的话回响在陈远的脑子里。

陈远感觉脑袋一片空白，偶尔有个声音在响。

"苏安喜欢苏梅姐姐，可惜苏梅姐姐不喜欢他。"

"苏安很生气，要不是苏梅姐姐，他恐怕早就对你不客气了。"

199

究竟在苏家村里的那段被断开的记忆是什么？陈远想要用力回忆一下，可是脑袋却开始生生地疼起来，他感觉有无数个声音在耳边一起鸣叫，那些声音钻进他的脑子里，让他整个人都瑟瑟发抖。

　　"复生，以后，你就叫复生吧。这苏家村的人，恐怕最奢侈的想法就是复生了。"眼前一片模糊，那个小海豚吊坠落在了他的脸上，一片冰凉，然后一个温热的嘴唇印在了他的嘴唇上，他感觉到了一股温热的气息，于是忍不住热烈地回应起来……

　　陈远一下子坐了起来，那个菩萨庙里的记忆瞬间出现在眼前，大雨倾盆的夜，在菩萨庙里，苏梅抱着他，吻了他，然后他们抱在了一起……

第二十五章　诅咒

天亮了。

郑卫国睁开了眼，坐了起来。他揉了揉有些发酸的眼睛，吸了口气。

昨天晚上回来后，郑卫国和沈家明讲了一下跟踪阿合后的事情。沈家明听后提出了疑问，邓伟光会不会是因为郑卫国发现了阿合，所以故意这么说的？

这一点，郑卫国也怀疑过，不过目前他只能相信邓伟光。毕竟，现在整个苏家村他们一点都不了解，手机没有信号，没有办法和G城的人联系，还有陈远也不知道情况怎么样了。

沈家明理解郑卫国的意思，不过他提出了一个更大的疑问，这个疑问从他们来到G城开始，沈家明就一直在想。G城出现的这三具神秘尸体，会不会只是一个引子？最终的目的就是将他们侦缉组引到苏家村。正因为对方的真正动机还没有出现，所以整个案子才看起来神秘莫测，几乎查不到任何线索。

郑卫国感觉现在他们似乎真的像是陷入了一个无法与外面联系，他们所调查的事情也是被人牵着鼻子走的怪圈。从G城出现三具神秘尸体，发现尸体的来源，他们在来到苏家村路上发生的这些事，似乎一切早已经安排好了一样。

半年前，G城公安局刑侦队队长邱林玉带人来苏家村调查，后来不了了之。高杰说过，邱林玉是那种全靠拍马屁上位的人，对于外勤工作的危险是能躲就躲的，怎么会带人来苏家村这样的地方调查案子呢？生性喜欢在外面做外勤工作的高杰却没有去？J城公安局协助侦缉组来苏家村查案，半路在黄泉镇却遭遇袭击？并且除了邓伟光，另外两名警察比目和阿合被人假冒？邓伟光说的一切是真是假，他会不会也有问题呢？

门被推开了，沈家明走了进来，端着一盆水，拿着一条毛巾。

"邓伟光和阿合先去前面吃饭了。"

"是吗？那我们也赶快过去吧。"郑卫国站了起来，然后洗了把脸。

郑卫国他们走到前院的时候，邓伟光和阿合已经在准备吃早饭了。苏天林和他们坐在一起，一个女人正在忙着端饭。

"郑队长，快来，快坐。"看到郑卫国，苏天林热情地喊了起来。

早饭比较简单，米汤，馒头，一盆炒菜。

"山村乡下，也没什么好饭菜，你们别介意啊。"苏玉林拿出一个烟袋，一边磕着里面的烟灰一边说道。

"村长，你太客气了，这已经很不错了。"邓伟光笑着说道，"比起上次我们来的饭菜，这可好太多了。"

"是吗？上次招待你们的是苏贵家人，我还真不知道情况。"苏玉林愣住了。

这时候，一个焦急的叫声从外面传了进来，然后苏德推门走了进来，上气不接下气地说道："村长，不好了，出人命了。"

"怎么了？你慢慢说。"苏玉林一听，一下子站了起来。

"今天早晨，苏老二去祠堂打扫卫生，结果发现有个人躺在里面，仔细一看竟然是苏江河，并且已经死了。"苏德说道。

"走，过去看看。"苏玉林说着往前面走去。

郑卫国他们一听，也都放下筷子，跟着一起往祠堂走去。

苏家村的祠堂在苏家村西边没多远，昨天晚上郑卫国因为太关注阿合，所以没注意，原来祠堂距离那个田庄也没多远。

郑卫国他们赶到祠堂的时候，那里已经聚满了人，看来这个苏江河的死，吸引了大部分苏家村的人。一些小孩在祠堂门口嬉笑打闹，女人们聚在一边窃窃私语，男人们则一个一个阴沉着脸。

看到苏玉林来了，很多人都迎了过来。

"怎么回事？"苏玉林问道，之前苏家村的事情都是他做主，他习惯性地往前走去，可能想到了后面跟着郑卫国和邓伟光，于是慢下了脚步，转过身等到郑卫国和邓伟光过来，他说道，"两位队长，你们，你们去看看吧。"

郑卫国点了点头，表情有点不悦，毕竟是发生人命案，刚才听苏德说发现的时候人已经死了，这说明现场肯定被破坏了，这里的人显然没有保护现场的意识。

走进祠堂里面，只见三个男人站在里面，在祠堂供桌的下面躺着一个人，用一块白布盖着。

郑卫国走过去，其中一个男人伸手拦住了他。

"让开，这是省厅过来的刑警队长。"邓伟光瞪了那个男人一眼。

那个男人看了看后面的苏玉林，退到了一边。

"村长，让无关人等先出去吧。"邓伟光看了看苏玉林说道。

苏玉林点了点头，然后和苏德安排了一下，最后祠堂里只剩下几个人。邓伟光和沈家明问了一下第一个发现尸体的苏老二，郑卫国则仔细看了一下尸体。

死者四十多岁，身高一米七左右，身材粗壮，上身穿着一件黑色的短袖，下身穿一条深蓝色的长裤，鞋子是一双黑色的胶鞋。

事发突然，郑卫国也没有戴一次性手套，为了避免留下自己的信息，他从口袋里拿出了一个塑料袋，然后开始检查尸体的情况。死者的致命伤口是脖子上的刀伤，虽然没有造成割喉，但还是喷射出了不少血迹，这样的状态也确定了祠堂就是死者被害的第一现场。

"好像是被人从背后袭击的。"邓伟光看着死者的样子说道。

郑卫国也发现了这点，从死者的伤口位置可以看出来，刀子是从背后伸过来然后顺着脖子横向划到后面的。应该说凶手下手利索，力道准确，才会造成如此准确的伤口痕迹。

这个时候，门外突然传来了一阵哭叫声，然后一个女人从外面跑了进来，看到地上的人，大声哭了起来，旁边的苏德想拦她，却被她一把推开，女人冲到尸体面前，哭了起来，边哭边喊："我就说别和人家作对，你不听，你不听啊。"

"苏德，将她拉走。"后面的苏玉林一听，立刻对苏德喊道。

苏德走过去，用力拉住了那个女人，但是女人却死死地拉着尸体的手。

"等一下，松开。"郑卫国推开了苏德。

"这是谁？"郑卫国看了看苏德，推测道，"死者老婆？"

"是，是的，她是死者老婆田红。"苏德点点头。

"田红，我问你，你都没看到死者的样子，就确定是你丈夫吗？"郑卫国看着田红说道。

"哼，还用确定吗？这次被诅咒选中的人，除了我丈夫，还有谁。"田红抬起了头，扬起了她手上抓着的死者的手。

郑卫国这次看见在死者的手背上，有一个圆形符号的文身。这个符号，和在G城那三具尸体身上的文身符号一样。

"田红，你，你到底要闹到什么时候？你别忘了苏柔，她还需要你。"苏玉林走过来说话了。

田红的表情慢慢变得冷漠起来，然后站起来说道："行吧，村长，一切都听你的安排。"

"那你先回去吧，江河的事情，相信两位队长肯定能查出真相的。"苏玉林对田红说道。

田红点了点头，转身走出了祠堂。

苏玉林的话让郑卫国有点生气，这摆明了是威胁，田红肯定知道一些东西。很显然，苏玉林不希望被郑卫国他们知道。于是，郑卫国抬头对沈家明示意了一下，沈家明顿时明白了郑卫国的意思，也跟着走了出去。

"村长，刚才田红说的诅咒是什么意思？"郑卫国走过来，开门见山地问起了苏玉林。

"唉，这事说来话长。郑队长既然想知道，那我就跟你说一下。"苏玉林叹了口气，不禁皱紧了眉头。

第二十六章　受困

　　如果不是刘彩儿，陈远他们绝对想不到，在黄泉镇的三岔口后面竟然还有一条小路。这条小路可以直接通往鹿鸣山山顶，然后从山顶后面就可以绕到苏家村的西边，也就是可以直接到那个神秘的龙王庙。

　　"父亲被他们绑走后，我无意中发现了这条小路，并且我还找到了龙王庙下面的机关，只是我一个人不敢进去。"刘彩儿说道。

　　沿着小路，陈远、高杰和小安在刘彩儿的带领下走上了那条小路。这条路显然很少有人走，有的路面都被荒草野树遮住了。

　　走了大约半个小时，他们才算来到了山顶。然后绕过山顶，往北边又走了十几分钟，在一个路口，刘彩儿停了下来，指着前面一条下山的小路说："就是这里，直接下去就可以到龙王庙。然后在龙王庙的入口左边有一个石狮子，扭动那个石狮子的头，就能打开龙王庙下面的通道。"

　　"那行，彩儿，你回去吧。我们自己过去吧，免得有危险。"高杰对刘彩儿说道。

　　"可是，如果你们遇到危险怎么办？"刘彩儿担忧地问道。

　　"你放心，我们会小心的。"陈远摸了摸刘彩儿的脑袋说道。

　　陈远、高杰和小安沿着那条下山道往前走去。果然，没过多久，他们就看到了那座龙王庙。

　　之前听好多人说过这个龙王庙，是苏家村比较重要的一个地点，所以以为会是一个比较大或者比较特别的庙宇，可是眼前这个龙王庙看起来很一般，甚至有点不起眼。

　　陈远走进去看了看，这个龙王庙里面供着一个龙娃神像，两边是守护的神像，一个是龟丞相，一个是虾头将。神像面前有一个香鼎，里面全是香灰，除此之外，庙里什么都没有。

　　"看来这个龙王庙只是一个摆设，真正的秘密应该在这下面。"高杰打量了龙王庙里一圈，然后走到门口的石狮子旁边。按照刘彩儿说的办法，高杰抓着那个石狮子头来回试了试，然后用力拧了一下，随着石狮子的身体转过来，只见前面龙王庙下面，慢慢开了一个入口。那个入口是用木板做的，所以隐蔽性非常好。如果不是刘彩儿之前告诉他们，恐怕就算打开了，也很难发现这个隐蔽的地方。

　　高杰走在前面，陈远走在中间，小安在最后，三个人借着微弱的光亮走进了龙王庙的下面。

　　进入龙王庙里面是一条甬道，大约十米，尽头是一道铁门，有光亮从里面透出来。高杰看了看陈远，然后两人分别走到左右边，拉着门扣，两人一起用力，将门缓缓拉开了，两人依次闪身钻进了门里面。

"我的天，我们没走错吧？"看到门里面的情景，小安惊呆了。

不仅小安，陈远和高杰也愣住了。他们设想过铁门里面有各种可能，唯独没想到的是里面竟然是一个巨大的玻璃工厂。透过玻璃可以看到，几个穿着白色防菌服的人正在忙着做事。

陈远看到前面有一个换衣间，于是，拉着高杰和小安向前走去。他们贴着墙壁，走到换衣间门口，看到里面有个男人坐在桌子边打瞌睡。高杰让陈远和小安在一边等着，他放轻脚步，走过去，然后拿了三套防菌服，慢慢走了出来。

三人穿上防菌服，戴上口罩，然后一起向前面走去。

走到玻璃门面前，他们才发现，进入里面还需要刷卡。三人没有卡，站在旁边的守卫马上起疑了。

"不好意思，刚过来，没带卡。"高杰说道。

"你们哪个区的？"守卫问道。

高杰和陈远对视了一下，两人不知道该说什么。

守卫马上拿起了手里的对讲机，准备说话。

高杰立刻冲过去一把拉住他的手，将他按倒在地上，夺走了他手里的对讲机。

"你们干什么？"前面不远处几个穿着保安衣服的人看到了高杰和守卫的打斗，立刻冲了进去。

高杰拿起守卫的门禁卡，对着玻璃门一刷，然后按了一下旁边的警铃按键，顿时整个厂房里面铃声大作，所有人都被惊动了。高杰拉开玻璃门，回头对小安说道："你往外面跑，谁有机会就跑出去报信。"

小安点点头，转身向前面跑去。

陈远看了一下，玻璃门外面那里还有一道门，并且开着，他立刻向里面跑去。

陈远跑进那个门才发现里面竟然是通往下面一层的，后面的保安紧追着，他也顾不上其他，只好闷头往下跑，到了下面进去才发现里面竟然是女工的住宿区，警铃的响声，让那些女工正疑惑，有的甚至还穿着内衣，忽然看到陈远钻进来，那些女孩不禁大叫了起来。陈远顿时愣住了，慌乱中，只好钻进了旁边一个宿舍里面。

"你什么人？"陈远刚进去，一个女孩突然从前面走了过来，手里拿着一把水果刀，压到了陈远的脖子上。

"别，别，我不是坏人。"陈远慌忙举起了手，连连说道。

那个女孩将他的口罩一下子拉下来，陈远抬头刚想说什么，却愣住了。

"你，是你？"那个女孩看到陈远的样子也愣住了，拿着水果刀的手顿时颤抖起来。

这时候，陈远也看清楚了女孩的样子，他顿时呆在了那里。

"复生，复生。"女孩一把抓住了陈远的胳膊。

这时候，外面传来一阵嘈杂的声音，然后是保安们的叫喊声。

"快，来这里。"女孩拉着陈远来到了宿舍后面的阳台，然后将他推了进去。

保安很快走了进来:"人呢?"
"前面,往前面跑了。"女孩指了指前面的走廊。
"你确定?"保安听后,不禁脸色一变。
"是的。"女孩点点头。
保安拿起对讲机,边往前面走边说道:"不好了,有一个跑进了试验区。"
女孩等到保安走后,来到了阳台。
陈远站了起来,慢慢走到女孩面前,将她推到了墙边。
"你,你做什么?"女孩想要推开他,却没有用力。两人的身体几乎要挨到一起,都能感觉到彼此的呼吸。陈远慢慢将手放到了苏梅的胸前,撩开了落在胸前的头发,然后解开了她胸前衣服的第一个扣子。
女孩感觉后背全是汗,整个身体在瑟瑟发抖,她不禁闭上了眼睛。
陈远将手指伸入女孩的胸口,然后捞出来一个东西,那是一个蓝色的小海豚吊坠。
"苏梅,苏梅,真的是你。"陈远看着那个吊坠,喃喃地说道。

第二十七章　诅咒

　　黄泉镇前面的鹿鸣山的来历有一个故事。北宋宋钦宗靖康年间，金军攻破东京（今开封），俘虏了宋徽宗、宋钦宗父子及大量赵氏皇族、后宫妃嫔与贵卿、朝臣等三千余人，押解北上，东京城中公私积蓄为之一空。

　　危难之际，各地守将前来勤王，却受到投降派大臣唐恪、耿南仲的命令裹足不前。只有南道总管张叔夜与两个儿子伯奋、仲熊违抗这一投降式的朝命，募兵一万三千人勤王，在颍昌府遭遇完颜宗翰部，大小十八战互有胜负，最后全军突入开封城，终因寡不敌众而为金军俘获，在敌兵簇拥下押至金军大营。

　　被俘之初，金军统帅对张叔夜以礼相待。因为这时金人正考虑推立异姓为帝，即扶植张邦昌为傀儡政权，而希望借助张叔夜的地位和声望来实现此计划。张叔夜严正拒绝了金军统帅的威胁利诱，大义凛然，掷笔于地，与孙傅及秦桧等人拒绝在劝进书上署名。

　　在金国押送宋朝官员的路上，张叔夜面对被蹂躏的河山和欺辱的君王，自缢而死。在张叔夜被擒的时候，他的儿子张伯奋带人埋伏在鹿鸣山附近想要救人，可惜却没能成，最后被逼至鹿鸣山，张伯奋和他的部下誓死不从，从鹿鸣山跳下去，然后跟随他们一同跳下的有几百头鹿，鹿血和尸体将山下面染红，形成了鹿鸣河。

　　对于苏家村的龙王诅咒一说，则是说张叔夜的二儿子张仲熊带着剩余残兵逃到了苏家村地界的龙王庙，他们在那里躲避追兵，并且和龙王达成了协议。龙王可以保住他们的性命，只要他们不离开苏家村，就可以世世代代平平安安生活在这里，当然他们每年都要给龙王进贡一个童女作为祭祀之礼。

　　"其实这个祭祀很少的，说是要童女，其实后来都用牛羊猪来代替了。田红说的诅咒，其实是她的男人去龙王庙乱来，冒犯了龙王，然后他的女儿苏柔极力要代她父亲做祭祀赎罪。这个提议，苏家村的人当然都愿意了，要知道用童女做祭祀，当然要比牛羊猪这些更加虔诚。"村长从口袋里拿出一包烟，塞到嘴里抽了起来。

　　"你说田红的女儿去给龙王做了祭祀？"郑卫国愣住了。

　　"去了，也没去。"苏玉林说道。

　　"什么意思？"郑卫国不太明白苏玉林的话。

　　"苏柔上山去龙王庙那天晚上出事了，当时抬她上去的轿夫在前面的田庄休息，然后感觉轿内有点不对，掀开轿帘一看，发现苏柔竟然死在了里面，穿着红色的喜服，满身都是血。当时是大晚上，又在田庄那地方，吓得那几个轿夫连滚带爬地离开了现场。等到我们知道事情，带着人过去的时候，轿子里已经没有人了，并且上面全是血迹。"苏玉林现在说起来，还是一副惊魂未定的样子。

这时候，邓伟光从里面出来了，他也看过尸体了，脸色有些疑惑。不过，他和郑卫国只是对视了一眼，并没有说什么。

田红离开的时候，沈家明跟了过去。当时的事情很明显，田红似乎有话跟他们说，但是可能碍于苏玉林的面子，没有说出来。所以，当他们避开苏玉林和其他村民后，田红主动和沈家明讲起了她要说的话。

"我男人肯定是被那些人杀死的。"田红开门见山，直接说出了自己的想法。

"仔细说来听听。"沈家明看着她。

"我说的那些是住在龙王庙里的人，他们说是看守龙王庙的，其实就是亡命之徒。之前我男人去龙王庙，那是去找我的女儿苏柔。他们说我的女儿苏柔在去祭祀的时候失踪了，肯定是被他们杀害了。"田红说到这里，情绪顿时有点失控，哭了起来。

"你仔细讲下，这到底是怎么回事？"沈家明虽然从田红的话里听出点什么，但还是有点一知半解。

"那个龙王庙里有宝藏，我女儿苏柔的男朋友就在里面挖掘宝藏。这事情我们也是后来知道的，当时我们怎么也不明白，苏柔为什么执意要去做龙王的祭祀。原来这是她和她男朋友商量出来的主意，他们原本是打算找到宝藏后回来带我们离开这里的，结果却一直没有消息，我男人着急，便去龙王庙里找他们，然后被他们害死了。他们说我男人死于龙王的诅咒，其实，哪里有什么诅咒，不过是那些在挖掘宝藏的人对外宣传的吓唬人的东西。"田红说了一下具体情况。

"龙王庙里有宝藏，这个你们后来怎么知道的？"沈家明问道。

"苏柔给我们留了一封信，在里面说了，她认识的男朋友就在龙王庙下面工作。说用不了多少天，就能赚一大笔钱，带着我们离开苏家村。没想到，他们这些人肯定是发现了……"田红说着又哭了起来。

听到这里沈家明明白了过来，田红的女儿苏柔借着祭祀的名号去龙王庙里，是为了见在那里挖掘宝藏的男朋友，可是却从此失踪。田红的男人为了找女儿，结果被对方杀死。看来这个龙王庙还真有点问题。

沈家明立刻找到郑卫国，将田红说的事情讲了一下。

"这个龙王庙，看来我们得去看看了。邓队长，你之前不是也去过，要不要和我们一起过去？"郑卫国说道。

"好啊，可以。"邓伟光点点头。

"不过为了避免打草惊蛇，我们还是不要和其他人说的好。我有个主意，邓队长，你这么做。"郑卫国说着，附耳过去，在邓伟光的耳边轻声说了一番话。

"这样行得通吗？"邓伟光有点意外地问道。

"按照我说的就行。"郑卫国笑了笑。

正说着，苏玉林走了进来，他看到郑卫国和邓伟光在说话，于是问道："两位队长，现在是什么情况啊？有没有什么发现啊？"

"哦，现在看来没什么。不过田红说她男人是在龙王庙出事的，所以我们决定去龙王庙看一下。"郑卫国说道。

"她，她又胡说什么？刚才她不是已经走了？"苏玉林愣住了。

"我跟她做了一下详细询问，她跟我说的。"旁边的沈家明解释了一下。

"原来是这样啊，那，那你们什么时候去龙王庙啊？"苏玉林有些慌张地问道。

"事不宜迟，我们准备马上就去。"郑卫国说道。

第二十八章 记忆

一年前,陈远还在阳城殡仪馆工作,当时阳城殡仪馆跟J城殡仪馆合作开了一个学术研讨会,后来这个学术研讨会被J城方面拿走,阳城殡仪馆便主动放弃了,不过每次开会的时候,J城方面总会让阳城殡仪馆过来一个工作人员旁听。

5月的时候,陈远被派来J城出差。当时的学术研讨会在J城一个度假村里举行,来的大部分是一些和殡葬行业有关系的人。作为一个可有可无的角色,陈远在整个研讨会过程中没人接待没人理会,他感觉非常无聊。本来他准备会议结束后就离开,可是没想到J城殡仪馆的领导在临走时请他过去帮个忙。

原来就在学术研讨会结束的时候,J城发生了一起重大交通事故,J城殡仪馆法医中心一下子爆满,相关工作人员一下子不够了。来的时候,陈远说过自己是在殡仪馆工作,所以对方希望他能帮个忙。

陈远跟着对方去了J城殡仪馆的法医中心。之前陈远在殡仪馆的工作比较简单,都是自己一个人在清静的环境下做事。到了法医中心才知道什么叫手忙脚乱,被送过来的尸体很多都遭到了严重的撞击破坏。

整个晚上陈远忙得头昏脑涨,一直到凌晨两点多才结束。这时候,门外来了一堆死者的家属,不知道什么原因和法医中心的人起了冲突,然后大家打了起来。陈远作为一个来帮忙的人,也被对方当成了法医人员。几个男人拿着棍子追着陈远从殡仪馆跑了出来,结果导致他从J城殡仪馆外面的高桥大道上摔了下去。

等到醒过来的时候,他发现自己脑袋撞伤了,晕晕乎乎的,什么也记不清,唯一记得的便是苏梅带着他回到了苏家村,然后便是他离开苏家村。唯独在苏家村的记忆怎么也想不起来。

记忆像一部播放的电影,中间的依然无法记起来,可是开头和结尾却非常清晰,尤其是苏梅,她的片段式记忆一直是陈远内心的一个梦。有时候,他觉得那是如此真实,有时候却又觉得那只是他的一个想象。

苏梅坐了起来,然后走到门边,确定没人了,回过头,问道:"你,你怎么来这里了?"

"我,我。"陈远一时语塞,不知道该怎么说。

"我不是说过不要回来这边了,为什么你不听?"苏梅走过来,脸上充满了焦虑。

"苏梅,我之前在苏家村的记忆没了,一直想不起来,你能告诉我吗?但是不知道为什么,我还记得你。"陈远站起来说道。

"你怎么忽然问这个?"苏梅突然有点紧张,脸有点红。

"我和你是不是？是不是有过什么？"陈远想起在菩萨庙里的场景，苏梅胸前的那个小海豚，他脱口说道。

苏梅坐了下来，捋了捋刘海，轻声说道："那时候，那时候情况有些不得已，我们不是都说了，别当真。"

"我记不得当时的事情了，苏梅，你能告诉我吗？"陈远坐到了苏梅的面前。

"好，既然你想知道，我就告诉你。"苏梅点了点头，然后讲起了一年前的事情。

去年5月，苏梅路过J城，在晚上回去的时候遇见了陈远被人追打。后来，陈远从天桥大道上摔下来，正好落在了苏梅的面前。于是，苏梅便将他扶了起来。当时看到陈远的样子，苏梅心一软，便把他拖到了自己的车里。

为了躲避别人的追赶，苏梅带着陈远回了自己的老家。结果到了半路的时候，天空下起了大雨，然后两人到了菩萨庙躲雨。当时，一直处在昏迷中的陈远颤抖着说冷，冷。无奈之下，苏梅只好把他抱进了自己的怀里取暖。

苏家村和其他村子不一样，从不让外人留住。为了让陈远留在村子里，苏梅谎称陈远是自己的男朋友。这让一直喜欢苏梅的同村村民苏安非常不高兴，甚至还和陈远起过几次冲突。后来，陈远提出要离开。无奈之下，苏梅只好帮忙让他离开。不过在离开的时候，陈远喝下了苏家村给他提供的药物，现在看来，那种药的确有一些作用，一直到现在他都没想起那段在苏家村的记忆。

"什么药竟然这么厉害，能把我那段记忆抹去得这么干净？"听完苏梅的话，陈远问道。

"龙王一号。"苏梅说道。

"龙王一号？这是什么药物？"陈远问。

"这里就是研究神药的地方。你是怎么进来的？为什么会来到这里？你还没告诉我。"苏梅忽然抬起了头，看着陈远。

没有等陈远说话，门外突然传来了一个敲门声，然后一个女人的声音传了进来："苏组长，你在里面吗？"

苏梅立刻拉开旁边床上的被子，让陈远钻了进去，然后将被子盖好，自己走到了门边，打开了门。

"梅姐，在睡觉吗？"看到苏梅的样子和床上摊开的被子，门外的人问道。

"有点感冒，躺了一会儿。怎么了？"苏梅问道。

"有外人进来，主管们让我们去开会。苏安让我过来问问你。"门外的人说道。

"我不去了。我刚吃药，有点困，继续睡觉了。"苏梅说道。

"好吧，你多休息。"那个人说完就离开了。

苏梅刚准备关门，突然外面急匆匆走进来一个女孩，然后走到苏梅对面的床铺上开始翻找东西。

"露露，你在找什么呢？"苏梅问道。

"我一个报表找不到了，要得急。"那个叫露露的女孩四处翻找着。

苏梅看她准备转身去自己床上翻找,于是慌忙坐到床上,然后躺了下去。

"你还不舒服吗？"露露问道。

"有,有一点。"苏梅的身体躺下来,正好紧紧贴在了里面躲着的陈远身上,两人都绷直了身体,一动不敢动。

"找到了。"露露叫了起来,然后拿着计划表跑了出去。

宿舍里就剩下了陈远和苏梅两个人,空气仿佛静止了一样,他们彼此都听见了对方的心跳。陈远轻轻伸了伸手,不禁抱住了苏梅,苏梅的身体顿时颤抖了一下,然后跟着贴到了陈远的身上……

第二十九章　神药

郑卫国看了看前面，那里矗立着一座不大的庙宇。四周全部是荒山，那座庙宇孤零零地立在那里，像一个风烛残年的老人。

"郑队长，那里就是龙王庙了。"负责带路的苏德指了指前面的庙宇。

"看着也不大啊，附近也没其他地方，全是荒山。"沈家明说道。

"对，龙王庙本来就不大的。就是一个小庙，在这小地方，能有什么好香火？平常也没人来这里。"苏德说道。

"走，过去看看。"郑卫国看了看邓伟光，然后向前走去。

如同苏德说的一样，龙王庙是一座很平常的庙，也许因为有人会过来打扫清理，所以龙王庙里倒是挺干净。

郑卫国仔细打量了一下这个龙王庙，四五十平方米，中间是一个龙王的泥塑像，身上还披着黄袍锦衣，下面是香火台，上面有不少残灰断香。除此之外，整个龙王庙再无其他东西。

沈家明看到旁边的墙壁上画有壁画，于是走过去看了一下。壁画是介绍龙王如何修行，跃入仙班，最终通过对人乐善好施，对仇人包容的品质得到了位列仙班的资格。在旁边的壁画上，还有一个小故事，说龙王有一次路过凡间，看到一个被病魔缠身的孩子躺在地上，于是便拿出一颗药救了那个小男孩，从此以后，龙王的神像便被人供奉了起来。

郑卫国看了看邓伟光，上次邓伟光说他之前来过龙王庙，还发现了一些事情，但是现在他们在这龙王庙里，可以说眼前除了这个龙王泥塑像和壁画，一无所获。

从龙王庙里出来，郑卫国看了看四周，后面全部是树林和荒山，前面是来的时候路过的田庄，田庄下面就是苏家村。

"这还真奇怪了。"邓伟光也有些纳闷了，轻声跟郑卫国说了一下。

"你上次是从哪里发现的？"郑卫国低声问道。

"就在门口的侧面，有一个地下通道。我刚才还特意看了下，没有了。不知道是不是被堵起来了。"邓伟光说道。

"一会你再过去看看。我估计应该是找不到了，要不然苏玉林他们也不会这么放心地让我们过来。"郑卫国说道。

沈家明和苏德在前面说着什么，偶尔指指远处。趁着这个工夫，邓伟光和郑卫国来到了龙王庙的门口，仔细看了一下两侧。

"如果说不是你记错了，就是这个地方不是你上次来的地方。这两边的侧边都是实土，根本不会有通道。"郑卫国仔细看了看两边的地面，然后说道。

"这真邪门了，难道真的是我记错了？"邓伟光摸了摸脑袋，彻底蒙了。

"这个苏家村还真是奇怪。"郑卫国皱紧了眉头。先前田红也说过，这龙王庙里有宝藏，并且她说苏柔的男朋友还在这里挖掘宝藏，这说明肯定有入口的。但是现在，他们看了这么久也没有找到有入口的地方，难道真的像邓伟光说的那样，他们已经完成了宝藏的挖掘，堵住了所有的入口？

这时候，前面的苏德和沈家明走了过来。郑卫国和邓伟光只好一起离开了。

回到苏家村，郑卫国和沈家明说了一下他和邓伟光在龙王庙的情况。

"我总觉得这个龙王庙有点奇怪。"沈家明听完后说话了。

"怎么个奇怪法？"郑卫国问道。

"我们是从北边过来的，然后寺庙的入口却在南边，等于说龙王庙里的塑像方向是对着北边，正好背对着南面。这可不太符合一般寺庙或者风水的习惯啊，要知道我们选择风水的方位一般都是坐南朝北，可是这个寺庙里的摆设正好相反，并且里面的东西太简单，太干净，仿佛有人经常去收拾一样。"沈家明说出了他发现的奇怪之处。

正说着，苏玉林走了进来。郑卫国想起田红说的神药的问题，干脆开门见山问了起来。

苏玉林没有想到郑卫国会问起神药的问题，不禁有点犹豫。

"苏村长，你别说你对这个不知情。田红已经跟我们都说了。"沈家明又说了一句。

"这个，这个既然你们问起来了，那我也没什么好隐瞒的。是的，龙王庙那里的确有过神药的问题，不过现在已经没了，那是之前的事情了。这个事情其实之前邓队长也知道一点点，还有那个G城的邱林玉队长，当时他还带人来过。"苏玉林迟疑了一下说话了，"说起这个神药，其实也没什么。大约一年前，我们村子里来了几个外地人，他们说是什么历史研究学家，他们对鹿鸣山的传说特别感兴趣，尤其是我们村子龙王庙的诅咒，他们一行十几个人住在了龙王庙附近，说是在做什么历史研究报告，当时还拿出了国家颁发给他们的证件。我们当时也不知道是真是假，不过后来J城那边来了一个领导，叫张图，他说那些专家都是国家的人，让我们不要打扰，更不要多事。

这些人在龙王庙那里一住就是一年多，渐渐地，我们都习惯了他们的存在，村里的人也和这些人熟悉了起来，私底下大家也知道一些情况。那些人说龙王庙附近的土壤适合种一种可以提炼神药的东西。但是对方看守得非常严格，所以谁也没见过那种东西。今年年初，龙王庙那里突然出事了。有几个外地人发疯一样死在了龙王庙的附近，据说是试药失败的缘故。接下来，那些人全部离开了。那些人走后，苏家村的村民们都开始人心惶惶，觉得是那些人得罪了龙王，大家都担心遭到龙王的诅咒，于是提出给龙王祭祀一些东西，以示诚意。结果这时候，田红的女儿苏柔突然提出要把自己当作礼物送给龙王当祭祀新娘。这种事情，很多人躲都来不及，可是苏柔却主动献身，那大家当然同意了。后来的事情邓队长也知道，苏柔在去祭祀的途中失踪了，龙王庙的事情村民们更加害怕，再也不敢多说什么。"

"你说的那个张图，邓队长认识吗？"听完苏玉林的话，郑卫国转头看了看邓伟光。

"我认识，那是我们一个分局的一位领导。"邓伟光点点头，"并且我之前在龙王庙发现问题后，还找过这个张图，他说那些来苏家村的人是为了一些特殊任务过来的，还要我别管闲事。"

"植物？神药，这些神药的作用是什么？如果他们在这儿两年的话，那么应该会大范围种植这种东西，那需要大量的人力和物力。从外地到龙王庙必须经过你们村子，你们有没有大约计算过他们有多少人在做这件事？"沈家明想了想问了一下苏玉林。

"奇怪的地方就是这里了。他们一共十七八个人，从来这边开始就是这十七八个人，没有其他人。"苏玉林说道。

"十七八个人？你确定吗？"郑卫国一听不禁有些奇怪。

"就是十七八个人，他们总穿着他们自己的衣服，那种衣服特别亮，说是保暖，所以不会错的。"苏玉林点点头。

"我们今天去龙王庙看了，根本什么都没有，并没有看到过有种什么植物的痕迹。难道是那些人在离开之前将地方又恢复原样了？"郑卫国问道。

"这些我就不清楚了。不过苏德那时候经常和他们那些人接触，可能他会清楚一点。"苏玉林忽然想了起来。

第三十章　逃亡

刘四月停住了车，然后看了看前面，有些迷糊了。

"怎么停下了？"孟雪问道。

"路好像不太对。"刘四月挠了挠头，"我记得前面没有这个分岔口的，怎么现在却到了一个分岔口？"

"没有导航吗？"孟雪问。

"导航就到了前面的路口，前面都是无名路，没有显示。"刘四月说道。

"那怎么办？不行挨着试试看？不过这天马上要黑了。"孟雪看了看有些昏暗的天色，焦急地说道。

刘四月拿出电话给高杰打了一个，还是没人接听。

"只能先往左边看看了。"刘四月重新发动了车子，然后向前开去。

孟雪看着渐渐暗下来的天际，心里不禁有些着急。这是他们调查组第一次分开查案，虽然每个人身边都有警察跟着，但是她不知道为什么，总有一种不踏实的感觉。其实孟雪知道，自己就算过去了，也没什么作用，反而会有危险。可是，此时此刻，她作为调查组一员，如果不能和同事们并肩战斗，她无法面对自己，更不知道以后还怎么和其他人合作。

路面有些颠簸，车子有点晃荡。

"孟警官，我听说你是学法医的，怎么之前来监控科实习过？"刘四月看孟雪有点沉默，于是说话了。

"我爷爷和父亲都是法医，我学的也是法医。不过我外婆他们觉得我是一个女孩子，不如找个安稳点的工作踏实，所以便介绍我来咱们这边实习。但是显然那工作也不适合我，天天看着电脑，眼睛都受不了。"孟雪说道。

"那你还是做法医吧，这法医可不是人人都能做的，那需要天分的。现在你的工作挺好的，既做了警察，还能用到法医的知识。"刘四月说道。

"对啊，现在挺好的。"孟雪点点头。

"真是羡慕你们，年轻有为，我就不一样了，在公安局工作，每天都是外勤，跑得很累。这也怪我们知识不够，所以我现在都让孩子好好学习，只有学习好了，知识多了，才能做好的工作。"刘四月叹了口气说。

"任何工作都是一样的，付出和收获永远是成正比的。警察这个工作本来就比其他工作辛苦很多，并且还带有危险性。不过总要有人做吧。"孟雪安慰道。

车子开了一段时间，前面隐约看到一个村子。

"好像是前面了。"刘四月看了看前面，不禁加大了油门。

车子很快来到了村子面前。刘四月看了看，眼前这个村子并不是之前他和高杰他们来的那个村子。眼前这个村子说是村子也不算是村子，一眼就能看到头，五六个房子，并且黑漆漆的，没有任何声音。

"是这里吗？"孟雪问道。

"不是，不是这里。我去看看有没有人。"刘四月说着往前走去。

"要不一起过去吧？"孟雪担心出事。

"也行，这倒是我疏忽了。"刘四月点点头。

一共六个房子，里面都没有人，不过有的房子里倒有一些东西，上面灰尘满布，也不像有人住。

这时候，外面传来了一个声音，似乎是有什么东西撞到了车子上。

"你在这儿别动。"刘四月一听，立刻低声对孟雪说道，然后他从旁边拿出了一根木棍，蹑手蹑脚地走了出去。

车子就在不远处停着，刘四月走到车边，小心翼翼地看了看前面，只见前面有个人靠在车门边，正在大口大口地喘着气，一只手在揉着左脚，显然他的左脚受了伤。刘四月刚想出去，却看见那个人的右手拿着一把枪。

刘四月往后退了一下，结果不小心碰到了车边，发出了一个嗡的响声。

"谁？"那个人听到声音，迅速拿起手枪，转手对准了刘四月。

"别，别，别开枪。"刘四月一看对方举起了枪，立刻求饶。

"老刘。"对方看到刘四月，不禁放下了枪。

"小安，怎么是你？"刘四月也认出了那个人，他正是和高杰在一起的小安。

刘四月扶着小安来到了前面的房子里，孟雪在房子里面看到了这一幕，立刻打开门。

"你的腿怎么回事？"坐下来，刘四月问道。

"被刺伤了。"小安忍着剧痛说道。

"我来看看。"孟雪走过来慢慢撸开了小安的裤腿，只见脚踝处有一个伤口，血早已经把袜子和裤腿湿透，"需要马上处理。刘警官，去车上拿下我的法医工具箱。"

"好。"刘四月说着站起来，走了出去。

"你这被刺伤后跑了多久？怎么都肿成这样了？"孟雪慢慢将小安的袜子往下面褪了褪，看到了他的伤口，不禁脱口说道。

"高队长和陈警官还在里面，只有我逃了出来，我必须找人报信，否则他们可能会有生命危险。"小安咬着牙说道。

"陈警官？哪个陈警官？"孟雪一听，惊声问道。

"就是你们调查组的陈远，我们知道了龙王庙的秘密，对方发现了我们的身份，紧急之余，高队长让我跑了，他和陈警官为了引开那些人，跑进了对方的工厂区。"小安的额头上全是冷汗，因为疼痛，身体瑟瑟发抖。

刘四月走了进来，将急救箱放到了面前。

"我先简单给你包扎下，然后你需要马上去医院，否则怕你这脚以后会落下毛病。"孟雪说着，快速从急救箱里找出工具，对小安的伤口进行处理。

孟雪虽然学的是法医，但基本的外伤处理包扎还是小菜一碟，很快，她给小安处理好了伤口。

"高队长呢？你怎么受伤了？"刘四月问道。

小安舒了口气，将他和高杰遇到陈远以及一起去龙王庙的事情说了一下。

"真没想到，这龙王庙下面还有这样一个工厂，看他们对你们的做法，肯定是做见不得光的事情。我们要立刻和局里联系，否则高队长和陈警官就麻烦了。"刘四月听完小安的话，焦虑地说道。

"我们，我们还要马上离开这里，对方的人还在追我。我怕他们赶过来，我们可能都危险了。"小安说道。

"那我们先回去？"刘四月看了看孟雪。

"可是高队长和陈警官他们现在正处在危险中。"孟雪皱紧了眉头。

"我们就算现在过去怕也帮不上忙，现在必须找局里帮忙，不然我们可能也会被对方扣住，到时候大家都完蛋了。"小安说道。

正在说话的时候，外面传来了一个嘈杂的声音，还有人说话的声音。

"糟了，他们来了。"小安顿时紧张起来，握紧了手里的枪，想要站起来。

"给我，我去。"刘四月按住了小安，然后夺走了他手里的枪，向门外走去。

"老刘，小心点，他们都是亡命之徒。"小安说道。

"刘警官，小心。"孟雪也跟着说道。

"小安，如果我出了事，记得保护好孟警官，我们三个人必须有一个活着离开，告诉局里这里的情况。"刘四月对小安说道。

第三十一章 集合

外面突然传来了一个尖叫声，苏梅一下子坐了起来，神色惶恐。

"怎么了？"陈远看到她的表情，心里不禁一沉。

"这是集合的声音，一定是上面的人找不到你，所以要让所有人集合，对厂区进行搜索。"苏梅说道。

"这里到底是什么地方？"陈远问道。

"我也不清楚，我只知道我们在做一些关于药品的配方。这里一共有一百多个人，大部分都是从外地来的，平常都不让出去。我之所以在这里，是因为苏安在这里做小组长，这里具体做什么，我不清楚。不过我们知道，肯定不是什么好事。因为我听苏安说过，这里还拿活人试药。"苏梅说道。

"其他人为什么会来这里？这么多人在这里，苏家村的人难道不知道吗？"陈远疑惑了。

"其他人来这儿都是为了赚钱的，来之前这里的负责人会给他们一大笔钱。苏家村的人不知道，这里是龙王庙下面，苏家村的人不来这边的。"苏梅说道。

陈远还想说什么，外面传来了一阵阵的脚步声，想来是旁边宿舍里的人跑去集合的声音。

"他们知道你跑到这边了，肯定会来这里搜查的，怎么办？"苏梅焦急地说道，"并且一个人对一个号，肯定会查出来的。"

"没关系，我自己来想办法。"陈远站起来，走到了门边。

"苏梅，你好了吗？"这时候，门忽然被推开了，一个男人走了进来，结果正好看到了门口站着的陈远，他顿时愣住了。

"苏安，我。"看到苏安发现了陈远，苏梅顿时脸色惨白，不知所措。

"复生，你，你怎么在这里？"苏安看到陈远，也惊呆了，不过他很快明白了过来，"原来你就是那个闯进来的外人。"

"苏安，别，别说话。"苏梅走过去拉住了他。

"你竟然找到了苏梅，你等着吧。"苏安说着拿起了手里的对讲机，准备打开通话键。

陈远没有多想，突然从背后搂住了苏安，旁边的苏梅一把夺走了他的对讲机，然后说道："苏安，你不能这样做，你不可以。"

陈远将苏安按到了地上，然后死死地箍着他的脖子，旁边的苏梅也帮忙按住了他的腿，终于，苏安的身体不再动弹，慢慢停了下来。

"他，他没事吧？"苏梅看到苏安一动不动的样子，顿时吓得蜷缩起身体。

"就是晕过去了，没事的。"陈远探了探苏安的鼻息说道。

"哦，那就好，吓死我了。"苏梅舒了口气。

这时候，外面又传来了那个尖叫声，并且越来越响。

"不行，我得马上过去了。"苏梅说着站了起来。

"我有办法了。"陈远看到地上的苏安，然将他的衣服脱了下来，套到了自己身上，然后他对苏梅说道，"找根绳子，将他绑起来。"

"你要做什么？"苏梅问道。

"别问了，快，找根绳子来。"陈远说道。

"好。"苏梅慌忙站起来，找到了一根绳子，然后和陈远一起将苏安绑了起来，接着将他塞到了床底下。

"走，我和你一起去集合的地方。你跟我说下，苏安在这里的情况，我估计没人能认出来。"陈远说着将口罩戴了起来，他的身形和苏安差不多，再加上穿着苏安的防菌服，戴着口罩，还真看不出来。

陈远和苏梅走出宿舍，跟着其他人向前面走去，最后来到了二楼一个大厅。大厅里已经聚满了人，大部分都穿着防菌服，戴着口罩，有的还戴着防辐射帽子，看上去白压压的一片。

保安们全部站在一边，手里拿着警棍，目光警惕地看着每一个人。陈远大致看了看，这个厂区大约一百号人，男女平均。他不知道高杰怎么样了，如果对方抓了高杰，那么肯定会利用高杰来要挟自己，到时候恐怕自己真的是进退两难了。

正在纠结的时候，前面走出来一个男人说话了，他的样子看起来应该是这个厂区的领导，他的声音很低，但是却非常不容置疑。大致意思就是说，所有在这里的人都是签过合同，知道工作环境才来的，所以这里非常讨厌不守规矩的人。这个厂区本身是要求有绝对的保密性，每个人都签了保密协议，不允许告知任何人。现在厂区来了外面的陌生人，必须将他找出来，否则整个厂区可能都会受影响，所以大家应该尽快找到他，否则厂区出问题了，大家的饭碗也就没有了。

这个领导还真是有一套。陈远皱紧了眉头，他发挥厂区里人的眼睛来帮他们找人，这样显然事半功倍。尤其是在这个封闭的场合里，如果厂区里的人参与进来，陈远和高杰恐怕根本都没有办法藏身，随时都会被发现。

这时候，相关负责人开始对自己负责的人进行查阅。

苏安是负责女人区三号台的，陈远听苏梅说了这个情况，所以他走过去开始对三号台的女人们进行点阅。

陈远对三号台的女人自然是一无所知，只好硬着头皮走过去。他看着眼前三十多个女孩子，眼神不禁有点胆怯。

"苏组长，你在干什么？怎么不快点？"有女孩催他了。

陈远点了点头，刚想说话，前面突然传出来一个声音，只见一个穿着白大褂的男人突然推开一个人，甩手向前面跑去，人群顿时一片混乱，后面的保安顿时追了过去。全场人尖叫了起来，甚至有的吹起了口哨。

人群顿时沸腾起来，所有人都在看着眼前发生的变故。

那个向前跑的人是高杰,陈远认出了他的身份。面对现在的状况,陈远不知道该怎么办,他不能眼睁睁看着高杰被抓。于是,他没有多想,跟着站了起来,准备追过去。

"他跑到实验区了,快去。"这时候,后面的苏梅拉住了他的手,似有深意地说道。

"好的。"陈远顿时明白了苏梅的意思,点了点头,向前跑去。

第三十二章　禁忌

郑卫国没有去找苏德，因为今天白天在龙王庙的时候，苏德已经很清楚地说了他知道的情况。当时郑卫国就对苏德有了一个准确的判断，要不苏德什么都不知道，要不就是苏德故意隐瞒不说。

"还有一个突破口。"郑卫国和沈家明低声说了一下。

"你是说田红？"沈家明说道。

"不错，田红之前说她的丈夫苏江河发现了龙王庙的秘密，她的女儿苏柔为了找男朋友，主动去龙王庙祭祀。这一切听上去似乎有点不合情理，所以他们一定知道什么，只不过可能碍于什么原因，不愿意和我们说。"郑卫国点点头。

"那我们怎么做？也许她对我们并不信任。老实说，邓伟光之前来过这里，田红对我们的不信任兴许来自邓伟光。"沈家明说道。

"所以我们要过去敲山震虎，给她一点压力。"郑卫国笑了笑。

"那行，听你的。"沈家明不太明白郑卫国的话，但是也不想多问。

郑卫国和沈家明一起去了田红家里。

"你们怎么来了？"看到沈家明和郑卫国，田红显得有点意外。

"田大姐，我们来是和你说件事情。"郑卫国笑着走进了田红的家里，身后的沈家明关上了门。

"你们要做什么？"田红问道。

"今天苏德带我们去了龙王庙，可惜我们并没有找到任何异常的地方。之前沈警官听你说你的丈夫曾经在龙王庙那里发现了问题，所以想问问你，这个事情到底是真还是假？"郑卫国问道。

"你这是什么意思？我能骗你们不成？我男人已经死了，还指望着你们警察能帮他申冤。"田红一听，不禁有些着急。

"田大姐，你别激动。我们今天确实去了龙王庙，也仔细看了那里，并没有发现任何问题。这个调查需要证据，苏江河的死确实有问题。这样的话，我们只能回去申请下，再多派些人过来进行调查。"郑卫国说道。

"苏德，苏德带你们去的地方，肯定没问题。"田红一听郑卫国要走，脱口说道。

"这是什么意思？这龙王庙就一个，如果真有问题，就算苏德想做什么也做不了吧。"沈家明说道。

"龙王庙几个我不知道，但是我之前听我男人说过，这龙王庙比较诡异，有时候去的时候什么人都没有，有时候去的时候却问题百出。其中的玄机，我们也不清楚，要不然也不用求你们了。"田红冷笑一声说道。

"你或许不知道，但是有一个人肯定知道。"郑卫国盯着田红说道。

"谁？"田红问道。

"你的女儿苏柔。"郑卫国说道。

"苏柔当然知道，她的男朋友就在龙王庙那边挖掘宝藏。可惜那些人已经不见了，苏柔也不见了。要不苏柔跟着他们走了，要不苏柔也出事了。"田红说着眼泪又出来了。

"田大姐，苏柔并没有失踪，她去了G城。如果我猜得不错，祭祀那天，其实是你丈夫将苏柔带走了吧。你们之所以这么做，自然也不是因为什么龙王的诅咒，而是因为龙王庙里那些人的问题吧？这么说吧，我们是省厅的警察，和邓伟光，以及之前来这里调查的邱林玉，甚J城的张图都不是一路人，他们中如果任何人有问题，犯罪，我们都会抓走他。所以，我希望你能告诉我们实话，不然面对没有任何证据、没有任何问题的苏家村、龙王庙，即使我们有心，也无力。你明白我的意思吗？"郑卫国深吸了口气，说出了他的心里话。

田红沉默了。

"苏柔现在并没有摆脱他们，我们在G城发现了三具无名尸，其中有一具是苏柔帮忙联系抛尸的。我知道你们可能面对的是一个不敢与之对抗的犯罪组织，但是你可以相信我们，我们是警察，任何犯罪组织在我们这里都将被消灭。"郑卫国继续说道。

"好，两位警官，我反正也就一条破命了，告诉你们就告诉你们，到这个地步了，我也没什么好怕的。郑队长，你说得不错，我女儿苏柔说是去祭祀，其实是为了躲避去龙王庙的命运。"田红叹了口气，说起了事情的原委。

田红的丈夫苏江河是在偶然一次机会下发现龙王庙的问题的，原本他只是想跟着那些在龙王庙研究的外来人员学习点东西，可是他却发现那些人非常奇怪，他们做的研究并不像他们说的那样，他们甚至还会抓一些人回来，那些人大多数是村子附近的一些流浪汉。

于是，苏江河便找机会报了警。然后J城来了几名警察，非但没有对那些人进行处理，反而在村子里寻找报警的人。这件事让苏江河明白过来，在龙王庙的人似乎和警察有什么关系，所以他便把这件事藏在了心里。

后来，龙王庙那边出事了，那些外地人试药出了问题，他们离开了龙王庙。夜里，苏江河去了龙王庙，结果遇到了一个男人，那个男人说自己是警察，在龙王庙这边卧底的，他让苏江河帮忙去山下联系他的同事。可惜，因为当时情况紧急，那个男人并没有说清楚他的同事的情况。从那以后，苏江河没有再见过那个男人，并且他开始感觉有人一直尾随跟踪自己。苏江河感觉自己可能会有危险，所以才和田红商量，让女儿以祭祀的名义离开苏家村。可惜，苏江河最终也没逃开对方的毒手。

"你丈夫有说那个警察是什么地方的吗？"郑卫国没想到这儿竟然还有一个卧底警察。

"没有,只知道他的代号是201。"田红说道。

"这点很重要,我们会查一下这是哪个体系派出的卧底,这样就知道这龙王庙涉及的是什么东西。你放心,你的女儿我们会安排人保护起来,如果你有什么发现,请一定要告诉我们,不然对你和你的女儿都会有危险。"郑卫国说道。

"对了,我男人说了,如果想知道龙王庙的秘密,夜里到田庄的房顶上。"田红忽然想起了一个事情,于是说道。

"田庄的房顶上?"沈家明看了看郑卫国,愣住了。

"是的,我也不知道是什么意思。当时他是这么跟我说的。"田红说道。

第三十三章　逃跑

　　高杰冲进了前面一道门,那道玻璃门用门卡就能刷进去,而第二道门则需要掌纹认证。高杰等到后面的一个人追过来,将他一把扣住,然后拖着他的手掌放到了扫描区,第二道门也被打开了。

　　"千万拦住他,不要让他进入实验区,不行直接枪毙他。"跟在后面的领导看到高杰冲进了第二道门,于是大声喊了起来。

　　后面的保安随即跟了过来,然后冲进第二道门,很快,一个保安从前面跑了过来,大声喊道:"他进了第三道门。"

　　"快,快把他追回来。"领导一听,顿时慌了,走到第三道门便开启了锁门。

　　第三道门开了,那个领导忽然想起了一件事,既然对方打开了第三道门,为什么门还锁着呢?

　　不好,跑在前面的领导突然明白了过来,可惜还没有等他反应过来,旁边突然跳出一个身影,对着他的脑袋重重地打了一拳,然后直接钻进了前面的第三道门。

　　"谁去把他追回来,快。"被打的领导回过神来,看着其他人,"谁去把他追回来。"

　　"我去。"陈远举手走了出来,然后快速向前面冲去。

　　一进实验区,陈远就闻到了一股浓重的福尔马林味道,并且有一种说不出的阴冷感。虽然陈远之前都在类似的环境下工作,也没时间和人交流,更别说谈朋友。他看到高杰在前面走着,警惕地看着四周。前面是一个走廊,走廊的尽头有一道门,门开着一条缝隙。高杰走过去推开了门,顿时惊呆了。

　　只见门里面是一个二十平方米的低温实验室,里面放着四个立起来的温控透明箱,并且其中两个温控箱里还有两个连接各种线路的男人。他们闭着眼睛,像是沉睡的婴儿一样。旁边还有两个穿着白大褂的工作人员在看着温控箱里的温度变化。

　　高杰和陈远进来后,两个工作人员一下子站了起来,愣愣地看着他们。

　　"这两个人的情况现在怎么样了?"陈远走过去,假装一副关心的样子。

　　"这两个是现在最稳定的实验品,说明这次的龙王二号药物比起之前的龙王一号减小了排异,增加了融合性。"其中一个工作人员说道。

　　"怎么就你两个人?另外两个去哪里了?"陈远看到前面还有一张办公桌,两张椅子,并且办公桌上的两个电脑还开着。

　　"有个实验品出了问题,他们去后面处理了。"

　　"好,你们继续。"陈远点了点头,然后和高杰向前面走去。

　　从后门出去需要刷卡,好在陈远拿着苏安的卡,面前是一个楼梯,他们沿着楼梯走上去，然后推开一道铁门，走了出去。

让他们没想到的是，铁门外面竟然是龙王庙的后面。

"这个地方真有趣。"高杰摸了摸脑袋，脱口说道。

"看。"陈远的目光落到了前面不远处，那里有两个人穿着白色防菌服，他们应该就是那两个人说的同事。

"走，过去看看。"高杰摆了摆手，走了过去。

那两个人蹲在地上抽烟，低声说着什么。听见有人过来，立刻熄掉了手里的烟，然后站了起来。看到陈远和高杰，他们眼里闪过一丝惊慌。

"你们在这里做什么？"陈远问道。

"实验品出问题了，来这边处理了一下。"其中个子高的说道。

"处理完了吗？"陈远问道。

"已经好了。"那个矮个子的指了指前面。

陈远抬眼看了一下，发现前面竟然是鹿鸣山区通往G城的隐河支流。一个黑色的塑料袋子正慢慢向隐河的下游漂去。

"你们就这么处理，不会出问题吗？"高杰看到那个袋子，脱口说道。

"这没问题啊？你不知道吗？"那个高个子看到高杰的样子，不禁有点狐疑。

"他是刚来的，不太清楚。"陈远说道。

"那怪不得，通过这条隐河可以直接漂到刘家村，那边会有人处理的。再说，我们现在的实验品很少的，处理完的实验品，就算漂到G城的河流支流，或者J城的河流支流，那也是查不出来的。"低个子说了一下原因。

"我看实验区里有两个不错的实验品，听负责记录数据的同事说那两个已经很成功了，怎么还会有出现实验失败的产品呢？"陈远问道。

"这你们就外行了吧。其实这个药物产品没什么问题的，只不过是为了更好地对外合作，才做得升级。要知道龙王一号在外面做出来的东西是非常有保障的，很多人都以为这是在国外做的。其实是这里的土壤和环境非常适合药物主配方的生长。"低个子的男人似乎说到了自己的专业，顿时说得神采飞扬。

这个时候，前面出口的铁门传来了一个剧烈的撞击声，跟着是连续不断的敲击声音。

高杰和陈远互相看了一眼，他们知道肯定是后面的人追了过来。不过高杰过来的时候留了个心眼，将那道铁门锁住了，一时半会儿里面的人出不来。

"怎么回事？你们，你们到底是什么人？"那个高个子感觉自己的怀疑终于确认了，惊声问道。

陈远和高杰顾不上其他，快步向前面跑去。

这次他们彻底了解了这个龙王庙下面的组织是做什么的，他们研究的药物竟然用活人做实验，那肯定不是什么好药。现在高杰和陈远只想快点离开，找到组织，然后带人过来将他们一网打尽，因为这可不是普通的案子，里面涉及的东西也不是一两个人能负责的。

后面的人终于撞开了铁门，然后叫嚣着追赶，陈远和高杰以最快的速度向下面跑去。

　　也许跑得太快，陈远脚下打滑，一下子摔到了地上，整个人跟着滚了几下，旁边的高杰想去拉他都没拉住，眼睁睁看着陈远的身体撞到了前面一棵树上。

　　"怎么样？"高杰跑过去，扶起了陈远。

　　"脚崴了，后背也撞伤了。"陈远揪着脸说道。

　　"来，我背你。"高杰没有多说，拉着陈远往自己后背上放。

　　"别，这样我们谁都跑不了。你快走，找人过来吧。"陈远摆了摆手说道。

　　"可是……"高杰还想说什么，后面的人的脚步声越来越近了。

　　"快走吧，不然我们都走不了了。"陈远大声说道。

　　"好，你等我来找你。"高杰没有再推托，站起来，快速向前跑去……

第三十四章 夜探

郑卫国和沈家明决定晚上再去一趟龙王庙。苏江河跟田红说的话应该不会有假，看来要想知道龙王庙的秘密，必须晚上去田庄的房顶上看一下。不过这次为了避免出问题，郑卫国和沈家明决定偷偷过去，邓伟光那边也要避开。

邓伟光让阿合回J城报告苏家村的情况，不过郑卫国和邓伟光都知道这个阿合有问题，他可能并不会回去。

"这里没有信号，手机打不通，现在只能等陈远他们过来了进一步打算。不过我知道这里之所以没有信号是有人屏蔽了。"邓伟光说道。

"你怎么知道的？"沈家明问道。

"我们的手机信号如果是因为附近没有通信塔的话，并不会一点信号都没，会有一个搜索信号的提示。但是现在的信号一点都没有，这是因为有人用信号屏蔽器屏蔽了这里的通信，所以显示的是一直都没信号。"邓伟光说道。

"很有可能。这个苏家村虽然偏远，但是也不至于连手机通信信号都没有，很有可能是被人做了手脚。"郑卫国同意了邓伟光的说法。

"我认识村子里一个人，他叫苏亮，之前在电信公司做过。今天晚上，我准备和他查一下，看看那个屏蔽信号的位置能不能找到。"邓伟光说道。

"那真的太好了，如果找到了，我们就可以直接联系G城警方了。"这个消息真是非常好，郑卫国和沈家明正想着不知道找什么理由避开邓伟光去田庄。

"那行，晚上我就出去了。"邓伟光点了点头，"为了避免别人怀疑，我晚上就住在苏亮家里了。"

"好的，那你一定要小心。"郑卫国说道。

邓伟光离开后，郑卫国和沈家明一起商量了一下晚上的计划。苏江河之前发现了龙王庙的秘密，并且告诉田红龙王庙的秘密就在田庄的房顶上。

"你说这龙王庙会不会是一个障眼法，我以前看过一个建筑节目，说古代打仗的时候，为了迷惑敌人，会修建一些带机关会移动的寺庙、宅子什么的。"沈家明说道。

"我现在也是这么想的。如果这个龙王庙有问题的话，那么我们看到的那个龙王庙可能和苏江河看到的并不是一个。但是我怎么也想不通，当时我们确实看了龙王庙附近的结构、地理位置，实在难以想象它会移动或者有其他变化。"郑卫国说着皱紧了眉头。

夜，渐渐深了。

郑卫国和沈家明出发了，他们轻车熟路地来到了田庄。

夜幕下的田庄安静异常，暗淡的月光下，仿佛一座孤僻的坟墓，散发着鬼魅的气息。郑卫国推开田庄的门，和沈家明一起走了进去。

上一次来到这里，还是跟着阿合过来。对于田庄，郑卫国总有一种说不出的诡异感。尤其是上次阿合在这里的样子。

"这怎么上去呢？"沈家明指了指前面田庄的房顶。

"先进去看看。"郑卫国说着走进了庄子里面的屋子，那里也有一尊龙王泥像，不过面目凶狠，并且有些破损。

"这儿怎么也有个龙王像？"沈家明看到屋子中间的泥像，低声问道。

"这个我之前问过邓伟光，他说因为人们不敢去上面的龙王庙，便在这里也供奉了一尊龙王像。"郑卫国说道。

沈家明走过去看了看，朝着龙王像后面也看了看，然后他惊奇地发现后面竟然有一个通往顶上的楼梯，于是立刻对郑卫国喊了一声。

原本他们还在想怎么上去田庄的房顶，现在竟然无意中找到了。看来这个田庄的龙王像的目的并不是让人供奉，而是隐藏通往房顶的通道。两人依次从后面的楼梯走上去，沈家明在上面摸索了一下，摸到了一个出口，于是一跃而上，钻到了田庄的房顶上，郑卫国，也跟了上去。

田庄的房顶很开阔，两人上来后才发现站在上面能够将整个苏家村尽收眼底，并且望向西边，就能看到龙王庙。

"这看不出什么问题啊？"沈家明看着前面的龙王庙说道。

郑卫国也看了一下西边的龙王庙，确实，月光下，龙王庙矗立在那里，并没有任何异常。

"这田红会不会听错了？"沈家明猜测道。

"这个是她丈夫拼死告诉她的话，肯定不会记错。可能是苏江河话没说清楚，没有说具体时间。"郑卫国摇摇头说道。

"她说夜里的时候，夜里指的是什么时候呢？肯定不会是天刚黑的时候。一般来说，农村人说的夜里都是深夜，会不会是从零点开始呢？"沈家明分析了一下。

郑卫国看了看表，已经是夜里十一点，苏江河说的话的确是夜里站在田庄的房顶，会发现龙王庙的秘密。如果苏江河说的夜里指的是零点的话，那么应该会是光线的问题。郑卫国往前面走了走，仔细看了看前面的龙王庙，果然，他发觉了一点问题。郑卫国的视力非常好，但是此刻看着前面的龙王庙，竟然有一点点模糊的感觉。

"怎么了？"沈家明走过去问道。

"你仔细看看，这龙王庙有什么问题没？"郑卫国说道。

沈家明看了看，没看出什么。

"你眼睛是不是近视？"郑卫国问道。

"是，有点。"沈家明点点头。

"那对了，我眼睛很好。但是看这龙王庙感觉有点模糊，重影。我们再等等看。"郑卫国拍了拍手，似乎明白了什么。

第三十五章 重逢

刘四月走了出去。

小安站了起来,从旁边拿起一根木棍,然后对身后的孟雪说道:"你躲起来,如果老刘撑不住,那些人进来的话,无论发生什么事情,都不要出来。他们的目的是我,并不知道你在,所以不会再找你。"

"我,我能做些什么吗?"孟雪从来没有这种感觉,此刻她才知道自己在这件事情上其实一无是处,面对外面的危险,她真的帮不上什么忙。尤其是她知道,刘四月和小安现在要做的事情,都是为了保护自己,并且随时可能会牺牲。

"你好好留下来,躲开对方,将这里的情况带回去,就足够了。"小安说道。

"可是,我,我。"孟雪急得眼泪落了下来。

"我们做警察的,随时都会遇到这样的情况。我们不是办公室的行政警察,我们是刑警,可以说半只脚都在棺材里。牺牲没什么,只是要牺牲得有价值。如果你和我们在一起,就是没有价值的牺牲。你快躲起来,无论后面发生什么事情,都不要出声。"小安说着走到了门边。

孟雪擦了擦脸上的泪水,躲到旁边的一个角落后面,那里有个家具柜子,正好可以挡住她。

这时候,外面传来了一个叫声:"这里有人,快。"

孟雪的心顿时揪紧了。

外面的刘四月看到三个人从前面走了过来,他们全部身着保安的制服,手里拿着武器。看到刘四月,他们警惕地问道:"你看到有个脚受伤的男人过来了吗?"

"没有,你们是什么人?"刘四月问道。

"没有看到就少管闲事。"其中一个保安说道,然后转头看了看旁边的房子,"走,去里面看看。"

"你们不能进去。"刘四月伸手拦住了他们。

"为什么?"对方问道。

"我老婆在里面,不太方便。"刘四月说道。

"有什么不方便的,走开。"其中一个保安说着将刘四月一把推到了一边。

"妈的,我看你也不是什么好人,这个时候在这里待着。"那个被刘四月推倒在地上的保安顿时恼羞成怒,对着刘四月大声说了一句。另外两个保安,立刻围了过来,将刘四月围在中间,然后一起向他打来。

刘四月是警察,基本格斗还是会一些,不过他没想到的是这三名保安竟然也有几下子,刘四月寡不敌众,很快被他们三个按倒在了地上。

"去里面看看有没有人。"按着刘四月的保安对另外一个保安说道。

刘四月见此状况,身体用力往前一推,将按着自己的保安甩到了前面,然后他从口袋里拿出手枪,对着前面一个保安直接开了一枪。

这是三个保安没有想到的,他们一开始以为刘四月只是普通的莽汉,没想到竟然有枪。那个被打中的保安一下子坐到了地上。站在刘四月旁边的保安一惊,将手里的警棍用力挥了过去,正好冲着刘四月的脑袋,结果刘四月眼前一黑,登时晕了过去。

"这个枪和刚才那个人的一样,他们肯定是一伙的。"那个保安捡起了地上的枪,仔细看了一眼说道。

"进去看看。"那个保安说着一脚踹开了门。

小安站在门后,举起了手里的木棍,等到那个保安进来的时候,他照着那个保安的后背一棍子打了过去,前面的保安顿时应声倒地。

砰砰砰,后面的保安开枪了,对着小安就是三枪,可惜三枪都没打中。小安往地上一滚,扑到了对面,然后将前面那个保安的左腿用力一拉,将他拖到了自己身边,卡住了他的脖子。

"放开他。"拿着枪的保安对着小安喊道。

"放下枪。"小安将那个保安的身体挡在自己前面,对着拿着枪的保安喊道。

"妈的,信不信我打死你。"那个保安急了,怒声骂道。

"你试试?你袭警,抢枪,杀人,随便一条都够你受的。"小安说道。

那个保安听到小安这么说,有点胆怯了,嚅嗫着说道:"我,我没。"

"放下枪,现在还来得及。"小安继续说道。

这时候,被小安卡着脖子的那个保安突然从小安的脖子里挣脱了出来,然后反身对着小安踹了一脚,跟着立刻骑到了小安的身上,将小安压在了身下。

这一幕发生得太快,躲在角落里的孟雪顿时大吃一惊。只见那两个保安把小安架了起来,对他开始审问起来,疯狂地殴打。

孟雪咬着嘴唇,她看着眼前发生的一切,可是却无能为力,血从嘴唇里面渗出来。

"带走他。"两个保安说着,将小安拖了出去。

外面没了声音,孟雪从墙角里慢慢走了出来。她走到门边,透过缝隙往外看了看,发现外面没有人,于是打开门走了出去。

刘四月躺在地上,满头是血,一动不动。小安和那三个保安已经不见了。

"你怎么样?"孟雪扶起了刘四月,低声问道。

刘四月被打晕了,没有任何反应。

"哈哈,我就说,肯定还有一个人,没想到是个女的。"这时候,后面突然有人说话了。

孟雪一惊,回头看到了那两个保安,他们一脸阴险地看着她。

"我说怎么这小子不跑了,竟然跟我们拼命,原来是在保护这个女孩。"其中一个保安得意扬扬地说道。

"妹子，你说是让我们动手，还是你主动跟我们一起回去啊？"那个保安对孟雪说道。

孟雪没有说话，冷冰冰地看着他们，然后说道："有本事你们就带我回去。"

"这么狂，看来今天我们不得不对女人下手了。"那个保安笑了起来。

"你动一下试试。"这时候，忽然有人说话了，然后一个人从那两个保安后面走了过来。

"高队长。"看到来人，孟雪顿时欣喜地叫了起来。

"收拾他。"那两个保安看到高杰，对视了一眼，迅速向高杰冲了过去。

第三十六章　伤情

陈远被带回去了。

他的身份被揭穿了。

苏安为了保护苏梅，并没有讲出整个事情原委，只是说陈远打晕了自己，其他事情他不太清楚。

陈远被绑在一张凳子上，一个男人在审问他具体情况。面对陈远的固执不语，旁边一个保安照着他的嘴巴用力打了两巴掌。

"真是可笑。"陈远吐了一口血水笑了起来。

"什么意思？"那个男人愣住了。

"普天之下，都是猫抓老鼠，现在倒反了过来。"陈远忍着嘴角的痛冷笑一声。

"这么说，你是警察了？"对面的男人明白了过来。

陈远没有再说话，用舌头舔了舔肿胀的嘴角。

"其实我很好奇，你是怎么找到这里来的？又是怎么发现这里的秘密的？"对方看陈远不想说话，于是转移了一下话题。

"这里很难找到吗？"陈远盯着对方。

"确实，这里还真的很难找到。"对方点点头。

"我之前在苏家村待过一阵子，认识一些人。比如我为什么会冒充苏安，因为我认识他，我熟悉他。不知道这么说，你能明白不？"陈远说道。

"我明白了。"那个男人站了起来，对旁边的人低声说了一句，旁边的人出去了。

"你是去问苏安了吗？他并不知情。"陈远看到对方的反应，直接说话了。

"那我真有点好奇了，如果没人带你来这里，你怎么可能进来的？"对方饶有兴趣地看着陈远。

"不如我们交换一下信息，你跟我讲讲你这里的情况，我告诉你答案。"陈远笑了一下说道。

"好啊，可以，你想知道什么？"对方同意了。

"你们研究的东西是什么？这么多人在批量生产，应该是有出口的地方吧？"陈远问道。

"我以为你会问其他问题，没想到问的是这个。好，既然你问了，我告诉你也没什么。我们研究的是药，世上奇缺的药物。这种药物可以治疗各种现在医学无法攻克的病症，比如癌症、艾滋病。"对方说道。

"既然你说是医学都无法攻克的,你们又怎么能治好呢?"陈远脱口说道。

"这就涉及专业问题了。总之我们在做的药物是可以改写人类历史的东西,这样的药物自然不会受到国家的支持,所以我们这里能够有这样的环境,自然是由私人老板投资来做这件事情。"

"所以你们甚至可以做违法的事情,包括找活人试药?"陈远冷声说道。

"任何成功都需要有牺牲者的。有时候,能成为先驱者,并不是什么坏事。"对方微笑着说道。

"我看不是什么先驱者,就是为了利益做的犯罪。你们为此牺牲了不少人,他们作为实验者,是不是每个人的身上都有一个特殊的标记?"陈远想到了G城三具尸体上的那个相同标记。

"不错,并不是每个人都可以做实验者的,那需要一定的条件。好了,跟你说这么多也没用,现在你应该告诉我你的答案了。"对方对陈远问的这些东西有点厌烦了。

"很简单,我来这里是有人带我来的。也许那个人你根本没想到,他已经死了,之前发现你们这里的秘密,后来被你们追杀的人。"陈远说出了一个答案,这个答案是他想了很久想出来的。

"跑出去的那两个人是你的同事吗?照你这么说,警察应该很快就赶过来了吧?不过我跟你打个赌,即使警察来了,也不一定能找到这里,你信不?"对方笑了起来。

陈远没有说话,直直地看着对方。

"先把他关起来。"那个男人说着站了起来。

"你是这里的负责人吗?"陈远看男人要离开,于是问道。

"可以这么说吧。"男人点点头。

"好。"陈远点了点头。

"你问这个什么意思?"对方问道。

"没其他意思,只是想知道下一个进入监狱的人会是谁。"陈远说道。

男人愣住了,很快明白了陈远的意思,顿时笑了起来:"你还挺有意思的,我喜欢。只不过,就算我要进入监狱,你恐怕也没机会见到了。"

陈远被带到了一个房间里,这房间应该是关人的地方,里面什么都没有,还弥漫着一股臭味。

陈远坐了下来,他在想一些事情。这个时候,他没有害怕,也不担心,想到的不是离开或者什么,而是关于苏梅。

如果不是记忆的问题,苏梅应该就是陈远喜欢的女人。可是,现在他对苏梅的感觉却因为隔开的一些记忆,始终无法定义。很明显,苏梅对陈远是有感情的,甚至冒着生命危险救他,打晕苏安。现在苏安醒了过来,苏梅该怎么面对他?

陈远感觉脑子里一片混乱,高杰和小安虽然离开了,可是刚才那个男人的样子,似乎对于他们逃出去的情况并不当回事。

这个神秘的药厂背后究竟有什么秘密?又或者说,有什么后台,让他们如此嚣张跋扈呢？

砰，门忽然响了一下，一个人拿着东西走了进来。

陈远刚想说话，那个人却摘下口罩，露出了脸，竟然是苏梅。

"怎么是你？"陈远愣住了。

"别说话，我们换一下衣服，然后直接出去，苏安在门口等你，他会带你离开。"苏梅说着脱下了自己的衣服。

"你要做什么？"陈远看着她问道。

"只有这一个办法了，他们决定用你做实验品，我找苏安说了，他答应帮我们。你快点离开吧，以后，以后都不要来这里了。"苏梅说着将手里的衣服放到了陈远手里。

"不行，我要是走了，这里没人了，对方肯定会怀疑你们的。"陈远忽然明白了过来。

"没事，我们自己会处理。时间来不及了，快点吧。"苏梅说着直接帮陈远把他身上的衣服脱了下来。

苏梅来的时候特意穿了大号的衣服，陈远穿上去正合适。她帮陈远穿上后，从背后轻轻抱住了他："没想到，没想到还能再见到你，你以后都别来了。"

陈远握紧了拳头，身体微微颤抖着。

"走吧。"苏梅叹了口气，直接将陈远推了出去。

陈远回头还想说什么，苏梅却把门关上了。他只好转过头，然后看到了前面走廊站着的苏安，于是快步走了过去。

第三十七章　重叠

郑卫国和沈家明来到了龙王庙面前。

"郑队长，这到底怎么回事？我看没什么问题啊？"沈家明四处看了看，实在看不出什么异常。

"来，帮个忙。"郑卫国走到前面，拿起地上的石头在龙王庙面前摆成了一个三角形。

"这是要做什么？"沈家明帮着他将石头放到前面。

"走，我们回去。"郑卫国说着，然后拉着沈家明向前走去。他们重新回到了田庄的面前。

"郑队长，我们这是做什么？"沈家明想不明白郑卫国要做什么。

"走，我们现在再往前走。"郑卫国没有回答沈家明的问题，而是沿着田庄向西走去，沈家明无奈只好跟着他。

大约走了十分钟，他们再次来到了龙王庙面前。

"郑队，我们到底在做什么？"沈家明实在忍不住内心的好奇。

"你看看眼前这个龙王庙跟刚才的有没有什么不一样？"郑卫国问道。

沈家明仔细看了看，从前到后，再到侧面，也没发现什么问题。正当他准备说话的时候，他忽然发现在这个龙王庙门口，竟然没有了刚才他们摆放的那几块石头。

"那几块石头呢？"沈家明脱口说道。

"对，那几块石头不见了。"郑卫国点点头，然后向前面的龙王庙里面走去，龙王庙里不太明亮，只有外面的月光照进来，可以看见前面供台上的龙王泥塑像。

"这是怎么回事？"沈家明问道，"难道有两个龙王庙吗？"

"不错，确实是有两个龙王庙，一个是刚才外面门口放有石头的龙王庙，一个是这个龙王庙，它们的样子一模一样，根本分辨不出来。唯一分辨它们的方式就是苏江河说的那句话，从田庄房顶上，可以发现龙王庙的秘密。"郑卫国说着走到了前面的光亮处，"当时我也想不明白这一点，后来在田庄房顶上的时候，我看到眼前的龙王庙随着时间的推移竟然发生了变化，就是重影。这是什么原因呢？就像我们用两张一模一样的画重放在一起，然后通过远距离观看会重叠到一起，变成一张画的模样，但是因为距离，随着光线的推移，就会发现隔开的秘密。"

"这，这太意外了，谁会花这么大功夫，去一比一建造这样一个一样的龙王庙呢？"沈家明听完顿时惊呆了。

"苏玉林不是说了，那些过来做文史研究的人，在这里待了很久。这个假的龙王庙,自然是他们建造起来的。"郑卫国说道。

"那看着眼前的龙王庙,也没什么奇怪之处啊。"沈家明打量了一下。

"看东西不能看表面,那些人肯定不会无缘无故建造一个这样的龙王庙。"这时候,外面突然传来了一个声音,郑卫国慌忙拉着沈家明走到了门边。

只见从龙王庙的侧边走出来两个人,他们穿着白色的防菌服,戴着口罩,神色诡异地向前走着。其中一个手上拿着一根警棍。

两人正在说话的时候,后面又冲出来了几个人。那个拿警棍的人推了一下另一个人,让他躲进旁边的龙王庙。

后面冲出来的人拿着警棍,凶神恶煞地对着那个人喊道:"你在做什么?你这是要背叛我们啊!"

"你们莫不是要对我下手?"那个人举起了手里的警棍。

"苏安,你这么做,也不能怪我们。我们找了半天,怪不得总是抓不住这个人,原来是你在做内应。"为首的一个络腮胡子保安说道。

"人已经走了,你们要抓就抓我吧。"苏安说道。

"别装了,你们刚出来我们就追出来了,人能跑哪里去?我看十有八九躲进龙王庙里了。你们两个过去看看。"络腮胡子对后面的两个保安说道。

"好。"那两个保安说着走了过去。

"胡子,我们认识时间也不短了,这事儿你放我一次吧。"苏安走到那个络腮胡子面前说道。

"这事儿没得商量,刚才那个人是警察,他要是离开了,我可是要担责任的。"络腮胡子摇摇头。

"那我求你件事。"苏安说着往前走了两步。

"什么事?"络腮胡子警惕地看着他。

"这事是我自己搞的,和别人没关系。上面问起来,你就推到我一人身上。"苏安说道。

"苏安,你也算是个情种。为了苏梅,这是命都不要了啊。到这儿了我也不妨告诉你,苏梅已经被抓了,她冒充那个人,已经被上面的人发现了。你现在自身难保了,还想着苏梅。"络腮胡子叹了口气说道。

这个时候,本来躲在龙王庙泥塑像后面的那个人走了出来,然后大声喊道:"我在这儿,你们放了苏梅和苏安。"

两个走进来的保安本来在旁边搜查,看到那个人,他们立刻走了过来。

"你们放了他吧,我在这儿。"那个人说着摘下了口罩。

"陈远。"躲在后面的郑卫国看到那个人的样子,惊声叫了起来,然后他和沈家明从旁边走了出来。

"郑队长?沈家明?"看到郑卫国和沈家明,陈远也意外地叫了起来。

"你们什么人?"那两个保安看到突然出来的郑卫国和沈家明,顿时举起了手里的警棍,可惜郑卫国三下两下就将他们打翻在地上。

"怎么回事?"外面的人听见里面的动静,冲了进来。

"快，给我收拾他们。"那个络腮胡子看到被打翻在地上的两个手下，立刻喊了起来。

郑卫国冲上来，很快把余下的几个保安也打翻在地上了。

络腮胡子一看大事不妙，立刻转身准备逃走。旁边的苏安见状，拿起警棍对着他的后背用力打去，然后将他按在了地上。

"你们快走，快点离开这里。"苏安转头对后面的陈远他们喊道。

"你，你怎么办？"陈远问道。

"我没事，你们快走吧。"苏安说道。

陈远没有再说话，看了看郑卫国和沈家明，三人迅速向前跑去。

第三十八章　希望

高杰将那两个保安打翻在地上，然后用两个手铐将三个保安铐在了一起。

刘四月也醒了过来，他的脑袋有点晕，不过倒没什么大事。

"这到底是怎么回事？高队长，你不是和陈警官在一起的吗？"小安问道。

高杰叹了口气，将小安离开后的事情原委说了一遍。

"你是说陈远被他们抓走了？"听完高杰的话，孟雪说道。

"应该是，所以我们要想办法立刻营救陈警官，然后也需要尽快联系左局，让他们派人过来。"高杰说道。

"高队，你们去的那个龙王庙下面到底是做什么的？"刘四月问道。

"这恐怕就要问问这三个人了。"高杰也不清楚，他当时在龙王庙下面就待了半个多小时，根本没有时间去问旁边的人。

那三个保安被拉了过来，在高杰的追问下，他们支支吾吾地说了一下关于龙王庙下面的情况。不过他们知道得并不多，他们都是厂区从外地高价招聘过来的。因为薪水高，所以对方说他们做的事情也复杂，甚至可能还要杀人。

"你们杀过多少人？"孟雪问了一句。

"我们，我们没敢啊，都是别人干的。之前有警察来我们这里卧底，被发现后就被杀了。还有一些被拿去试验区试药的人，有时候吃了药说是无法控制也被处死了。"其中一个保安说道。

"你们还杀过警察？真他妈的胆子大。"高杰听后，破口骂了一句。

"我们现在怎么办？"刘四月看了看高杰问。

"你和小安都受伤了，这三个人也得送走。这样，我们先将他们送回去。如果半路有办法的话，先给局里打个电话，让他们派人接应我们一下，这样可以节省时间，毕竟陈警官他们还不知道情况如何。"高杰想了想说道。

"可是，我们手机都打不通，联系不上啊。"小安说道，"等我们回去了，再过来，可能都明天了。"

"没关系，我来的时候带了一个卫星电话，这个可以直接联系局里。"刘四月说着，走到车边，从后面拿出了一部卫星电话，"来的时候我特意跟左局说了这里的情况，他给我批了一部让我有急事联系他。"

"太好了，这样我们就事半功倍了。"高杰欣喜地说着，立刻拿起卫星电话跟局里联系了一下。

"好，我马上派人过去。"听完高杰的话，左锋立刻说道。

收拾好一切，高杰几个人将抓住的三个保安押到了车上，可惜车子上坐不了那么多人。

"这样，左局长已经知道这个事情了，也会派人过来。老刘，你和小安押着他们回去，然后我和孟警官在这里等着。"高杰想了想，分配了一下人员情况。

"好，那你们小心点。"小安和刘四月知道高杰的性格，同意了他的安排。

刘四月和小安开着车走了。

"他们两个都受伤了，押着三个人不会有事吧？"孟雪担忧地问道。

"三个人被铐着手铐，再说老刘就是被打了脑袋一下，没什么事的。"高杰说道。

"那我们现在怎么办？在这里等局里人过来吗？"孟雪问。

"不，我之所以让他们走，是有计划的。"高杰凝紧了眉头。

"哦，什么计划？"孟雪问道。

"我准备再去龙王庙下面一趟，这次我不再偷偷摸摸过去了，我要大摇大摆地进去。"高杰说道。

"大摇大摆地进去？"孟雪不太明白。

"他们的秘密基本上我已经清楚了，现在我也联系了局里。他们的三个保安在我们手里，就这几点，他们不敢对我怎么样。"高杰说道。

"可是，还是有些危险吧？不如等左局长他们人来了再过去？"孟雪说道。

"陈警官在他们手里，我怕时间太长了出问题。我过去了，他们顶多把我抓起来，我把我的计划告诉你，等到左局长他们过来了，你告诉他们。他们知道该怎么做。"高杰说道。

"高队长，这，这太危险了。"孟雪心里其实非常着急陈远的情况，但是高杰的办法让她觉得更担心。

"这是唯一的办法了。我自己会把握分寸的，放心吧。对了，如果局里一直不来人，那你就不要在这儿等了，然后自己想办法回去。因为那可能代表小安他们出事了。"高杰说道。

"好，那你一定要小心。"孟雪见无法改变高杰的想法，点了点头。

高杰离开了，走到前面的时候，特意回头看了看孟雪，冲着她摆了摆手。

对于高杰，孟雪并不熟悉。当初来实习的时候，只见过他一两次，感觉他是一个脾气暴躁，并且对上级很没礼貌的警察。可是，这次过来接触下来，才发现高杰是真正的性情中人。这也难怪局里的人对高杰比较看重。

天越来越黑了，孟雪躲在房子里面，手机没有信号。她凝视着窗外的月色，这次来苏家村没想到会遇到这么多事情，本来以为她和刘四月在天黑前都能到苏家村，见到陈远他们。没想到现在陈远生死未卜，其他人也没了踪影。现在孟雪只希望刘四月他们快点回到局里，将这里的情况说清楚，然后派人过来解决这件事。

十几分钟过去了，前面突然传来了一个汽车的声音，孟雪一惊，立刻站了起来。果然，没过多久，一辆汽车从远处开了过来，然后停了下来。一个人从车里走了下来，拿着手电四处晃着，嘴里喊着高杰和孟雪的名字。

"邱队长？"孟雪借着手电的光亮，认出了来人的样子。

"高队长，孟警官，你们在吗？"邱林玉拿着手电在外面喊道。

"邱队长，你怎么来了？"孟雪走了出去。

"这不是接到你们的电话，左局让我过来接应一下。"邱林玉看到孟雪说道。

"哦，怎么你一个人啊？"孟雪问道。

"我去J城，路过黄泉镇，然后接到了左局的电话。"邱林玉说道，"对了，高队长呢？"

"啊呀。"孟雪突然脚下软了一下，差点栽倒在了地上。

"怎么了？"邱林玉立刻走了过来，扶住了她。这时候，孟雪突然抬起了右手，她的右手有一个注射器，一下子刺进了邱林玉的左手上，迅速将注射器里的液体推了进去。

"你做什么？"邱林玉一下子反应了过来，看着孟雪。

"邱队长，你放心，我给你注射的不过是普通的安眠药，等你醒过来的时候，一切就都结束了。"孟雪说道。

"孟警官，你这是什么意思？"邱林玉感觉头有些晕，身体也开始发麻。

"邱队长，高队长给左局长打电话的时候并没有说我也在这里。你刚才怎么知道我和高队长在一起？还有，黄泉镇根本就没信号，我们联系用的都是卫星电话，你却说左局长给你打了电话，很显然你是通过别的方式知道了我们在这里。要是我猜得不错的话，你肯定是抓住了刘四月他们。"孟雪冷哼一声说道。

"你，我。"邱林玉感觉整个人都开始摇晃起来，终于，眼前一黑，摔倒在地上……

第三十九章 擒凶

郑卫国、陈远和沈家明三人快速离开了。在路上,三人说起了这里的情况。

"前面的路还不知道多远,苏安也不知道能支撑多久。"陈远说道。

"没想到这里的情况这么复杂。"郑卫国叹了口气。

"高队长应该已经离开了吧,相信他要是回到安城,肯定会带人过来的。"沈家明说道。

"这个不好说,但愿如此吧。"陈远皱紧了眉头。

这时候,前面突然传来了一个急匆匆的脚步声。

"等一下。"郑卫国一下子拉住了沈家明和陈远。

三人听见前面的声音,立刻警惕起来,躲到了旁边的石头后面。这时候,只见前面急匆匆地跑过来一个人。

"高队长。"看到那个人的样子,陈远立刻叫了起来,然后从石头后面跑了出来。

"陈警官,是你?"高杰一愣,欣喜地抱住了他。

"不止我,你看还有谁?"陈远笑着指了指前面。

郑卫国和沈家明也从石头后面走了出来,脸上带着笑意。

"太好了,大家都在。从你们过来的方向看,想必是都知道那个龙王庙下面的秘密了吧?"高杰看着他们说道。

"你和局里的人联系过了吗?现在是什么情况?"郑卫国问道。

"刘四月和小安回去了,我已经和局里打过电话了,左局安排人正往这里来。"高杰说道。

"那就好,我们现在也别在这里了,先找个地方,等到局里的人来了再过去。"沈家明说道。

"对对对,我们先离开这里,免得再出其他意外。"陈远点了点头说。

"对了,孟雪也来了,在下面的守山房等左局的人,我们可以过去先找她。"高杰忽然想起了一件事。

"她一个人吗?那太危险了吧,她一个女孩子,之前都没出过外勤。"陈远一听,不禁有些着急。

"这不是也没办法了。"高杰皱了皱眉,"我想着陈警官被他们抓了,过来看看能不能救他。再加上左局已经安排人过来了,所以才这么安排的。"

"那我们现在过去吧,免得出了什么岔子。"陈远说道。

在高杰的带领下,陈远他们一起往下面走去。十几分钟后,他们来到了高杰说的那个地方，前面竟然停着一辆车。

"怎么有辆车？"沈家明问道。

"这是我们局里的车。"高杰看了一眼说道，"怎么会这么快？"

"孟雪，孟雪，你在吗？"陈远朝着前面喊了两句。

前面的门被打开了，一个人从里面出来了，看到陈远他们，顿时哭了起来，"你们，你们来了。"

陈远走了过去，那个人正是孟雪，他欣喜地说道："太好了，你没事就好，太好了。"

"是谁过来了？"高杰走过来问道。

"你们进来看下就知道了。"孟雪擦了擦眼泪，带着他们走进了房子里面。

陈远四个人走进房子里，然后看到了被绑着的邱林玉。

"你怎么把邱队长绑在这里了？"沈家明愣住了。

"他是坏人。他抓了刘四月他们。还好我身边有一个麻醉针，不然都被他抓了。"孟雪说道。

"看来之前邱林玉来苏家村，包括去龙王庙那里，之所以查不到东西，是因为和对方搞到了一起。"郑卫国顿时明白了过来。

"这容易，弄醒好好问问他。"旁边的高杰说着走过来，掐住了邱林玉的人中，很快，邱林玉醒了过来。

"你们，你们怎么都在这里？"看到高杰和郑卫国他们，邱林玉惊呆了，然后很快，他变了声音，"快，快放了我，这是一个误会，我是来救你们的。"

"别装了，我和左局打过电话了，他根本没让你过来。你和龙王庙下面那些人的事情我们都知道了，你最好老实交代，不然你知道后果的。"高杰拍了一下邱林玉的肩膀说道。

"你知道什么？我没有和龙王庙里的人合作，我什么都没做。"邱林玉顿时脸色惨白，嘴唇哆嗦起来。

"我们也没说知道你和他们合作啊？"本来高杰只是试探性地诈了邱林玉一下，结果没想到还真诈出了邱林玉隐藏的真相。

邱林玉听到这里，顿时像一只泄气的皮球，没了一点力气。他很快说出了他知道的一切真相。

邱林玉是之前去苏家村龙王庙的时候发现了那里的秘密的，不过他没像其他人一样，他和对方谈了一个条件。对方答应给他一些好处，然后对于龙王庙里的事情他则需要帮忙。

这次省厅调查组过来后，对方让邱林玉帮忙。邱林玉虽然答应了，但是一直没有机会，毕竟负责案件的是省厅的人。其实，调查组出来的日子，邱林玉在公安局也是如坐针毡，因为他担心要是调查组的人真的查到了龙王庙下面的话，那些人把他供出来了一切就完蛋了。

让邱林玉没想到的是在来的路上，竟然遇到了刘四月，他们抓了三个保安。于是，邱林玉想办法控制住了刘四月和小安，然后他知道高杰和孟雪还在这里，便想着能过来将他们也控制住,然后一起带到龙王庙下面。结果,让他怎么也没想到的是,孟雪竟然突然给了他一针,等到醒过来后,已经是现在这个情况了。

"刘四月和小安他们现在在哪里?"郑卫国问道。

"他们被绑在下面的刘家村,有人看着他们。等我发信号后,他们再过来。"邱林玉说道。

"现在发信号,让他们过来吧。"郑卫国说道。

"不用了。"旁边的沈家明突然指着外面说了一句话。

只见窗户外面不远处,有一道远光灯过来,一辆车从前面开了过来。

"应该是左局的人过来了。"高杰说着推开门,走了出去。

车子很快开了过来,然后下来五个穿着制服的警察,为首的正是左锋。看到高杰和其他人,左锋笑着说道:"希望我没有迟到。"

"你是没迟到,但是对方提前了。"高杰说道。

"没关系,只要没有耽误就好。现在我们出发吧。"左锋说道。

"左局,你就带着几个人,加上我们过去也不行啊。"沈家明苦笑了一下。

"对,我们这边人确实不多。不过J城可是派了不少人过来,这次主要看他们表演。"左锋说道。

"这是什么意思?"陈远不禁问道。

"上车,我们边走边说。我和他们的负责人约在苏家村见面,然后一起过去收拾龙王庙下面那些人。"左锋说道。

第四十章　抓捕

　　夜幕下的苏家村，像一个熟睡的婴孩，安静异常。
　　邓伟光和苏亮从家里出来了。苏亮手里拿着一个黑色的信号搜索器，一看就是手工DIY做成的，因为它的信号线和信号头都是普通的塑料做成的。随着搜索器上面绿色的光点快速闪烁，信号搜索器也发出了一个急促的尖叫声。
　　"应该就在前面。"苏亮一边说着一边端着那个信号搜索器往前走着。
　　"这到底行不行啊？"邓伟光看着苏亮一脸认真的样子，不禁问道。
　　"肯定可以的，我这个搜索器绝对可以准确定位到屏蔽器的位置。放心吧。"苏亮自信满满地说道。
　　邓伟光没有再说话，只是仔细地看着苏亮手里的搜索器。他们很快来到了苏家村西边的一个房子面前。
　　苏亮手里的搜索器开始剧烈地响起来，并且上面的指针也来回晃动得厉害起来。
　　"这是什么地方？"邓伟光看到眼前的房子不禁问道，他觉得房子看上去有些落魄，不太像是住人的地方。
　　"这里是我们苏家村之前的祠堂，不过已经不用了。看来这个屏蔽器就在这里。"苏亮说着走了进去。
　　邓伟光跟着走了进去，眼前是一个四十多平方米的房子，前面有一张桌子，上面放着一些乱七八糟的东西，看起来应该废弃很久了。
　　苏亮拿着他的搜索器在祠堂里面四处走着，最后停在了前面一个角落。
　　邓伟光走了过去，然后蹲下了身。
　　只见苏亮放下了手里的搜索器，在前面的地上四处摸索起来。很快，他从下面掏出了一个黑色的盒子。
　　"找到了。"苏亮欣喜地说道，然后轻轻打开了那个黑色的盒子。
　　邓伟光走过来仔细看了一下，只见那个黑色的盒子里有一个类似蓄电池一样的东西。苏亮将上面正负两极中间的一个东西抽了出来。
　　"这样就好了？"邓伟光问道。
　　"是的，这个很简单的。应该用不了十秒，大家的信号就都出来了。"苏亮说道。
　　"这是什么人搞的，怎么会在这里屏蔽信号？"邓伟光问道。
　　"这就不知道了，不过可以肯定的是这个人肯定离这里不远，因为这个屏蔽器是用电池发电的，等于说这个屏蔽器每隔一段时间都需要换电池来支撑。"苏亮说道。

　　苏亮说得没错，没过多久，邓伟光的手机有了信号，一些积攒的信息全部发了过来。邓伟光看完那些信息，忽然想起来郑卫国还不知道这个情况，于是给他打了一个电话。

　　"是吗？我们局有人来了？"让邓伟光没想到的是，郑卫国告诉他，安城和J城竟然已经派人过来了，他们发现了龙王庙的秘密，准备进行抓捕工作。

　　"带队的是蔡天河，算算时间，估计已经到了苏家村了，你可以去迎接一下。"郑卫国最后说道。

　　蔡天河是J城公安局的副局长，正是邓伟光的上级。邓伟光挂掉电话，立刻给蔡天河打了一个电话。

　　果然，蔡天河他们已经到了苏家村的村口，因为上来不好停车，所以大家都是步行上来的。因为怕打草惊蛇，再加上这里手机信号不好，所以也没有联系上邓伟光。不过，现在信号好了，大家终于联系上了。

　　邓伟光在村口见到了蔡天河，然后他们带着人直接去了苏亮家里等待郑卫国他们的到来。

　　"蔡局长，你怎么带人来这里了？我都不知道这个情况。"邓伟光问道。

　　"我这边接到的是省厅的命令，说是要过来配合省厅调查组在这边的工作。具体的情况，我也不知道，一切要等省厅调查组的人来了才知道。"蔡天河说道。

　　"原来是这样啊，那看来省厅的同志应该查到了真相。真没想到，我和一直在一起，结果竟然什么都不知道。"听到这里，邓伟光明白了过来。不过他实在想不明白，这几天他和郑卫国、沈家明他们一直在一起，但是却怎么也没想到他们竟然已经在私底下查到了真相，还让蔡天河带人过来帮忙。

　　正在说着的时候，郑卫国打来了电话，确定了他们的地址后，郑卫国很快和其他人赶了过来。

　　对于这次的抓捕计划，郑卫国和蔡天河简单地讲了一下。陈远和高杰都去过龙王庙的地下室，并且发现那个地方的出口只有一个，里面有百十个人，其中保安人数并不多，并且都是一些受过培训的保安。

　　"这个地下工厂的现场负责人叫曾和平，他也是保安队的头目。不保证他们手里有枪械，所以我们的抓捕工作，只针对这个曾和平以及他的部下。在里面工作的人，只要不引起大的冲突，尽量不要伤害。控制住曾和平他们后，要做好保密工作，立刻对其进行审讯，争取将这个地下工厂的主动权拿到手里。"郑卫国在桌子上简单说了一下抓捕工作的安排。

　　"郑队长，你怎么知道这些的？你们骗得我好苦啊。"听到郑卫国对龙王庙里的犯罪情况如此了解，邓伟光有点悲伤。

　　"我们其实也是刚刚知道。"郑卫国笑了笑，"我们的组员孟雪抓了一个他们的知情人，审讯后才知道这些。说起来，这个知情人你也知道，他就是安城刑侦队的队长邱林玉。"

　　"是他？怪不得，怪不得，我明白了。"邓伟光听后顿时明白了过来。

"郑队长，现在一切就绪，我们直接出发吧。"蔡天河看了看郑卫国说道。

"好，现在我们正式开始抓捕工作。"郑卫国点了点头，"我和蔡局长分别带两批人过去，从这里出发会先经过一个龙王庙，不过这个龙王庙是一个障眼法，那个隐藏的地下工厂在这个龙王庙的后面。这一点，沈家明和我已经确认了。正好，沈家明，你和蔡局长在一起，到时候带着他们过来。其他人可以跟我先过去。"

"孟雪也要去吗？"陈远问了一句。

"当然，这是我们的集体活动，为什么不让我去？"孟雪白了陈远一眼。

"哦，那，那好吧。"陈远低下了头。

"一句话，安全第一，面对突发状况，大家一定要保护好自己。这次是我们第一次面对群体罪犯，这个曾和平既然是这里的负责人，肯定具有一定的煽动能力。到时候兴许会让那些工人跟我们对立，所以大家一定要注意各种突发状况。"郑卫国最后说道。

第四十一章　破壁

这次的行动名字定为"破壁",因为郑卫国安排得当,所以非常成功。

郑卫国带的人在第一时间控制了保安,然后曾和平和他的心腹甚至还没有起来就被抓住了。随后赶来的蔡天河带人进入厂房里面,对厂子里的人进行了情况说明。他们并没有说明自己的身份,只是说曾和平和他的保安团队出了问题,需要调整一下。

陈远去找了一下苏安和苏梅,结果发现他们竟然不在。问了好多人,都说没见到。在去苏梅宿舍的时候,他碰到了和苏梅一个宿舍的露露。仔细问了一下才知道,苏梅和苏安被曾和平带走了,一直没回宿舍。

郑卫国和邓伟光正在对曾和平审讯的时候,陈远推门走了进去,他直接问了一下曾和平苏安和苏梅的下落。

"原来他们帮助跑走的那个人就是你啊?"曾和平顿时明白了过来,冷眼看着陈远。

"你把他们带到哪里去了?"陈远问道。

曾和平闭上了眼,不再理睬陈远。

"快点说。"陈远冲过去一把揪住了曾和平的衣服,用力喊了起来。

"你放了我,我就告诉你。"曾和平睁开眼,凑到陈远身边轻轻说道。

"你个浑蛋。"陈远扬起了拳头,准备打过去,却被后面的郑卫国拦住了。

"先出去。"郑卫国拉开了陈远。

陈远没有说话,走了出去。

站在门外,前面不远处就是上次曾和平他们关押陈远的那个房间。当时,苏梅和苏安就是在这里将陈远换出来,然后带他离开的。苏梅为了不让外面的人起疑,自己代替陈远留在房间里。

"我听说了你的事情。"这时候,孟雪走了过来。

"嗯。"陈远应了一声。

"真没想到之前你还来过这里。那个苏梅,找到了吗?"孟雪问道。

"没有,曾和平不说。"陈远摇摇头。

"这里就这么大,肯定跑不远的,不行问问相关人员。曾和平让人把他们藏起来,肯定是让下面的人做的,他自己肯定不会动手。"孟雪说道。

"对,你说得对。"陈远眼前忽然一亮,他想起了那个之前过来追赶苏安的络腮胡子,在龙王庙里,苏安为了让陈远和郑卫国他们离开,自己带着那个络腮胡子回了这里。这样看来,那个络腮胡子肯定知道他们的下落。

248

陈远和孟雪来到了保安部，保安们被蔡天河带来的警察暂时关在一起进行身份信息登记核查。

很快，在人群中，陈远看到了那个络腮胡子。于是，他走过去将他从人群中拉了出来。

络腮胡子叫刘峰，对于陈远提出的问题，他一开始闪闪躲躲，后来在旁边警察的帮助下，他交代了一切。

之前苏安和苏梅帮助陈远他们离开后，曾和平非常生气。他为了安全起见，特意把苏安和苏梅关在了实验区。实验区和厂区平常都用隔离门隔开，平常厂区的人也不让过去，那里一般是一些特别人物的活动区域。确切地说，那里的人要不是等待着被做实验，要不就是实验失败后，等待着被处死。

陈远和高杰之前闯入过实验区，看到过那里的部分场景。当然，他们当时只是进入了一部分地区，其他地区还没有见到过。这次他们控制了这个地方，但是对于实验区并没有进入深行限制，因为实验区的几个工作人员说，实验区里的实验对象正在测试阶段，如果贸然停止了会丢掉他们的性命，所以郑卫国和蔡天河商量了一下，暂时没有过渡到那边。

对于陈远问到的这个情况，郑卫国和蔡天河高度重视，他们立刻找到了实验区的负责人，然后经过调查，找到了被曾和平关在实验区下面的苏安和苏梅。他们已经被注射了所谓的龙王一号，因为注射没多久，药物在他们体内正处在排斥阶段。

"现在立刻送他们去医院，兴许还可以救过来。"

没有多想，陈远和邓伟光立刻背起苏梅和苏安，向外面跑去。

郑卫国他们设计的诱饵计划，成功地将背后的人引了出来，然后将这个地下工厂的老板和其他人员成功抓获。这次龙王庙下面的制药工厂案件，让安城和J城的领导颇为震惊，他们怎么也没想到，在苏家村上面竟然有这样一个地下工厂，并且经过审讯，对方安插隐藏在安城和J城的卧底也被揭露出来，竟然多达二十多人。

省厅在接到案件报告后立刻和相关部门进行了汇报，在安城发现的三具无名尸体也找到了身份，他们正是一年前省厅刑侦部门派出去的卧底警察，他们和上峰联系说是发现了一个重大案件，可是后来就没了踪影。现在才知道，原来他们发现了这个地下工厂的秘密，可惜被对方识破了卧底的身份，被杀害了。

苏安和苏梅以及在实验区被注射了龙王一号药物的人最终也没有醒过来，虽然豫南省第一人民医院用尽了各种办法，始终无法清除龙王一号在他们体内留下的毒素。

为了感谢苏安和苏梅，郑卫国特意提出在送别三位卧底警察的葬礼上，加上苏安和苏梅，他们虽然不是警察，但同样是无名英雄。

面对墓碑上苏梅的照片，陈远沉默不语，他的手里捏着那个蓝色小海豚，那是苏梅离开时他留下来的。

葬礼结束后，坐在返程的车子上，前面的电视里正在播放豫南省第一人民法院对地下工厂老板以及安保负责人曾和平等一系列人的审判。这些丧心病狂，为了一己之私，不惜伤害无辜性命的人，最终受到了法律的制裁。

打开车窗，风从外面吹进来，望着越来越远的墓园，陈远的眼泪落了下来，他想起苏梅当时救他离开时候的场景，苏梅从背后抱着他，低声说道："没想到，没想到还能再见到你，你以后都别来了。"

那个时候，陈远真的很想回头抱住苏梅。

可惜，这一个背后的拥抱，成了决绝的告别。

"对不起，苏梅。"陈远闭上了眼睛，任凭冷风吹干脸上的泪水。

恶魔之子

楔子一　夜

宁城。

北方的深冬，已经下过几场雪，冷风在窗外呼啸，像一个白色的恶魔，吹得窗户上面的玻璃嗡嗡作响。

桌子上的饭菜已经凉了，但是男人还在吃，并且大口大口地喝着酒。客厅墙壁上的钟表嘀嗒地走着，男人的对面坐着一个男孩，十七八岁，理着一个平头，目光中带着一丝恐惧，看着对面的男人。

男人打了一个饱嗝，然后将手里的酒给男孩倒了一杯。

"我，我不会喝。"男孩见状慌忙推辞道。

"妈的，给我喝掉，是不是男人？连这点酒都喝不下，还不如跟着你妈一起去死。要是我赵大黑的儿子，这点酒还不够垫底。妈的，你个扫把星，给我喝了。"男人骂骂咧咧地将那杯酒推了过去。

男孩接过了酒，有点痛苦地将酒杯放到嘴边，轻轻喝了一口，然后立刻咳嗽起来，结果一不小心将杯子里的酒洒了出来。

"妈的，浪费，你个浑蛋。"男人照着男孩的脑袋一巴掌拍了过去。

男孩往后退了退，惊恐地看着男人。

"还躲？"男人站了起来，追着过去抓住了男孩的衣服，将他一下子按到了墙壁上。

"我不敢了，不敢了，别打我了。"男孩叫了起来，哀求着。

"一个男孩，天天跟个软蛋一样，以后能干什么？你说说，跟你那个贱人母亲一样。真他妈的倒霉，把你们留给我。"男人一边骂着，一边对着男孩拳打脚踢。

"别打他了，爸，别打弟弟了。"这时候，房间里冲出来一个女孩，她拉着男人，用力向后拖着。

男人停了下来，看了女孩一眼，然后重新坐到了饭桌边。

男孩蹲在角落哭了起来，身体瑟瑟发抖。

女孩走过去扶起了他，帮他擦了擦脸上的伤。

"小敏，过来，陪我喝几口。"这时候，饭桌前的男人又说话了。

听到男人的话，女孩身体猛地一震，愣在了那里。不过，她还是慢慢站了起来，向饭桌前面走去。

"姐，不，不要。"后面的男孩拉住了女孩的衣服，轻声说道。

女孩停了下来，想说什么却没说出来。

"小敏，磨磨叽叽地做什么呢？快过来。"男人急了，大声喊了一句。

女孩抬脚走了过去,身后的男孩愣在了那里,看着女孩走到饭桌前,他的身体在发抖,两只手用力握着拳头,咬着牙。

"来,多喝点。"男人端着酒杯,将女孩拉到了身边,然后直接灌进了女孩的嘴里。女孩想拒绝,却被男人的另外一只手死死地搂着。

后面的男孩看着这一幕,慢慢转身离开了客厅,走进了前面的卧室。

卧室里东西很少,只有一张床和一张桌子。男孩走到桌子面前,拉开抽屉,从最下面取出一张照片,那是男孩母亲的照片,他看着母亲,眼泪再次涌了出来。

"不要,我不喝了。爸,你别这样。"卧室外面传来了女孩的叫声,带着一丝哭腔。

这样的场景,男孩在小时候就见过,自从母亲带着他和姐姐嫁过来后,他们几乎没过过一天好日子。那个时候男人是让男孩的母亲陪他喝酒,然后喝完酒就把母亲拉到房间里,门都不关便开始脱光母亲的衣服。刚开始,男孩不知道那是什么意思,后来慢慢明白了过来。

自从母亲去世后,姐姐就成了母亲的替代品,男孩曾经试着过去阻止,但是却被男人一脚踹翻在地上,然后男人说:"你们两个吃的喝的,都是老子拿命赚来的,怎么,让你们简单报答一下,就不愿意了?"

男孩的眼泪滴了下来,落到了母亲的照片上。任何事情他都可以忍受,唯独姐姐去陪喝酒的事情他忍受不了。因为姐姐说过,如果不是因为他,她早已经死了无数次了。

外面传来了哭泣声,然后是男人的咒骂声。声音从客厅转移到了卧室。男孩知道,男人将姐姐拖进了房间里,接下来的事情不用想都知道。

"我要杀了他。"男孩一下子站了起来,走到床边,从枕头下面拿出一把刀。这把刀是他在菜市场买的,卖刀的说,用这刀杀猪又尖又利,一刀刺入猪的脖子里,瞬间要了它的命。当时有人起哄,那杀人呢?卖刀的说,猪都这么容易杀死,更别说人了。于是,男孩偷偷用零花钱买下了这把杀猪刀。

男孩拿着刀走到了门口,他的愤怒遮掩了恐怖,吞并了理智,他咬着牙,拉开门,走了出去。

前面的房间里,传来了姐姐低沉的哭泣声,还有男人粗重的喘气声。

男孩走到了门边,门半开着,姐姐的毛衣和秋衣被扔在地下,床上的男人光着膀子,正趴在姐姐身上。

可能感觉到了异常,男人转过头,看到了门口站着的男孩。

"滚。"男人骂了一句。

男孩吓得往后退了两步,嘴角哆嗦了两下,说道:"你,你别欺负姐姐。"

"让你滚,没听见吗?"男人又喊了一句,然后看了看男孩说,"你该不会是想看吧?"

"快出去,弟弟,别,别在那里。"姐姐转过了头,眼里全是泪。

男孩低下了头,迟疑了几秒,等到男人再次趴到姐姐身上的时候,他忽然扬起了手里的杀猪刀,然后冲了过去。可惜,刀子用力太轻,只是砍在了男人的后背上。

"啊，妈的。"男人一下子从床上跳了下来，忍着剧痛叫了起来。

男孩一下子吓傻了，慌忙跑了出去。

"小兔崽子，反了天了。"男人叫着，捡起了地上的杀猪刀，准备往外面追去。

"不要。"姐姐一下子拉住了男人的手。

"你他妈的给我滚开。"男人一下子甩开了女孩，站了起来，但是后背的伤口让他忍不住弯下了腰。

"我先帮你处理下伤口，不然怕血止不住。"女孩说着将男人推到床边，然后慢慢拿走了男人手里的刀。

男人低着头，尽量让后背的痛感降下来，他嘴里骂骂咧咧的，等着女孩帮他处理伤口。女孩走到他后面，不过并没有帮男人处理伤口，而是慢慢扬起了手里的杀猪刀……

楔子二　求

　　陈远再次回到了苏家村，和苏梅一起走在乡间的小路上。周边是苏家村的其他人，他们笑着看着他们，甚至还有人吹着口哨。苏梅娇羞地低着头，陈远紧紧地握着她的手。

　　"以后就留在这里，做我们苏家村的人吧。"村长笑着说道。

　　陈远这才发现，自己竟然穿着红色的喜服，旁边的苏梅也穿着喜服，人群中，有人送来了两杯茶，然后身边的人在起哄。

　　陈远接过茶，低头一看，却发现茶水也是红色的，血一样的颜色，他抬头看了一下旁边的苏梅，却发现苏梅的眼角有两道殷红的血痕。

　　啊，陈远惊叫一声，惊醒了过来。

　　"怎么了？"前面正在说话的周子峰愣住了。

　　"我，我，没事。"陈远这才发现，其他人都在看着自己，自己刚才竟然睡着了。

　　"陈远，你要不要休息两天？"对面的郑卫国皱了皱眉头问道。

　　"对，陈远，你还是休息两天吧。这次苏家村的事情对你确实有点压力。"沈家明也跟着说道。

　　"没事的，周队，你继续讲吧。"陈远摸了摸脑袋说道。

　　"好，那我先说这个案子。"周子峰点了点头，拿起了手里的文件。

　　陈远低下头，看到了胸前的蓝色小海豚。

　　会议结束了，其他人离开了。陈远站起来，发现孟雪站在他的后面。

　　"我也觉得你需要休息下，不如我给你推荐个地方？"孟雪说道。

　　"什么地方？"陈远问道。

　　"三合路上面有一个天王寺，据说去那里求心愿的人很多。苏梅这个事情，估计让你有了不少负担，你可以过去求个签。当然，寺庙这东西其实是迷信，不过求的是一个心安。你可以过去试试。"孟雪说道。

　　"你说得没错，所谓信仰，也不过是一个心安。"陈远说道。

　　陈远没想到在天王寺能碰到卢青青，她穿着一件粉色的短袖，束着一个马尾，看上去和之前的样子差不多，不过脸色有些憔悴，眉头紧锁。

　　卢青青正在旁边解签，从签字上看，似乎不太好，解签的师傅摇着头跟她说着什么，看上去一副高深莫测的样子，但是陈远看出来，那个人是在骗卢青青。因为那个人让卢青青拿五百块钱，就在卢青青准备拿钱的时候，陈远走过去拉着她离开了。

"怎么是你？"看到陈远，卢青青有点吃惊。

"他在骗你，来这里的人，无非是求个心安，何必太过相信呢？"陈远说道。

"你来这里做什么？也是求个心安？"卢青青冷笑一声问道。

"对，也许是吧。"陈远叹了口气，点了点头。

"那真是祝你早日心安了。"卢青青说着准备离开。

"你，是不是还在为你哥哥的事情怪我？"陈远见状，慌忙说道。

"你现在是省厅的警官了，大家都知道，你利用我哥哥的案子当上了警察。陈警官，有人跟我说，你当时做的这一切都是为了自己，你早就知道我哥哥杀人，你故意先帮他开脱，然后再将他抛出来，这么做的目的就是显示你的侦查能力，然后进入公安局工作，对吗？"卢青青问道。

"没，我没有，怎么会这么说？谁说的？"陈远一听，顿时被气得浑身颤抖，他怎么也没想到，之前的事情会被人传成这样。

"佛祖就在那儿，要不要过去发个誓？"卢青青指着前面的佛像堂说道。

"我没有，没有就是没有。我不知道的，当时我是一心想要帮助你哥哥的。"

"好了，不要再说了。总之，我最讨厌的就是满嘴谎言的人。真没想到，竟然会遇到你。亏我当时还那么，那么喜欢你。"卢青青说完，眼泪忍不住落了下来，然后转身离开了。

陈远没想到卢青青会说出这样的话，等他反应过来的时候，卢青青已经离开了，只剩下一个模糊的背影。

站在佛像面前，陈远没有动，他没有像其他香客一样要么双手合十，要么虔诚认真，他拿着那个蓝色的小海豚吊坠，望着天王庙内的天王塑像。旁边的人来来去去，有的喃喃自语，有的高声大笑。这是俗世红尘的众生百相。

这时候，一个穿着黑色衬衫的男人走了进来，他的手里拿着两炷香，插到中间的香炉上，然后转身准备离开。

"你应该求个心愿的。"旁边负责点香的女人说话了。

"菩萨坐当中，俯身望众生。世人都觉得有所求，来这里可以得所望，其实求人不如求己，天王也好，菩萨也罢，不过是心里的一个念想。试问这世上谁能摆脱生老病死的循环？你日日在这里点香，难道说你的家人都平安无恙，没有烦恼吗？"男人问道。

"这……"女人一时语塞。

旁边围观的人纷纷低声议论，但是却无话可说。

"人生来本就是有烦恼的，有信仰不过是为求心安的一个追求，又怎么可能会解决一切烦恼呢？"陈远忍不住说了一句。

"所以我觉得命运是在自己手里，信仰不过是一个空壳。如果说今天有个女人被绑架了，明天她才会被杀死，你说在这个绑架到杀死的中间，这个女人应该是求菩萨找天王，还是自己想办法，又或者说靠警察呢？"男人问道。

"这还用说，当然是找警察。"旁边有人说道。

"可警察并不是天王，其实她既不用找菩萨天王，也不用找警察，她要活下去只有一个办法。"男人说着盯着陈远。

"什么办法？"有人问。

"只要她哀求那个绑匪别杀她，她就可以活下来。所以那个时候，绑匪才是能救她的天王。"男人说道。

"这不废话。"

"就是，那还不如直接说绑匪被警察抓了，投案自首了。"人群中有人说话了。

男人没有再说话，转身离开了。

陈远看着男人的背影，想说什么但是话到嘴边却咽了回去。

这时候，前面的男人突然转过头，对着陈远竖起了一个三的手势，然后走近旁边一辆车，弯腰钻了进去。车子很快向前疾驰而去。

第一章　劝

陈远没想到会再次遇见卢青青。

上次在天王寺匆匆一别，让陈远内心有点愧疚。陈远一直想找个机会和卢青青解释一下，可是卢青青之前留的电话早就不用，陈远也曾经打听过其他人关于卢青青的情况，但是没有人知道。

对于之前卢浩博的事情，陈远知道卢青青一定对自己误会太多。陈远还曾经专门去看过卢浩博一次，卢浩博对于陈远倒没什么怨恨，他只是希望陈远能够帮自己照顾下卢青青。陈远答应了卢浩博的请求，不过他知道这事情可不大好办。

"进去吧。"旁边的沈家明推了推陈远，然后走进了审讯室。

卢青青坐在受讯椅上，目光斜视着陈远。

"姓名？"沈家明开始了审讯。

陈远低头开始记录审讯资料。

"卢青青，23岁，无业人员，籍贯阳城红旗渠23号。"

"知道为什么抓你来吗？"沈家明问道。

"知道，因为杀人了。"卢青青抬起头看了看沈家明，仿佛在说一件很小的事情一样。

"仔细说下。"沈家明对于卢青青的回答有点吃惊。

"警察同志，这有什么好说的，你们不都查清楚了，我还说什么。那行，我再说一遍。我在这边一家叫兰若坊的KTV上班，一个月前，一个客人在我陪他唱歌的过程中对我动手动脚的，我反抗，结果他拿起桌子上的啤酒倒在了我头上。当时，我非常生气，随手拿起旁边一个东西照着他的脑袋砸了过去，结果没想到对方太不经打，直接晕倒在了地上，然后他在医院躺了一个月，最终还是死了。这不，我也成了杀人犯了。"卢青青无奈地说道。

卢青青的这段话，让陈远内心五味杂陈。他怎么也没想到卢青青会做出这样的事情，更让他难以理解的是卢青青竟然在KTV上班，并且还和客人发生了纠纷。

沈家明看了看陈远，这样的案子按说在派出所问一下情况，交到市局，送到法院，直接就转走了，又何必来到调查组这里呢？

"这么说，你认罪了？"沈家明见陈远没有说话，转头对卢青青问道。

"你说呢？陈警官？"卢青青没有回答沈家明的问题，而是看着陈远说道。

陈远正在写着什么东西，听到卢青青问自己，他抬起头说道："你知道为什么你这个案子要转到我们这边吗？"

"为什么？"卢青青问道。

"被你误打的死者名叫谭天华，32岁，是一家贸易公司的会计。谭天华的婚姻不太好，25岁时结婚，结果因为性格太过暴躁，不到一年就离婚了。两年后，谭天华再次结婚了，不过这次他找了一个年纪比他大、条件也比他好的老婆，唯一让他觉得不爽的是，这女人带着两个孩子。他们在一起生活，平常倒也相安无事。直到两年前，谭天华的妻子突然患病去世了，留下了两个孩子给谭天华。对于两个不是自己亲生的孩子，谭天华做得很差，他经常打骂两个孩子，邻居对他的印象也特别差。"陈远说了一下谭天华的基本情况。

"怎么？陈警官说这个情况是什么意思？"听完陈远的话，卢青青说话了。

"这样的案子一共有三个，非常像。都是误伤杀人，被打死的对象都是离婚的男人。之所以这个案子到了我们省厅调查组里，便说明这不是普通的案子。陈警官的意思很简单，他告诉你这些，是知道你不是真正的杀人凶手，他希望能帮到你。"沈家明替陈远回答了卢青青的问题。

"帮我什么？打官司？"卢青青盯着陈远问道。

"希望你配合我们，如果能从你身上找到一些线索，我们就能早日抓住凶手，否则可能还会有人出事。即使你对我个人有怨气，但是我希望可以帮忙。"陈远看出来卢青青对自己确实有意见，所以审讯的时候一直不配合。

卢青青咬着嘴唇，没有说话，似乎在想什么。

审讯室沉默了下来，气氛有点尴尬。

陈远说的这个案子已经发生两起了，现在调查组正在全力侦破这个案子。

2017年9月12日，豫南省郑市人民区发生一起意外，豫南大学外语系学生李敏燕在去给赵强的儿子做家教的时候，遭到了赵强的骚扰。李敏燕在挣扎的过程中，不小心将赵强推倒在地上，结果撞到了后面一个装饰品上的锐器上。等送到医院后没过多久，赵强因失血过多而死。

无独有偶，2017年9月21日，豫南省郑市明珠小区15号楼3楼3单元5号，业主华明在阳台上擦拭玻璃的时候，不小心被阳台后面正在和人说话的王平推了一下，结果从13楼坠了下来，当场死亡。

两起看似偶然事件，却因为死者的情况相似引起了公安机关的注意。赵强和华明都是再婚家庭里的继父，并且第二任妻子都因为生病离世，留下了一儿一女。经过询问调查，两人都有虐待孩子的过往史。

这个情况被推荐到了唐建国手上，然后他安排了周子峰查看一下。这一看不要紧，竟然找出了更加惊人的相似问题。赵强和华明竟然都对自己的继女进行过性侵犯。于是，看似偶然的意外，开始作为案件进行侦查。失手打死赵强的李敏燕和失手推下华明的王平，经过询问调查却没发现任何异常。这让这两个案子陷入了困境。

正在调查组不知道该怎么办的时候，第三起案件发生了，同样的背景，家庭成员，意外的死亡方式，并且这次失手杀死罪犯的嫌疑人竟然是卢青青。

所以陈远和调查组讲了一下他和卢青青之前的事情，郑卫国便把对卢青青的调查交给了陈远，当然也是希望他能够利用和卢青青之前的关系，找出一些线索，早日破案。

听到陈远说的情况，卢青青的情绪慢慢平复了下来，她皱着眉头仔细想了一下说："如果说有没有什么奇怪的地方，还真有一件奇怪的事情。"

"什么事情？"陈远问道。

卢青青想了想，讲了起来。

第二章　杀

夜深了，李敏燕的手机响了起来，她从被窝里钻出来，拿起了床头的手机。消息是从一个微信群里发出来的，里面的人不多，只有十个，不过每一个人的头像都是美女，群里的人们正聊得火热。

"燕子，你要不要去？这个客人点了你的号。"群主@了一下李敏燕。

"太晚了，我都睡了。"李敏燕发了一个消息过去。

"嘻嘻，到哪儿不是睡啊？你一个人睡多没劲，和别人睡还能赚钱，多好。要不是人家点名要你，我都去了。"

"就是就是，最近我的点钟率太差，收入少了好多，这月信用卡都不知道怎么还。燕子，你要过去了，帮我也推推啊，兴许客人喜欢找两个，我们就可以一起了。"其他人跟着叫了起来。

"好吧，地址给我吧。"李敏燕见实在推不了，只好同意了。

"豫南省喜乐国际酒店2013房间。"群主将地址发了出来。

李敏燕穿上衣服，开始收拾起来。

这是一套单身小公寓，为了工作方便，李敏燕租下来的，虽然一个月价格不菲，但是她必须这么做，否则其他人就会知道她私底下做兼职的事情。

李敏燕从农村来，好不容易才考到了大学，可让她没想到的是大学的生活竟然完全和她想象的不一样。尤其是宿舍里的舍友，一个比一个爱慕虚荣，一个比一个打扮得光鲜靓丽。面对这样的情况，本来就自卑的她更加自惭形秽。虽然她利用各种机会进行勤工俭学，对外家教，甚至还做一些临时工，可是她怎么也想不明白，为什么和她一样来自农村的同学，对于金钱却从不缺乏。

偶然一次机会，李敏燕去一个KTV当服务员，结果惊奇地发现，自己羡慕的女同学下身竟然穿着短得不能再短的裙子，上身更是少得可怜的衣服在包房里陪客人喝酒唱歌，那些看起来能做她们父亲的男人，眼神猥琐地拿手在她们身上摸来摸去。

面对这样的事情，尴尬的应该是李敏燕的几个同学，可是不知道为什么，得到嘲笑的竟然是李敏燕。那几个同学根本不顾及李敏燕的惊讶，反而显得更加自信。

回到学校，几个外出兼职的学生将李敏燕拉到了卫生间，然后对其进行殴打，并且警告她要是说出去了，后果自负。

李敏燕的大学生活一下子感觉到了最低点，村里的人都为她骄傲，可是却没有人知道她在这里的生活是这样悲催，她用尽全力想要和别人站在一起，可是即使她付出再多，却总是被人欺负。伤心欲绝的李敏燕站到了宿舍楼顶上，想要从上面跳下来。这个时候，有人拉住了她，拉住她的是舍友徐佳丽。徐佳丽和她们不一样，因为徐佳丽比那些人更有钱，那些人甚至都不敢得罪徐佳丽。这一点李敏燕一直不知道为什么，后来徐佳丽告诉了她原因，如果想和其他人走在一起，或者说比她们更高一头，那就要付出比她们更多的东西。

徐佳丽说的付出，就是兼职。

灯红酒绿的城市，华灯初上后，到处都是诱惑。这些诱惑需要不停地更新血液资源，这些血液资源从哪里来？只能依靠一些人寻找，一些人介绍，一些人诱骗。

徐佳丽将李敏燕带到了一个新的世界，在这里，李敏燕从一个丑小鸭变成了白天鹅。她们穿着亮丽的衣服，戴着闪闪发光的首饰，和各类男人一起出没在夜色中。

再后来，李敏燕认识了一个人，开始做起了网络兼职，她不再需要每天晚上出去，只要通过微信，上面帮她联系好，她直接过去。

不过最近，李敏燕遇到个麻烦事。虽然她现在也不缺钱了，但还是会去做一些家教的工作，用来证明自己的学生属性。结果，没想到遇到一个家长对她动手动脚，慌乱中，她将那个家长推倒在地上，结果撞到了一个锐器上，那个家长竟然死了。

这个事情还好徐佳丽帮他摆平了，不然麻烦就大了。不过，李敏燕知道，徐佳丽说是帮她，其实也是在帮自己，毕竟警察深入调查后，就会发现她们在外面兼职的事情，到那个时候，麻烦的就不是她一个人。

"到了。"出租车司机在喜乐国际酒店面前停了下来。

李敏燕付了车费，然后下了车。

豫南省喜乐国际酒店是一个四星级酒店，说起来也算是李敏燕她们经常来的地方。这里的客人大多数是不差钱的。

李敏燕上了电梯，轻车熟路地来到了2013房间，按了一下门铃。

一个男人打开了门。

"你点的茶叶吗？"李敏燕问道。

"是的。进来吧。"男人说道。

李敏燕走了进去。

房间里只开了廊灯和壁灯，有些昏暗。男人正坐在电脑前面写什么东西，李敏燕进来后，男人也没有说话，还坐在电脑前。

"你还满意吧？需要换人吗？"李敏燕问道。

"不用，你等我一会儿，或者你先去洗澡吧。"男人说道。

"如果可以的话，是要先付费的。"李敏燕说道。

"床头有钱，你自己拿吧。"男人头也没回地说道。

李敏燕走了过去，床头柜上放着一个厚厚的钱包，她打开一看，里面是鼓囊囊的人民币，于是她从里面抽出一沓，点了三十张。

抬起头，她才发现那个男的不知道什么时候竟然站到了她的身后，她吓得往后退了两步，差点叫出来。

"钱够吗？"男人问道。

"够，够了。"李敏燕点点头。

男人一下子伸手抱住了李敏燕，另一只手在她的脸上轻轻摩挲起来，仿佛在打量一个精美的雕塑。

"我，我先去洗澡吧？"李敏燕被看得心里有点发毛。

"好。"男人笑着说道。

李敏燕松了口气，但心里还是怦怦跳个不停。她拿着手机，快速找到了一个号码，想让对方来接她，结果，那个男人忽然走进卫生间，夺走了她的手机。

"我喜欢和人一起洗澡，尤其是该上路的人，要洗得干干净净，下辈子投胎就不会错。"男人笑嘻嘻地看着李敏燕说道。

"你在说什么？"李敏燕感觉浑身凉飕飕的，她还想说什么，却看见男人从背后拿出了一把闪着寒光的匕首，朝她刺去……

第三章 会

案发现场在豫南省喜乐国际酒店2013房间。报案的是豫南省喜乐国际酒店的保安部，他们是接到客房服务员的求助后打的报案电话。豫南省郑市东明公安局分局最早接到报案，然后派人赶到现场，看到是凶杀案后，他们立刻联系了总局。

法医对现场做了勘查工作，死者的身份很快确定了，她是豫南大学的外语系学生李敏燕，死者身中三刀，分别在脖子、胸口和下身，因为被刺的地方在卫生间，并且从伤口血液的冲刷情况看，凶手是在死者洗澡的时候对她进行杀害，所以洗澡喷头的水冲刷了死者的伤口，造成了一定的破坏性。

因为李敏燕是之前两起意外案件里的涉案人，所以公安局将情况汇报给了省厅，接到情况后的调查组立刻赶到了现场。

周子峰和郑卫国带着其他人来到豫南省喜乐国际酒店的门口时，外面站满了人，虽然命案发生在20楼，不过这并不影响过来看热闹的人，加上一些信息有问题的住户对比，可以说围观的人非常多，并且很多都不知道里面的情况，在外面胡乱猜测。

"周队长，你们过来了。"周子峰一进去酒店大厅，一个穿着制服的警察走了过来。

"老宋，你怎么在这里？"周子峰认出了眼前的人，他叫宋明发，是豫南省公安局的行政科科长，之前和周子峰一起参加过党员培训。

"这不发生的案子比较特殊，局长让我在这儿盯着。其他人来了我也不放心啊，你过来就好了。"宋明发欣喜地说道。

"里面的情况你别管了，外面你去疏散下吧。围观的群众太多，都不知道是怎么回事。别乱传，省得被媒体抓住乱写。这也是你的专长。"周子峰笑了笑说道。

"行，这我擅长，里面这些我真是无能为力。"宋明发摸了摸脑袋笑了起来。

郑卫国带着人去了现场，开始进行调查工作，很快摸清楚了基本情况。根据酒店前台记录，2013房间是一个叫范文的人通过会员卡在网上订的房间，这个范文是豫南省喜乐国际酒店的白金卡用户，经常在酒店订房，从来没出过问题，所以酒店前台对他比较熟悉，自然也没查问太多。

范文订的房间是钟点房，时间到了后，前台先打电话询问，结果没人接，于是便让客服服务员过去看一下，没想到却发现了卫生间里的死者。

郑卫国立刻让人去查一下范文的底子，很快便清楚了，原来这范文是一个专门联系男女卖淫的中介。他每次在喜乐国际酒店订房，都是为了给男女卖淫提供场地。这么一来，李敏燕的另一个身份浮出了水面，她竟然是一名兼职卖淫的小姐。

听说李敏燕出事后，范文第一时间跑了。对于李敏燕的事情，让人意外的是，在去她学校宿舍走访的时候，她的舍友却一概拒绝回答关于李敏燕的任何事情。

针对李敏燕被杀的情况，调查组特意安排了一个紧急会议。对于李敏燕被杀的情况，郑卫国先说了一下看法："李敏燕的死会不会和之前她失手杀死的赵强有关系呢？"

"沈家明现在去调查这个事情了，按说不会。如果是报复性杀人，应该会更直接点。我倒觉得这个应该是和李敏燕有身份冲突的人做的。凶手之所以通过李敏燕兼职卖淫这个渠道将她约到酒店，并且在洗澡的时候杀害，目的应该就是暴露李敏燕的隐藏职业，这是一种报复性的杀害。会不会是李敏燕的男朋友，或者之前得罪的消费客人呢？"周子峰提出了另一种可能性。

"陈远，你怎么看？"郑卫国看到陈远自从会议开始后一直在想什么，于是问了一句。

"目前没什么思路，你们还记得之前诡族索命那个案子吗？当时我们都认为是凶手的人，结果却是凶手安排的第二个杀害对象。目前这两起意外案件的情况尚不清楚，现在又多了一个被害人，如果说真的是连环杀人案的话，那么后面两起意外案件的涉案人会不会接下来也被杀死呢？"陈远提出了自己的看法。

"李敏燕的伤口是带有报复性的，三刀分别刺在不同的位置，其实凶手直接刺中她心口一刀就可以要她的命，但是却刺了三刀。凶手也比较聪明，利用在卫生间洗澡的时候进行杀害，然后用热水冲刷掉身体上的痕迹，这样一来在对尸体的勘查上，确实会受到一些影响。"孟雪跟着说道。

"我看大家目前还是分两步走，一步是继续追查现在在调查的意外案件，另外一步就是看一下李敏燕的死和这三起意外案件到底有没有关系。"周子峰听后分配了一下工作，"郑队长，你来牵头做之前的工作。陈远和孟雪，你们负责调查一下李敏燕的调查工作，对于范文，还要让公安局那边全力配合，最好有了他的口供，我们才能了解那个凶手更详细的信息。"

会议结束后，陈远拿出电话给卢青青拨了过去，可是卢青青没有接电话。

"在跟那个女孩打电话吗？"转头，陈远看到了孟雪，孟雪问道。

"是，是的。她毕竟也是涉案成员，想着让她注意一点，别出了事就麻烦了。"陈远点点头。

"那天听家明说那女孩之前喜欢过你？"孟雪问道。

"没有，她的哥哥是我的同学，就是之前我没做警察时帮忙的那个案子的主角。"陈远一听，慌忙摇了摇头。

"那确实应该问一下，毕竟这案子后面的情况未知，别真的是这些涉案的女孩都被凶手当作目标了。"孟雪点点头说道。

两人说着一起走出了会议室，结果正好碰到沈家明从外面走了进来。

"你查得怎么样了？"看到沈家明，陈远问了一下。

"李敏燕的死和赵强的家人还真没关系，这赵强的家人都不知道，一听说李敏燕死了，他们还很高兴。现在看来，可能李敏燕的死是一个意外。"沈家明说道。

"是吗？但愿是一个意外啊。"陈远松了口气，但还是有点担心。

"你也别想太多，相信你那个朋友会没事的。"孟雪看到陈远还有点担心的样子，不禁拍了拍他的肩膀。

"谢谢你，孟雪。"陈远看着孟雪，感激地说道。

第四章　影

　　他从菜场出来了，然后帮着一个老人拎着一兜菜。走过小区的时候，正好碰到了几个社区大妈，看到他的样子，都纷纷过来打招呼。

　　"子敬啊，又帮人了？累不累啊？"

　　"就是啊，你这孩子，大早上也不说休息一下。"

　　"我不累，也睡不着，这不正好路过，帮人拿下东西。"他笑了笑说道。

　　老人住在五楼，老式的筒子楼，上楼很费劲。他把东西搬上去后已经累得满头大汗了。

　　"给，喝点饮料。"老人到家后，从冰箱里取出一瓶饮料，递给了他。

　　"没事，我不渴。"他笑了笑，擦了擦额头上的汗水，然后离开了。

　　从筒子楼下来，他拿出一个本子，在上面勾画了一番，然后离开了。

　　这是郑市的繁华老区，到处都是卖东西的，热闹非凡。他在小摊位面前买了两根油条和一杯豆浆，然后穿过汹涌的人流走进了一个偏僻的巷子里面。在巷子的尽头，他警惕地四处看了看，确定没有人后，快步走进了前面一条巷子里面。巷子的尽头是一个黑色木门宅子，上面挂了一把铁锁，他从口袋摸出一把钥匙打开锁，走了进去。

　　宅院没有开灯，走进房子里面，房子里立刻飘出一股浓重的福尔马林味道。透过窗户的光亮，可以看见房间里的大致情况，一张凳子，一张桌子，然后在房子的角落蹲着一个黑影正在瑟瑟发抖。

　　他慢慢走到那个黑影面前，然后停了下来。

　　那个黑影忽然停了下来，然后抬起了头，看到他站在面前，顿时全身开始蜷缩起来，嘴里发出了低微的痛苦的声音。

　　他蹲下身，轻轻拨弄了一下黑影的头发，然后那个黑影抬起了头。那是一个二十岁左右的女孩，面容清秀，她的左腿被锁在铁链上，另一头被嵌入墙内，根本动弹不了。女孩的脸上表情充满了恐惧，眼里全是哀伤。

　　"该洗澡了。"他轻声说道。

　　那个女孩听到这句话，身体颤抖得更加厉害了，嘴唇也哆嗦着说道："不，不要，不要。"

　　他没有说话，站了起来，走到了前面的卫生间，从里面拉出一个移动水龙头，对准了女孩。

　　"求求你，放过我吧，我不要，我不要啊。"女孩看到那个水龙头对准自己，顿时哭了起来。

他拧开了水龙头的开关，水线立刻射向女孩，顷刻间，女孩的身体被水浸透，她像一只在雨中被淋透的小鸡一样瑟瑟发抖。

做完这一切，他走到女孩身边，将她拉了起来，然后解开了女孩身后的铁链。

女孩似乎麻木了，虽然身体还在微微颤抖，但是已经没了之前的抗拒。她像一个木头人一样被他拉进了旁边的卧室。

卧室里有一张床，床的对面是一个特别大的镜子。他将女孩放到床上，自己走到那面镜子面前，盯着镜子里的自己。

墙壁上有一个钟表，指针来回摆动着，嘀嘀嗒嗒的。

嘀嘀嘀，钟表在八点整突然发出了一个闹铃声，看着镜子里的他突然睁大了眼睛，整个人轻微地晃荡着，等到他身体平稳后，才抬起了头，镜子里的人眼神变得阴沉起来，然后慢慢转过了头。

"啊？"床上的女孩看到他的样子和眼神，身体剧烈地抖动起来，仿佛看到了一个恐怖的恶魔。

他走到床边，将女孩一下子压到了身体下面。

"不要，不要。"女孩大力挣扎起来，并且喊了起来。

他像一只野兽一样在女孩的身上狂乱嗅着，然后他的眼里闪出了火一样的光芒，粗重的喘气声中夹杂着那个女孩的叫声，他开始疯狂地撕扯女孩的衣服……

周围慢慢安静下来，他睁开了眼，然后看到眼前的情况，他突然坐了起来，惊慌失措地拿起了床上的衣服。

从房间里走出来，他看到女孩在门边拿着一根铁棍正在撬锁。

当啷，女孩看到他，手里的铁棍掉到了地上。

"你，你在做什么？"他问道。

"你，你别过来。"女孩猛地想起了什么，慌忙捡起了手里的铁棍，警惕地指着他。

"你这是做什么？"他往前走了两步。

"我让你别过来啊。"女孩愤怒地挥舞起了手里的铁棍。

"别闹了，快给我。"他走过去想把铁棍拿回来。

"啊啊啊。"女孩乱叫着，将手里的铁棍敲到了他头上。

"是不是他又来了？"他捂住脑袋，突然明白了过来。

女孩愕然地看着他。

"我就知道，他又来了。"他喃喃地说着，然后拿起了女孩手里的铁棍，照着自己的脑袋用力打了起来。

"你别这样。"女孩看到他的样子，不禁伸手拉住了他。

"一定是他又回来了。"他的头上鲜血淋漓，殷红的血顺着脸颊流了下来。

"你，你说的他到底是谁？"女孩拉住了他，颤声问道。

"他是我的哥哥，他从小就住在我身体里面。因为他，我的父母都死了。他在报复我，报复为什么明明都可以活着，可是最后只有我活了下来。他的鬼魂就住在我的身体里面。每到夜里的时候，他就会苏醒，然后开始做疯狂的事情。"他说着感觉浑身冰冷，战战发抖。

"你没有去看医生吗？或许医生可以帮你？"女孩问道。

"不，没有人能绑得了他，他会杀死所有对他不利的人。"他的身体顿时哆嗦起来。

女孩看着眼前的男孩，不知道该说什么。

"你赶快走吧，趁着他没来。"他忽然想起了什么，走到前面的门边，找到了一把钥匙，然后打开了门口的锁。

"我，我可以走吗？"女孩惊喜地看着他。

"快走吧。快走吧。"他连连点头。

女孩没有再说话，立刻向前跑去。走到门口的时候，女孩转过头说道："你应该去看看医生的，不能再这样下去了。"

他没有说话，迟疑了半天，缓缓抬起了头说道："他没跟你说，所有对我不利的人都没好下场吗？"

女孩一愣，呆在了那里。

"他可能不知道，能离开这里的人，只有死人。"他嘿嘿一笑，重新将女孩拉进了房子里面，砰的一下重新关上了门⋯⋯

第五章　跟

郑卫国和沈家明来到了豫南省郑市明珠小区，之前意外案里的受害人华明就住在15号楼3楼3单元5号，出事的那天正好是华明请妻子的朋友们过来一起吃饭，结果没想到华明妻子的同事王平将在窗台外面擦玻璃的华明无意中推了下去。

"我很后悔那天让那些朋友过来吃饭，早知道会发生这样的事情，我肯定不会让那些人来家里了啊。"说起那天的聚会，刘美芬非常难过。

"王平这个人平常和你有什么过节吗？"沈家明问道。

"都是很好的同事，没有过节啊，要不然也不会请她来家里的。"刘美芬说道。

"你能再讲一下那天的事情经过吗？"郑卫国进来房间后并没有坐下来，而是在房间里四处看了看，最后才过来说话。

"那天，干脆你们自己看一下吧。"刘美芬说着站起来从卧室里取出了一个DV，然后翻了一下，递给了郑卫国，"当时大家正在拍照录像，正好录制了当时的情况。"

郑卫国接过DV，和沈家明对视了一眼，然后两人仔细看了一下DV里面的内容。

DV画面里很热闹，大家在分蛋糕吃，有的尖叫着，有的嬉笑着，有的拿着蛋糕上的奶油在其他人脸上抹。镜头扫向前面的华明时，可以看到华明刚刚拿着抹布向阳台走去。他的表情有点阴沉，和镜头其他人的欢笑声正好形成了对比。

王平是在被人追着的时候跑到阳台前面的，当时华明正好从外面打开窗户，想从里面换一下手，结果王平正好身体往后侧了一下，撞到了站在外面的华明，华明被一撞，整个人一下子刹不住，直接身体往后仰去，从楼上摔了下去。

华明的家在13楼，因为是无意识地仰下去的，所以直接后脑着地，伤情严重，等送到医院后就不行了。

至于王平，因为涉及华明的死，案子还没结，所以还在拘留所。沈家明去拘留所见过王平，对于这样的事情，王平也觉得特别郁闷，她怎么也没想到会发生这种事情，对她来说这就是无妄之灾。

看完DV里的画面，加上王平和华明妻子的叙说后，华明的坠楼看起来真的是一个意外。

郑卫国站起来，走到华明坠楼的阳台边看了看，说是阳台，其实就是一个小晾台，因为没有护栏，所以华明当时才很容易摔下去。

郑卫国看了看楼下，也许是发生了华明的坠楼事件，所以楼下都开始安装护栏。郑卫国看了看地下，发现有一些黑色的东西粘在地面上，虽然地面打扫得很干净，但是那些黑色的东西却很难清理干净。

"两位警官，还有什么事情吗？"刘美芬问道。

"没事了。"郑卫国说着从阳台走回了客厅，然后和沈家明一起出去了。

"看来确实是场意外，如果这是个意外的话，李敏燕的死得重新调查了。"沈家明挠了挠头说道。

"王平现在在拘留所，要是按照之前陈远推理的那样，凶手是连环杀人犯，肯定不可能去拘留所杀人。"郑卫国说道。

"那可能我们想多了，事情估计并没有那么复杂。"沈家明说道。

"你觉得华明的死是意外吗？"郑卫国若有所指地问道。

"目前表面看像是场意外，怎么？郑队，你有什么发现吗？"沈家明问道。

"我去他们的卧室看了一下，床头放了一盒安全套，里面只用了一个，但是看生产日期都是一年前的了。"郑卫国说道。

"这是什么意思？"沈家明越发觉得糊涂了。

"很简单，就是说他们夫妻之间关系并不好，并且华明出事后，刘美芬还化妆。"郑卫国说道。

"我明白了，你是说可能华明的死是刘美芬刻意安排的？"听到这里，沈家明顿时恍然大悟。

"具体的还需要进一步确认。"郑卫国望着前面马路上车水马龙的人流，沉声说道。

"郑队，你看，刘美芬出门了。"这时候，沈家明突然指了指马路对面。

只见马路对面，刘美芬正好从家里出来，她换了一件米色的衣服，四处张望着，然后挥手拦了一辆出租车。

"走。"郑卫国立刻伸手打开了旁边一辆停着的出租车的门，和沈家明一起钻进了车里。

"跟上前面那辆出租车。"郑卫国对出租车司机亮出了证件。

"是在抓逃犯吗？哈哈，我技术很好的。"出租车司机兴奋地说道。

"别说话，别跟错了。"沈家明瞪了他一眼。

出租车司机一踩油门，车子迅速开了出去，没过多久便跟上了刘美芬拦的那辆车。

刘美芬在文化路停了下来，然后走进了对面的白鸽宾馆。

郑卫国和沈家明下了车，看着对面的白鸽宾馆，不禁停了下来。

"这大白天的，她去宾馆干什么？"沈家明疑惑地说道。

郑卫国沉思了几秒，然后和沈家明一起走进了对面的白鸽宾馆。

"刚才进来的女人去了哪个房间？"郑卫国问了一下前台人员。

确定过郑卫国他们身份后，前台告诉了郑卫国刘美芬去的房间。

"是她自己开的房吗？"郑卫国又问道。

"不是，是一个叫潘自强的人开的。"前台摇摇头说。

"那这个潘自强是不是经常来这儿开房？"郑卫国问道。

"差不多，他是这儿的老会员了。"前台说道。

"那行，你把这个叫潘自强的人的信息给我们一下。"郑卫国心里大约明白了过来。

从白鸽宾馆出来的时候，有个人急匆匆地从外面跑了进来，结果一不留神撞到了沈家明身上。

"对不起，对不起。"对方连连道歉。

"下次注意点，什么事不能慢点。"沈家明有点生气地说道。

"好的，好的，抱歉了。"对方说着，但还是迅速向宾馆跑去。

"估计女朋友等急了。"沈家明笑着说道。

郑卫国瞪了沈家明一眼，无奈地摇了摇头。

第六章 谜

　　豫南大学是周边城市一所不错的大学，陈远当年还报考过这里，可惜没有考上。他怎么也没想到，多年后会以警察的身份过来这边。

　　李敏燕是外语系的学生，宿舍在后面的外语大楼。陈远和孟雪走到女生宿舍的时候，立刻引起了很多人关注，一些年轻的女生看着陈远轻声说着什么。

　　"要不，要不我就不上去了？"陈远有点腼腆地跟孟雪说道。

　　"你怕什么？你现在是警察，又不是男学生，你怕什么？"孟雪扑哧一声笑了起来。

　　"这么多女生看着，还真的有点不习惯。"陈远红着脸说道。

　　"这么说你上大学的时候你们班没女生啊？"孟雪惊讶地看着他。

　　"你觉得有女孩会学殡葬专业？"陈远苦笑了一下说道。

　　这时候，两个人来到三楼，找到了李敏燕生前住的宿舍。宿舍一共六个人，不过只有三个人在。

　　对于陈远和孟雪的到来，她们显得很不欢迎。

　　"你们是李敏燕的同学吗？还是一个宿舍的？为什么同学出事了，你们显得漠不关心？"对于她们的态度，陈远有点生气。

　　"警察哥哥，你是不是不了解情况啊！李敏燕跟我们都不熟的，她自己在外面租房住的，还有，她在这个宿舍也只跟徐佳丽熟悉，你们想了解她的事情恐怕也只有徐佳丽能帮你们了，我们确实什么都不知道。"听到陈远这么说，其中一个女孩说话了。

　　"那徐佳丽在哪里？你们知道吗？有她联系方式吗？"孟雪问道。

　　"有她电话，不过老实说她也是在外面住的，基本上不回来，除非有事。"另一个女孩拿出手机，找到了徐佳丽的电话。

　　"好，谢谢你，我们和她联系下。"孟雪笑了笑。

　　陈远还想说什么，孟雪却拉着他离开了。

　　"这也太那个了，一定是知道了李敏燕的兼职身份才这样的，这些人怎么这样？要知道人都已经死了。"陈远出来后依然愤愤不平地说道。

　　"好了，陈远，你太不了解女孩之间的情况了。"孟雪瞪了他一眼。

　　"什么意思？"陈远有点摸不着头脑。

　　"这女孩和男孩之间不一样，她们心思太细腻。我看过李敏燕的案宗报告，她是从农村来的女孩，和宿舍的其他人关系不好。刚才那几个女孩说徐佳丽跟她关系好，我看李敏燕走上兼职的路，十有八九是这个徐佳丽介绍的。"孟雪说道。

"那先跟她联系一下吧。"陈远点了点头。

这时候,宿舍里跟过来一个女孩,正是刚才给他们徐佳丽联系方式的那个女孩。

"徐佳丽有个男朋友,是她老家的,其实你们应该也知道了,她和李敏燕一样,也做兼职。不过她做这个工作是为了养她的男朋友。"那个女孩说道。

"是这样啊,这个我们还真不知道。你知道她男朋友叫什么吗?住在哪里?"孟雪有点意外。

"叫罗伟,平常住在徐佳丽的小公寓,就在梅华巷后面,具体是哪个我就不知道了。不过之前我听徐佳丽说过,这个罗伟有点问题,因为之前高考的事情,得了抑郁症,我们也见过他,人长得还行。之前大家还劝徐佳丽跟他分手算了,但是徐佳丽却非常喜欢他。"

"谢谢你,你说的这些信息非常有用。你能告诉我们你的名字和联系方式吗?我们如果有其他需要询问的,也方便联系你。"陈远觉得这个女生还特别不错。

"我叫周红,我的手机号是这个。"周红拿出手机,把自己的手机号告诉了陈远。

从豫南大学出来,孟雪联系了一下徐佳丽的男朋友罗伟。

"哦,她不在,出去了。你们要找她,等等吧。"罗伟声音很温和,听上去像一个大男孩。

"我们已经到你们住的地方了,正好有些事情也想问问你。"孟雪说道。

"那好吧,你们来奔腾公寓的10楼7号吧。"罗伟同意了。

奔腾公寓位置很好找,就在豫南大学对面。时间正好是中午,路边人很多。陈远和孟雪问了几个人才找到了10号楼,然后又找了一圈,才找到了电梯。

电梯人不少,孟雪和陈远走进去的时候,正好和几个大妈在一起,她们用异样的眼光打量着他们。

孟雪被看得有点烦躁,不禁转过了头。

"年轻人,你们住在这里吗?"终于,有个大妈忍不住说话了。

"怎么了?"孟雪问道。

"你们结婚了吗?"那个大妈又问。

"我住在这儿和结婚有什么关系吗?"孟雪有点生气,不禁问道。

"哎呀,我就说现在这公寓楼都是什么人啊,真是的。"那个大妈看到孟雪生气了,转过头和旁边的同伴说了起来。

孟雪还想说什么,陈远拉住了她。

这时候电梯到了7楼,陈远和孟雪走了出去。

结果没想到那几个大妈也跟着出来了,看到孟雪和陈远在7楼下电梯,她们更加惊叫起来。

"我的天哪,竟然住在我们这一层,也不知道是谁家租出去的,怎么都不看看是什么人啊!"

"就是,就是。"

孟雪和陈远没有再理她们，直接来到了7号，敲了敲门。

门开了，一个二十多岁的男孩站在里面，看着陈远和孟雪。

"你就是罗伟吧？我们刚才通过电话了，我是省厅公安局的孟雪，这是我同事陈远。"孟雪开门见山说出了彼此的身份。

"两位警察同志，你们进来，进来说。"罗伟慌忙将门拉开，将孟雪和陈远请了进去。

陈远和孟雪对视了一眼，两人走了进去。

房间里黑乎乎的，拉着窗帘，这大白天的看着昏沉沉的。孟雪走进去后一把拉开了窗帘，房间里的情景出现在了他们面前，乱七八糟的东西摆得到处都是，房间里还弥漫着一股微微发臭的味道。

"警察同志，你们来做什么？是徐佳丽有消息了吗？"罗伟问道。

"什么意思？徐佳丽怎么了？"罗伟的回答让陈远有点意外。

"徐佳丽还没找到吗？我这都报案两天了，怎么还没消息啊！"罗伟有点生气地说道。

"这是什么情况？你详细说下。"孟雪和陈远对视了一下，有点摸不着头脑。

"我明白了，你们和派出所的警察不一样，行吧，既然问起来，我再给你们说下。"罗伟顿时明白了过来。

第七章　暗

门响了，刘美芬紧张地站了起来，她走到门口低声问道："谁？"

"我，潘子。"外面传来一个声音。

刘美芬立刻打开了房门。

一个男人从外面走了进来，然后刘美芬立刻将门锁锁住。

"你怎么现在才来？"刘美芬转过头，一下子抱住了男人，有点生气地拍了他胸口两下。

"这不是查得太紧，我也不敢再来了啊，想着避避风头啊。"男人安慰道。

"是啊，警察今天还去我家里了。还好我准备得好，不然可能就穿帮了。"刘美芬点点头，一副惊魂未定的样子。

"你别担心，事情已经过去了。别说警察，就算华明活过来，他也做不了什么。"潘子说着抱住了刘美芬，两只手开始在她身上上下游动起来。

刘美芬嘤的一声将头埋进了潘子的怀里，然后开始配合他的摸索。两人很快躺到了床上，然后脱掉了彼此的衣服。

刘美芬的额头上浸满了汗珠，脸庞也一片绯红，她用力抱着潘自强的身体，嘴里喃喃地说道："潘子，我们终于可以在一起了。"

"我就说你早点听我的，你非要等到现在。不过好了，现在你终于可以做我的女人了。"潘自强搂着刘美芬，用力地亲着。

"奸夫淫妇。"突然，房间里传来一个低沉的声音。

刘美芬一下子停住了动作，转头四下看了看。

"怎么了？"潘自强一边摸着刘美芬的头发一边问道。

"你有没有听到什么声音？"刘美芬问道。

"有什么声音？只有你的叫声啊。"潘自强笑嘻嘻地说道。

"是吗？"刘美芬将信将疑地转过了头。

"别疑神疑鬼了，华明都死了，谁还敢来找我们啊。要不我晚上去你家里，我们到你和华明的床上一起睡？"潘自强凑到刘美芬的耳边轻声说道。

"你神经病啊，说什么呢？"刘美芬伸手打了他一拳。

"你不觉得很刺激吗？以前你不是还希望我去你家床上吗？"潘自强说着将刘美芬重新按到了床上，然后他无意间抬头看了一下前面，突然颤抖了一下，身体往后坐了下去。

"干什么？"刘美芬差点被潘自强推翻，顿时有点生气了。

"那东西是你弄的吗？"潘自强指着前面，哆嗦着喊道。

刘美芬疑惑地转过头，一看不要紧，顿时也吓了一大跳，只见前面的门后面上面挂着一张照片，确切地说，那是一张黑白放大的遗照，上面的人正是她刚刚死去不久的老公，照片上的人笑呵呵地看着他们，但是眼神却感觉阴冷鬼魅。

"我，我不知道啊，这谁弄的啊。"刘美芬也吓坏了。

潘自强穿上内裤，从床上走过去一把扯掉了那张照片。

这时候，房间的灯突然闪了起来，然后灭了。

"啊，潘子，怎么回事啊，这怎么回事啊！"床上的刘美芬吓得惊叫起来。

潘自强刚想说话，突然，感觉有双手从背后扼住了他的脖子，他用力地挣扎着，但是那双手却像钢圈一样死死地箍着他的脖子，让他根本无法动弹。

"奸夫淫妇。"一个鬼魅的声音在他耳边响了起来。

"啊，对不起，对不起。"潘自强用力道歉，可惜那双手的力气却越来越大，最后，他的眼前渐渐模糊起来，失去了意识。

"潘子，潘子？"刘美芬喊了几声，也没见潘子说话，她不禁有点害怕了，于是伸手摸索了一下找到了手机，打开手机的手电筒。

房间里静悄悄的，潘自强躺在地上一动不动。

"潘子，你怎么了？"刘美芬披上浴巾，从床上跑了过来，来到了潘自强的身边。

"奸夫淫妇。"房间里又传来了那个声音。

刘美芬悚然一惊，四处看了看，目光落到了前面的衣柜里，那里开着一条缝隙，似乎有什么东西在里面晃来晃去。

"谁在那里？"刘美芬吸了口气，慢慢走了过去。

吱，衣柜的门响了一下，一个黑影站在里面，然后说话了："奸夫淫妇。"

昏暗的光线下，刘美芬看到衣柜里站着的人，赫然就是她的老公华明，那件衣服正是她在殡仪馆亲自给老公挑选的寿衣。

"我错了，我错了。"刘美芬吓得跪到了地上，连连磕头。

衣柜里的人慢慢地走了出来，他穿着一双尖尖的纸鞋，手里拿着一根白色的哭丧棒，走到刘美芬的面前，对着她慢慢抬起了哭丧棒，朝着她的脑袋用力打了过去。

这时候，后面的潘自强醒了过来，正好看到了这一幕。

"有鬼，有鬼啊，鬼魂杀人了。"潘自强不知道从哪里来的力气，竟然爬了起来，然后打开门，疯一样地跑了出去，边跑边喊。

酒店的人很快被惊醒了，保安和工作人员在潘自强的带领下来到了房间，推开门，他们看到了惊人的一幕，刘美芬一动不动地躺在地上，她的脸扭曲着，尤其两只眼睛，几乎要爆裂。

"快报警，报警。"保安对后面的人喊道。

前台忽然想起了今天过来调查的警察的电话，于是立刻找到，打了过去。

二十分钟后，郑卫国和沈家明来到了现场。就近的派出所也接到了报警电话，赶过来处理现场。

"你就是潘自强？"沈家明走到潘自强旁边问道。

潘自强被吓得不轻，眼神漂移，听到有人问他，他点点头。

"发生什么事了？"沈家明问。

"鬼，有鬼啊，华明来索命了，他来索命了。"潘自强一下子抓住了沈家明的手，喃喃地说道。

"华明索命？好好的，为什么他要来索命？"沈家明问道。

"华明不是意外死的，是刘美芬安排的，他要来报仇了。我看见他了，就在那个柜子里，他不但杀了刘美芬，也要杀了我。救救我，救我。"潘自强对沈家明说道。

沈家明看了看郑卫国，不禁皱了皱眉，这华明的死果然和刘美芬有关系，看来之前的推断并没有错。只是刘美芬的死肯定不可能是华明所为，那么是谁在背后冒充华明来吓唬他们呢？

"郑队长，法医过来了。"这时候，门口的警察说话了。

"好，看下尸体情况。沈家明，你去看看这个楼层和房间附近的监控，看能不能找到什么线索。对了，不要只限于案发时的监控，对方可能是提前进来的。"郑卫国分配了一下工作。

"好的，我现在就去。"沈家明说道。

第八章　追

　　罗伟和徐佳丽从小一起长大，两人青梅竹马。高中的时候，有一天晚上，徐佳丽放学回家，结果遇到了几个小流氓。正好这个时候罗伟出现了。为了保护徐佳丽，罗伟被几个小流氓打得遍体鳞伤。也就是从那天开始，徐佳丽喜欢上了罗伟。

　　高考结束以后，徐佳丽考上了大学，但是罗伟却落榜了。不甘心的罗伟复读了一年，可是再次落榜。后来罗伟为了徐佳丽，便来到了徐佳丽就读大学的城市。就这样，两人住到了一起。罗伟本来想着上班养活徐佳丽，可是罗伟没有工作经验，也没有学历，接连几次找工作都不如意。雪上加霜的是，罗伟被人骗了一大笔钱。

　　为了帮助罗伟还债，徐佳丽不得不开始做起了小姐。一开始罗伟非常痛苦，接受不了这件事情。可是慢慢地，当徐佳丽拿着一沓一沓钞票回家以后，罗伟便慢慢地接受了。

　　事情并没有像他们想象的那样发展下去。因为兼职做小姐，徐佳丽经常要和各种男人打交道，尤其是遇到一些素质比较差的男人。有一次，罗伟看到徐佳丽的背后竟然全部是烟头烫的伤，他的心便特别痛苦。终于有一天，罗伟忍不住了，他希望徐佳丽能够离开这种生活。哪怕赚的钱少一点，他不希望别的男人再来找她。但是徐佳丽已经习惯了这种生活，无法摆脱。

　　于是，罗伟和徐佳丽开始经常吵架。尤其是看到徐佳丽和其他男人调情的时候，罗伟便会控制不住自己的情绪，对其大打出手。每次打完徐佳丽，罗伟便痛苦不已。这种生活让罗伟和徐佳丽非常压抑。终于有一天，徐佳丽向罗伟提出了分手。痛苦不堪的罗伟，想到了自杀。罗伟的自杀并没有成功，在关键时刻，被人救了下来。就这样，罗伟和徐佳丽又住到一起，但是两个人的心却越走越远。

　　一周前，徐佳丽再次提出了分手，她说她认识了新的男朋友。这个时候的罗伟反而更加喜欢徐佳丽，他用尽各种办法，想要挽回徐佳丽，但是却没有用。但是徐佳丽没有再回来过。罗伟问了很多人，大家都不知道徐佳丽的下落，于是罗伟向公安机关报了案。

　　听到这里陈远和孟雪才明白过来。接下来，陈远仔细询问了一下罗伟关于徐佳丽新男朋友的事情。关于这一点，罗伟并不知道太多。之前徐佳丽只是提过一点，好像说她的新男朋友是一家建筑公司的设计师。

　　陈远和孟雪又问了一些其他问题，然后离开了。

　　从电梯里面走出来，陈远和孟雪又看到了之前他们上来时遇到的那几个大妈。孟雪对他们非常讨厌，想要快速离开，但是陈远却主动走过去跟她们打招呼。

　　"原来你们是警察啊，真没想到啊。"陈远亮出身份后，那几个大妈顿时吃了一惊。

"你们是来调查这里这些乱七八糟的女人的吗？"大妈们又开始说起了奔腾公寓里的事情。

"警察同志，我跟你说，我们那边隔壁住的就是一个不要脸的狐狸精，好像是一个男人的小三，有天晚上，原配带着人过来堵住了他们，打得那叫一个惨啊。"

"就是啊，这种女人就该打，父母千辛万苦养大，结果却出来做这种事，真是的。"

几个大妈又开始叽叽喳喳地说了起来。

陈远问了一下关于徐佳丽的事情。

"那个大学生啊，我知道一点点。老实说，我一开始对她感觉还挺好的，尤其是那个小罗，对人也不错，老是帮我们。后来才知道这个小徐一边上大学一边在外面做那个，小罗总劝她，但是她又不听。那个时候我就觉得他们两个人关系长久不了。果不其然，前些时候我下楼，听到他们吵架，这小徐有了新的男朋友，要和小罗分手。"

"对对，我也知道这件事，这小罗还想不开，差点自杀了。不过那小徐高低眉，就是一个女陈世美。我见她和另一个男的在一起。"

"你别说，那个男的我也见过，就住在前面的小区。说出来不怕你们笑话，我还跟着他们走了一回，本来想拍个照片给小罗看下，结果他们走得太快，也没看清楚进了哪个单元楼，不过可以确定的就是前面小区的1号楼。"

孟雪没想到陈远还有这一手，和几个大妈聊了几句竟然知道了徐佳丽新男朋友的大概住址。

"这个跟郑队长学的，之前和他有一次出去，他就这么找线索的。他说，其实最好的方法就是拉家常，尤其是一些喜欢在背后嚼人舌根的人，她们知道的消息往往要比普通人多。你看这几个老娘们，绝对要比我们了解得多。"陈远嘿嘿一笑说道。

"好吧，看来以后我也得多向你们学习一下了。既然那个徐佳丽的新男朋友离这里不远，我们就过去看一下吧。"孟雪看了看前面说道。

"好。"陈远点了点头。

徐佳丽新男朋友住的小区是奔腾家属院，这是一个老小区。门卫是小区自己人，门口坐了一群人在打牌，陈远向他们询问了一下，很快知道了这个徐佳丽新男朋友的身份。

"这小年轻是租的房子，人还不错，开着一辆小汽车。不过话不多，经常见不着人，有时候半夜回来，有时候一整天不下楼。你说的那个女孩我倒是见过几次，不过最近没见过，可能两人出去了。"门卫大爷说道。

"那行，我们上去看看。"陈远说道。

"就在1号楼的7楼，东户，西户没人住。"门卫大爷说道。

"好的，谢谢你了。"陈远说着和孟雪一起向前面的楼梯走去。

小区楼梯是老式的，楼梯有些高，陈远和孟雪上来都有些喘气。好不容易到了

7楼，陈远敲了敲门，结果半天都没人回应。

"不会不在家吧。我们这好不容易上来。"孟雪说道。

"估计是。"陈远笑了笑，准备离开。

门突然响了一下，开了一条缝，里面探出一个人，是一个二十多岁的男孩，警惕地看着他们问道："你们干什么的？"

"我们……"陈远刚想说话，孟雪却拉了他一下。

"我们想在这里租房，说是西户空着，不知道你认识不认识房东？"孟雪说道。

"不认识，我搬过来的时候西户就没人。"男孩摇了摇头说。

"那好，谢谢啊。"孟雪说着拉着陈远往楼下走去。

走到五楼楼梯，陈远不禁停了下来："你这是做什么？"

"快联系郑队长，徐佳丽肯定出事了。"孟雪一脸严肃地说道。

"什么意思？"陈远更加迷惑了。

"刚才那个男孩打开门的时候，我闻到了尸体的味道。如果徐佳丽在这儿，那十有八九是被杀了。"孟雪低声说道。

第九章　诡

房间在三楼，酒店电工已经检查过了，房间里的保险丝出了问题，所以才会出现灯灭了。这也可能是有人故意破坏，剪掉了供电箱那边的线路。

沈家明仔细看了一下现场，根据潘自强说，那个鬼是从衣柜里出来的。这个应该是凶手事先藏到了柜子里，然后加上一系列的设计，让潘自强和刘美芬以为是华明来索命了。

衣柜里有一些灰尘，加上本来里面应该是放着两件浴袍的，结果浴袍被收在了里面，说明那里的位置被人占用了。

沈家明看完现场，听完潘自强的叙说后，大致明白了过来当时的事情。对方利用刘美芬和潘自强杀死华明的心理，再通过一些其他辅助手段，让刘美芬和潘自强以为是华明的鬼魂来索命，最后凶手杀死了刘美芬。

凶手显然是有预谋的，监控录像里并没有找到凶手的画面。郑卫国来现场看了看，最后分析凶手可能是从外面爬上来的。

"郑队，刘美芬的死可能会牵连到前面查的案子，我们是不是回去一趟？"沈家明说道。

郑卫国点了点头，沈家明的意思他明白。这次他们调查的案子里，正在确认这些导致发生意外的人会不会出事，也是为了证明后面是不是真的有凶手在操作。现在李敏燕死了，刘美芬也死了。虽然说导致华明死的人是王平，不过现在真相清楚了，真正害死华明的人是刘美芬。如此说来，这三起案件中，出了意外的三个人的死并不是结束，而是开始，凶手的目的就是害死他们的人。

"只是奇怪的是，虽然现在知道王平不是始作俑者，但毕竟是直接导致华明摔死的原因。连环凶杀犯一般都会有精神洁癖，他们会做成杀人统一，死者统一。你说既然凶手杀死了在背后做坏的刘美芬，那么在赵强的案子里，除了李敏燕会不会还有其他人有危险呢？"沈家明问道。

这时候，郑卫国的手机突然响了起来。

"好，我马上过去。"郑卫国听完电话，立刻对沈家明说道，"陈远他们那边出了一点问题，我们需要马上过去。"

二十分钟后，郑卫国和沈家明来到奔腾小区，见到了在那里焦急等待的陈远和孟雪。

"什么情况？"郑卫国问道。

"我们来查李敏燕的社交情况，结果查到她之所以做兼职，是因为舍友徐佳丽带的。为了更了解李敏燕，我们去了她学校宿舍，并且找到了徐佳丽的联系方式和地址，这个徐佳丽有个已经要分手的男朋友，名字叫罗伟。我们找到罗伟的时候，罗伟告诉我们说徐佳丽有了新男朋友，并且就住在这附近。为了找到徐佳丽，我们找了过来。可是刚才孟雪说她闻到了房子里面有尸体的味道。这不赶紧跟你们联系了。"陈远说了一下事情的经过。

"确定里面有尸体？"沈家明看了看孟雪问道。

"当然，我可是专业的法医，对于死尸的判断很灵敏的，绝对不会出错。如果不是陈远的外勤能力太差，我刚才就让他跟我进去了。"孟雪坚定地说道。

"行，我们进去看看。"郑卫国说着，向楼梯前面走去。

很快，他们上到了七楼。

砰砰砰，沈家明敲了敲门。

"什么人？"里面传来了一个低沉烦躁的声音，正是刚才开门那个男孩的声音。

沈家明没有说话，继续敲了敲门。

"干什么？"里面的男孩被激怒了，一把拉开了门。

守在旁边的郑卫国一下子冲了进去，然后将他按到了地上。后面的陈远和沈家明一起冲了进去。

屋子里黑漆漆的，大白天却拉着窗帘。一股说不出的怪味弥漫在屋子里面，要不是孟雪说那是尸体的味道，其他人还真感觉不出来。

孟雪径直走向里屋，然后拉开了灯。只见床上躺着一个女孩，一动不动，那个奇怪的味道赫然就是从女孩身上散发出来的。

郑卫国把男孩拉到了屋里。

"这怎么回事？"郑卫国问道。

男孩冷哼了一声，没有说话。

"问你话呢。"郑卫国照着男孩的后背拍了一下，愤怒地问道。

"想知道什么？想知道什么？"男孩的情绪有点激动，大声叫了起来。

"这人是不是徐佳丽？人是你杀的吗？"沈家明问道。

"哈哈哈。"男孩突然笑了起来，声音显得诡秘起来。

所有人都愣住了。

"你们找谁啊？"男孩停止了笑，声音变得冷冰冰的，顿时像换了一个人一样，"你们在找我吗？你们想问什么？为什么杀人吗？很简单，她骗我，我最讨厌的就是别人骗我。所以我要杀了她。"

"你是谁？"看到男孩的变化，沈家明走了过去，然后示意其他人往后退两步。

"你又是谁？"男孩问道。

"我是可以帮助你的人。"沈家明说道。

"没有人能帮我，从来都没有。"男孩的眼睛里翻出了白眼，身体开始瑟瑟发抖。

"为什么？因为从一开始就失去了公平，你没有机会出现在这个世上，所以你恨他们，你恨所有人，你用尽全力出来，为的就是复仇，对吗？"沈家明问道。

"那又怎样？"男孩脸皮颤抖了一下。

"你应该感谢这个身体，你应该感谢他，不管他是你的哥哥还是弟弟。如果没有他们，你早已经死去，哪有机会站在这里。不过我想你一定很自卑，自卑到话都不敢说。你总是躲在后面，不愿意面对。你杀人的时候，有没有害怕？又或者说，人根本不是你杀的，其实就是你们兄弟一起杀的？"沈家明突然声音加大了，仿佛在训斥一个小孩一样。

"不，不是这样的。"那个男孩摇着头，大声叫着，最后竟然一头栽到了地上。

"现在带他回去审讯一下吧。"沈家明说道。

陈远走了过去，将男孩扶了起来。

这个时候，外面传来了一阵嘈杂的声音，几名警察走了进来。然后，法医也赶了过来。大家开始忙活起来。

"双重人格？"郑卫国问了沈家明一句。

"典型的双重人格，具体形成原因还需要进一步了解。"沈家明点点头说道。

"走吧，回去先问问什么情况。"郑卫国说着，大步往前走去。

第十章 空

针对接连发生的两起命案，周子峰特意组织了一次会议，并且叶枫和唐建设都参加了。因为案子发生在豫南省郑市，几乎可以说是在省厅的眼皮底下，所以叶枫要求调查组尽快破案。

"目前根据我们掌握的线索，凶手针对的对象应该是造成意外的人。之前郑市送过来的案子汇报里只是推测，但是随着现在发生的这两起命案，应该可以证实，之前郑市公安局送来的只是案子的表象，凶手的真正对象其实就是造成意外的人。比如李敏燕，她是无意识造成赵强死亡的，并且我们调查到李敏燕其实是有一定责任的，不过赵强家不再起诉了，原因是李敏燕的同学徐佳丽给了对方一大笔钱。因为李敏燕如果出事了，会牵连出徐佳丽。所以，现在李敏燕和徐佳丽都死了。另一点，那个造成华明发生意外的王平，现在在拘留所，还没出来，但已经确认的是杀死华明的是他的妻子刘美芬，然后刘美芬被凶手杀死了。目前来看，我们要做的是保护好下一个成为凶手目标的人，王平因为在拘留所，所以应该暂时是安全的，凶手的下一个目标可能是刘美芬的情夫潘自强。除此之外就是第三起意外案件的涉案人卢青青。"郑卫国分析了一下目前的情况。

"凶手针对的下一个对象应该是卢青青，或者说是害死谭天华的人。"沈家明说话了，"原因很简单，在我们调查的时候，发生的两起案件，其中害死华明的其实是他的老婆刘美芬和情夫潘自强，但是凶手却只杀死了刘美芬。所以说在这起案子里，凶手要杀死的人就是刘美芬。前面李敏燕和徐佳丽被杀，预示着那一起案件的结束。这两起案件结束了，那么凶手的下一个目标自然是第三起，也就是卢青青意外杀死谭天华的案子。那么卢青青可能就会成为最直接的目标，除非谭天华被杀还有其他内幕，否则卢青青应该就是凶手的下一个目标。"

"不错，我也赞同。陈远，这个卢青青不是你的朋友吗？我看你不如来个特殊任务，对她进行保护。另外我们再调查下看看案子有没有其他内情，比如像之前这两起案子一样，这样也能找到可能潜伏的被害人信息。"郑卫国点点头说道。

陈远没有说话，这样的安排其实是最好的了。老实说，他确实非常担心卢青青。也许是因为之前卢浩博的案子，也许是因为其他。所以他暗暗下了决心，无论如何都要保护好卢青青，不让她受到伤害。

不过，陈远没想到的是卢青青对于他的热情并不领情，甚至卢青青以上班忙的为由不再理会陈远。

"这怎么办？"陈远为难地说道。

"能怎么办？明知道她可能会出事，也不能因为她的不领情就看着她出事吧。"

我看不如我们直接去她工作的地方找她。对了，那是叫什么KTV来着？"沈家明无奈地笑了笑。

"兰若坊。"陈远说道。

"这名字起得好，一听就让男人浮想联翩。正好，我们也去见识下。"沈家明拍了拍陈远的肩膀。

这是陈远第一次来KTV这种地方，以前虽然也去过，不过都是一些小KTV，大家纯属聚餐唱歌。这种消费类的KTV，还是让陈远大为震惊。先不说宽大的房间、豪华的沙发以及笑脸殷勤的经理，等到经理将卢青青她们带进来的时候，陈远顿时觉得脸红心跳，低下了头。

十几个穿着性感衣服，打扮得漂亮的女孩站在他们面前，然后依次介绍自己，卢青青就在中间，她显然认出了陈远，不过她像没事人一样，介绍自己的情况，她说自己叫青青。

"这，这不是涉黄吗？沈家明，我们这不行吧？"陈远凑到沈家明面前说道。

"卢青青就是在这种环境下上班的，谭天华也是死在这种环境下的，你要是跟治安大队说让人过来扫黄，我们还查个屁案子啊。"沈家明用手顶了陈远一下。

"两位老板，有没有中意的女孩啊？"经理笑着问道。

"这位我们先点了。"沈家明已经看出来谁是卢青青了，于是指了指。

"好，青青，过去。"经理对着卢青青挥了挥手。

卢青青没有说话，走了过来，然后坐到了陈远的身边。

"那另外一个呢？"经理问道。

"先等等吧，一会儿再看。"沈家明说道。

经理点了点头，然后带着其他女孩离开了。

"喝酒吗？"卢青青面无表情地问道。

"不喝。"陈远摇摇头。

"唱歌吗？"卢青青又问。

"不，不唱。"陈远看了看旁边的沈家明说道。

"那玩游戏吧？"卢青青说着拿起了桌子上的骰子。

"我不会，不会。"陈远摇摇头。

"那你不喝酒，不唱歌，也不玩游戏，来这里做什么？"卢青青将骰子放到桌子上说道。

"这不是给你电话你也不接，你现在真的很危险。"陈远慌忙说道。

"危险？我哪天不危险，我都习惯了。你们两个警察不会为了我跑到这种地方吧？你们回去吧，别在这儿浪费钱了，这不是你们待的地方。"卢青青说着站了起来。

"难道这是你待的地方吗？"陈远一下子拉住了卢青青的胳膊。

"你管我？"卢青青眼睛顿时红了。

"我，我管你。"陈远脱口说道。

"你们，你们聊着，我去上个厕所。"沈家明看着他们的样子，顿时觉得有点尴尬。

"你不能去，就在这儿站着。"卢青青大声说道。

"对，家明，你别去，你告诉她我有没有骗她。现在她真的很危险，我有纪律，没办法告诉她其他的，但是，卢青青，你真的危险。我不能眼睁睁看着你出事。"陈远气愤地说道。

"你不是都看不起我吗？我脱光衣服站你面前，你都无动于衷，你都不管我，现在你这算什么？要是有人想杀我就杀了我吧，反正我一个人也无所谓了。"卢青青说着哭了起来。

"我，我没有。你，我。"卢青青的话让陈远一下子红到了脖子根，他看着沈家明不知道该怎么解释，更不知道该和卢青青怎么说。

"我，我在这儿我自己都觉得尴尬啊。"沈家明哭笑不得地往外走去，刚拉开门，发现门口有个男人在那儿站着，似乎刚才在偷听房间里说话。

"你什么人？"沈家明问了一句。

那个男人没说话，转身向前走去。

"站住，你什么人？"沈家明又问了一句。

那个男人忽然撒开脚丫子向前跑去。

"给我站住。"沈家明立刻追了过去，然后一边跑一边拿起手机给陈远拨了一个电话……

第十一章 黑

刘美芬被杀后，潘自强非常痛苦。

潘自强比刘美芬小五岁，他是一次来刘美芬家里装修时认识的。那时候，潘自强在郑市已经五年多了，每天辛苦地工作着，可惜永远得不到老婆的半句好话。

刘美芬没有工作，原因很简单，华明不让她出去。她就像一只金丝雀一样被困在家里，不过华明赚的钱并不多，并不能满足她的所有开销。所以刘美芬几乎不认识什么人，潘自强的出现让她格外开心，因为在装修的时候，潘自强给她讲了很多好听好玩的事情。

那个装修的工程并不大，但是却让刘美芬和潘自强度过了开心的二十天。等到工程结束的时候，潘自强离开了。其实，那个时候他已经爱上了这个被困在家里的女人。不过，两人都是有家庭的人，再加上潘自强知道自己配不上刘美芬。于是，临走的时候，他只是对刘美芬说了一句话："希望你早点出来工作，可以多见见外面的世界，不然你这一辈子都完了。"

正是潘自强的这句话，让刘美芬鼓足勇气和华明提出了要出去工作的要求。虽然华明不太同意，但是面对刘美芬的坚持，他最终妥协了。刘美芬找到工作后的第一件事情就是告诉潘自强，然后她兴奋地在电话里说着自己对潘自强的感谢。

"只要你能幸福，要我做什么都可以。我这辈子都没见过你这么漂亮的女人，你应该过得很好的。"潘自强由衷地说。

那一刻，电话那头的刘美芬没有说话，但是也没挂电话，他们静静地听着彼此的呼吸，一直到后来电话自己挂掉。

潘自强出生在农村，从小没受过什么教育，十几岁的时候就跟着父辈们出去打工，学习装修技术。二十三岁的时候，家里给他说了一门亲事。老实说，他不喜欢那个女人，但是家里人说一个装修工，还想要什么样的女人，就这样，父亲替他答应了婚事，然后父亲用大半辈子的积蓄给他们办了酒席。

新婚之夜，那个女人说，她心里有其他男人，可是家里让她结婚，她也没办法，只能嫁过来。

当时潘自强就怒不可遏，照着女人打了一巴掌，然后出去了。他一个人在院子里抽烟，他觉得自己太傻，这个女人心里好歹还有个男人，自己却什么都没有。后来，父亲来了，两人一起抽着烟，父亲讲起了他当初结婚的事情，当年父亲为了结婚，甚至还考虑过残疾人。因为在家人眼里，家里没个女人，根本不叫家。听完父亲的话，潘自强回房间了。

"你要是觉得委屈，也可以在外面找其他女人。"穿着红色衣服的女人对他说。

"我把你娶回家了,你就是我的女人。你心里哪怕住着十个人,你也只能是我的女人。你要为我们潘家传宗接代,要做好我们潘家的女人。"潘自强说着爬到了床上。

女人一开始拒绝着,后来摸到了潘自强脸上的眼泪,便不再动弹。

女人给潘自强生了一儿一女,她也早忘记了之前住在心里的那个男人。可是,潘自强却没忘记。尤其是当刘美芬出现在他的生命中,他更加明白,刘美芬才是让他深爱的女人。即使刘美芬只是他幻想的女人,但是只要能幻想就已经足够,因为他可以把所有的浓情爱意都给她。

潘自强本以为只要可以远远在旁边看着刘美芬就是他这辈子最大的幸福,可是他没想到有一天晚上刘美芬会来找他。原来,因为下班晚了,华明以为她在背后有了其他男人,一气之下便对她大打出手。

看到被打的刘美芬,潘自强非常心疼。他想去找华明理论,但是却知道那只会让华明对刘美芬更加仇恨。那天晚上,刘美芬没有走,和潘自强住到了外面。

那是潘自强曾经在梦里幻想过无数次的场景,他抱着刘美芬的身体,像是捧着一件精美的瓷器一样,浑身上下,仔仔细细地亲了一遍又一遍。刘美芬同样从来没有被男人这么宝贝过,然后两人陷入了热恋中。

对比潘自强对自己的好,刘美芬对华明越来越厌恶。久而久之,刘美芬产生了想要离开华明的想法。

"你要是离婚了,我马上离婚,我可以为了你什么都不要。"潘自强果断地说道。

"可是,我担心华明不会这么轻易让我离开。"刘美芬担心道。

事实上,刘美芬的担心是正确的。华明不但不让她离开,还告诉她自己在外面有了其他女人。他就是要这样吊着刘美芬,让她生不如死。

于是,刘美芬有了杀死华明的念头。

潘自强知道杀人肯定是违法的,不过他太爱刘美芬了,哪怕只能和她在一起一分一秒。只要刘美芬高兴,他做什么都可以。不过,刘美芬说要杀死华明并不需要潘自强动手。她说自己看了一些推理小说,已经有了一个完整的杀人计划,到时候警察也找不到他们。

刘美芬的计划就是让她的同事王平造成华明发生意外,并且刘美芬成功实施了。

可是,潘自强没想到的是,背后竟然有人知道了这个计划,并且利用华明的死亡杀害了刘美芬。

现在,潘自强非常痛苦,他不知道自己该怎么做。如果告诉警察帮忙调查,那么警察就知道了一切;如果不告诉,他自己也没能力调查清楚。

"再来瓶酒。"潘自强对着后面的老板喊了一声。

老板很快端着酒上来了。

潘自强倒了一杯,然后继续喝了起来。这时候,门外走进来一个男人。看到那个男人，潘自强顿时紧张起来，立刻追了过去。

"你认识我？"那个男人看着潘自强问道。

"我见过你，刘美芬记得吗？之前她找你的时候，我在旁边等她。"潘自强说道。

"是你啊，我想起来了。"男人点了点头。

"你应该知道美芬她出事了。"潘自强说着眼泪流了出来。

"是的，挺让人悲伤的。"那个男人说道。

"我知道之前美芬那个计划是找你的，你帮她做得挺好的。我现在希望你也能帮我，可以吗？"潘自强说道。

"你想要我帮你什么？"那个男人问道。

"我要设计处死一个人，要不是她，美芬也不会死。"潘自强恶狠狠地说道。

"好，你跟我来。"男人迟疑了几秒，然后点了点头，同意了。

第十二章 斗

那个男人跑得不快，从KTV二楼跑下来，往大门外冲的时候，前面的保安拦住了他。

"抓住他，他不付钱。"后面的沈家明灵机一动，对着保安喊道。

果然，保安一听对方没付钱，立刻拉住了男人的胳膊，然后往前推了一下子将他按到了地上。

沈家明和陈远很快赶了过来，将男人拉了起来。

"警察。"沈家明亮了一下证件，将男人拖到了一边。

随即赶过来的卢青青和KTV的经理有点惊讶，他们不知道到底发生了什么事情，尤其是那个经理，刚才还帮着沈家明和陈远挑选陪唱的女孩，这会儿才知道这两人竟然是警察。

"你们干什么？警察怎么能随便打人？"那个男人看到沈家明和陈远，于是大声叫了起来。

"你刚才在房间外面偷听什么？还有，我喊你，你跑什么？"沈家明问道。

"我偷听什么了？我只是路过，你追我，我就跑了。"男人说道。

"我认识他，他不是坏人。"这时候，卢青青走了过来，低声说道。

"你说什么？"陈远拉了她一下。

"我认识他，他不是坏人。他就是经常来找我唱歌的一个客户，他在门口肯定是在等我。你们放了他吧。"卢青青说道。

卢青青的话让沈家明和陈远有点尴尬。

"对的，对的，两位警官，这个确实是我们这里的熟客，可能被你们误会了。"那个经理见状也走过来说话了。

沈家明没有说话，解开了男人的手铐。

"多事。"男人揉了揉有些发疼的手腕，轻声咒骂了一句。

"你说什么？"听到骂声的沈家明对着男人喊道。

"好了，好了，不要吵了。"经理为难地劝着他们。

陈远拉了一下沈家明，示意他不要再说话了。两人谁都没想到事情竟然会发展成现在这样。如果对方闹得太大，惊动了媒体什么的，他们两个就麻烦了。

无奈之下，两人只好离开了。走的时候，陈远想和卢青青说什么，但是卢青青却没有理他。

走出KTV，陈远叹了口气，然后对沈家明说道："你是不是有一些疑问？"

"我当然有一些疑问，不过不止一些，是很多。不过我最大的疑问是你和这个卢青青到底是什么关系。我之前也算是研究过人与人之间的关系,但是我实在看不透你们之间的关系。"沈家明说道。

"那我跟你说说吧,其实也没那么复杂。"陈远挠了挠脑袋,然后将事情的原委讲了一下。

听完陈远说的情况后,沈家明总算明白了过来。

"事情还挺复杂的,这个卢青青明显是喜欢你的。你真是个呆头鹅。"沈家明摇了摇头,不知道该怎么说陈远。

"她怎么会喜欢我呢?"陈远脸顿时有点红了。

"一开始可能只是单纯地请你帮忙,不过你们之间有过相处。包括她愿意献出身体,看似是让你帮她的哥哥,但也是有情义在里面的。这个卢青青也算是个好女孩,现在到了这种地方,我觉得你还是很有必要帮帮她的。不过这个帮忙你要把握好尺寸,或者说你要是也喜欢她,那没什么;要是你对人家没意思,帮忙的时候尺寸过度,会适得其反的。"沈家明分析了一下。

"对,你说的这个情况也是我担心的。我就是怕做什么事情让她再误会了。我对她,自然是没什么的。你也知道,刚刚经历了苏梅的事情。"陈远说着深吸了一口气,神情有些黯然。

"既然是这样,其实也简单了。你只要把这个情况当作一个普通案子来对待就好了,我可以回去开会,提出这个情况,然后让周队和郑队他们来安排。"沈家明说道。

"目前也只能这样了,我甚至觉得我可以避开卢青青,毕竟对于她来讲,我还是有点尴尬的。"陈远点点头说道。

对于陈远和沈家明提出的情况,周子峰没有什么意见。既然现在卢青青是有可能被凶手杀害的对象,那么调查组的组员觉得还是需要提前做一些工作,第一是为了卢青青的安全,第二是如果凶手出现,可以直接面对对方,甚至可能抓住他。

"我提议对于和卢青青的沟通和保护工作由郑队长和孟雪负责。"周子峰说了一下自己的看法,"卢青青是一个女的,可能孟雪和她沟通会更方便。其次,如果凶手出现,可能会有一些危险,郑队长身手了得,是再合适不过的人选了。"

"我也这么想的。既然陈远和卢青青关系比较特别,那么他自然不要参与了。如果这次凶手出现了,恐怕也只有我可以抓住他。所以卢青青这边就交给我和孟雪了。"郑卫国点点头说道。

郑卫国和孟雪负责卢青青这边的工作了,那么陈远和沈家明则需要负责追查这三起案件背后的共同点,找出隐藏在背后的凶手的特点。对于这点,陈远也讲出了自己的想法。他认为这三起案件应该是凶手很早就设计好的,并且每个受害者都是凶手事先定好的目标。不过有一点,凶手应该不会知道他选择的受害人会造成之前发生的意外,因为这些东西无论是谁都无法预料。所以凶手可能是从发生了这些意外后选择杀人的。

"对,这点我非常同意陈远的提议。凶手不可能控制那些人去做一些发生意外的事情,所以凶手应该是从这些意外发生后选择了受害人。如果是这样的话,凶手应该是会接触到这些人的人,因为只有深入了解了这些意外的情况,才会提前知道意外背后的真相。所以我们在后面调查的时候,不要光顾着受害人,更应该看一下受害人与周边人的社交关系。简单地说,就是尽量多查一些受害人的身边关系,争取找到凶手的更多信息。"周子峰说道。

"李敏燕的案子里,徐佳丽已经死了。如果凶手要接近她们的话,唯一的突破口就是徐佳丽的男朋友,这个人我们见过,他因为和徐佳丽的感情有问题,所以很容易被人利用。在刘美芬的案子里,刘美芬已经被杀,和她一起的情夫潘自强非常了解情况,如果凶手想要了解情况,找到潘自强便是最合适的办法。所以这一点也可能是凶手没有杀死潘自强的缘故。"郑卫国最后补充了一下。

"好,那大家开始忙起来,争取早日抓住这个狡猾的幕后黑手。"周子峰目光坚定地看着所有人,沉声说道。

第十三章 亡

卢青青这两天心情特别差，尤其是那天陈远和他的同事来后出的事情，让KTV里很多人对她意见特别大。

有些事还真奇怪，比如卢青青这两天心情特别差，她提出请假，但是却被主管拒绝了。无奈之下，她只好有意识地躲一躲，希望客人能注意不到她。可是，卢青青越希望别人注意不到自己，结果却每次都被人点钟。无奈之下，她只好强颜欢笑陪着客人喝酒唱歌。

今天的客人有点不好说话，一直灌她酒。其实卢青青的酒量还算可以，只不过面对这么多酒，她也有点发蒙。

没过多久，卢青青觉得自己喝多了，整个人都开始晃荡起来。她站起来想去外面寻求帮助，但是那个客人却把她拉到了怀里。

"我上个厕所。"卢青青头晕乎乎地说道。

"走，我带你去。"那个客人说着扶着卢青青站了起来，然后卢青青感觉自己整个人似乎都在他怀里。

卢青青心里害怕极了，她想起了之前在这里进行培训的时候，主管跟她们说，在这种场子里，永远要记得安全第一。面对客人的酒，肯定不能拒绝，如果一杯接一杯地喝，等到自己喝多了，被人带走了，到时候谁也帮不了自己。

"我们去外面的厕所吧。"那个男人凑到她耳边轻声说道。

"不，不要。"卢青青摇着头，摆着手，可是她却一点力气也使不上来，只能任由对方将她光明正大地带出了KTV。

冷风吹在脸上，卢青青感觉比刚才好点了，她用尽所有力气说了一句话："你要带我去哪里？"

"你说呢？"客人笑嘻嘻地说道。

卢青青像一摊软泥一样靠着对方，她的意识很清楚，可是下半身却仿佛不是她的一样，任凭对方连抱带拖塞进了一辆黑色的轿车里，然后对方将她扔到了后座位上，自己打开前车门，坐到司机的位置，发动了车子。

卢青青现在非常后悔，她想起了陈远跟她说的每一句话。原来，那些话真的不是危言耸听。现在这个人也不知道要将她带到什么地方去。

卢青青用力躬着身体，想要用点力气，可惜几次都不行。这时候，车子在地面上颠簸了一下，借着这个力气，卢青青身体往上面颤了一下，然后她用尽全力想要翻个身，结果身体只翻过来一半，一只脚顶在了门边，一只脚卡在了座位中间。

车子忽然停了下来。

前面的男人走了过来,打开门,看到了卡着的卢青青。

"真是一个硬姑娘。"男人说着将卢青青一下子从车子里拖了出来。

卢青青的身体渐渐恢复了一点力气,能够勉强说话,她低声说道:"你到底是什么人?要对我做什么?"

男人将卢青青放到旁边的一块石头上,然后从口袋里拿出一盒烟,塞进嘴里一根,深深吸了一口。

"你是谭天华的朋友吗?"卢青青猜测着对方的身份。

男人转过了头,然后盯着卢青青,一语不发。

"你还是男人不是?你要做什么?哑巴了吗?你妈的。"卢青青的脾气上来了,她实在受不了这个男人的沉默与阴柔,干脆大声骂了起来。

"你骂我。"男人将手里的烟扔到了地上,然后走到卢青青的面前,一把捏住了她的下巴。

"骂你怎么了?你他妈的就是个傻逼,在KTV你就会灌我酒,还给我下药,对我一个女人你都这么做,可见你就是一个软蛋。"卢青青干脆将心里的话都骂了出来。

"好,我让你看看我是不是男人。你个贱女人。"男人被卢青青的话激怒了,一把拖起卢青青,将她拉到了车里。

"你浑蛋。"卢青青用力反抗着,可惜身上依然软塌塌的,根本无法推开男人的双手。

"你个王八蛋,我不会放过你的。"卢青青的眼泪流了出来,她用尽全力地骂着男人。

男人已经失去了理智,露出了疯狂的笑容。

这时候,前面有一道光突然闪了过来,是汽车的远光灯。

男人一下子停了下来,然后关掉了车里的灯。

那辆车越来越近,最后开到了他们的面前。

那辆车停了下来,然后两个人走了过来。

"有人吗?"其中一个人对着车子问了一句。

车子里的灯重新打开了。

男人阴沉着脸走了进来,卢青青倒在地上,似乎晕了过去。

卢青青感觉有一种特别轻松的释放感,就像一个挣脱了绳子的气球,一下子飞到了天空,然后越飘越远,最后消失不见。

眼前慢慢明亮起来,她看到了哥哥。

"青青。"哥哥笑着对她喊道。

"哥,哥。"卢青青大声叫了起来。

卢浩博笑着站在那里。

"我以为再也见不到你了。他们都欺负我。"卢青青说着哭了起来。

"没事的,到了这里,没有人会欺负你的。"卢浩博说着抱住了妹妹,轻轻拍着她的肩膀。

身边响起了轻柔的音乐，是她和哥哥小时候听的歌曲，那个时候，每当这个音乐响起来，他们就会开心地跳起来。

"好了，我们要走了。"卢浩博看着一脸陶醉的卢青青，拉着她向前走去。

"去哪里？"卢青青问。

"前面。"卢浩博指了指前面。

卢青青看了看前面，只见前面闪着白光，让她有点睁不开眼。她用力揉了揉眼，等到睁开眼的时候却发现，哥哥已经不在身边了，眼前也不再是之前的温暖光亮，而是变成了低沉的天气。

"卢青青，快，跟我走。"身后有人喊她的名字。

卢青青回头看了一下，发现是陈远。

"怎么是你？"卢青青愣住了。

"别说话，别回头，快跟我走。"陈远说着走过来，一把拉住了她的手往前跑去。

"后面有什么？"卢青青问。

陈远没有说话，只是拉着她向前跑。

卢青青忍不住回头看了一眼，这才发现后面竟然有一片黑压压的风在追赶他们，仿佛一头嘶吼的野兽，发着恶魔一样的恐怖叫声。

啊，卢青青被吓了一跳，脚下一不留神栽倒在了地上。

"快起来。"陈远重新回头跑过来想要扶起卢青青，但是后面的风却一下子将她吹开了，她还没来得及说话，整个人便被吹了起来，然后重重地摔在了地上，顿时眼前一黑，晕了过去。

"卢青青，卢青青，能听见吗？"

"卢青青，卢青青。"

"快起来，别睡了。"

有几个声音在耳边响，卢青青用尽力气，慢慢睁开了眼，然后她看到了白色的天花板，白色的墙壁，白色的被单，鼻息间有消毒水的味道，耳边还有仪器嘀嘀嘀的声音。

"你醒了。"一个女孩走了过来，坐到了床边。

"我。"卢青青刚想说话，却感觉脸上一片疼痛，她这才想起自己在晕倒前是被那个男人困在车上的。

"没事就好了。"女孩说道，"我叫孟雪，是陈远的同事。"

第十四章 悔

潘自强有点后悔了。

之前在酒精的刺激下,他武断地去求那个男人,让对方帮忙杀个人。潘自强要杀的人是他的老婆,因为他怀疑刘美芬的死是他老婆所为。可是等他酒醒后才知道自己之前不过是猜测。可是对方却依旧答应帮他。

虽然潘自强和老婆并没有什么感情,可是毕竟对方为他生了一儿一女。潘自强实在不愿意眼睁睁看着对方杀死自己的老婆,万般无奈之下,他只好联系了郑卫国,向警察求助。

"我在外面有事,这样我让我同事联系你,他们本来也是要过去找你的。"郑卫国接到电话后说道。

"那好吧。"潘自强说完挂掉了电话。

为了安全起见,潘自强送老婆和孩子离开,让他们先回老家躲一下。

不明原因的老婆问了他很多次,但是他却并没有告诉她,只说等他收拾好这边便会回去,然后他们以后再也不来这边。

看着列车离开后,潘自强的心顿时落地了。

从火车站出来,潘自强并没有急着回去,而是坐上了一辆公交车,然后慢悠悠地看着城市的街道风景。潘自强来这个城市时间也不短了,但是他却从来没有仔细看完过这个城市,今天,他决定仔仔细细、完完整整地看个通透。

公交车来回大约一个小时,他下车后,手机响了起来。

"喂。"潘自强接通了电话。

可惜,还没有等他说第二句话,身后忽然有人扼住了他的脖子,然后将他的手机夺走,将他拖进了旁边的一辆商务车里。

危险,终于还是来了。就像潘自强想的那样,他原本想的先将自己知道的一些东西告诉警察,然后再被抓也不迟。可没想到的是,还是晚了一步。

商务车拉着窗帘,看不清身边有几个人,只能隐约感到车子在快速行驶。

手机再次响了起来,旁边一个男人从潘自强的口袋里拿出手机,然后打开车窗,直接将手机扔了出去。

这次,潘自强彻底绝望了。

汽车慢慢停了下来。

潘自强被人拖着下了车,然后被连拖带拉地往前推去。

一个男人拿出一个黑色的头罩想要给潘自强戴上。

"我不要戴,又不是没来过。"潘自强瞪了旁边男人一眼。

这是潘自强第三次来这里，第一次来的时候戴着头罩，第二次他已经熟悉了路线。走进前面大厅，他看到了坐在大厅中间的男人。

男人依然和之前一样儒雅，他正在泡茶，沸腾的水浇过茶台，冒出一股水汽。

"没想到，这么快就又见着你了。"男人放下手里的热水壶，抬起了头。

"你想怎样？"潘自强看着对方问道。

"你知道为什么我这边做了这么多事情，却一直安然无事吗？原因很简单，那是因为我非常讲究契约精神，我最痛恨的就是不遵守约定的人。你还记得第一次来这里，我跟你说的第一句话是什么吗？"

潘自强没有说话，他记得的，但是却没办法开口说。

"如果你不是一个能守得住秘密的人，最好不要来这里合作，否则你非但得不到自己想要的东西，反而会失去很多，甚至你的性命。"对方说了出来。

"我知道。"潘自强说道。

"既然知道，那么其实也很简单了。你让我帮你杀的人，我们还会做。约定就要完成，这是我们的原则。"对方说着拍了拍手。

潘自强的眼睛瞪大了，他看到已经被他送走的老婆竟然被对方带了出来。

"我们约定的是她一个人，所以孩子我们不会动。"对方说道。

"不，我不是说了，这个合约要取消的。我要取消的。"潘自强叫了起来。

"潘自强，我说过，要讲究契约精神，既然说了就不能反悔。你想找警察帮忙，所以你也违反了我们的契约。所以你也需要为自己做的事情付出代价。"对方说道。

"所有的一切都冲我来，可以吗？你们放了她，不然你们所有的事情警察都会知道。我已经写了一封电子邮件，我设置的是三个小时更新一次，否则会自动发给警察。"潘自强冲着对方喊了起来，这是他唯一的王牌，用来保命的，但是目前他只希望对方能放了他的老婆。

"潘自强，你是通过刘美芬来到我们这里的吧。我记得当时接待你们的人是23号吧。"对方没想到潘自强还有这一套，沉思了几秒后说话了。

后面的人听到那个男人说是23号，于是很快将一个男人带了过来。

潘自强看着对方，不知道他们到底要做什么。

"既然合约出问题，那么就得有人来负责。"对方说完，忽然从旁边桌子上拿起一把枪，对着那个23号砰的一声开了一枪。

所有人都不知道发生了什么事，等到明白过来的时候，23号已经倒在了地上，胸口汩汩流血，身体抽搐着，很快不再动弹。

"现在，我们开始我们的合约。"对方举起枪，对准了潘自强的老婆。

"不要，不要。"潘自强慌忙举起双手，走到了老婆的前面，哀求着对方。

对方没有说话，盯着他们。

"对不起，我错了，我不该这么做。"潘自强彻底服软了，对方杀死了接待他们的23号，那么之前铁证如山的东西瞬间变得无足轻重了。

对方将枪口对准了潘自强。

这时候，后面潘自强的老婆哭了起来。

"从你找到我们的那一刻开始，你就要担负起契约精神。现在我这边有两条路，你可以选择：第一条是按照我们的合约，进行思维选择；第二条是帮助我们做一件事情。当然，这件事情自然是很危险的，甚至可能送掉你的性命。"对方说道。

潘自强本来已经面如死灰的脸色顿时亮了起来，他颤抖着问道："你们，你们要我做什么？"

第十五章 会

卢青青现在相信了陈远的话，原来对方真的准备对她下杀手。如果不是孟雪他们来得及时，自己今天真的会被杀死。卢青青知道自己肯定得罪了陈远，所以他才没过来。不过很快，孟雪就解答了她内心的疑惑，原来陈远还有别的事情要查。

回到宿舍，孟雪和郑卫国在低声说着什么。卢青青换了一件衣服，然后走了出来。

"两位警官，那我现在怎么办？对方如果想要害我，我是不是该躲起来啊。要不我去公安局吧，凶手再怎么样也不能去公安局对我下手吧？"卢青青哀求道。

"没关系的，我们一定会保证你的安全。"郑卫国说道，"前提是你需要把你知道的所有情况都跟我们讲一下。这样，出了什么问题，我们也好第一时间安排工作。"

"我其实知道的并不多，上次陈远他们来的时候我就想跟他说了，但是也不知道该怎么开口。你们现在问的就是关于谭天华的事情嘛，之前我也说过了，我是真的不太清楚。不过谭天华那天晚上跟我说过一些话，他说他马上就要发财了，他说他这辈子再也不会缺少女人了。没想到却出事了。"卢青青说道。

"谭天华死后，有没有其他人找你麻烦什么的？"郑卫国问道。

"这个倒没有，不过他的母亲一直认为是我害死了谭天华，之前法院开庭的时候，他的母亲还冲上来骂我。说我是狐狸精勾引她儿子，简直莫名其妙。"卢青青无奈地说道。

"谭天华是你们那里的熟客吗？"听到这里，郑卫国皱了皱眉头，似乎想到了什么。

"是的，我倒是没怎么见过他。听领班经理说谭天华来的次数挺多的，具体的情况就不知道了。"卢青青点点头说道。

"你回KTV一趟，有个事打听一下。"郑卫国想了想说道。

"什么事？"卢青青不太明白。

"你回去问问看这个谭天华之前跟哪个女孩熟悉一点，这种事一般不要官方地去问，你最好找个喜欢八卦的人，私底下问问。我认为这个很关键，所以一定要问清楚。"郑卫国正色对卢青青说道。

"好，那我现在就回去问一下。"卢青青想下床，却感觉脑袋有点疼，身体也动弹不了。

"不要动，你伤还没好呢。这样，你仔细想一下，或者你认为KTV里哪个人知道，我们自己过去找他。"孟雪帮她出了一个主意。

"丽丽吧，19号的丽丽，她是一个特别爱说话的女孩，基本上KTV里的情况和秘密她都知道。"卢青青想了想说出了一个女孩的名字。

"那行，我去找一下这个丽丽，然后仔细问下具体情况。"郑卫国对孟雪说道。

"我觉得让孟警官过去吧，可能女孩之间沟通起来会更方便一些。"卢青青听到这里说话了。

孟雪自然不会一个人过去询问，因为警队规定，在调查案子的时候，至少要两个人，第一是为了防止供词出问题，第二则是为了警员的安全。

郑卫国本以为询问这个丽丽应该是一件很容易的事情，没想到他们刚进门就受到了阻拦和刁难。

"丽丽没在，今天我们这里没有女孩子陪唱，两位要唱歌欢迎，不然的话，抱歉。"守门的是一个四十多岁的女人，一副死猪不怕开水烫的样子。

"把你们老板叫出来。"郑卫国不愿意和她多说。

"老板不在，出差了。"女人一边嗑着瓜子一边说道。

"谁负责管事？"孟雪也看不惯对方的样子，不禁问道。

"管事的经理还没来。"女人说道。

"行，既然这样我们就在门口等着。"郑卫国对付这种人太有经验了。他当然知道，这是商家故意给他们这么安排的。之前查案也遇到过，所以对付这样的人，最简单的办法就是在门口守着，阻断他的客源。

郑卫国和孟雪站在门口，然后对所有进来的客人都伸手拦住，原因很简单，警察在查案子，暂时要大家配合，先别进去。

果然，十分钟不到，女人就顶不住了，很快经理便从里面出来了，然后笑意盈盈地将郑卫国和孟雪请进了房间里。

"实在是忙，也有其他原因，两位警官，你们就放过我们吧。我这儿就是一个小店，好不容易有点业绩了，谁知道摊上死人这事，现在好不容易过去了，你们警察又三番五次地来这里，我这真的很难做啊。"经理一脸苦楚地哭诉着。

"经理，你这话就不对了，什么警察三番五次，我们就来了这一次，好吗？"孟雪说道。

"是，不是三次五次，但这是第二次了。昨天，你们来了两个男警察，在这里点了女孩，然后还和女孩的客人动手。我是想着息事宁人啊，本以为你们这事已经过去了，没想到今天又来了。"经理摊着双手，苦巴巴地说道。

"昨天，昨天谁来了？"孟雪并不知道昨天陈远和沈家明来这里的事情，所以感觉特别惊讶，因为现在在调查这几个案子的人就是他们几个。

"经理，你不用担心，我们现在只有一个需求，你把19号陪唱女孩丽丽喊来，我问她几个问题，然后我们就走。"郑卫国凑近经理耳边说道。

"真的吗？"经理似乎不太相信。

"绝不欺骗。"郑卫国正色说道。

"好，我现在就喊她来。"看到郑卫国的脸色，经理相信了他。

如同卢青青说的一样，19号丽丽是一个非常爱说话的女孩。但是一开始听到郑卫国他们的身份有点警惕和尴尬，即使他们说是卢青青让来找她的，她还是说不太清楚。

　　"卢青青现在被打了，处境也很危险。对方肯定不会放过知情人，你如果真的知道什么，最好跟我们说下，不然万一对方把你也当成了目标，可能下一个出事的就是你。这不是危言耸听，这是真话。你看之前我同事来找卢青青，她不当回事，现在不出事了吗？"无奈之下，郑卫国只好连哄带吓地讲了一下卢青青的事情。

　　果然，丽丽听后，有点害怕了，犹豫了几下，讲起了关于谭天华的事情。

　　谭天华是兰若坊的老客户了，他经常会来这里玩。在这个兰若坊KTV里，是有明文规定，不准陪唱和客人发生任何感情的。不过有的客人和陪唱便私底下联系，外出一起吃饭，然后发生关系什么的。

　　丽丽不愿意说这些事就是怕影响店里，那么那些和客户出去外面的人就被爆出来了，到时候她肯定就会被人人讨伐，不过现在到了万不得已的时候，她也顾不了其他了。

　　谭天华的事情，媒体上说是因为被卢青青推了一下导致意外而死，其实真实原因是在卢青青来之前，谭天华已经被人揍了一顿，他赌博欠人很多钱。结果到了还款期，人跑了，房子也是租的。

　　出事那天，丽丽坐在谭天华旁边，她听谭天华说在谈一个大项目，可以赚很多钱，当时和谭天华在一起的几个人都劝他别想那些做梦的东西了。可是，谭天华却说，他的项目肯定赚钱，他的项目是恶魔会给他介绍的。

　　听完他的话，其他人都显得很震惊。丽丽也不知道他们在害怕什么，还特意问了一句。不过，本来欣喜兴奋的谭天华忽然沉默了起来，后来也一直没说什么话。直到后来人多了起来，他又点了卢青青，结果出事了。

　　在丽丽的讲述中，郑卫国听到了一个新鲜词：恶魔会。这是什么意思呢？难道说这个谭天华的死和恶魔会有关系？

　　想到这里，郑卫国立刻拿出手机，拨了一个电话。

第十六章 审

男人的信息已经确认了。

朱鸿飞，男，二十七岁，货车司机，豫南省郑市三路街人。对于他为什么要绑架卢青青的事情，他也没怎么隐瞒，交代得很清楚。当然，他交代的内容让人有点哭笑不得。原因很简单，就是为了锻炼自己的胆子。

朱鸿飞是一个从小很老实的人，对人腼腆，说话多了就紧张，甚至舌头还打结。尤其见了女生，更是半个字都说不出来。这种情况的人其实很多，不过有的会随着成长慢慢克服，慢慢变好，有的则不行。朱鸿飞就是后者，他从少年一直到现在，一个女朋友都没有。

为什么朱鸿飞会去KTV里呢？他讲出来后也让人有点哑然失笑。因为有一次他听一个同事说，在半路拉了一个女孩，然后聊了聊，结果车到了目的地，竟然带着女孩去开房了。这种故事一般人听听也就算了，逻辑根本不成立，但是朱鸿飞却非常相信，并且对于这样的事情他愿意找各种各样的人问，最后人云亦云的情况下，他才硬着头皮上了。

到了兰若坊KTV，然后点了卢青青。到最后，竟然做出了那么疯狂的事情。

一切看起来没什么问题，朱鸿飞也确认了所有的记录，签字然后被送到了拘留所。接下来，他就要看女方有没有进一步的要求。

朱鸿飞被带到了郑市分局下面的拘留所，这是朱鸿飞第一次进拘留所。很显然，比起在家，拘留所可不是一般人能待的地方。

门被锁上了，拘留室里一片昏暗。朱鸿飞坐了下来，开始低头沉思今天的事情。警察对他的询问，他的回答，基本上没有问题。

虽然被抓进了拘留室，不过一切都是预料到的。想起昨天晚上和卢青青的身体接触，朱鸿飞不禁有点小兴奋。现在他感觉嘴里还有卢青青身上的味道，女人的香味。

恶魔会，果然让他体会到了女人的感觉。

朱鸿飞想到这里，不禁吸了口气。

他是偶然一次情况下知道恶魔会的，一开始只是抱着试试看的态度和恶魔会的人聊了一下，没想到恶魔会对他的情况非常感兴趣。就这样，他和恶魔会有了初步合作。在恶魔会的指导下，他一步一步跟着恶魔会走到了今天。

哎，突然，后面传来轻叹声。

朱鸿飞一惊，他没想到这小小的拘留室里面竟然还有人。那刚才说的一切东西，对方都听见了。

"谁，谁在那里？"朱鸿飞对着黑暗的空气问道。

黑暗中，没有人回应他，不过却能清晰地听见有一个粗重的喘气声在对面。

朱鸿飞也没有说话，愣愣地站在那里。

空气有点闷。

"恶魔之子。"这时候，黑暗中的人又说话了，这次只说了四个字。

"你到底是什么人？"朱鸿飞这次大声叫了起来，然后两只手在昏暗中胡乱地拍着。

"我来给你讲个事情吧。"对方又说话了，"因为情商太低，活了二十多年，却连女孩的手都没碰过。一次机会下，认识了恶魔会的人。然后在恶魔会的帮助下，开始了一个策划绑架女人的计划。因为你性格太过老实，所以身边人对你都有所误会。就算你说你是杀人犯，他们也不会相信。因为你的性格一直比较软弱。"

"你到底要说什么？"朱鸿飞不知道对方葫芦里到底卖的什么药。

"我过来负责履行你和恶魔会的契约。"对方说道。

"什么契约？我说过不要了的。"朱鸿飞叫了起来。

"具体的我不太清楚，我只知道你让恶魔会帮你做的那些事情已经做到了，可是你却并没有遵守契约精神。"对方低声说道。

"你是恶魔会的人。"朱鸿飞一惊，顿时吓了一大跳，他立刻向前跑去，想要喊人，可是黑暗中冲出来一个人，一下子从背后扼住了他的脖子，然后将他死死地按在了地上。

"我错了，我错了。"朱鸿飞用尽全力求饶，可是对方却根本没有减少一丝力气，一直到朱鸿飞的身体不再动弹。

确认朱鸿飞死了以后，黑暗中的那个人站了起来，走到拘留室窗口的下面，巴掌大的窗户下，透进来一丝光亮，他从口袋里拿出一根牙刷，犹豫了几秒后用力插进了自己的脖子里……

月光照在拘留室里。

朱鸿飞的身体动了一下，然后他用力咳嗽了一下，仿佛一个肺痨病人一样跟着用力坐了起来。

他从鬼门关回来了。

他站了起来，然后看到前面躺着一个人，微弱的月光下，那个人的脖子处淌着一摊血，那个人已经一动不动。

朱鸿飞吓得慌忙冲到前面的门边用力大声喊了起来："死人了，快来人，死人了。"

外面值班的人跑了进来，看到躺在地上的男人，也吓得呆在了那里，然后踉踉跄跄地跑回值班室，拿起了电话。

调查组在天亮的时候才接到电话，沈家明和陈远最先赶到了现场。看到那个已经死去多时的人，他们两个顿时心底骇然。他们怎么也没想到死在拘留所的人竟然是潘自强。

"他们两个是怎么住到一起的？"沈家明问道。

"这个我还需要问一下，可能是凑巧。"拘留所的工作人员为难地说道。

"别以为我不知道，你们平常在下面不少拿东西，安排什么楼，什么位置，都是你们自己决定的。现在这个事情快点给我查出来，这涉及我们查的案子。"沈家明厉声说道。

"好的，好的，我查，我马上查。"工作人员连连点头。

陈远坐到朱鸿飞的面前，仔细询问了一下晚上发生的事情。

朱鸿飞吓得不轻，从他脖子上的勒痕来看，潘自强应该是下了死手，但是可能因为朱鸿飞脖子与他的手掌之间有细微的缝隙，导致朱鸿飞只是晕了过去，并没有死去。这样看来，朱鸿飞也算是万幸，捡了一条命。

"我也不知道为什么，他突然就从后面袭击了我，我向他求饶，可是他却不听，我想反抗，可是根本动不了，最后就晕了过去。"朱鸿飞说道。

对于他的话，陈远根本不相信。潘自强是第二起意外案件里的涉案人，刘美芬的情夫，可以说是一起帮着刘美芬设计杀死华明的人，朱鸿飞虽然看起来不在这三起意外案件中，但他却是袭击卢青青的人。这种交叉关系，看起来没有任何杀人动机，却促成了一个命案。潘自强在自以为杀死朱鸿飞后选择自杀，看起来更像是在执行一个死亡任务。

"你知道凶手为什么要自杀吗？"陈远换了一个方式拷问。

"不，不知道。"朱鸿飞摇摇头。

"我告诉你为什么，对方在执行一个死亡任务，简单地说就是对方的任务必须杀死你，然后为了断掉线索，自己也要自杀。对方以为杀死你了，所以才选择了自杀。你可以想象，如果让要杀死你的人知道你并没有死，那么他们依然会派出其他人过来杀你。你的处境自己应该能想得到，所以我劝你最好能如实跟我们说下真实情况，否则可能我们下一次见到你的时候，你已成为一具尸体。"陈远说道。

果然，陈远的话触动了朱鸿飞，他犹豫了一下，然后说了起来。

第十七章　伪

　　不知道从什么时候开始，民众小区、酒吧宾馆，总有一些小卡片出现在公众的视线里。这些小卡片有的是色情服务，有的是贷款服务，还有一些就是恶魔会的宣传。恶魔会提供的帮助很简单，有任何需要都可以。这个广告噱头比起所谓的色情服务和贷款服务看起来更加诱惑人。

　　根据朱鸿飞交代，并不是谁都能得到恶魔会的帮助。恶魔会的卡片，电话打过去，对方会核实求助者的身份，然后通过审核后才会决定要不要提供帮助。朱鸿飞有一些朋友曾经给恶魔会打过电话，但是都没有得到对方的帮助，所以当他听到自己通过了恶魔会的审核，可以接受帮助的时候，他的内心还是充满了兴奋的。

　　朱鸿飞最大的困难就是没有女朋友，所以他希望恶魔会能够帮他接触到女人。于是，恶魔会给他提供了四个女人选择，其中一个就是卢青青，他选了一下，最后选了卢青青。接下来，恶魔会给了他一个如何与卢青青接触，然后做朋友，甚至谈恋爱的步骤。确定无误后，朱鸿飞和恶魔会签订了帮助合约。合约很简单，恶魔会提供帮助，朱鸿飞遵守帮助合约，否则后果自负。

　　对于这个所谓的恶魔会，最开始朱鸿飞并没当回事。虽然合同上说要遵守契约，不过朱鸿飞才不相信这个恶魔会是免费帮人的，兴许是什么骗人的组织。一开始的时候，朱鸿飞非常配合对方，所以很多东西也都很顺利，不过后来，随着朱鸿飞去KTV见了卢青青几次后，慢慢胆子大了起来。

　　直到上次，本来按照他和恶魔会的计划，他只需要将卢青青带出来就行，可是，孤男寡女在外面，让他忍不住对卢青青起了色心，甚至用强迫的手段将卢青青带出来，对她进行了猥亵。

　　结果，朱鸿飞没想到自己刚刚违背了和恶魔会的契约，对方竟然找人来杀他，这听上去真是让他大吃一惊。

　　对于潘自强，朱鸿飞并不认识。昨天晚上他被带到拘留所，潘自强只说他是恶魔会的人，然后就开始攻击他。

　　陈远仔细询问了一下朱鸿飞接触恶魔会的详细情况，然后汇总了一份资料，一起交了上去。

　　"陈警官，我什么时候可以离开？"朱鸿飞问道。

　　"你随时可以离开，如果有什么危险，记得第一时间跟我们联系，这个时候只有我们能保护你。"陈远说道。

　　案子再次陷入困境中。

　　三起案子，从三名意外死去的死者到现在涉案的人相继死去。潘自强的死，让之前调查组的推断方向发生了一个大转变。

最开始，调查组认为，凶手可能是为了处置三起意外里的涉案人。可是，朱鸿飞、潘自强、刘美芬，这些人都和一个叫恶魔会的人有关系。

与此同时，郑卫国和沈家明特意去调查了一下其他出事的人，发现李敏燕、徐佳丽以及王平，都或多或少知道一些关于恶魔会的情况。

这个所谓的恶魔会浮现在调查组的面前，周子峰让档案科整理了一下，然后发现这个恶魔会并不是第一次出现在公众视线里，只不过他们每次作案都比较谨慎，很难找到他们犯罪的证据，但是他们每次都会以不可能犯罪的形式出现，最后导致案件不了了之。

"潘自强的死显然是被恶魔会逼迫的，朱鸿飞能够逃过一劫，兴许是恶魔会故意放他一马。就像我们当初感觉潘自强应该也是凶手的目标一样。本以为对方会放过潘自强，但是没想到对方却利用借刀杀人来除掉潘自强和朱鸿飞。"陈远分析了一下情况。

"不错，所以这个恶魔会可能是一个组织非常严密，并且拥有绝对反侦查能力的犯罪组织，我建议整个豫南省，甚至联合上级一起来调查这个恶魔会，看看到底是一个什么样的犯罪组织。"郑卫国同意了陈远的话。

"如果这一切都是恶魔会在作祟，那么朱鸿飞一定知道什么东西，不然恶魔会不会让潘自强来杀他灭口。"沈家明说道。

"不止如此，根据朱鸿飞的交代，恶魔会为他安排的接触对象是卢青青，这会不会有什么其他意思呢？朱鸿飞对卢青青做的事情看似是违反了和恶魔会的契约合作，然后才遭到了潘自强的杀害。你们想一下，如果朱鸿飞杀死了卢青青，那么接下来，潘自强又杀死了朱鸿飞，潘自强接着自杀，整个关于恶魔会杀人的线索也就断得一干二净。并且，之前三起意外案件里的涉案人员也全部意外死去。这三起案子也就变成了一个解不开的死结，找不到凶手，找不到相关证人。"周子峰跟着说道。

"对，恶魔会可能拥有很多人的求助信息，这些信息可以用来帮他们掩护杀人的动机和被查到的线索。所以很多案件，让他们通过这样的保护手段得以脱身。三起意外中，跟着意外被杀的三名涉案人员，再到现在我们越查越少的线索，说明这一切都是之前人为设计的精巧安排。"陈远点了点头说道。

"如果是这样，这个恶魔会太恐怖了，可能很多已经了解的案子其实都是他们做的，只不过被他们自己处理了一个结局。现在我们正在调查的案子都能被他们如此安排，更何况不是我们追踪的案子了。"孟雪惊声说道。

"这样有计划有目的的组织，他们选择案件应该也会很谨慎。并且可以确定，他们在各个地方都有人脉，你们可以想一下，最简单的事情，为什么朱鸿飞会被对方选中杀死？拘留所的人将他送进拘留所，正好潘自强已经在里面等他多时了？这显然是有人提前安排好了，为的就是在拘留室里杀死朱鸿飞。这样一切看起来顺理成章。如果不知道恶魔会这个组织，那么无论谁来调查，恐怕都想不到这点。"郑卫国说着皱紧了眉头。

第十八章 推

对于朱鸿飞，陈远是带着一丝愤怒的，因为他对卢青青做的事情让陈远非常气愤。虽然他交代这一切都是恶魔会的人诱使他做的，但是陈远依然做不到将朱鸿飞当作一个普通保护对象来看。

鉴于这种情况，陈远和孟雪被安排对接给了卢青青，郑卫国和沈家明负责跟踪调查朱鸿飞的事情。

"这卢青青之前对我挺排斥的，要不我和郑队长去调查朱鸿飞的事情吧？"陈远有点尴尬地说道。

"你可以的，再说还有孟雪帮忙，应该没问题的。"

"根据之前调查的进度看，凶手如果真的对他们做的案子里的涉案人进行杀害的话，现在我们掌握的情况就是朱鸿飞和卢青青可能是凶手的杀害目标。但也不排除这是凶手故意做的一个障眼法。"郑卫国说道。

"这次事情动静这么大，也许恶魔会为了保护自己，不会再杀人。"沈家明说道。

"我们可能疏忽了一条线索，那就是潘自强。"陈远说话了，"潘自强对朱鸿飞下杀手必然是有原因的。之前我们接触过潘自强，感觉他并不是一个玩命的人，是什么情况让他做出如此覆水难收的事情呢？对于潘自强来说，刘美芬的死让他非常痛苦难过，如果是恶魔会指使潘自强去杀人的话，会以什么理由呢？"

"应该并不是潘自强伙同刘美芬杀人的证据，刘美芬杀死自己的丈夫，潘自强应该没参与的；否则，反正都是死，潘自强肯定不会再冒险去杀人。那么潘自强在拘留所杀害朱鸿飞的原因可能就是其他的了。对于潘自强来说，他还会在乎什么呢？"沈家明说着拨弄了一下他额前的头发。

"根据我们调查，潘自强除了老婆以外，还有一儿一女。你们说会不会是对方拿着他子女来要挟他呢？"郑卫国突然想到了一点。

"不错，除了这个，其他情况怕是很难让潘自强这么做了。"陈远点点头，同意了郑卫国的看法。

"我看与其我们守株待兔，不如主动出击。恶魔会就算隐蔽得再深，只要我们这里有相关人员，那么应该可以找到他们。尤其是现在，他们急于杀害朱鸿飞和卢青青，应该是有关键的证据在他们手上。如果这个时候我们变被动为主动，可能会出乎对方意料，从而打乱他们的计划。"一直听大家讲话的周子峰说话了，然后提出了自己的意见。

"那行，我们一方面对卢青青和朱鸿飞进行暗中保护，另一方面追查潘自强杀人背后的原因。"郑卫国接受了周子峰的意见。

卢青青因为被朱鸿飞袭击，脸上的伤还没好，所以还在住院观察。朱鸿飞因为涉及伤害他人，被关在拘留所。

这样一来，对于卢青青和朱鸿飞的安全问题其实就比较简单了。

陈远和孟雪先找到了卢青青，通过这次事情后，卢青青非常配合陈远他们的工作，并且一直拉着陈远让他留下来陪自己。无奈之下，陈远只好留下来。

"我现在想起来，好像有些事真的是有预料的。你还记得那次我们在天王寺遇见的情景吗？"卢青青说道。

"记得，当时你还不理我。"陈远点点头。

"其实当时遇见你的时候，我正在和一个男人聊天。他跟我说会遇到一个熟人，如果我想消灾躲难的话，最好不要多说话。结果没想到，后来就遇到你了。"卢青青说道。

"你说的那个男人可是穿着一件黑色的外衣，看上去非常神秘？"陈远忽然想起了那天在天王寺遇见的那个男人。

"是的，他还让我抽了个签，帮我解了一下，反正感觉怪怪的。对了，这个人还是谭天华介绍给我的。"卢青青点点头说道。

"谭天华介绍的？"这让陈远有点意外。

"是的，我之前说心情不好，他便推荐我去天王寺许愿，然后顺便可以让那个男人帮我疏导一下心情。"卢青青说道。

"菩萨坐当中，俯身望众生。世人都觉得有所求，来这里可以得所望，其实求人不如求己，天王也好，菩萨也罢，不过是心里的一个念想。试问这世上谁能摆脱生老病死的循环？你日日在这里点香，难道说你的家人都平安无恙，没有烦恼吗？"陈远想起了那个男人说的话。

"那个男人说了，他算了几个人的命，都挺苦的，都是无父无母，好不容易有个依靠了，却又失去了。他说的真的挺对的，你也知道我就一个哥哥，还出了事。"卢青青说道。

陈远皱紧眉头，沉思了几秒，拿起手机快速给孟雪打了一个电话，但是孟雪却一直没有接。于是，陈远又给郑卫国打了一个电话。

"你这是什么意思？"听到陈远的要求，郑卫国有点纳闷。

"也许我们都搞错了，所谓的恶魔会可能才是这几起案件里迷惑我们的地方，凶手的真正动机可能另有原因。"陈远说道。

"好，我这边帮你查一下，尽快回复你。"郑卫国虽然不知道陈远的意思，但还是答应了他的请求。

第十九章　暗

夜深了。

他睁开眼，然后从床上坐了起来。

每当夜幕降临的时候，他便会变得难以入眠，浑身发冷。尤其是强迫症让他不得不反复地确认门到底锁好了没，窗户会不会没有关上，会不会有人半夜从窗户跳进来。这种不安的恐惧源自他小时候的生活环境，父亲的毒打总是在黑夜出现，让他整个人翻来覆去，恐惧不安。

他走到桌子面前打开抽屉，里面放着一张狰狞的面具，这个面具的名字叫山魈，据说在一些少数民族地方是用来驱除邪神的图腾，他第一眼见到这个面具就喜欢上了，于是花了很大功夫才把这个东西拿到了自己手里。

打开电脑，豫南省郑市的论坛里正在讨论最近发生的多起案件，人们都说是传说中的恶魔会在杀人，并且提议如果谁知道恶魔会可以积极向警方提供线索。

恶魔会，他轻笑了一下，说道："真是一群傻子。"

所谓的恶魔会，不过是他对外推出来的一个假象。这正是他要的效果，只有这样，警察才查不到他们身上。恶魔会，如果真的有这样的组织，他倒是非常感兴趣去看看。

电脑传来了一个声音，是新邮件的提示。

他打开邮件看了一下，是小A发来的。

"一切都已经按照计划在进行，如不出意外，很快可以结束这个案子。"小A在邮箱里说道。

"太好了。"他立刻给小A回了一封信息并且提出了和小A见面的请求。

他和小A认识多年，但是从来没见过面，他甚至不知道小A是男的还是女的，不过这并没有影响他们之间的合作，他们为自己的信仰而合作，并且从来都是一帆风顺。

从电脑面前站起来，他走进了中间的房间。这是一个女孩的房间，布置得很温馨，还有淡淡的香味。只不过里面并没有人，桌子上放着一张黑白色的照片，照片上是一个眼睛非常大的女孩，眉宇间和他有点相似。

他从旁边拿起一根香，点着，插进了女孩照片前面的香炉里，然后深深低了低头。

"姐姐，你见到他们了吗？我会一个一个送他们下去陪你的。"

桌子香炉的前面，有一张合影，上面是六个人的合影，上面的人笑得非常开心，合影照片上面左边三个人的脸已经被笔打了一个错号。

"下一个就是你了。"他拿起手里的笔，在第四个人的脸上打了一个错号。

天已经亮了，他走进卫生间洗了一把脸，看着镜子里的自己，两眼通红，头发混杂，他用力吸了口气，然后走了出去。

早上八点，他来到了东街一个叫穿越的户外专卖店门口集合。这个户外专卖店每过一段时间就会举行一次户外活动，成员都是同城的人。

他是第一次来参加这个活动，所以对各个地方都不太熟悉，加上他不愿意和人多说话，在人群中，他看起来非常不起眼，根本不会有人多看他一眼。除了点名的时候，其他时间他就是跟着其他人。

这是一场两天一夜的户外活动，行程要穿过郑市、安城两个地方，所以大家都背着行囊和睡袋以及干粮。

带队的是户外专卖店的老板，名字叫老熊，是一名户外高手，经验非常丰富。老熊看到他不说话，兴趣也不大，便主动过来跟他聊天。

"我听说现在户外队领队都要有证件，是吗？"他问。

"是的，不然怕出事。这几年，户外活动经常出事。"老熊点点头说。

"是的，之前在郑市的龙头山不是死了一个吗？"他说道。

"那次真的是意外，我当时也参加了，比较清楚。那天天气不好，加上路也不好走，好不容易找了个休息的地方，结果四个女孩去接水的时候出了意外。现在想想也真是难过。我们后来也去找过那个女孩的家人，可是怎么也联系不上。"老熊叹了口气说道。

这时候，有人喊老熊了，他站起来走了过去。

他没有说话，从口袋抽出一根烟，用力吸了起来。

人群中，有个女孩跟他一样，总是一个人不说话，戴着一个耳机。她的名字叫桑亚，也是一个户外老成员。

"听说你和老熊认识很多年了？"他找了个机会，走到了桑亚的身边问道。

"是。"桑亚话不多，她盯着他足足两分钟，然后问，"你问这个做什么？"

"没事，就是好奇。"他笑了笑。

"你长得很像我一个朋友。"桑亚说。

"是吗？这世上长相相似的人还是比较多的。"他说。

"是的。"桑亚点了点头。

天一点一点黑了。

他和桑亚渐渐熟悉了起来。

夜里，大家在营地附近生起了篝火，走了一天，都累得不轻，简单聊了几句就各自回去睡觉了。

桑亚没有睡，因为她刚刚收到了一条奇怪的信息。

"我们一起去伏牛山看日出。"

这句话是岳丽娜发给她的最后一条短信，然后岳丽娜在郑市的龙头山上出了意外。

"你是谁？"桑亚给对方回了一下短信。

311

"讨债的人。"对方回复。

桑亚骂了一句无聊，将手机扔到了一边，不再理会对方。

这时候，帐篷外传来一个低沉细腻的声音："桑亚，你不记得我了吗？"

"到底是谁？"桑亚打开帐篷，外面没有一个人，只有已经灭了的篝火架子和昏暗的月光。

一个身影从前面一闪而过，桑叶追了过去。

很快，她跟着那个人来到了前面一片树林里。桑亚看到那个人走到前面一座山崖边，她不禁跟了过去。可是等她走到山崖边的时候，却发现那里没有人。

难道自己走错了？桑亚疑惑地往前走了几步，最后停了下来。

这时候，一双手从背后慢慢伸了过来，准备推向桑亚。

"岳明峰，终于抓住你了。"这时候，后面忽然有人说话了……

第二十章　现

　　岳明峰到现在都不知道警察为什么会知道这一切，并且能在户外他准备向桑亚下手的时候抓住他。

　　并且可以肯定的是，警察在一开始就知道了他的行动计划，所以两名警察才会混在户外队跟着他，直到他动手的时候，将他抓了一个现行。

　　"小A，一定是小A出了问题。"岳明峰忽然想起了一种可能，因为只有小A知道他们的计划，在出发前，小A还跟他说过，计划马上要成功了，想来那一定是警察让小A敷衍自己的借口。

　　审讯岳明峰的正是抓住他的两名警察，他们一个叫陈远，一个叫沈家明。

　　"说说吧。"沈家明转着手里的笔，看着他。

　　"要说什么？"岳明峰说道。

　　"要不，我们先说说，帮你开个头？"沈家明身体往前倾了一下说道。

　　"好啊，愿意洗耳恭听。"岳明峰笑了起来。

　　"行，那就先说说你的身世。"沈家明拿起了面前的档案资料，"岳明峰，母亲在你很小的时候就过世了，十七岁那年，你唯一的姐姐因为涉及杀害继父进了监狱。不过你的姐姐在狱中表现比较好，竟然在去年出狱了。本来姐弟团圆是一件非常开心的事情，可是你的姐姐在监狱里患上了重病，最悲伤的是，姐姐为了出去散心参加了一个户外活动，在去郑市龙头山上出了意外……"

　　"别说了，不要再说了。你们说这些干什么？"岳明峰大声拍着审讯桌子叫了起来。

　　"你是为了姐姐才做的这些事吗？这些案子，看似有头有尾，动机分明，甚至还有不少案子都可以定案了，可就是觉得有点不对劲，后来我们将所有的受害人和涉案人的情况排列到一起，通过将其中重复无用的情节、人物重新做规划走访，最后我们发现，其实之前的一切都是为了掩盖最后的真相。你可能不知道，天网有一个功能，无论你和谁，只要是在有网络的地方，都能找到所有的信息。所以，你的身份，你姐姐的身份，包括你们和这些涉案人员的关系也就全部浮现出来。我们查到一年前和你姐姐参加龙头山户外活动的人和这次命案里的人身份符合，李敏燕、刘美芬、徐佳丽，她们都是当时参加龙头山户外活动的人，唯独剩下的一个便是桑亚。你之前安排朱鸿飞去伤害卢青青，又让潘自强去杀死朱鸿飞，这么做的原因都是为了让我们以为你的下一个目标是卢青青或者朱鸿飞，以此来掩盖你要杀死桑亚的计划。我说的对吗？"陈远问道。

　　"对什么对？你们知道什么？你们警察知道什么？无非就是真相，你们以为你

313

们知道的真相就一定是真相吗？我的姐姐为什么要杀死我的继父，你们知道吗？自从母亲死后，我的继父每天都喝酒打人，然后强奸我姐姐。如果不是因为我，我的姐姐早就离家出走了。其实那天要杀死继父的人是我，因为那天我再也受不了了，我拿着刀进去，看到他像一只恶魔一样在蹂躏姐姐，我砍了他，可惜我太弱了，竟然没砍死他。结果可想而知，要不是姐姐帮忙，我早就被他打死了。不过我没想到的是，姐姐竟然趁他不备将他砍死了。你们不是喜欢查找真相吗？这就是真相，这就是为什么我姐姐明明杀死了一个伤害我们的人，却要坐牢。"岳明峰冷笑着说了起来，"你们不是想知道我为什么杀人吗？你们找到真相了吗？李敏燕、徐佳丽，两个大学生，却出来兼职卖淫；刘美芬，一个有老公，却背地勾搭其他男人的出轨女人；桑亚，一个女人，却喜欢女人的变态。这么奇葩的旅游团，加上我姐姐，因为受不了她们晚上的话题，竟然被她们从龙头山上逼得跳了下来。她们有什么资格？我姐姐是杀人了，但那样的事情无论是谁都会做出来的。

　　既然她们逼死了我姐姐，我自然不会放过她们。我可不会轻易让她们死去。我给她们设计了一个完整的死亡计划，很幸运，这些计划都一一实现了。只可惜到桑亚这一步，没有完成。"岳明峰说着叹了口气。

　　"你错了，关于你姐姐和你的事情我们知道的。你不知道的是，你姐姐在监狱里接受过很多次心理治疗，她曾经自杀多次，最后是因为你才活了下来。可惜出狱后，面对现实社会，她一直走不出自己的内心阴影。我们问了桑亚，那天在龙头山，那几个女孩都在劝你姐姐，让她开朗面对人生，因为她们的人生其实也不如意。可惜，你姐姐最终无法接受自己的内心，选择了自杀。只是你不愿意相信这点而已。"沈家明说道。

　　"这不可能，你胡说八道。"岳明峰摇着头，无法相信沈家明说的话。

　　"桑亚告诉我们的，当然她也可以跟你说。其实自从你去户外专卖店报名的第一天，桑亚就认出了你，只不过她没说，是因为她觉得你姐姐的死她的确也有一丝愧疚，如果她能早点发现，拦住你姐姐的话，兴许就不是这样的结局。"陈远说出了原因。

　　"我想说的是你的合作伙伴小A其实还是一个孩子，你们绑架了潘自强的老婆和孩子，现在潘自强因为你们都死了。我们刚刚找到了小A，并且救出了被你们关着的潘自强的老婆和孩子，小A也主动自首了，他希望他的做法能让你明白一点，有些东西真的不能强求。你用恶魔会来隐蔽自己，其实你自己也知道，恶魔在你心里，别人根本无法进去，只有靠你自己了。"

　　听到这里，岳明峰彻底瘫在了凳子上。

　　"你还记得你在天王寺跟我说的那几句话吗？"这时候，陈远又说话了。

　　"记得。"岳明峰点点头。

　　"那时候我对你的感觉是觉得你太过自我，菩萨从来都不需要自我保护，因为她面对的就是众生，需要保护的是众生，我们其实不需要菩萨保护，我们需要的是自己对自己的保护。"陈远说道。